Las serpientes de plata

Las Serpientes de Plata

Roshani Chokshi

Traducción de Scheherezade Surià

Primera edición: junio de 2021

Título original: The Silvered Serpents

red@editorialhidra.com
www.editorialhidra.com

Síguenos en las redes sociales:

BIC: YFH

ISBN: 978-84-18002-20-5
Depósito Legal: M-2957-2021

Para Nicolas Cage, la musa que no pedí.

«¡Oh, Fausto! Deja a un lado ese condenado libro
y no mires en él, que tentará tu alma
y atraerá sobre tu cabeza la pesada ira de Dios».

FAUSTO

PRÓLOGO

Hace trece años...

La matriarca de la Casa Kore se recolocó el regalo de Navidad que llevaba en las manos. Era un teatrillo portátil, lleno de figuritas pintadas con colores vivos y objetos en miniatura: capas, espadas, carruseles chirriantes y hasta unas cortinas de terciopelo controladas por un mecanismo de cuerda. A Séverin le encantaría. Planificó la sorpresa después de llevarlo al teatro, la semana anterior. La mayoría de los niños de seis años habrían mirado el escenario, pero Séverin se pasó todo el rato mirando el público.

—Te estás perdiendo la obra, cariño —le dijo ella.

Séverin la miró con aquellos ojos violetas enormes.

—¿En serio?

Después de eso, lo dejó tranquilo y, al final, este le dijo cómo a la gente le cambiaba la expresión del rostro cuando pasaba algo encima del escenario. Parecía que, a la vez, se hubiera perdido pero hubiera entendido a la perfección la magia del teatro.

La matriarca sonrió para sí mientras subía los escalones de piedra de la mansión de la Casa Vanth desde donde brillaban las luces del Cónclave de invierno que parecían llamarla. Aunque el Cónclave de invierno de este año tendría lugar a la fría sombra de las montañas de los Ródano-Alpes, el itinerario llevaba siglos sin cambiar. Cada Casa de la Orden de Babel llevaría tesoros forjados nuevos y sin marcar de sus colonias para redistribuirlos en la Subasta de Medianoche. Era una prueba para muchas Casas, y una representación de la riqueza y el imperialismo de su país, si además de llevar sus tesoros compraban otros. Todas las Casas tenían un interés en particular, pero algunas tenían recursos suficientes para diversificar sus intereses.

La Casa Kore tenía predilección por los avances en botánica, pero sus ilustres riquezas y arcas rebosaban tesoros tan variados como idiomas había en el mundo. Otras, como la Casa Dazbog de Rusia, no sacaba bastante rendimiento de sus colonias y solo podía comerciar con secretos y pergamino. Independientemente de las diferencias entre las Casas de la Orden, el objetivo del Cónclave de invierno no cambiaba nunca: renovar su compromiso para salvaguardar la civilización occidental y sus tesoros, mantener a salvo los fragmentos de Babel y conservar de este modo el divino arte del forjado.

Pero por muy noble e idealista que sonara todo, no dejaba de ser una fiesta.

La mansión de la Casa Vanth absorbía la luz invernal y de la chimenea salía un humo que permanecía en el tejado como un gato acurrucado. Casi alcanzaba a notar la fiesta en su interior: los palitos de canela dentro de cálices de vino caliente y especiado, coronas de pino y copos de nieve forjados para que brillaran en el aire cual estrellas… y Séverin. Tan dulce, tan serio, tan observador. El chiquillo que hubiera escogido para sí.

La matriarca se pasó una mano por el vientre plano. En ocasiones, al caminar, le parecía oír el tintineo de las partes huecas de su interior. Pero al bajar la vista, vio su anillo de Babel y eso hizo que levantara la barbilla. El poder era pura ironía, pensó. Le habían negado el poder de dar a luz como mujer, pero le habían concedido el poder que debería serle negado por haber nacido mujer. Su familia seguía furiosa por la forma en que se había convertido en la matriarca de la Casa Kore.

Pero no hacía falta que les gustara, solo tenían que obedecer.

A cada lado de la puertas de hierro forjado de la mansión había un pino enorme decorado con velas goteantes. El mayordomo de la Casa Vanth la saludó desde lo alto de las escaleras.

—Bienvenida, *madame*, déjeme que la ayude, por favor... —dijo mientras le cogía el regalo.

—Lleve cuidado con eso —repuso ella con severidad.

Hizo rodar los hombros y, curiosamente, echó de menos notar el peso de la caja que, por un instante, le hizo recordar a Séverin en sus brazos, dormido y tan calentito, cuando lo llevó a su casa después del teatro.

—Disculpe, *madame* —dijo el mayordomo con un deje culpable—. No quiero demorar su fiesta, pero... ella quiere hablar con usted.

Ella.

Oyó el frufrú de las hojas del pino que había a su izquierda y apareció una mujer justo detrás.

—Déjenos a solas —le dijo la mujer al mayordomo.

El hombre acató la orden al momento. La matriarca notó una punzada de admiración renuente por aquella mujer que, a pesar de no tener ni poder ni estatus en la Casa Vanth, lo inspiraba igualmente. Lucien Montagnet-Alarie la había traído consigo tras una excursión que había hecho a Argelia a por un artefacto y, a los seis meses, la mujer daba a luz a su hijo, Séverin. Había muchas mujeres como ella, mujeres a las que llevaban a otro país con el hijo de un hombre blanco en el vientre. No eran ni esposas ni amantes, sino una especie de fantasma exótico que habitaba los márgenes de la sociedad.

Pero la matriarca no había conocido jamás a una mujer con aquellos ojos.

Séverin podía pasar perfectamente por un niño francés, pero sus ojos eran como los de su madre: oscuros y violetas, como el cielo de la noche envuelto en neblina.

La Orden de Babel había ignorado a la mujer con tanto afán como había ignorado a la madre haitiana del heredero de la Casa Nyx... Pero la argelina tenía algo que exigía atención. Tal vez fuera por ese aire de protocolo que se gastaba, con aquellas absurdas túnicas y fulares. O puede que fuera por los rumores que la precedían, vastos como su propia sombra, que decían que tenía poderes que no se parecían a ninguna afinidad forjada. Que el patriarca de la Casa Vanth la había descubierto en una cueva encantada, como un espejismo de ojos oscuros que se le apareció como de la nada.

Que tenía secretos.

—No tiene derecho a acorralarme así —dijo la matriarca.

Kahina no le hizo caso.

—Le ha traído algo —le dijo. No era una pregunta.

—¿Y qué si lo he hecho? —le espetó la matriarca.

Sintió una punzada de culpabilidad cuando reparó en la mirada de Kahina: hambrienta. Hambrienta por todo lo que podía hacer la matriarca y que a ella le habían negado. Kahina tuvo el poder de darle a luz, pero no el privilegio de llamarlo hijo suyo.

El poder era irónico.

—¿Por qué ha escogido ese regalo? —le preguntó Kahina.

La pregunta desconcertó a la matriarca. ¿Acaso importaba? Solo pensó que le gustaría. Ya se lo imaginaba arrodillado tras el teatrillo, moviendo las marionetas y mirando el público imaginario, no el escenario de madera. Tenía la habilidad de entender cómo funcionaban y encajaban las cosas. Cómo captar la atención. Tal vez fuera artista de mayor, pensó.

—¿Le quiere? —preguntó Kahina.

—¿Qué...?

—¿Quiere a mi hijo?

«Mi hijo». Aquellas palabras fueron como un bofetón. La matriarca de la Casa Kore podía llevarlo al teatro, colmarlo de regalos, pero no era suyo. Y aun así, su corazón no parecía darse cuenta.

—Sí —contestó.

Kahina asintió una vez, como si se estuviera armando de valor, y luego dijo:

—Entonces, por favor... prométame que lo protegerá.

PARTE I

De los archivos secretos de la Orden de Babel

Maestro Boris Goryunov, Casa Dazbog de la sección rusa de la Orden 1868, reinado del zar Nicolás II

Tal día como hoy llevé a mis hombres al lago Baikal. Esperamos hasta que anocheció. Mis hombres estaban asustados y hablaban de espíritus inquietos en el agua, pero son unos ingenuos y tal vez se dejaron influir por aquellos que decían haber oído gritar a unas chiquillas. Pudiera ser que algún objeto forjado de la mente hubiera hecho enloquecer a los lugareños, de modo que he estado investigando, pero no he hallado nada. He pedido ayuda a la Orden, pero dudo que encuentren nada. No he oído gritos de mujeres agonizantes, lo que significa que no han existido nunca o que ya no hay nada que pueda hacer por ellas.

I

SÉVERIN

Tres semanas antes del Cónclave de invierno...

Séverin Montagnet-Alarie echó un vistazo a lo que había sido una vez el Jardín de los Siete Pecados. El terreno estaba repleto de plantas poco comunes pero muy deseadas: potos de hojas blancas como la leche, musgo de un color dorado, jacintos de esqueleto y arbustos de floración nocturna. Aun así, eran las rosas las que su hermano, Tristan, más amaba. Fueron las primeras semillas que plantó, y las mimó hasta que maduraron y los pétalos se tornaron rojos y desprendieron un aroma que parecía y olía a pecado derretido.

Ahora, a finales de diciembre, el terreno parecía baldío y estéril. Si respiraba profundamente, el frío le ardía en los pulmones.

Los jardines apenas tenían olor.

Si lo hubiera querido, le habría pedido a su factótum que contratara a un jardinero con afinidad forjada por la materia vegetal, alguien que pudiera mantener el jardín en todo su esplendor, pero él no quería un jardinero. Quería a Tristan.

Sin embargo, Tristan estaba muerto y el Jardín de los Siete Pecados había muerto con él.

En su lugar había cientos de estanques forjados. Sus superficies espejadas reflejaban imágenes de paisajes desérticos o cielos llenos de la luz del atardecer cuando la noche ya había engullido las tierras. Los huéspedes del hotel L'Éden aplaudían su arte, sin saber que era pena, y no arte, lo que había guiado a Séverin. Cuando miraba esos estanques, no quería ver su propio reflejo devolviéndole la mirada.

—¿*Monsieur*?

Séverin se dio la vuelta y vio que uno de sus guardias se le acercaba rápidamente.

—¿Está listo? —preguntó Séverin.

—Sí, *monsieur*. Hemos preparado la habitación tal y como nos ha pedido. Su... invitado... está dentro del despacho fuera de los establos, como usted pidió.

—¿Tenemos té para servir a nuestro huésped?

—*Oui*.

—*Très bon*.

Séverin respiró profundamente con la nariz arrugada. Los tallos de las rosas habían sido quemados y arrancados de raíz. Le habían echado sal al terreno. Y aun así, incluso meses después, seguía percibiendo el aroma fantasma de las rosas.

SÉVERIN SE DIRIGIÓ hacia un pequeño edificio cerca de los establos de los caballos. Mientras caminaba, iba tocando la antigua navaja de Tristan, que llevaba en el bolsillo de la chaqueta. Por muchas veces que hubiera lavado el filo, aún imaginaba que podía notar las plumas de pájaro y las astillas de hueso que antaño se habían quedado pegadas al metal, restos de las piezas que había cazado Tristan… prueba de la violencia retorcida que su hermano se había esforzado tanto por esconder.

A veces deseaba no haberlo sabido nunca. Tal vez entonces no habría ido a la habitación de Laila. Solo quería romper el ridículo juramento que había hecho ella de ser su amante durante el Cónclave de invierno.

Pero no la encontró. En cambio, había encontrado cartas dirigidas a Tristan junto al saco de jardinería de su hermano, el mismo que Laila juró que había desaparecido.

> Pensaba que no leer tus objetos era lo mejor, mi querido Tristan. Pero cada día me pregunto si podría haber visto la oscuridad de dentro de ti antes. Quizá, entonces, no lo hubieses pagado con aquellos pobres pájaros. Lo veo en el filo. Todas esas muertes. Todas tus lágrimas. Puede que no te haya comprendido del todo, pero te quiero con todo mi corazón y rezo para que me puedas perdonar…

Incluso antes de esto, Séverin sabía que había fracasado en su única promesa a Tristan: protegerlo. Ahora se daba cuenta de lo profundo que llegaba a ser ese fracaso. Solo veía aquellos caminos que no había tomado. Cada vez que Tristan lloraba, él salía de la habitación para darle privacidad. Cada vez que Tristan entraba furioso al invernadero y permanecía allí durante días. Tendría que haber ido, pero, en lugar de eso, dejó que los demonios de su hermano se alimentasen de él.

Cuando leyó esas cartas, no fue solo la mirada muerta de Tristan la que se le apareció, sino la mirada fija de todos: Enrique, Zofia, Hypnos. *Laila*. Vio sus ojos lechosos por la muerte, muerte que dejó que ocurriera porque no había sido suficiente para protegerlos. No había sabido cómo.

Al final, Laila lo sorprendió en su habitación. No recordaba bien todo lo que le había dicho, salvo sus últimas palabras: «No puedes proteger a todos de todo. Eres humano, Séverin».

Séverin cerró los ojos, con la mano en el pomo del despacho. «Eso debe cambiar, entonces».

A LA HORA DE INTERROGAR a alguien, Séverin se consideraba una especie de artista.

El secreto estaba en los detalles, que debían parecer casuales y no planeados: la silla con patas desiguales; el olor empalagoso de unas flores demasiado dulces; los refrigerios demasiado salados servidos antes. Incluso la iluminación. Los fragmentos de cristal ocultos refractaban la luz del sol y creaban destellos sobre todas las superficies, desde las paredes hasta el techo, para que lo más notorio fuera el escritorio de madera con las tacitas de té caliente y aromático.

—¿Cómodo? —le preguntó Séverin, tomando asiento frente a aquel hombre.

El hombre se estremeció.

—Sí.

Séverin sonrió y se sirvió un poco de té. El hombre que tenía delante era delgado y pálido, con una mirada atormentada en su rostro. Miró el té con recelo hasta que Séverin le dio un largo sorbo.

—¿Le apetece un té? —preguntó Séverin.

El hombre dudó, después asintió con la cabeza.

—¿Por qué… por qué estoy aquí? ¿Está...? —Redujo la voz hasta un susurro—. ¿Está con la Orden de Babel?

—De cierta manera.

Meses después de que entraran en la Casa Kore, la Orden de Babel había contratado al grupo de Séverin para que encontraran el tesoro escondido de la Casa Caída; se decía que se encontraba en una finca llamada el Palacio Durmiente, aunque nadie sabía dónde estaba. A cambio, Séverin podría catalogar y analizar estos tesoros él mismo, un privilegio inaudito fuera de la Orden. Claro que, una vez más, él *debería* haber sido uno de ellos, pero ya no quería ese cargo. No después de lo de Tristan.

La Orden afirmaba que querían el tesoro para acabar con cualquier poder que la Casa Caída tuviera aún... pero Séverin sabía que no era así. La Casa Caída había puesto sus cartas sobre la mesa. Eran serpientes que proyectaban grandes sombras. Sin su tesoro, quedarían irremediablemente debilitados, sí, pero la verdadera razón detrás de la búsqueda de la Orden era simple. Las colonias rebosaban de tesoros: caucho en el Congo, plata en las minas de Potosí, especias en Asia. Las maravillas perdidas dentro de las reservas de la Casa Caída eran demasiado tentadoras como para no perseguirlas y Séverin sabía que los miembros de la Orden se abalanzarían sobre ellas como lobos. Lo que significaba que él tenía que llegar primero. No le importaban ni el oro ni la plata, quería algo mucho más valioso: *Las letras divinas.*

Un tesoro que la Orden ni siquiera notaría que habría desaparecido, porque siempre se había considerado perdido. Según el acervo popular de la Orden de Babel, *Las letras divinas* contenían el secreto para unir los fragmentos de Babel del mundo. Una vez unido, el libro podría reconstruir la Torre de Babel y así acceder al poder de Dios. Ese esfuerzo había hecho que la Casa Caída acabara exiliada hacía cincuenta años. Y sin embargo, el libro llevaba desaparecido mucho tiempo... o eso era lo que todos creían.

Hasta que Roux-Joubert tuvo un desliz.

Después de la batalla en las catacumbas, los miembros capturados pertenecientes a la Casa Caída acabaron siendo unos informantes inútiles. No solo se habían quitado la vida, sino que también se habían quemado la cara y los dedos para que no los identificaran.

Solo Roux-Joubert había fallado. Después de matar a Tristan, masticó en vez de tragarse la píldora para suicidarse, gracias a la que se llevaría los secretos a la tumba. Estuvo muriéndose lentamente durante semanas y en un estado de locura empezó a hablar.

—*El padre del doctor es un hombre malo* —*dijo, riendo histéricamente*—. *Usted sabe bien cómo es un padre malo,* monsieur. *Usted lo entiende, estoy seguro… Ah, qué cruel… no dejará que el doctor entre en el Palacio Durmiente... pero el libro está ahí, esperándolo. Lo encontrará. Él nos dará vida después de la muerte…*

¿Él? La incógnita atormentaba a Séverin, pero no había ningún registro del último patriarca de la Casa Caída. Y aunque la Orden parecía decepcionada por no poder encontrar el Palacio Durmiente… al menos estaban tranquilos porque sabían que la Casa Caída tampoco podía encontrarla.

Solo él y Hypnos, el patriarca de la Casa Nyx, habían continuado con la búsqueda, buscando registros y recibos, buscando cualquier inconsistencia que al final los llevó hasta el hombre que estaba sentado frente a Séverin. Un hombre viejo y arrugado que había logrado esconderse durante mucho tiempo.

—He pagado mis deudas —dijo el hombre—. Ni siquiera formaba parte de la Casa Caída, solo era uno de sus muchos abogados. Y ya se lo dije a la Orden cuando cayó la Casa, luego me dieron aquella bebida y no recuerdo nada de sus secretos. ¿Por qué arrastrarme hasta aquí? No tengo información que valga la pena saber.

Séverin dejó su taza de té sobre la mesa.

—Creo que puedes llevarme al Palacio Durmiente.

El hombre resopló.

—Nadie lo ha visto en...

—Cincuenta años, lo sé —dijo Séverin—. Tengo entendido que está bien oculto. Pero mis contactos me dicen que la Casa Caída creó un par de lentes especiales. Unas lentes Tezcat, para ser exactos, que revelan la localización del Palacio Durmiente y de todos sus deleitables tesoros. —Séverin sonrió—. Sin embargo, confiaron estas lentes únicamente a una persona, alguien que no sabía lo que guardaban.

El hombre se quedó boquiabierto.

—C... cómo... —Se quedó callado y luego carraspeó—. Las lentes Tezcat son un mero rumor. Y desde luego yo no las tengo. No sé nada, *monsieur*. Lo juro por mi vida.

—Una elección de palabras desafortunada... —dijo Séverin.

Se sacó la navaja de Tristan del bolsillo, pasó un dedo por las iniciales grabadas: T. M. A. Tristan había perdido su apellido y por eso Séverin le había dado el suyo. En la base del cuchillo había un uróboros, una serpiente que se mordía la cola. Antaño era el símbolo de la Casa Vanth, la Casa de la que pudo haber sido patriarca, si las cosas hubieran salido según lo previsto... Si ese sueño de la herencia no hubiera matado a la persona más cercana que tenía. Ahora era un símbolo de todo lo que cambiaría.

Sabía que aunque encontraran *Las letras divinas*, no bastaría para proteger a los demás... Llevarían una diana en la espalda el resto de su vida y eso era inaceptable. Así pues, Séverin había albergado un nuevo sueño. Soñó con esa noche en las catacumbas, con Roux-Joubert y su boca llena de sangre dorada; la sensación de que se le alargaba la columna vertebral como si hiciera sitio para unas alas repentinas. Soñó con la presión que notaba en la frente, los cuernos que brotaban y se arqueaban, con unas puntas lacadas que rozaban la parte superior de las orejas.

Podríamos ser dioses.

Eso fue lo que *Las letras divinas* prometieron. Si tuviera el libro, podría ser un dios. Un dios no conocía el dolor humano, la pérdida o la culpa. Un dios podía *resucitar*. Podría compartir los poderes del libro con los demás, hacerlos invencibles... protegerlos para siempre. Y cuando lo abandonaran, como sabía que habían planeado, no sentiría nada de nada.

Porque no sería humano.

—¿Me va a apuñalar con eso? —preguntó el hombre, que se retiró de la mesa con fuerza—. ¿Cuántos años tiene, *monsieur*? ¿Veinte años? ¿No cree que es demasiado joven para ensuciarse las manos de sangre?

—No creo que la sangre discrimine por edad —dijo Séverin, inclinando el filo de la navaja—. Pero no lo voy a apuñalar. ¿Qué sentido tiene, si ya lo he envenenado?

El hombre miró rápidamente el té. El sudor le perlaba la frente.

—Miente. Si hubiera emponzoñado el té, usted también se habría envenenado.

—Sin duda —dijo Séverin—. Pero el veneno no estaba en el té, sino en el revestimiento de porcelana de su taza. Ahora. —Se sacó un frasquito transparente del bolsillo y lo colocó sobre la mesa—. El antídoto está justo aquí. ¿Seguro que no hay nada que quiera contarme?

DOS HORAS DESPUÉS, Séverin vertió cera de sellado en varios sobres, uno para enviarlo de inmediato y los demás para enviarlos a los dos días. Una pequeña parte de él dudó, pero se armó de valor. Lo estaba haciendo por ellos. Por sus amigos. Cuanto más se preocupara por sus sentimientos, más difícil sería su misión. Así pues, se empeñó en no sentir nada en absoluto.

2

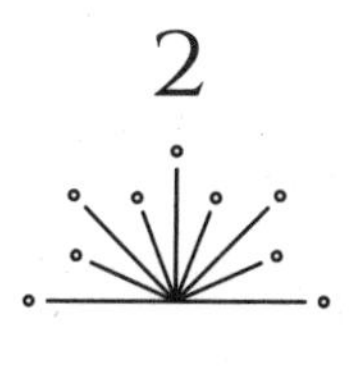

LAILA

Laila miró fijamente la carta que su criada le había traído. Cuando cogió el sobre, pensaba que sería una nota de Zofia en la que decía que había vuelto de Polonia. O Enrique, contándole cómo le había ido su reunión con los Ilustrados. O Hypnos preguntándole cuándo podían cenar juntos. Pero, en cambio, era de la última persona… y con las últimas palabras… que se habría imaginado:

Sé cómo encontrar Las letras divinas.
Nos vemos a las 12 en punto.
SÉVERIN

El sonido del roce de las sábanas en su dormitorio la sobresaltó.

—Vuelve a la cama —dijo una voz adormecida.

La luz fría de diciembre atravesaba los ventanales de su *suite* del Palais des Rêves, el cabaret donde actuaba como la bailarina L'Énigme. Era una luz que despertaba los recuerdos de anoche. No volvió sola a su habitación, lo que últimamente era algo bastante habitual. La noche anterior fue el hijo de un diplomático el que trajo el champán y las fresas después de su actuación. A ella le gustó nada más verlo. No tenía un cuerpo estilizado, sino robusto; sus ojos no eran de color violeta intenso, sino pálidos como un vino joven y su pelo no era negro como una ciruela, sino dorado.

Le gustaba lo que no era.

Por eso, pudo contarle el secreto que le quitaba el sueño. El secreto por el que su padre la consideraba una abominación. El secreto que no se atrevía a contar a sus mejores amigos.

—Me estoy muriendo —le susurró después de atraerlo hacia ella.

—¿Te estás muriendo? —le preguntó el hijo del diplomático, sonriendo—. ¿Tan impaciente eres?

Cada vez que pronunciaba esas palabras delante de un amante, sentía que la verdad se hacía más pequeña, como si algún día pudiera llegar a reducirla a un tamaño manejable y sostenerla en la palma de la mano, en lugar de dejar que la consumiera del todo. El *jaadugar* había dicho que su cuerpo, que había sido fabricado en lugar de haber nacido, no aguantaría más de veinte años. *Ella* no aguantaría y eso le dejaba poco más de un mes de vida. Su única esperanza de sobrevivir era *Las letras divinas,* un libro que guardaba el secreto del poder de la forja, el arte de controlar la mente o la materia según la afinidad de cada uno. Con él, podría encontrar una forma de permanecer unida más tiempo a su cuerpo forjado. Pero ya habían pasado meses y el rastro para encontrarlo se había esfumado a pesar de los esfuerzos de todos. Lo único que podía hacer era disfrutar del tiempo que le quedaba... y eso hacía.

Sintió una punzada aguda en el pecho y dejó la carta en el tocador. Los dedos le temblaban después de haberla leído.

De haberla leído *de verdad*. Los recuerdos le inundaron la mente: Séverin vertiendo cera negra de sellado en el papel mientras sus ojos violetas brillaban radiantes.

Laila miró al hombre que había en su cama.

—Me temo que tienes que irte.

UNAS HORAS MÁS TARDE, Laila caminaba por las calles frías de Montmartre. La Navidad ya había terminado, pero el invierno todavía mantenía esa magia festiva. Las luces de colores parpadeaban detrás de los cristales empañados. Un vapor caliente salía de las panaderías y traía el olor a *pain d'épices*, un pan de especias de color dorado intenso cubierto con miel de color ámbar. El mundo se inclinaba hambriento en la cúspide de un nuevo año y Laila no dejaba de preguntarse cuánto viviría para ver todo aquello.

A la luz de la mañana, su vestido escarlata con un escote con cuentas de ónix de color carmín resultaba muy llamativo. Como si estuviera empapado de sangre, casi. Parecía una armadura necesaria para lo que le aguardaba en el hotel L'Éden.

Laila no había visto a Séverin desde que entró en su habitación sin permiso y leyó una carta que no era para él. ¿Cómo sería su vida si nunca la hubiera encontrado? ¿Y si nunca la hubiese escrito?

En aquel momento, no sabía cómo conciliar lo que sentía por Tristan. Lamentaba la violencia de su muerte tanto como lamentaba la oscuridad que escondía en su vida. El secreto de su difunto amigo era demasiado grande para soportarlo sola, por lo que le había escrito para informarle de lo que había encontrado y cuánto lo amaba todavía. Era algo que hacía de vez en cuando: escribir una carta a aquellos que no podían responder y esperar que le trajera algo de paz.

Había salido de su habitación solo unos minutos y, al regresar, le dio un brinco el corazón al ver a Séverin. Pero su mirada recayó sobre la carta que tenía en el puño apretado; los nudillos eran blancos y los ojos, negros como el infierno, sobrenaturales y enormes por la conmoción.

—¿Cuánto tiempo pensabas que podrías ocultármelo?

—Séverin...

—Dejé que le pasara a él —murmuró.

—No, no lo hiciste —dijo caminando hacia él—. ¿Cómo lo ibas a saber? Nos lo ocultó a todos...

Pero él retrocedió con manos temblorosas.

—*Majnun.* —A ella se le quebró la voz al decir ese nombre que llevaba meses sin pronunciar—. No dejes que ese fantasma te persiga. Él descansa libre ya de sus demonios. Tú puedes hacer lo mismo y seguir viviendo.

Laila le cogió la muñeca y con los dedos rozó el brazalete del juramento. Ella le había arrancado la promesa la noche de su cumpleaños, cuando quiso convertirse en su amante para poder seguir la búsqueda de *Las letras divinas*. Pero esa no era la única razón. Quería que él deseara algo más que la insensibilidad... y, por un momento, pensó que ese algo podía ser ella. No había olvidado las palabras crueles que pronunció, pero podía perdonar la crueldad generada por la culpa si él lograba perdonarse a sí mismo.

—No renuncies a la vida —le rogó.

No renuncies a mí.

La miró. Miró *a través de* ella. Laila no podía soportar ver cómo se aislaba en sí mismo y le cogió la cara para girarla hacia sí.

—No puedes protegernos a todos de todo —le dijo—. Eres humano, Séverin.

En ese momento, a él se le iluminaron los ojos. La esperanza resurgió dentro de ella, pero se atenuó cuando él retrocedió.

Salió de la habitación sin decir nada. Lo último que supo fue que había retomado la búsqueda de *Las letras divinas,* como si encontrándolo pudiera vengar a Tristan y liberarse de la culpa que sentía desde que su hermano murió.

Laila se ajustó el abrigo. Su anillo granate atrapó la luz. No hacía mucho que le había pedido a Zofia que se lo hiciera. La piedra tenía un aspecto violento y húmedo, como si en lugar de una joya fuera el corazón de un pájaro arrancado y bañado en oro. En él se leía el número 21. Veintiún días de vida.

Hoy era la primera vez que dudaba de ese número.

Hasta ahora se había conformado con pequeños sueños como pasar más tardes con Zofia, Hypnos y Enrique. O quizá una última tarde de invierno en la que la nieve fría azucarara las calles de París y su aliento se desplomara suavemente ante ella. A veces se imaginaba cómo sería la muerte, como si estuviera viendo su alma salir de los pulmones. Podía decirse a sí misma que sí, que la muerte era fría, pero al menos no dolía.

La carta de Séverin lo cambió todo.

La Orden los había contratado para hallar los tesoros de la Casa Caída, pero para ello era necesario encontrar el Palacio Durmiente… y todos los intentos por descubrirlo habían sido en vano. Cuando cesó el flujo constante de informes de Séverin, la Orden dijo que jamás encontrarían el tesoro de la Casa Caída ellos solos. No había Cónclave de invierno para ella y los demás, y el único alivio era que ya no tendría que hacerse pasar por la amante de Séverin.

Ahora, parecía que sí tendría que hacerlo.

Poco a poco, Laila se dio cuenta de que un sonido la estaba siguiendo: un galope constante. Se paró, se dio la vuelta despacio y vio que un carruaje de color índigo adornado con plata cincelada se detenía a poco más de un metro de ella. Un símbolo que le resultaba familiar —una gran luna creciente parecida a una sonrisa astuta— relucía en la puerta del carruaje mientras se abría.

—Me duele que no me invitaras a tu aventura de anoche —se quejó una voz familiar.

Hypnos se asomó por la puerta abierta y le lanzó un beso. Laila sonrió, atrapó el beso y se dirigió hacia él.

—La cama era demasiado pequeña —le contestó.

—Espero que su dueño no lo fuera —dijo él mientras se sacaba de la chaqueta una carta con el sello de Séverin—. Me imagino que a ti también te ha convocado.

Ella respondió sacando su carta. Hypnos sonrió y luego le hizo sitio en el carruaje.

—Ven conmigo, *ma chère*. No hay tiempo que perder.

Laila sintió una punzada en el pecho.

—Lo sé mejor que nadie —dijo mientras se subía al carruaje.

3

ENRIQUE

Por quinta vez en el último minuto, Enrique Mercado-López se arregló el pelo y se atusó la pechera inmaculada. Después, carraspeó.

—Caballeros de los Ilustrados, les agradezco que me acompañen en mi presentación de hoy sobre las antiguas potencias mundiales. He seleccionado para esta tarde algunos artefactos forjados de todo el mundo. Creo que debemos buscar directrices en la historia conforme progresamos en la soberanía de Filipinas. ¡Nuestro pasado puede cambiar nuestro futuro!

Parpadeó y se detuvo. Luego murmuró:

—Espera, ¿nuestro pasado… o el pasado?

Miró el cuaderno de notas que había estado revisando y repasando, y subrayó y borró casi la mitad de la presentación original que había estado preparando durante semanas.

—El pasado —dijo, mientras escribía otra nota.

Miró alrededor de la sala de lectura de la Biblioteca Nacional de Francia. Era una de las bibliotecas más hermosas que jamás había visto, con techos abovedados como la caja torácica del monstruo abatido de algún mito; llena de vidrieras forradas de libros y manuales de referencia forjados que reposaban en unas finas estanterías doradas, acicalándose y agitando las cubiertas.

También estaba completamente vacía.

Enrique miró hacia el centro de la sala. En lugar de una araña, había un gran orbe brillante girado que mostraba la hora: las once y media.

Los Ilustrados llegaban tarde. Demasiado tarde. La reunión comenzaba a las diez. Tal vez se habían equivocado de hora o hubieran perdido las invitaciones. No, eso no podía ser. Había comprobado las direcciones dos veces y le habían confirmado su recepción. No lo ignorarían así como así, ¿verdad? Ya había demostrado su valor como comisario e historiador. Había escrito artículos para *La Solidaridad* y había abogado con elocuencia por la igualdad de civilizaciones colonizadas a sus colonizadores. O eso creía. Además, contaba con el apoyo de Hypnos, un patriarca de la Orden de Babel y de Séverin Montagnet-Alarie, el inversor más influyente de París y propietario del hotel más grande de Francia.

Enrique dejó su cuaderno y bajó del podio a la mesa del comedor dispuesta en el centro de la sala, preparada para los nueve miembros del círculo íntimo de los Ilustrados... que pronto serían diez. Esperaba.

El té caliente de jengibre *salabat* había empezado a enfriarse. Pronto tendría que tapar la *afritada* y el *pancit* en las bandejas calentadoras de alimentos. La cubitera del champán estaba más llena de agua que de hielo.

Enrique repasó la invitación. Tal vez no era tan malo que no hubieran llegado los miembros no Ilustrados. Pensó en Hypnos y un calorcito le recorrió agradablemente todo el cuerpo.

Le hubiera gustado invitarlo, pero el muchacho tendía a negarse ante cualquier indicio de demasiado compromiso y prefería permanecer en aquel terreno entre no ser del todo amigos ni del todo amantes. En la mesa del fondo había un hermoso ramo de flores de Laila, que sabía que no asistiría.

Una vez, la había despertado antes de las diez de la mañana y se encontró con un gruñido de ira, una mirada fulminante de ojos rojos y un jarrón que le lanzó a la cabeza. Por fin, cuando hacia el mediodía bajó tambaleante por las escaleras, no recordaba nada del incidente. Y Enrique decidió no volver a quedar con Laila antes del mediodía.

Luego estaba Zofia. Zofia hubiera asistido y se habría sentado en su silla con la espalda bien recta, con aquellos ojos azules como corazones de velas llenos de curiosidad. Pero estaba regresando de Polonia, donde había ido a visitar a su familiar.

En un momento de desesperación, se planteó invitar a Séverin, pero eso se le antojaba cruel. Gran parte de la razón por la que había organizado esta presentación era porque no podía ser historiador y comisario de Séverin para siempre. Además, Séverin no era… el mismo. No lo culpaba, pero ya no le apetecía que le volvieran a cerrar una puerta en las narices. Se dijo a sí mismo que no estaba dejando a Séverin, sino que estaba eligiendo su propia vida.

—Lo he intentado —dijo en voz alta por enésima vez—, lo he intentado de verdad.

Se preguntó cuántas veces se había repetido lo mismo para no sentir la culpa por sus venas. A pesar de su investigación, no habían encontrado nada que pudiera llevarlos al Palacio Durmiente, donde se encontraba el tesoro de la Casa Caída y el único objeto que Séverin estaba empeñado en encontrar en su interior: *Las letras divinas*. Recuperar *Las letras divinas* sería el golpe de gracia para la Casa Caída. Sin ese libro, sus planes para volver a unir los fragmentos de Babel fracasarían. Necesitaban *Las letras divinas*; quizá entonces, Séverin sintiera que habían vengado a Tristan de verdad.

Pero eso no iba a pasar.

Cuando la Orden dijo que se haría cargo de la misión, Enrique solo sintió alivio. La muerte de Tristan no lo atormentaba.

Nunca olvidaría el primer respiro después de saber que Tristan estaba herido de muerte, como si hubiera luchado contra el mundo por el privilegio de llevar aire a los pulmones. Eso era la vida. Un privilegio. Y no pensaba desperdiciarlo en búsqueda de la venganza. Haría algo mucho más significativo, más importante.

Después de la muerte de Tristan, Laila se fue definitivamente de L'Éden. Séverin se volvió tan frío e inalcanzable como las estrellas. Zofia seguía siendo la misma, aunque se había marchado a Polonia... así que solo quedaba Hypnos. Hypnos comprendía su pasado lo suficiente para querer formar parte de su futuro.

—¿Hola? —dijo una voz detrás de él.

Enrique volvió a centrarse; se colocó bien la chaqueta y esbozó una sonrisa. Tal vez se estuviera preocupando por nada. Tal vez todo el mundo llegara tarde, pero mientras aquella figura caminaba hacia él, Enrique se fue desilusionando. No era un miembro de los Ilustrados, sino un mensajero que llevaba dos sobres.

—¿Es usted el señor Mercado-López?

—Por desgracia —contestó él.

—Esto es para usted.

Una carta era de Séverin. La otra, de los Ilustrados. Con el corazón en un puño, abrió esta última y la leyó rápidamente mientras se le formaba un nudo de vergüenza en el estómago.

[...] *Sentimos comunicarle que la vacante para este puesto está fuera del alcance de sus habilidades,* Kuya *Enrique. La edad nos otorga sabiduría y tenemos la sabiduría para resistirnos a la soberanía y saber dónde buscar. Acaba de cumplir veinte años.*

¿Cómo sabe qué es lo que quiere? Tal vez, cuando llegue la paz, nos interesemos por usted y sus intereses. Pero por ahora, bríndenos su apoyo desde su posición. Disfrute de su juventud. Siga escribiendo sus motivadores artículos sobre historia. Es lo que mejor sabe hacer…

Enrique sintió un alivio extraño. Retiró una de las sillas de la mesa del comedor y se desplomó en ella. Se había gastado la mitad de sus ahorros en alquilar la sala de lectura de la biblioteca, organizar la comida y la bebida, programar el transporte de los artefactos prestados por el Louvre... ¿y para qué?

La puerta se abrió de repente. Enrique levantó la vista, preguntándose qué más tenía que entregarle el mensajero, pero no era el mensajero, sino Hypnos el que se dirigía hacia a él. Se le aceleró el pulso al ver al otro chico, con un rictus de sonrisa forzada y los ojos escarchados del color de los estanques de las hadas.

—Hola, *mon cher* —dijo, acercándose para besarle las mejillas.

Enrique notó un calor por todo el cuerpo. Tal vez no todas sus ensoñaciones fueran absurdas, a fin de cuentas. Por una vez, quería que lo buscaran, que lo eligieran a él primero. Que lo quisieran. Y ahí estaba Hypnos.

—Si quieres asistir a la presentación para sorprenderme, te lo agradezco… pero parece que eres el único.

—¿Asistir? —respondió parpadeando—. No, es antes del mediodía, no soy persona ahora mismo. Solo he venido a buscarte.

Enrique notó frío de repente; dio carpetazo a sus ensoñaciones, que devolvió a la oscuridad.

—¿No has recibido la carta? —preguntó Hypnos.

—Recibo muchas cartas —contestó él con hosquedad.

Hypnos abrió la carta de Séverin y se la dio a Enrique.

UN MOMENTO MÁS TARDE, Enrique subió al carruaje de Hypnos junto a Laila. La muchacha sonreía con delicadeza y él se acurrucó contra ella de inmediato. Hypnos le cogió la mano ligeramente y le acarició los nudillos con el pulgar.

—¿Qué tal ha ido? —preguntó Laila—. ¿Has recibido mis flores?

Enrique asintió, con el nudo aún en el estómago de la vergüenza. Los Ilustrados le habían dejado claro que lo que tenía que decir no merecía ser escuchado. Pero encontrar los tesoros de la Casa Caída, devolverles *Las letras divinas* de la Orden de Babel podría cambiarlo todo. Además, una última adquisición le parecía lo mejor. Como si no solo estuviera honrando el legado de Tristan, sino también poniendo fin a este capítulo de su vida como historiador de L'Éden... como parte del equipo de Séverin.

—No ha venido nadie —dijo, pero sus palabras se las tragó el ruido del carruaje que ya se alejaba traqueteando por la grava.

Y, al final, nadie lo escuchó.

4

ZOFIA

Zofia Boguska había aprendido a mentir en los últimos meses.

En diciembre, les dijo a los demás que estaba celebrando Janucá en Glowno, Polonia, donde su hermana, Hela, trabajaba de institutriz en la casa de su tío. Pero esa no era la verdad. La verdad era que Hela se estaba muriendo.

Zofia se detuvo frente al estudio de Séverin en el hotel L'Éden. Todavía cargaba con el equipaje y no se había quitado ni el abrigo ni el sombrero violeta que, según Laila, «le hacía resaltar los ojos», algo que aterrorizaba a Zofia y que la llevaba a tocarse los párpados sin cesar. No quería regresar tan pronto. No tenía mucho sentido porque Séverin no había aceptado ninguno de sus encargos de adquisición y sus habilidades no les habían ayudado a encontrar *Las letras divinas*. No obstante, dos días atrás, Séverin le había enviado una carta urgente con indicaciones para que regresara al L'Éden, aunque sin decirle por qué.

—Vete, Zofia, estaré bien —había insistido Hela mientras le besaba la mano a Zofia—. ¿Y tus estudios qué? ¿No te meterás en líos por tomarte tanto tiempo libre de la universidad?

Zofia había perdido la cuenta de las mentiras que había contado. Al final, no le quedaba otra que volver porque no tenía dinero y, además, Hela tenía razón en algo: parecía que estaba mejor. Escasos días antes, la fiebre recorría todo el cuerpo de Hela. Perdió el conocimiento en una ocasión y su tío mandó llamar a un rabino para que llevara a cabo los rituales funerarios, pero entonces llegó otro médico a casa de su tío e insistió en que Zofia había pagado sus servicios y, aunque ella no recordaba haberlo hecho, le dejó pasar de todas formas. La esperanza no garantizaba gran cosa, pero era mejor eso que nada. Aquella noche, el médico le inyectó un compuesto farmacéutico que, según él, no estaba disponible en ninguna otra parte y le prometió que viviría.

Y así fue.

La carta de Séverin llegó a la mañana siguiente. Aunque Hela se estaba recuperando, Zofia había decidido no quedarse en París. Volvería a Polonia y cuidaría de ella... pero necesitaba más dinero. Sus ahorros se habían esfumado con los cuidados de su hermana y en las cuotas de su tío, una compensación que este demandaba por el tiempo en que Hela no había podido darles clase a sus hijos. Una deuda que, en caso de morir, él le perdonaría «con generosidad», por supuesto.

Eran familia, al fin y al cabo.

Zofia tenía que volver a París, despedirse y vender su laboratorio por partes. Todo el dinero que recibiera lo destinaría al cuidado de Hela.

En el L'Éden, Zofia llamó a la puerta del estudio de Séverin, tras la que pudo oír los pasos apresurados de su mayordomo, que murmuró en voz baja:

—*Mademoiselle* Boguska, ¿está segura de que no puede esperar? *Monsieur* Montagnet-Alarie ha estado muy…

La puerta se abrió y Séverin apareció ahí plantado. Sin decir nada, este miró a su mayordomo y el hombre desapareció de inmediato por el pasillo. Ausente, Zofia se preguntaba cómo Séverin podía hacer esa clase de cosas: ordenar sin hablar. Ella jamás tendría esa clase de poder, pero, al menos, con aquella carta de renuncia que sujetaba con fuerza en la mano, podría salvar a alguien a quien amaba.

—¿Qué tal el viaje? —preguntó Séverin mientras se apartaba para dejarla pasar.

—Largo.

Pero no tan malo como podría haber sido. Cuando Séverin le escribió, había incluido un billete de tren en primera clase con un compartimento para ella sola con tal de que no le hiciera falta entablar conversación con nadie. A ella le gustó que aquel compartimento tuviera lámparas con muchas borlas y una alfombra de un solo color. Se había pasado el trayecto contando cosas en voz alta… para calmarse por lo que tenía que hacer.

Zofia le entregó la carta de renuncia.

—Tengo que regresar —le dijo—. Mi hermana me necesita, así que renuncio. He vuelto para despedirme de todos.

Séverin miró fijamente la carta sin cogerla.

—Lo que tenía entendido sobre tu trabajo era que el salario que ganabas servía para complementar la matrícula de tu hermana en una facultad de medicina. ¿Ya no es lo que deseas?

—Sí… claro que sí, pero…

—Entonces, ¿por qué tienes que marcharte?

Zofia buscó las palabras correctas. Al repasar el orden de los acontecimientos, no había imaginado que él rechazara su renuncia tan rápido. A fin de cuentas, ella no tenía ocupación alguna en el L'Éden. Él había dejado de perseguir todas las adquisiciones cuando fracasó la búsqueda del Palacio Durmiente, por lo que no tenía trabajo.

—Mi hermana se está muriendo.

La expresión de Séverin no cambió.

—¿Y esa es la razón por la que te fuiste a Glowno?

Ella asintió.

—¿Por qué me mentiste?

Zofia vaciló. Recordó la última carcajada de Tristan y los febriles murmullos de Hela sobre cómo pasaba su familia Janucá, apelotonados alrededor de la mesa mientras su madre servía el guiso y con el aroma a cera de vela ardiendo en el *janukiá*.

—Porque no quería que fuera cierto.

No obstante, había otra razón. Cuando Zofia comenzó a escribirles a Enrique y Laila una carta, Hela la detuvo y le dijo: «No les preocupes, Zofia. Empezarán a angustiarse por ver quién tendrá que cuidarte cuando yo ya no esté». ¿Y si su hermana tenía razón? La culpa de no saber si era o no una carga la hizo dejar de escribir.

Zofia vio que un músculo se contraía en la mandíbula de Séverin, que seguía sin coger la carta. Encontró nuevas palabras, de todas las veces que lo había visto girar repetidamente la vieja navaja de Tristan en las manos o detenerse en la puerta de su habitación y no abrirla nunca o quedarse mirando por la ventana a lo que antaño había sido el Jardín de los Siete Pecados.

—Lo entiendes —dijo ella.

Séverin se estremeció. Se apartó bruscamente de ella.

—Tu hermana no va a morir —dijo él—. Y aunque ella te necesite, yo te necesito más. Queda trabajo por hacer.

Zofia frunció el ceño. Se preguntaba cómo Séverin estaba tan seguro de que Hela iba a recuperarse, cuando de repente el simple hecho de pensar en el trabajo la llenó de alegría. Estaba inquieta sin trabajar y no estaba hecha para reemplazar a Hela en la casa de su tío, donde todo el sueldo iría a pagar la deuda pendiente.

—He comprobado tus ahorros esta mañana y no tienes más dinero, Zofia.

Esta abrió la boca, pero no llegó a decir nada. La rabia le encendió las mejillas.

—Eso... no es asunto tuyo. Es privado.

—No para mí —dijo él—. Quédate hasta que acabes tu próximo trabajo y te doblaré el salario. Tu hermana no tendrá que trabajar como institutriz y podréis vivir con holgura durante los próximos años. Empezaré a mandarle parte de tu salario ahora... pero no puedes volver a Polonia y solo recibirás ese aumento una vez terminado el trabajo.

—¿Y no... no puedo quedarme nada de ese dinero mientras tanto? —preguntó Zofia.

Eso no le hacía gracia, porque ya tenía que depender demasiado de los demás.

—Me haré cargo de tus costes de manutención y de los del laboratorio.

—¿Y qué pasa con Goliat?

Séverin se dio la vuelta bruscamente; su boca era una línea recta.

—¿Qué pasa con él?

Zofia levantó la barbilla. Desde que Tristan murió, guardaba su tarántula venenosa a buen recaudo en el laboratorio y la única vez que no había cuidado de ella fue durante su viaje, pero en aquella ocasión le pidió el favor a Enrique, cuya respuesta fue: «Preferiría prenderme fuego antes». Sin embargo, no fue más que una exageración, ya que al final, aun a regañadientes, accedió. Supuso que eso habría hecho feliz a Tristan.

—Necesita dinero para comer y dormir.

Séverin apartó la mirada.

—Me haré cargo. ¿Aceptas las condiciones?

Zofia escudriñó su rostro en busca de rasgos familiares en su expresión. Antes era capaz de descifrarlo, pero quizá era él que se lo permitía. Ahora era como un desconocido y Zofia se preguntaba si era consecuencia de la muerte, pero no podía ser porque ella y Hela habían visto morir a sus padres; habían visto cómo se había quemado su casa y todas sus pertenencias. Pero no se habían aislado ni alejado. Zofia cerró los ojos. Ellas. Ellas se tenían la una a la otra, pero Séverin, por mucho que supiera dar órdenes sin hablar, no tenía a nadie. Su ira desapareció.

Abrió los ojos y pensó en la débil sonrisa de Hela. Su hermana sobreviviría gracias a ella y, por primera vez, Zofia se sintió un poco orgullosa. Había dependido de Hela y de tantos otros, pero esta vez se lo devolvería. Quizá en un futuro no tendría que depender de nadie.

—Cada semana, yo mismo mandaré ir a buscar dos cartas sobre el estado de salud de tu hermana, escritas de su puño y letra —añadió Séverin—. Correrán a mi cuenta.

Zofia recordó el beso que le dio su hermana en la mano. «Vete, Zofia».

—Acepto —dijo ella.

Séverin asintió y luego miró el reloj.

—Entonces, ve al piso de abajo. Los otros llegarán en cualquier momento.

5

SÉVERIN

Séverin sabía que, para consagrarse como dios, debía desprenderse de todos los elementos que lo hacían humano. Cuando miraba a Zofia, se extinguía en él cualquier rastro de afabilidad y se sentía un poco menos humano. Podría haberle dado el dinero para regresar a casa y no lo hizo. Pensó, rápidamente, que si no tenía a su hermana, no tendría razón alguna para regresar a Polonia… pero algún vestigio de sí mismo le hizo retroceder. En lugar de eso, había enviado un médico a casa de su tío. Se convenció a sí mismo de que era lo más frío e inteligente. Que no significaba nada. Y aun así, mientras se repetía esto una y otra vez, recordó su primer encuentro.

Hacía dos años había oído rumores sobre una brillante estudiante judía a la que habían expulsado y encarcelado por provocar un incendio y por abusar de su afinidad por la forja. La historia no le encajaba, así que se subió a su carruaje y se dirigió hacia la prisión donde se encontraba la muchacha. Zofia estaba tan asustada como un potrillo recién nacido; sus impresionantes ojos azules eran más de criatura que de humana. Él no podía dejarla allí sola, así que la llevó a L'Éden. Días más tarde, su personal le informó de que cada noche, la chica dormía en el suelo con unas sábanas y no en la cama de plumas.

Cuando lo oyó, algo ardió en su interior.

Él había hecho exactamente lo mismo en cada una de las casas de sus padres adoptivos. Tristan y él nunca habían permanecido mucho tiempo con un padre y por eso le resultaba tan peligroso encariñarse de cualquier cosa. Incluso de una cama. Séverin sacó todos y cada uno de los objetos de la habitación de Zofia, le dio un catálogo y le pidió que eligiera lo que ella quisiera. Le informó de que cada artículo de su elección se le restaría del sueldo, pero al menos todos los objetos serían suyos.

—Yo te entiendo —le dijo en voz baja.

Fue la primera vez que Zofia le sonrió.

LO PRIMERO QUE OYÓ cuando se acercaba a la sala del observatorio fue el sonido de un piano. Unas notas altísimas y llenas de esperanza le llegaron al alma y se quedó inmóvil. Aquella música lo embargaba y durante un momento, pareciera que las notas descendieran de las mismas estrellas, como la mitológica *Música de las Esferas* que movía los planetas a un ritmo solemne. Cuando la música paró, respiró al fin; le dolían los pulmones por retener la respiración durante tanto tiempo.

—¡Otra vez, Hypnos! —exclamó Laila.

Séverin la conocía demasiado bien para captar la sonrisa en su voz. El sonido de su pulso ahogó los recuerdos de la música. Qué fácil era para ella sonreír. Después de todo, ella no había perdido nada. Quizá estuviera decepcionada por no poder encontrar *Las letras divinas*, pero solo quería el libro para satisfacer una curiosidad de su propio pasado.

—¿Desde cuándo tocas el piano tan bien? —preguntó Laila.

—Tampoco es tan bueno —refunfuñó Enrique.

Hace dos años, Enrique había intentado, para disgusto de todos, aprender a tocar el piano. Pronto, su «música» infectó los pasillos. Tristan declaró que su música estaba matando a las plantas y, después, Zofia derramó «sin querer» un solvente corrosivo sobre el instrumento, lo que puso fin a sus clases de piano para siempre.

Una vez más, la música se expandió y, con ella, sus recuerdos. Séverin se hincó las uñas en las palmas de las manos. «Dejadme», suplicó a sus fantasmas. Los recuerdos se desvanecieron. Pero, a su paso, captó el aroma de las rosas de Tristan.

Aquel perfume sobrecogedor lo hizo tambalear. Séverin extendió una mano para agarrarse al grueso marco de la puerta y no perder el equilibrio. De repente, la música cesó.

Cuando levantó la vista, Hypnos estaba sentado al piano, con las manos sobre las teclas. Laila estaba sentada con la espalda recta en su sofá verde favorito. Zofia estaba sentada en un taburete, con una caja de cerillas sin abrir sobre el regazo. Enrique se detuvo, justo frente a su investigación de *Las letras divinas,* colocada sobre las estanterías.

Dos imágenes se antepusieron a su visión.

Antes. Después.

Antes, habría habido té y galletas de azúcar. Y risa.

Lentamente, Séverin se enderezó. Soltó el marco de la puerta, se atusó los puños de la camisa y los desafió a mirarlo a los ojos.

Nadie lo hizo, excepto Hypnos.

Hypnos apartó las manos del piano.

—He oído que traes buenas noticias para nosotros, *mon cher.*

Séverin asintió y señaló la investigación situada sobre las estanterías.

—Antes de empezar, repasemos lo que ya sabemos...

—¿Es obligatorio? —suspiró Hypnos.

—Ha pasado bastante tiempo —afirmó Séverin.

—Dos meses, creo —dijo Laila bruscamente.

Séverin ni siquiera la miró. En su lugar, se giró hacia Enrique. Por un momento, Enrique lo miró y pareció recordarse a sí mismo. Carraspeó y señaló el esquema situado tras él en el que había el hexagrama de la Casa Caída, una abeja dorada y la bíblica Torre de Babel.

—Durante estos últimos meses hemos intentado encontrar *Las letras divinas*, el antiguo libro que guarda el secreto de la forja, la sabiduría de cómo reunir los fragmentos de Babel y, a ojos de la Casa Caída, cómo acceder al poder de Dios —dijo Enrique.

Sus ojos se posaron en Séverin, como si quisiera comprobar que su afirmación era correcta. Séverin enarcó las cejas.

—Hay muy poca información en el propio libro —se apresuró a añadir Enrique—. La mayor parte es leyenda. El único registro conocido del libro es una inscripción descolorida de uno de los ancestrales caballeros templarios, escrita sobre un trozo de vitela donde se han cortado las letras...

Enrique sostenía una ilustración del pergamino.

LA... L... DIVINA...

—Respecto a los orígenes del libro, se remontan a la caída de la Torre de Babel —dijo. Un brillo de emoción se asomó a los ojos de Enrique—. Supuestamente, había un grupo de mujeres cerca del emplazamiento original que tocaron los ladrillos más altos de la torre y, por tanto, absorbieron parte del lenguaje divino. Luego escribieron sus conocimientos en un libro. A partir de ahí, encargaron a las mujeres de su linaje que guardaran los secretos del libro para que nadie pudiera reconstruir la Torre de Babel. ¿No es asombroso?

Sonriendo, Enrique señaló con la mano otra ilustración en la que había nueve mujeres.

—Se las llamó las Musas Perdidas, en lo que parece ser un guiño a las diosas griegas de las artes divinas y la inspiración. Parece apropiado, ya que la propia forja se considera un arte divino. Solían existir sitios dedicados a ellas en todo el mundo antiguo —dijo Enrique, mirando las imágenes con nostalgia—. Se propagó la idea de que *Las letras divinas* no solo era un libro que cualquiera pudiera leer, sino que requería de una habilidad heredada a través del linaje de las Musas Perdidas.

—Qué mito más tonto —se burló Hypnos, que hizo sonar una de las teclas del piano—. ¿La capacidad de leer un libro según un linaje? La forja no funciona así. No se transmite a través de la sangre; de ser así, yo poseería la afinidad de forja de la mente.

—Yo no descartaría los mitos —respondió Enrique en voz baja—. La mayoría de ellos son verdades cubiertas de telarañas.

A Hypnos se le suavizó la expresión.

—Ah, por supuesto, *mon cher*. No pretendía insultar tu oficio.

Le lanzó un beso y Enrique… ¿se ruborizó? Séverin frunció el ceño mirándolos a los dos. Hypnos captó su mirada y sonrió.

¿Cuándo había ocurrido eso?

Pero Séverin volvió a centrarse rápidamente en Enrique, que había cogido un mapa amarillento en el que aparecía el extremo sur del subcontinente indio. Por el rabillo del ojo vio que Laila se inclinaba hacia delante como si sintiera nostalgia y Séverin notó un regusto amargo.

—La última localización conocida de *Las letras divinas* es Pondicherry, un asentamiento en la India —dijo Enrique—.

De acuerdo con los documentos de la Orden de Babel, intentaron recuperar el libro, pero al llegar descubrieron que alguien ya había tomado el artefacto en su nombre...

—Y los ladrones no soltaron prenda sobre el robo durante casi veinte años, afirmando que el libro se había perdido —añadió Hypnos.

Enrique asintió.

—Según Roux-Joubert, el mejor indicio para encontrar *Las letras divinas* es dentro del Palacio Durmiente... y allí es donde termina nuestra búsqueda. —Miró a Séverin—. A menos... a menos que tú sepas cómo encontrar el palacio.

A Séverin le encantaba este momento, el momento en que podía revelar algo nuevo y ver el asombro en sus expresiones. Le fascinaba esconder pistas sobre sus adquisiciones futuras, como cuando le pidió a Laila que horneara un pastel lleno de rosas doradas mientras buscaban la Mano de Midas en Grecia. En esa ocasión no les miró el rostro.

—Sí —afirmó sin apartarse de la puerta—. Unos anteojos Tezcat ocultan las coordenadas del Palacio Durmiente y yo sé dónde podemos encontrarlos.

—¿Anteojos? —exclamó Zofia tras inclinarse hacia delante, interesada.

La voz de Laila rasgó el aire.

—¿Y cómo lo sabes? —preguntó con una voz fría.

Ella no lo miró. Él tampoco a ella.

—Tengo mis fuentes —respondió Séverin con la misma frialdad—. También me han dicho que el Palacio Durmiente se encuentra en Siberia.

—¿Siberia? —repitió Hypnos—. Ese lugar está lleno de... fantasmas.

Hypnos miró a su alrededor, esperando a que alguien estuviera de acuerdo con él. Los demás lo miraron sin comprender.

—A ver, ocurrió antes de nacer yo, pero mi padre me contó en una ocasión algo extraño que sucedió allí —explicó—. Terribles historias de ruidos tétricos cerca del lago Baikal, como si fueran chicas gritando para salvar su vida. Estos lamentos aterrorizaban a los lugareños y llegaron a ser tan inquietantes que la facción rusa, la Casa Dazbog, solicitó a la Orden que interviniera. Entonces, mi padre envió una pequeña unidad de forjadores mentales para que detectaran si había alguien allí a quien estuvieran controlando. Pero no encontraron nada.

—¿Y las voces callaron sin más? —preguntó Laila.

Hypnos asintió.

—Al final, sí. Los vecinos aseguraban que estaban asesinando a chicas, pero nunca encontraron ningún cadáver. —Con una voz más tenue, añadió—: Espero que el Palacio Durmiente no esté en Siberia.

Enrique hizo una mueca.

—Pues creo que su nombre lo confirma. La etimología de la palabra «Siberia» no es del todo clara, pero se asemeja considerablemente al término tártaro-siberiano «sib ir», tierra durmiente. De ahí lo de «Palacio Durmiente». Pero quizá me equivoque —añadió rápidamente cuando vio el pánico en el rostro de Hypnos—. En cualquier caso, ¿dónde están esos anteojos Tezcat? ¿En un banco? ¿En un museo?

—En una mansión —contestó Séverin.

Tocó el mnemoinsecto sujeto a su solapa. El insecto forjado cobró vida, sacudió las alas de color, abrió y cerró las pinzas mientras abría las mandíbulas y proyectaba una imagen en las estanterías: una enorme mansión frente al mar con vistas al río Nevá. Había escrito el nombre de la calle en el margen: «Angliskaya Naberezhnava». El Dique Inglés de San Petersburgo.

—Eso es… una casa muy grande —dijo Enrique.

—¿Está en Rusia? —preguntó Zofia con los ojos entornados.

Séverin cambió la imagen a otra fotografía del exterior de la mansión frente al mar.

—Los anteojos Tezcat están escondidos en una colección privada en la casa de un marchante de arte. La sala se llama Cámara de las Diosas, pero no he podido encontrar información de...

Enrique exclamó:

—¡He oído hablar de esa instalación! Tiene cientos de años y nadie conoce al escultor original. Si es que se trata de una escultura... Al menos, es lo que creo. ¡Me moría de ganas de verla! —Irradiante, suspiró—. ¿Os imagináis lo que puede haber en la Cámara de las Diosas?

Zofia arqueó una ceja.

—¿Diosas?

—Eso es solo el nombre de la sala —dijo Enrique con un resoplido.

—¿Miente su nombre?

—No, su nombre evoca al arte, pero podrían ser más cosas.

Zofia frunció el ceño.

—A veces no entiendo el arte.

Hypnos levantó una copa.

—¡Eso, eso!

—Entonces, tenemos que ir a la Cámara, encontrar los anteojos Tezcat y salir —dijo Zofia.

—No precisamente —dijo Séverin—. Los anteojos Tezcat son unas gafas ornamentadas y las piezas esenciales, las lentes, las lleva el marchante de arte al cuello. —Hizo una pausa para consultar sus notas—. El señor Mikhail Vasiliev.

—¿De qué me sonará ese nombre? —dijo Hypnos, frotándose la mandíbula—. ¿Es el dueño de la Cámara de las Diosas?

Séverin asintió.

—¿Pero por qué la Casa Caída le confiaría a él la llave para encontrar su antigua propiedad y sus tesoros ocultos? —preguntó Hypnos—. ¿Qué sabe él?

—¿Y por qué llevaría algo así alrededor del cuello?

—Él no sabe nada, al parecer —dijo Séverin—. Según mi fuente, guarda las lentes como un recuerdo nostálgico en forma de la vieja llave con la que antaño abría el dormitorio de su amante.

Laila bajó la vista hacia su regazo y tiró de una de las borlas de su vestido. Era de un tono rojo sangre que lo ponía nervioso. No quería mirarlo.

—¿Pero por qué él? —presionó Enrique.

—Es lo bastante popular para mantener sus pertenencias a buen recaudo y lo bastante insignificante para no llamar la atención —explicó Séverin—. No está relacionado con la Orden, por lo que no lo interrogarían. Lo más escandaloso de su pasado es un romance con una *prima ballerina* que acabó fatal. La dejó embarazada, se negó a casarse con ella, el bebé nació muerto y ella se suicidó. —Enrique se estremeció y se santiguó—. Como resultado, Vasiliev se escondió durante unos años y fue entonces cuando compró la Cámara de las Diosas. Lleva el peso de la culpa alrededor del cuello.

—Ahora recuerdo su nombre: el recluso ruso —dijo Hypnos y sacudió la cabeza—. No sé cómo lo harás salir de su casa. Hace tiempo que no me pongo al día con los chismes de San Petersburgo, pero solo sale para ir…

—… al Ballet Imperial Ruso —terminó Séverin, que cambió la imagen a la del majestuoso y extravagante Teatro Mariinsky, con su decoración de bailarinas forjadas que hacían piruetas en los balcones exteriores y se deshacían a la luz de la luna—. La próxima actuación es dentro de tres días y él estará allí. Lo único que necesito es el palco contiguo al suyo.

Hypnos chasqueó los dedos.

—Dalo por hecho. La Orden tiene un palco permanente y puedo conseguirte una entrada.

—¿Cómo? —preguntó Enrique.

—Lo de siempre. —Hypnos se encogió de hombros—. Dinero, encanto…

—Necesitaré más de una. Dos o tres, mejor —dijo Séverin, arriesgándose a mirar a Laila—. Laila se hará pasar por mi amante para esta misión. Debería acompañarnos otra persona más.

Silencio.

Séverin enarcó una ceja.

—Creo que dos personas bastarán para el trabajo dentro de la casa de Vasiliev. Puede venir un tercero.

Más silencio.

Enrique parecía extraordinariamente preocupado por algo que tenía debajo de la uña. Zofia frunció el ceño. Séverin miró a Hypnos, que chaqueó la lengua.

—No hay dinero que pague estar en ese palco con vosotros dos.

A su lado, Enrique tomó un vaso de agua, lo bebió demasiado rápido y comenzó a ahogarse. Zofia le dio una palmadita en la espalda. Séverin intentó no mirar a Laila, pero era como intentar ignorar el sol. No hacía falta verlo para notar su intensidad.

—Todavía hay varios aspectos que tener en cuenta —dijo Séverin con brusquedad—. Vasiliev tiene un salón reservado dentro del teatro que frecuenta con sus guardaespaldas. Entrar depende de un tatuaje forjado de sangre.

—¿Forja de sangre? —dijo Zofia, que empezó a palidecer.

Hypnos silbó.

—Un caprichito bastante caro.

—¿Qué es la forja de sangre? —preguntó Enrique—. No lo había oído nunca.

—Es un talento para varias habilidades —afirmó Zofia—. Mente y materia, metal líquido y sólido.

—Es muy infrecuente encontrar a alguien que pueda manipular tanto la mente como la presencia de hierro en la sangre —dijo Hypnos, antes de sonreír con picardía—. Y también muy placentero.

Séverin había visto a esos artistas un par de veces en L'Éden. Muchos optaban por perfeccionar su habilidad en el hielo en lugar de sangre, pero los que se especializaban en sangre solían ir acompañados de un mecenas que necesitaba adormecimiento para procedimientos médicos dolorosos o para divertirse, para aumentar los sentidos antes de ciertas... actividades.

—Tenemos que separar a Vasiliev de sus guardaespaldas —dijo Séverin—. Dar con algo que separe a los hombres...

—¿Dinero? —preguntó Enrique.

—¡Amor! —exclamó Hypnos.

—Imanes —dijo Zofia.

Laila, Enrique e Hypnos se giraron para mirarla.

—Unos imanes potentes —se corrigió Zofia.

—¿Puedes hacer eso? —preguntó Séverin.

La chica asintió.

—Pero eso no resuelve cómo vamos a acceder a su salón —dijo Enrique.

—Se me ocurre algo —dijo Laila—. Al fin y al cabo, soy L'Énigme. Puedo aportar cierta notoriedad cuando quiero.

A su pesar, Séverin la miró. Miles de recuerdos convergieron y luego se desmoronaron. Vio su cabello cubierto de azúcar. Vio su cuerpo desdibujado cuando la tiró al suelo, pensando que era el objetivo de Roux-Joubert aquella noche en el Palais des Rêves. Recordó las dolorosas palabras que había pronunciado y que ahora deseaba que fueran ciertas. Ojalá ella no fuera real.

Laila arqueó una ceja.

—Te estoy ayudando, ¿no? —preguntó con frialdad.

—Sí. —Séverin fingió ajustarse las mangas—. Saldremos hacia San Petersburgo pasado mañana. Tenemos mucho que hacer.

—¿Qué ocurrirá después de conseguir los anteojos Tezcat? —preguntó Hypnos—. ¿Se lo contaremos a la Orden y...?

—No —dijo Séverin bruscamente—. No quiero que intervengan hasta que sepamos a qué nos enfrentamos. Faltan tres semanas para el Cónclave de invierno en Moscú. Si descubrimos algo para entonces, se lo contaremos.

Hypnos frunció el ceño, pero Séverin no le hizo ningún caso. No iba a permitir que la Orden le arrebatara esto. No después de que tantas cosas hubieran cambiado. Cuando Séverin se dio la vuelta para irse, reparó en el anochecer al otro lado de la sala del observatorio.

Tiempo atrás, esta sala de reuniones era un recordatorio de que las estrellas estaban al alcance. Tiempo atrás, podían echar la cabeza hacia atrás y atreverse a mirar el cielo. Ahora, las estrellas parecían una mera burla: gruñidos del destino y las constelaciones, hilados en una caligrafía celestial que deletreaba los inquebrantables destinos de todos los mortales. Eso cambiaría, pensó Séverin. Pronto... encontrarían el libro.

Y entonces, ni siquiera las estrellas podrían tocarlos.

6

LAILA

Laila vio a Séverin salir del observatorio y la embargó una abrumadora sensación de vacío.

Por primera vez en mucho tiempo, se permitió albergar esperanzas. Si la fuente de Séverin estaba en lo cierto, tal vez le quedara más tiempo de vida del que creía. Sin embargo, Séverin intoxicaba con odio toda aquella esperanza renovada. Ella odiaba la fría luz de su mirada y su sonrisa glacial y tirante. Odiaba que el mero hecho de mirarlo le hiciera sentir algo en su interior, obligándola a recordar que, en el pasado, él la había hechizado.

Y peor aún, odiaba tener esperanzas de que, cuando él encontrara *Las letras divinas,* pudiera recuperar su antiguo yo. Como si se tratase de un hechizo que pudiera romperse. Laila intentó olvidarse de dicha fantasía, pero esta era tenaz y, pronto, se coló en su corazón.

—Mi laboratorio… —empezó a decir Zofia, al mismo tiempo que Enrique murmuraba algo acerca de la biblioteca. Hypnos los hizo callar.

—*Non* —dijo. Señaló el suelo—. Quedaos aquí. Ahora mismo vengo. Tengo una sorpresa.

Salió disparado de la habitación y los dejó ahí a los tres. Laila miró de reojo a Zofia. Casi no había tenido ocasión de hablar con ella antes de la reunión. Al observarla, percibió nuevos detalles que le llamaron la atención. Zofia aún llevaba la ropa de viaje. Tenía unas ojeras oscuras bajo los ojos y la delgadez de su rostro reflejaba preocupación. No debería tener ese aspecto después de celebrar el Janucá con su familia.

—¿Te encuentras bien? ¿Estás comiendo lo suficiente?

Antes de irse de L'Éden, Laila dejó a los cocineros instrucciones explícitas sobre cómo servir a Zofia. Esta odiaba cuando los distintos alimentos se tocaban en el plato; no le gustaban los platos demasiado brillantes o con patrones; y su postre favorito era una galleta de azúcar impecablemente blanca y redonda. Laila solía ocuparse de esas cosas. Pero eso era antes. En el instante en que la pregunta salió de su boca, sintió una punzada de culpa su pecho. ¿Con qué derecho se preocupaba por Zofia, cuando fue ella quien la había abandonado? ¿Con qué derecho, cuando ella había sido la responsable de que se distanciasen?

Laila hizo girar en su mano el anillo escarlata. A veces sentía que su secreto era como un veneno que se le disolvía lentamente en la sangre. Deseaba contárselo, liberarse de esa carga, más que nada en el mundo... pero ¿y si la verdad les repugnaba? Su propio padre apenas podía mirarla. No podía perder la única familia que le quedaba.

Zofia se encogió de hombros.

—Goliat está perdiendo el apetito.

—Teniendo en cuenta que Goliat come grillos, creo que no le culpo —dijo Laila en tono divertido.

—No come tantos grillos como debería —dijo Zofia, sacando un palillo y masticándolo—. He hecho un gráfico para documentar el número de grillos que consume y la trayectoria está descendiendo. Te lo enseño si quieres...

—Preferiría que no —dijo Laila—, pero gracias.

Zofia clavó la mirada en sus rodillas.

—No sé qué le pasa.

Laila estuvo a punto de agarrarle la mano a Zofia, pero se detuvo. Las formas de expresar amor no siempre representaban lo mismo para ella y para Zofia. Esta alzó la mirada al cojín negro en el que Tristan solía sentarse, ahora arrinconado bajo la mesa.

—Tal vez Goliat esté de luto —dijo Laila con suavidad.

Zofia la miró.

—Tal vez.

Parecía que Zofia iba a añadir algo, pero entonces Enrique se acercó a Laila.

—Después tenemos que hablar —murmuró antes de sentarse frente a ella.

—No hay mucho que decir —dijo Laila.

Enrique le dirigió una de sus miradas «apestas a mentira», pero no la presionó. Laila le había hablado acerca del *jaadugar* en su ciudad, que antaño custodiaba *Las letras divinas*... pero eso era todo. Enrique y Zofia sabían que ella había estado intentando buscar el libro, aunque no sabían por qué. Y no era capaz de contárselo.

Enrique suspiró y colocó la espalda de tal forma que Laila reconoció lo que estaba haciendo. Ella suspiró y comenzó a rascarle entre los omóplatos.

—Echo de menos que me rasquen la espalda —dijo Enrique en un tono triste.

—En Polonia había un perro que solía hacer algo parecido —señaló Zofia.

—No tengo energía para responder a ese insulto —dijo Enrique, que parecía divertido y herido al mismo tiempo.

—No era un insulto.

—Prácticamente me has llamado perro…

—He dicho que tus actos son como los de ese perro.

—Eso no es exactamente un cumplido.

—¿Sería un cumplido si te dijese que era un perro ejemplar?

—No…

Laila los ignoró; su discusión era como un relajante zumbido de fondo. Parecía un eco de lo que solían ser. Después de que Tristan muriera, ella había intentado permanecer cerca, aunque desde cierta distancia. Pero en cuanto vio a Séverin, supo que eso sería imposible. Si se hubiese quedado en L'Éden, no hubiera podido sobrellevar el recuerdo constante de aquella herida abierta y sin cicatrizar. Todavía la atormentaba. A pesar de que él había dejado de comer clavo, Laila seguía imaginando el aroma. Cuando él salió de la habitación, la asaltaron los indeseados fantasmas del pasado. Recuerdos que él no sabía que ella guardaba, como el de aquella ocasión en que los atacó una criatura forjada en la biblioteca subterránea de la Casa Kore. Cuando recobró el conocimiento, lo primero que recordó haber escuchado fue la voz de Séverin junto a su oído: «Laila, soy yo, tu *majnun* . Y me vas a cabrear muchísimo como no te despiertes ahora mismo».

—¡*Voilà*! —exclamó Hypnos desde la puerta. Empujaba un carrito colmado de aperitivos. Había galletas de colores (que a Zofia le parecieron repugnantes), sándwiches de jamón (que le revolvieron el estómago a Enrique) y un humeante samovar de chocolate caliente, que solo bebía Tristan.

La sonrisa de Hypnos no era su habitual sonrisa gatuna. Ahora era tímida y breve. Optimista.

—He pensado que, tal vez, antes de ponernos a planear podríamos tomar un tentempié.

Enrique miró fijamente el carrito y, al final, dejó escapar un perplejo «Oh». Laila deseó no haber visto cómo Zofia se acercaba a la comida con entusiasmo y luego volvía a retroceder. Hypnos permanecía de pie frente a ellos, esbozando una sonrisa que duró un segundo de más. Encogió un poco los hombros.

—Bueno, si no tenéis hambre, ya como yo —dijo con alegría exagerada.

Esa solía ser la responsabilidad de Laila. En aquel momento, el ambiente de la habitación se antojaba demasiado denso y empalagoso, tan cargado de recuerdos que apenas había aire suficiente para llenarles los pulmones.

—Disculpadme —dijo al mismo tiempo que se levantaba.

Zofia frunció el ceño.

—¿Te vas?

—Lo siento —dijo Laila.

—¿Una galleta? —ofreció Hypnos esperanzado, alargándole una cuando pasó a su lado. Laila le dio un beso en la mejilla y se la quitó de la mano.

—Creo que, por desgracia, los demás acaban de comer —susurró.

—Ah —dijo Hypnos, apartando las manos del carrito—. Claro.

Laila salió de la habitación con rapidez y tiró la galleta a una maceta en la entrada. Solo quería marcharse de ahí y salir a la calle. Quería liberarse de su secreto y gritárselo a París... pero entonces dobló la esquina.

Y ahí estaba él.

Séverin. Una silueta de noche y seda, un joven con una boca hecha para besar y ser cruel. Un joven que, tiempo atrás, la había fascinado y había estado a punto de rozar su corazón. Laila trató de utilizar el odio como coraza, pero él fue demasiado rápido.

—Laila —dijo pausadamente, como si pudiera paladear su nombre—. Estaba a punto de ir a buscarte.

El corazón de Laila no sabía odiar. No de forma genuina. Y una pequeña parte de ella deseaba no aprender a hacerlo nunca. Solo podía quedarse ahí, mirándolo fijamente. Recordó la expresión en su rostro cuando leyó la carta para Tristan... Su dolor al descubrir todos los demonios que su hermano le había estado ocultando. Quizá fue eso lo que le permitió hablar:

—Siento que averiguases el secreto de Tristan de esa manera, pero yo...

—Yo no lo siento —dijo él. Inclinó levemente la cabeza y unos rizos oscuros le cayeron por la frente. Sus labios se curvaron en una fría sonrisa—. De hecho, mereces mi agradecimiento. Y en vista de que fingirás ser mi amante, tengo un regalo para ti. No puedo tomar de la mano a L'Énigme con el cuello desnudo.

Hasta ese momento, Laila no había reparado en el estuche de terciopelo que él llevaba bajo el brazo. Un joyero. Séverin lo abrió y dejó al descubierto una gargantilla de diamantes que parecían carámbanos quebrados. La sola idea de colocárselo sobre la piel le provocó un escalofrío.

—Son auténticos —dijo él, sacando la joya para que la tocara.

Laila acarició una piedra preciosa con el dedo y sintió una débil resistencia en sus pensamientos. Eso solo ocurría cuando tocaba un objeto forjado. La sombra de Séverin se cernió sobre ella.

—Cuando te necesite, este collar de diamantes se calentará y se ajustará muy ligeramente —dijo—. Entonces vendrás a informarme de lo que sea que descubras. Del mismo modo, yo te pondré al corriente de mis progresos respecto a la obtención de *Las letras divinas*.

Laila retrocedió con brusquedad.

—¿Quieres ponerme un collar como a un perro?

Séverin alzó la muñeca y la luz alcanzó el brazalete forjado de Laila que él llevaba como un juramento tatuado.

—Quiero devolverte el favor. ¿O es que no somos iguales en todo? ¿No es eso lo que nos prometimos?

Sus palabras eran un eco retorcido de la primera vez que se vieron. La rabia dejó muda a Laila cuando Séverin se acercó a ella.

—No olvidemos que fuiste tú quien acudió a mis aposentos solicitando ser mi amante y meterte en mi cama.

Le pareció que los diamantes forjados emitieron un destello deliberado, como si le dijeran con sarcasmo: «¿Qué esperabas?».

Él alzó la gargantilla, dejando que colgara entre los dedos.

—Supongo que no tienes ninguna objeción.

Le hervía la sangre. ¿Objeciones? No. Quería vivir, saborear la existencia. Y en esos momentos solo sentía desconfianza hacia aquel extraño que tenía delante. Cuanto más tiempo permanecía mirándolo, más sentía como si observara la noche avanzar hacia ella; la vista empezaba a adaptarse a la oscuridad.

—En absoluto —dijo, arrancándole el collar de diamantes de las manos. Estuvo a punto de acortar la distancia entre ellos y sintió una intensa punzada de placer cuando él retrocedió ante ella—. La diferencia entre un collar de diamantes y un collar de diamantes para perros reside en la perra que lo lleve. Y ambas tienen dientes, *monsieur*.

7

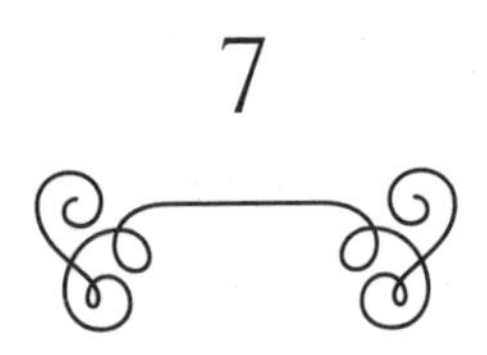

ENRIQUE

San Petersburgo, Rusia.

Enrique se apretó la bufanda como si eso pudiera protegerlo del frío invernal ruso. Levantaba copos de nieve al caminar, que le daban besos helados en el cuello. San Petersburgo era una ciudad suspendida entre la magia antigua y la nueva. Las farolas eléctricas proyectaban grandes haces de luz dorada y los puentes se arqueaban como las alas extendidas de un ángel. Aun así, las sombras parecían demasiado penetrantes y el aire de invierno olía a cobre caliente, como a sangre vieja.

El río Nevá brillaba como un espejo negro junto a Enrique y Zofia. Las luces de las casas palaciegas que se extendían a lo largo del Dique Inglés, una de las calles más importantes de San Petersburgo, habían abandonado las ventanas por el brillo del agua. Inalterable por el viento, el reflejo del Nevá era como si hubieran echado al agua un San Petersburgo diferente y paralelo.

A veces, Enrique creía en eso: en otros mundos creados a partir de las opciones que no había escogido y los caminos que no había tomado. Miró fijamente el agua, a la imagen temblorosa de esa otra San Petersburgo. Quizá en ese mundo, Tristan estuviera vivo. Quizá allí estuvieran bebiendo chocolate a la taza y haciendo una fea corona de espumillón para Séverin y pensando en cómo apañárselas con un solo barril de champán para la fiesta anual de Año Nuevo en L'Éden. Quizá ahí Laila no hubiera dejado de hacer pasteles y L'Éden siguiera oliendo a azúcar, y Zofia y él se pelearan por un trozo. Tal vez Séverin hubiera aceptado la herencia en lugar de rechazarla. Y puede que ese otro Enrique no fuera solamente uno de los miembros de los Ilustrados, sino también la estrella de París, rodeado de una caterva de admiradores boquiabiertos pendientes de cada una de sus palabras.

Quizá.

No muy lejos de allí, los fuertes repiqueteos de los relojes de San Petersburgo marcaban la octava hora de la noche. Enrique se detuvo y entonces las oyó: en la distancia sonaban las plateadas campanas de boda. Dentro de dos horas, los recién casados en la catedral de Nuestra Señora de Kazán empezarían la procesión de boda a través de esas calles en un torbellino de carruajes invernales tirados por caballos. Eso significaba que aún tenían tiempo. No los esperaban en la mansión costera del marchante de arte hasta las ocho y cuarto y el paseo era largo. Cuando los relojes dieron la hora por segunda vez, Enrique se estremeció. Solamente quedaba una hora para que Séverin y Laila se encontraran en el Teatro Mariinsky y le tendieran una trampa al marchante para hacerse con las lentes de las gafas Tezcat. Dios le podría haber prometido a Enrique la salvación allí mismo que ni siquiera así querría estar allí, entre Laila y Séverin. Preocupado ligeramente porque acababa de cometer blasfemia de pensamiento, se santiguó.

A su lado, Zofia mantenía el paso. Para la ocasión se había disfrazado de muchacho. Llevaba el pelo recogido dentro de un sombrero grande; disimulaba su esbelta figura con un abrigo acolchado y aumentaba su corta estatura gracias a un par de zapatos ingeniosos. Como era natural, se los había diseñado ella misma. Llevaba una barba postiza en el bolsillo delantero del abrigo, ya que le picaba demasiado y así se la pondría solo cuando fuera necesario. No temblaba al caminar. En cualquier caso, parecía disfrutar del frío como si le corriera por las venas.

—¿Por qué me miras así? —preguntó Zofia.

—Me gusta mirarte —dijo él. Horrorizado por cómo le había salido la frase, se apresuró a añadir—: Lo que quiero decir es que estás bastante convincente y que lo aprecio a nivel estético.

—Bastante convincente —repitió Zofia—. ¿Qué me falta?

Enrique le señaló la boca: su voz la delataba por completo.

Zofia arrugó el ceño.

—Lo sabía. Debe de ser una predisposición genética heredada de mi madre. —Frunció los labios—. Creí que el frío ayudaría, pero siempre tengo los labios demasiado rojos.

Enrique abrió y cerró la boca; le costaba encontrar las palabras.

—¿Era eso lo que querías decir? —preguntó ella.

—Esto... sí. Claro.

Ahora que hablaba de su boca, tuvo que mirar, por supuesto. Y ahora pensaba en lo rojos que eran sus labios, como una manzana de invierno, y el sabor que debían de tener. Entonces, se dio cuenta de lo que acababa de pensar y se deshizo de la idea. Zofia le inquietaba. Este sentimiento le había cogido totalmente desprevenido y hacía acto de presencia en el peor de los momentos. Enrique se obligó a pensar en Hypnos. Hypnos le entendía. El otro chico sabía por experiencia lo que significaba vivir con una fisura en el alma sin saber qué parte tomaría el control: si la española o la filipina, el hijo del colonizado o el hijo del colonizador. De momento, su acuerdo era informal, lo que a Enrique ya le iba bien, pero quería más. Quería a alguien que entrara en una sala y le buscara a él primero, que lo mirara como si los secretos del mundo estuvieran en algún lugar de su mirada, que terminara sus frases. Alguien con quien compartir un pastel.

Quizá pudiera tener eso con Hypnos.

Vivir una vida completa hubiera hecho feliz a Tristan. Enrique tocó suavemente la flor que le asomaba por la solapa de la chaqueta y murmuró una plegaria. Era una flor seca de luz de luna, una de las últimas que había forjado Tristan. Cuando las flores eran frescas, podían absorber la luz de la luna y mantener su brillo durante varias horas. Secas, no eran más que un fantasma de su antiguo encanto.

—Eso es de Tristan —dijo Zofia.

Enrique dejó caer la mano de la flor. Pensaba que no lo había visto. Cuando la miró, vio que ella tenía la mano en el bolsillo... de donde asomaba una flor forjada idéntica... y supo que Tristan estaba con ellos.

LA MANSIÓN COSTERA se alzaba ante ellos como una luna. La nieve se posaba en las cintas de espumillón que rodeaban el centenar de majestuosos pilares. Unas delicadas campanillas escondidas en los abetos que bordeaban el camino de entrada repiqueteaban a su paso. La mansión misma parecía la casa de muñecas de una niña: mosaicos de todos los colores bordeaban las cúpulas y las ventanas heladas parecían más azúcar que cristal.

—¿Te acuerdas de nuestro papel? —preguntó Enrique.

—Tú eres un ser humano excéntrico y que se distrae con facilidad...

—Un escritor, sí —dijo Enrique.

—Y yo soy la fotógrafa.

—Una fotógrafa muy *reservada*.

Zofia asintió.

—Solamente tienes que distraer al mayordomo durante unos minutos —dijo Enrique—. Eso debería bastarme para descubrir si hay algún dispositivo de escucha antes de entrar a la Cámara de las Diosas.

Se ajustó las solapas de la chaqueta de terciopelo verde intenso que había tomado prestada de Hypnos y tiró de la enorme aldaba con forma de león rugiendo. La aldaba forjada entrecerró los ojos, fingió un bostezo y luego dio un gran rugido metálico que hizo temblar los témpanos del umbral. Enrique gritó.

Zofia no y se limitó a enarcar una ceja cuando él recobró la compostura.

—¿Qué? —dijo Enrique.

—Menudo escándalo.

—Lo sé. Ese león forjado...

—Me refería a ti —dijo Zofia.

Enrique frunció el ceño justo cuando el mayordomo abría la puerta y les daba la bienvenida con una amplia sonrisa. Tenía la piel clara, llevaba una barba negra recortada, un abrigo bordado azul y plateado y unos pantalones vaporosos.

—*Dobriy vyecher* —dijo amablemente—. El señor Vasiliev les envía sus disculpas por no poder reunirse con ustedes, pero está encantado por la atención que recibe su colección, sobre todo tratándose de un crítico de arte como usted.

Enrique suspiró y sonrió. Los documentos falsos que había conseguido parecían bastante impresionantes. Zofia y él entraron en el enorme vestíbulo de la mansión. Hasta ese momento, los planos coincidían. Unos dibujos de estrellas y rombos entrelazados decoraban el suelo de caoba. Había lámparas flotantes que iluminaban los salones y por doquier había retratos de mujeres en movimiento; algunas eran mitológicas y otras, modernas. Enrique reconoció el baile de los siete velos de Salomé, la representación de una ninfa india, Urvashi, actuando ante unos dioses hindúes. Pero el cuadro que presidía la pared era uno en que había una mujer hermosa a la que no reconocía. El cabello rojo le caía rizado por el cuello blanco. A juzgar por los zapatitos que llevaba en la mano, era una bailarina.

El mayordomo extendió la mano a modo de saludo.

—Estamos muy...

Enrique hizo un ademán ostentoso con la mano y la apartó rápidamente antes de que el mayordomo pudiera estrechársela.

—No me... gusta el tacto de la piel. Me recuerda mi mortalidad.

El mayordomo parecía levemente perturbado.

—Mis más sinceras y profusas disculpas.

—Las prefiero cortas —dijo Enrique, que resopló mientras se miraba las uñas—. Así pues...

—¿... ha llegado nuestro material fotográfico? —le interrumpió Zofia.

Enrique tuvo un segundo para esconder el ceño fruncido. Zofia debía de estar distraída, ya que nunca se había equivocado con sus frases en el pasado. Ahora que la miraba, se daba cuenta de que el bigote se le levantaba un poco a los lados.

—Sí, ha llegado —dijo el mayordomo. Una pequeña arruga le apareció entre las cejas—. Estaban dentro de un baúl de viaje enorme. —Hizo una pausa y Enrique vio cómo se le iba la mirada al bigote inquieto de Zofia—. Debo preguntar si está todo bien...

Enrique soltó una risotada histérica.

—¡Ah, mi querido hombre! ¡Qué considerado por su parte! —dijo, poniendo la mano sobre la cara de Zofia y apretando el bigote despegado con el pulgar—. ¡Qué obra maestra es el hombre! ¡Qué noble en su raciocinio! Qué infinito en sus facultades y... eh...

Enrique se quedó callado. Sinceramente, no se acordaba de nada más de *Hamlet*, pero entonces Zofia habló.

—¡Qué perfecto y admirable en forma y movimiento! —dijo, con un tono de voz grave.

Enrique se la quedó mirando.

—Debe usted perdonar las excentricidades de mi amigo —dijo ella al mayordomo con suavidad al recordar por fin sus frases—. ¿Sería usted tan amable de mostrarme algunas salas? Solo necesito una pequeña visita, quiero ver si voy a necesitar más fotografías para el artículo.

El mayordomo, que seguía boquiabierto, asintió despacio.

—Por aquí…

—Yo me quedaré aquí —dijo Enrique y se dio la vuelta lentamente. Se tocó las sienes con los dedos e hizo un largo y profundo suspiro—. Quiero empaparme de arte. Sentirlo antes de tener la audacia de escribir. Me entiende, ¿verdad?

El mayordomo esbozó una sonrisa breve y cansada.

—Le dejaré, pues, para que haga lo que mejor sabe hacer.

Dicho esto, llevó a Zofia a otra parte de la casa.

En cuanto estuvieron fuera de su vista, Enrique se sacó una esfera forjada del bolsillo, la lanzó al aire y vio cómo esta escudriñaba la habitación lentamente por si había algún dispositivo de detección. Las palabras del mayordomo se le retorcían en el estómago. «Lo que mejor sabe hacer». Pensó en aquel momento, allí en el atrio de la Biblioteca Nacional, emborronando las notas con los dedos húmedos en aquella presentación a la que no asistió nadie… y, después, en la carta de los Ilustrados.

«[…] Siga escribiendo sus motivadores artículos sobre historia. Es lo que mejor sabe hacer».

Todavía le dolía. Las referencias de Enrique no habían servido para nada. Ya había esperado que el peso de las palabras de sus profesores y tutores no significaran demasiado para ellos, pero le sorprendió que la influencia de Séverin no le hubiera servido para nada. El apoyo público de Séverin significaba una influencia apreciada y universal: dinero. Pero quizá sus ideas fueran tan ridículas que ninguna cantidad de dinero las hicieran dignas de ser escuchadas. Quizá, simplemente, él no fuera suficiente.

«Lo que mejor sabe hacer».

Enrique apretó los dientes. El dispositivo esférico de detección se había posado en el suelo. La habitación era segura. Oyó el resonar de unos pasos al otro lado del vestíbulo. Zofia y el mayordomo estaban volviendo. En un momento, entrarían en la Cámara de las Diosas, donde encontrarían los anteojos Tezcat y, con ellos, *Las letras divinas*. Los Ilustrados creían que solo dominaba las lenguas muertas y sabía hojear libros polvorientos, que sus ideas eran inútiles, pero tenía mucho más que ofrecer. Conseguir *Las letras divinas* era la única prueba que necesitaba. Entonces ya no podrían negar que sus habilidades podían procurar poder.

Ahora lo único que tenía que hacer era conseguirlo.

LA CÁMARA DE LAS DIOSAS dejó a Enrique boquiabierto y estupefacto.

Era como el vestíbulo de un templo olvidado. Había varias diosas a tamaño real que sobresalían de su recoveco en la pared. Por encima de su cabeza se extendía un ornamentado techo cerúleo, mecanizado de tal forma que las estrellas rotaban lentamente y los planetas giraban sobre un eje invisible. Aquella instalación artística le hacía sentir pequeño, pero de una forma gloriosa, como si formara parte de algo más grande que él mismo. Así se sentía cada domingo cuando iba a misa, con aquel recordatorio de que estaba rodeado de amor divino. Era la primera vez en muchos años que sentía algo parecido y era por esta sala.

—La cámara es realmente sobrecogedora —dijo el mayordomo con tono respetuoso—. Aunque la sensación no dura mucho.

Eso captó la atención de Enrique.

—¿Cómo? ¿Qué quiere decir?

—La Cámara de las Diosas tiene una única función que no terminamos de entender, pero esperamos que sea más clara cuando se publique su artículo. Verá, resulta que la Cámara de las Diosas… desaparece.

—¿Cómo ha dicho?

—Cada hora —dijo el mayordomo—. Las diosas se funden en las paredes y estos adornos bañados en oro se vuelven blancos. —Consultó el reloj—. Según mis cálculos, tienen unos veinte minutos antes de que desaparezca todo esto y vuelva a salir una hora después. Pero he supuesto que sería tiempo suficiente para hacer fotografías y tomar notas. Además, hace mucho frío aquí cuando se cierra la puerta. Creemos que el artista original instaló un mecanismo de control de temperatura forjado, quizá para la conservación de la piedra y la pintura. Ya me dirán si les puedo ayudar con cualquier otro menester.

Dicho esto, el mayordomo se fue y cerró la puerta tras él. Enrique sospechó que su latido había cambiado a «Ay, no; ay, no; ay, no».

—¿Dónde está Hypnos? —preguntó Zofia.

Un ruido sordo les llamó la atención. Medio escondido detrás de un pilar y apoyado contra una de las paredes ornamentadas de la cámara, había una enorme maleta negra con un cartel que decía «material fotográfico». Zofia abrió los cierres del armario con rapidez. La puerta se abrió de golpe y un Hypnos de aspecto muy enfadado salió y se recompuso.

—Ha sido… horrible —dijo, soltando un suspiro dramático. Volvió a parpadear por la súbita luz y la belleza de la sala.

Un asombro genuino le iluminó el rostro, pero se desvaneció cuando los miró a ellos—. Zofia, eres un hombre encantador, pero te prefiero mucho más sin barba... ¿y por qué hace tanto frío aquí? ¿Qué me he perdido?

—Solamente tenemos veinte minutos antes de que desaparezca toda esta instalación artística de diosas —dijo Zofia.

—¿Qué?

Mientras Zofia le explicaba la situación, Enrique se concentró en las estatuas que había en la sala. Había un extraño elemento unificador en ellas. Supuso que las diosas debían de ser de diferentes panteones de todo el mundo, pero las diez estatuas parecían llevar las mismas túnicas sueltas de mármol tan comunes de las deidades de la era helénica... salvo una. Eran casi idénticas, excepto por algún objeto característico por aquí y por allá: una lira o una máscara, un artefacto astronómico o un ramito de hierbas.

—Estas diosas se me antojan raras —dijo Enrique—. Creía que serían más variadas. Creía que veríamos a Parvati e Ishtar, Freya e Isis... pero ¿por qué son tan similares?

—Ahórranos la clase de arte de momento, *mon cher* —dijo Hypnos y alargó una mano para tocarle la mejilla—. Céntrate solamente en dónde pueden estar los anteojos Tezcat.

—¿Dentro una diosa? —preguntó Zofia.

—No —dijo Enrique, mirando la colección—. Sé cómo funcionan las cajas fuertes de la Casa Caída... siempre esconden un acertijo. Y nunca harían nada que requiriese la destrucción del objeto en sí.

—El frío es la temperatura estándar —dijo Zofia, casi para sí misma.

—Creo que eso ya lo sabemos, *ma ch-chère* —dijo Hypnos, temblando.

—Pues cambiemos el parámetro, entonces. Añade calor.

Zofia se quitó la chaqueta y, con un movimiento suave, arrancó el forro. Hypnos chilló.

—¡Eso es seda!

—Es *soie de Chardonnet* —dijo Zofia. Cogió una cerilla que tenía tras la oreja—. Un sustituto de la seda muy inflamable expuesto en la Expo de mayo. No apto para la producción en masa, pero excelente para hacer una antorcha.

Zofia encendió la cerilla y la dejó caer; sostuvo la tela ardiendo, que calentó el aire con una ráfaga brillante. Movió la llama alrededor, pero no cambió nada en las paredes ni en las estatuas. La seda de Chardonnet se quemó rápido. En un minuto, el fuego le alcanzaría las manos y no tendría más remedio que dejarla caer al suelo.

—Zofia, creo que te equivocabas —dijo Enrique—. Puede que el calor no funcione…

—O… —dijo Hypnos, sujetándose la barbilla y señalando al suelo. La fina capa de hielo del suelo de mármol empezaba a derretirse. Cuando Enrique se acercó, reparó en un brillo parecido al de un espejo, como el contorno de una letra—. Quizá no te has rebajado lo suficiente en una sala llena de diosas.

—Por supuesto —dijo Enrique, arrodillándose—. El suelo.

Zofia acercó la antorcha y justo apareció un acertijo:

LA NARIZ NO CONOCE EL AROMA DE LOS SECRETOS,
PERO MANTIENE SU FORMA.

8

SÉVERIN

Séverin tenía siete padres, pero solamente un hermano.

Su cuarto padre —y su favorito— era Gula. Gula era un hombre amable con muchas deudas, y eso hacía difícil amarlo. Tristan acostumbraba a llevar la cuenta de los minutos que los dejaba a solas, aterrorizado por si Gula los abandonaba, independientemente de lo que le dijera Séverin para calmarlo. Después del funeral de Gula, Séverin encontró una carta metida bajo su escritorio y manchada de barro:

> «Mis queridos chicos, lo siento mucho, pero debo renunciar a mi papel como vuestro tutor. Le he ofrecido mi mano en matrimonio a una viuda rica y encantadora que no desea tener hijos».

Séverin sostuvo la carta con fuerza. Si Gula se iba a casar, ¿por qué se había suicidado con veneno de rata? Un veneno que se guardaba en el invernadero para evitar las alimañas. Un invernadero en el que Gula nunca había entrado, pero que Tristan adoraba.

«Siempre me tendrás a mí», *le había dicho Tristan en el funeral.*

Sí, pensaba Séverin ahora. Siempre le tendría. Pero ¿le conocería siempre?

MIENTRAS LA *TROIKA* retumbaba por las calles de San Petersburgo, Séverin sacó la navaja de Tristan. Una veta brillante del veneno paralizador de Goliat le recorría el filo. Cuando tocó la hoja, se imaginó el suave roce de las plumas espectrales, restos de las víctimas de Tristan. Entonces, recordó la amplia sonrisa de Tristan y sus bromas pícaras, y no veía la relación entre esa hoja y su hermano. ¿Cómo podía alguien albergar tanto amor y tantos demonios en un solo corazón?

La *troika* se detuvo. A través de las cortinas de terciopelo cerradas, Séverin alcanzó a oír risas y música de violín, y un sonido similar al tintineo de las copas al brindar.

—Hemos llegado al Teatro Mariinsky, *monsieur* Montagnet-Alarie —dijo el conductor desde la parte delantera.

Séverin escondió la navaja tras un bolsillo revestido de acero de su chaqueta donde no pudiera hacerle daño. Antes de salir, Séverin cerró los ojos e imaginó a Roux-Joubert en las catacumbas, con el icor dorado saliéndole de la boca, la sangre brillante de los dioses. Una sensación fantasma le recorrió la piel: las plumas negras saliendo de la columna, las alas cubriéndole los hombros, los cuernos brotando de la cabeza y aquel subidón inconfundible de invencibilidad. De *divinidad*. Mala o benevolente, le daba igual. Solamente quería más.

Dentro del Teatro Mariinsky, la flor y nata de San Petersburgo se movía con delicadeza antes del *ballet*. En la entrada, una escultura forjada de hielo de Snegurochka —la doncella de las nieves de los cuentos de hadas rusos— giraba lentamente; su vestido de estrellas de hielo y perlas de cristal absorbía la luz y repartía redes de escarcha sobre la alfombra roja. Las mujeres, con vestidos *kokoshniks* de bordados dorados y plumas de cisne, reían tapándose la boca con las manos pálidas. El aire olía a perfume de ámbar gris y a humo de tabaco, sal y el ocasional olor metálico de la nieve. Un par de mujeres envueltas en pieles de armiño y marta pasaron por su lado dejando una estela de cotilleo.

—¿Es ese el hotelero de París? —susurró una—. ¿Dónde se sienta?

—No lo mires así, Ekaterina —le soltó la otra—. Dicen que tiene una estrella de cabaret o una cortesana le calentará la cama esta noche.

—Pues no la veo de su brazo —dijo con un bufido.

Séverin las ignoró y se giró hacia las puertas de marfil y oro de la entrada. Los minutos pasaban despacio. Séverin giró el sello de diamantes alrededor del dedo meñique. Laila lo odiaría por llamarla de aquella manera, pero no le había dado otra opción. Tenía que haber quedado con él allí hacía quince minutos. Séverin se giró y miró la sala. Un camarero con una impecable chaqueta plateada sostenía una bandeja de copas talladas hechas de hielo y llenas de *vodka* con sabor a pimienta negra junto a *zakuski* en pequeños platos de porcelana: pepinillos con huevas relucientes, trocitos de carne suspendida en gelatina y gruesos trozos de centeno.

Un hombre que llevaba una gorguera de piel de armiño lo vio y siguió su mirada hasta la puerta. Esbozó una sonrisa cómplice, cogió dos copas y le ofreció una a Séverin.

—¡*Za lyubov*! —dijo y se tomó la copa de golpe. El hombre bajó la voz—: Significa «amar», amigo mío. —Le guiñó un ojo y volvió a mirar hacia la puerta—. Espero que no te haga esperar demasiado.

Séverin se bebió el *vodka* de un solo trago, que le abrasó la garganta al bajar.

—O que no me encuentre nunca.

El hombre parecía confundido, pero antes de poder decir nada, un presentador llamó a la gente desde lo alto de la dorada escalera de caracol:

—¡Damas y caballeros, por favor, tomen asiento!

La multitud se dirigió a la escalera. Séverin se quedó atrás. Laila todavía no había llegado e incluso con su ausencia conseguía volverlo loco. La oía en la risa demasiado ronca de otra mujer, en el batir de un abanico que ella jamás se molestaría en llevar. Le pareció verla a través de la neblina dorada de un candelabro flotante, pasando una mano de bronce por la chaqueta de otra persona. Pero no era ella.

Dentro del auditorio, los candelabros dorados con champán se mecían por encima de los invitados, que movían las copas con un movimiento grácil de muñeca para que se las rellenaran. Un artista con afinidad por la seda había forjado los bordados del telón color escarlata del escenario para que los hilos se movieran con fluidez y adquirieran la forma de peces koi. Sintió una punzada de añoranza infantil en el pecho... ver al público, seguir sus miradas... Hacer *maravillas*. Pero lo enterró en su interior.

Séverin echó una ojeada al palco vacío de al lado. El marchante de arte, Mikhail Vasiliev, llegaría en cualquier momento. Impaciente, daba golpecitos con el pie en el suelo y soltó una palabrota. Algo del polvo antimagnético con el que Zofia le había cubierto los zapatos dejaba una arenilla fina en el suelo de madera. Se miró la mano, el sello de diamantes que estaba unido a la gargantilla de Laila. Lo miró con el ceño fruncido. O no funcionaba o ella había optado por ignorarlo completamente.

Al oír el sonido de la puerta al abrirse, enderezó la espalda. Esperaba a Laila, pero no era su puerta la que se había abierto, era la de Vasiliev. Dos guardias armados entraron al palco de al lado. Tenían los puños arremangados y el tatuaje de sangre forjado que les permitía la entrada a la sala privada de la planta inferior emitía un brillo rojo bajo las lámparas de gas. Séverin distinguió un pequeño símbolo... una manzana... antes de que los guardias se giraran para registrar el palco.

—Esto no es lo habitual —murmuró uno de los guardias.

—Aún están construyendo el otro —dijo el segundo—. El salón de Vasiliev está en obras también. Han tenido que ponerle vigas de metal o algo en las esquinas.

El otro guardia asintió e hizo un sonido de desagrado al arrastrar el pie por el suelo.

—¿Es que ya no limpian este lugar? Mira todo este polvo. Qué asqueroso.

—A Vasiliev no le van a gustar los cambios... esta noche está nervioso.

—Normal. Alguien ha robado el león de piedra verita de la entrada. Pero él no lo sabe, así que no se lo digas. —El hombre se estremeció—. Bastante duro es estar a su alrededor estos días.

Séverin le sonrió a su copa de champán.

El primer guardia cogió la botella de champán del cubo de hielo.

—Por lo menos, el Teatro Mariinsky ha creído apropiado enviar una disculpa burbujeante.

El segundo solo hizo un gruñido.

Los dos guardias se dirigieron de nuevo al exterior, seguramente para informar a Vasiliev de que todo estaba en orden. En el telón, los peces koi bordados nadaron hasta formar el número cinco.

Quedaban cinco minutos para que subieran el telón.

La puerta de Vasiliev se abrió una vez más y Séverin hincó las uñas en el reposabrazos. No fue hasta que se cerró la puerta que se dio cuenta de que no había sido la entrada de Vasiliev, sino la suya. El aroma a rosas y azúcar llenó el aire.

—Llegas tarde —dijo.

—Perdona por tenerte aquí echándome de menos —dijo con suavidad.

Tiempo atrás, le hubiera llamado *majnun*, pero de eso hacía muchas vidas.

Giró la cabeza y vio a Laila. Aquella noche, llevaba un vestido dorado magnífico. Un millar de lazos tentadores le embellecían la cintura. Tenía el pelo recogido y un ingenioso tocado con plumas doradas se le posaba sobre los rizos y la hacía parecer un pequeño sol. Dirigió la mirada hacia su cuello: lo llevaba desnudo.

—¿Dónde está tu collar?

—Una gargantilla de diamantes con un vestido metálico es muy hortera —dijo ella, haciendo un chasquido con la lengua—. Nuestro acuerdo te permite, supuestamente, venir a mi cama, no dominar mi sentido estético. Además, es nuestra primera aparición juntos en público. Un llamativo collar de diamantes proclama a los cuatro vientos que hago lo quieres por dinero, cuando todo el mundo sabe ya que una mujer como yo no puede existir fuera del cabaret sin la excusa de un amante adinerado. Tu collar hubiera sido una exageración esta noche.

Añadió esta última parte con amargura, ya que era verdad. Una mujer como Laila no se podía mover con libertad por el mundo. El mundo se lo perdía.

—A no ser que creas que estoy sobreactuando con el atuendo —dijo ella enarcando una ceja—. ¿Hubieras preferido el collar de diamantes y un vestido menos vistoso?

—No se trata del vestido. Se trata de la apariencia —dijo escueto—. Esperaba entrar contigo y esperaba que llevaras el collar al igual que yo llevo mi promesa hacia ti.

Justo en ese momento, se levantó el telón y unas bailarinas vestidas con delicado tul blanco salieron girando al escenario.

Las luces forjadas se quedaron prendidas en el dobladillo del vestido de Laila como si derritieran el metal. Séverin observó las expresiones del público, algo molesto porque algunas personas miraban hacia él, aunque tenían los ojos fijos en Laila. Se dio cuenta demasiado tarde de que los dedos de ella habían cruzado la barrera del reposabrazos compartido y que ahora apoyaba una mano sobre su brazo. Él se retiró con brusquedad.

—¿Esa es la manera de tratar a la mujer que amas? —preguntó ella—. Seguro que puedes soportar mi tacto.

Laila se acercó a él y Séverin no tuvo más remedio que mirarla: la elegante curva del cuello, los labios carnosos y los ojos de cisne. Una vez, cuando confiaban el uno en el otro, ella le explicó que la habían montado como a una muñeca, como si eso la hiciera menos real. Aquellas partes —aquellos labios que había recorrido, el cuello que había besado, la cicatriz que había tocado— eran exquisitas. Pero esa no era su esencia; su esencia era entrar en una sala y que todos los ojos se posaran en ella, como si fuera la actuación de su vida. Su esencia era una sonrisa llena de perdón, la calidez en las manos, el azúcar en el pelo.

Y tan rápido como llegó el pensamiento a su cabeza, desapareció, tragado por el recuerdo de las alas de pájaro desgarradas y el icor, de los grises ojos de Tristan que se apagaban y del pulso rápido de Laila. El entumecimiento aumentó y lo recubrió de hielo hasta que no sintió nada más.

—No te quiero —dijo él inexpresivamente.

—Pues entonces, finge —susurró Laila, mientras subía los dedos por el borde de su mandíbula y le giraba la cara hacia ella.

Ella se acercó tanto que, en realidad, creyó que…

—He contado los abrigos de la escolta de seguridad de Vasiliev en el vestíbulo principal —susurró—. Vasiliev deja dos guardias fuera del salón privado. Uno armado y otro que tiene sangre forjada que le da acceso a la sala. El que tiene el tatuaje es... uno de mis... admiradores. —Séverin no pasó por alto cómo frunció ella el labio por el desagrado—. Hypnos tiene a varios guardias de la Casa Nyx para redirigir a la muchedumbre. Un par van vestidos como si fueran guardias de Vasiliev.

Séverin asintió y empezó a alejarse de ella. Detestaba estar tan cerca de ella.

—No he terminado —siseó Laila.

—Estamos llamando demasiado la atención. Cuéntamelo luego.

Ella le apretó más la mano y Séverin notó cierta quemazón. La cosa había llegado demasiado lejos. Alargó el brazo y colocó la mano en la nuca de Laila; notaba el cálido pulso de la piel al inclinarse hacia la curva del cuello. Ella contuvo la respiración.

—Ahora sí estás sobreactuando —dijo y la soltó.

TREINTA MINUTOS MÁS tarde, anunciaron el entreacto.

Se cerró el telón del escenario. Séverin esperó hasta oír el ruido que haría Vasiliev al levantarse de la butaca en el palco adyacente.

—Ya me he cansado —dijo.

Esa fue la primera vez que Séverin oyó su voz y no era lo que esperaba. Vasiliev era un hombre corpulento, con una mata tupida de pelo negro y gris en las sienes. Parecía lleno de fuerza, pero su voz sonaba fina y algo aguda. Alrededor del cuello le brillaba una cadena de oro; al final de esta, giraba la lente de los anteojos Tezcat.

Laila se levantó y apoyó una mano en su hombro. Se tocó el cuello y su tocado de L'Énigme se desplegó por el rostro, escondiéndole los ojos y la nariz y dejando a la vista solamente la boca, que se curvó en una sonrisa sensual. La sonrisa coqueta hizo las veces de camuflaje mientras se fundían entre la multitud, bajando por las zonas del servicio y accediendo al pasillo oscuro que conectaba con el vestíbulo principal.

La entrada al salón privado de Vasiliev estaba diseñada como dos manos de mármol en posición de plegaria de tres metros y medio de altura. Cuando a alguien se le daba acceso, las palmas se separaban. Séverin examinó el umbral. Cada adquisición era lo mismo, en el sentido de que cada escondite contenía un mensaje que alguien esperaba que se mantuviera después de su muerte. El truco estaba en entender el contexto y el salón de Vasiliev no era ninguna excepción. Se podría pensar que las palmas juntas eran un símbolo con el que Vasiliev degradaba de alguna forma a sus invitados, pero Séverin sospechaba que era lo contrario. Las puertas eran enormes e, independientemente de la altura de quien se plantase delante, lo hacían empequeñecer. El diseño inspiraba cierta disculpa. Para Séverin, era una expresión pública y muy obvia de culpa. La misma culpa que tal vez había convencido a Vasiliev para que llevara el collar con la lente Tezcat de la Casa Caída, pensando que era un gesto hacia su amante muerta, la bailarina.

Séverin estudió la distancia entre los dos hombres apostados en la entrada. Uno era un guardia con una bayoneta cruzada a la espalda. Por el modo en que estaba colocado, inclinado hacia un lado, sugería una lesión en una pierna. El otro guardia tenía las manos entrelazadas delante. Cuando vio a Laila, esbozó una sonrisa melosa.

—¡*Mademoiselle* L'Énigme! —dijo, haciendo una reverencia—. Había oído rumores de que vendría esta tarde.

Casi ni se dio cuenta de que Séverin iba detrás de ella.

—¿A qué debemos el placer?

Laila rio. Era un sonido agudo y falso.

—Me han dicho que tengo un admirador ahí dentro que desea saludarme en persona.

—Ah, *mademoiselle,* ojalá... —El primer guardia la miró lascivamente—. Pero nadie puede entrar si uno de estos. —Alzó la muñeca y enseñó un tatuaje de sangre forjado con forma de manzana—. A menos que *mademoiselle* tenga uno en algún lugar secreto de su persona, claro.

Con la mirada la recorrió de arriba abajo y a Séverin le entraron ganas de romperle el pescuezo.

—Estás invitado a comprobarlo —dijo ella suavemente.

Los ojos del guardia se abrieron desmesuradamente. Se colocó bien la solapa y se acercó a ella. Laila estiró una pierna de bronce para que se la inspeccionara. Séverin contó desde diez.

Nueve...

El hombre le alcanzó el muslo.

Siete...

Laila fingió una carcajada cuando le colocó la otra mano en la cintura.

Cuatro...

En cuanto la tocó aquel hombre, Laila sacó un cuchillo y se lo puso en el cuello. Séverin se quedó allí plantado, inútil, con un cuchillo en la mano.

—¡Guardia! —gritó el primero.

Pero el hombre de la bayoneta no se movió.

—Quítame a esta zorra de encima —dijo.

Séverin alzó el cuchillo y dio un paso al frente.

—Creo que no trabaja para vosotros. Trabaja para nosotros.

Laila apretó un poco más el cuchillo en la garganta.

—Si me matas, no podrás entrar —dijo el hombre, que empezó a sudar—. Me necesitáis.

—Al contrario —dijo Laila—. Solamente necesitamos tu mano.

El hombre abrió más los ojos.

—Por favor…

Laila miró a Séverin, quien levantó el cuchillo aún más.

—No… —empezó a decir el guardia.

Séverin lo bajó y cambió el modo de agarre en el último segundo para golpearlo en la nuca con la empuñadura. El hombre cayó hacia delante como un saco, inconsciente.

—Qué asco —siseó Laila y se guardó el cuchillo. Cuando vio que Séverin la miraba, se encogió de hombros—. Te iba a decir que podía inmovilizarlo yo sola. Has sido tú el que ha decidido no escuchar.

Séverin cerró la boca.

Con la ayuda del guardia de incógnito de la Casa Nyx, arrastraron al guardia hasta la entrada, colocaron la muñeca con el tatuaje de sangre forjado en un punto de acceso en mitad de las puertas con las manos unidas por las palmas. El mármol tembló y se abrió por el contacto y Séverin dejó caer al hombre.

Séverin miró al guardia.

—Prepara el carruaje de boda.

El otro hombre asintió y se fue.

Dentro del salón, unas cortinas pesadas y unos retratos de una bailarina pelirroja adornaban las paredes, negras como el regaliz. Vasiliev estaba sentado en un escritorio, dibujando. Al ver a Laila y a Séverin, sus guardias se adelantaron de un salto.

—Esto está un poco polvoriento, ¿no? —preguntó Séverin.

Apretó el sello magnético de Zofia y los guardias se alejaron de golpe hacia las cuatro esquinas de la sala donde, más temprano ese mismo día, un falso equipo de construcción había colocado varias barras magnéticas de gran potencia, siguiendo las instrucciones específicas de Zofia.

Vasiliev se los quedó mirando, pálido.

—¿Cómo…?

—Con imanes adhesivos —dijo Séverin, con una sonrisa sombría—. Fascinantes, ¿verdad? Hasta las partículas más diminutas que pueden quedarse pegadas a los zapatos de un hombre pueden tener una asombrosa polaridad. Ahora, deme la cadena y el colgante con la lente que lleva al cuello, por favor.

Esperó que Vasiliev frunciera el ceño, confundido... pero en lugar de eso, el hombre se limitó a hacer un gesto con la cabeza. La culpa se reflejaba en su rostro; era la misma que Séverin había detectado en el diseño de la entrada de su salón.

—Sabía que iba a pasar esto.

Séverin frunció el ceño y estaba a punto de hablar cuando Vasiliev cogió una copa de champán, se la bebió de un trago y luego tembló mientras se secaba la boca con la manga.

—Un hombre bienaventurado de verdad conoce sus pecados —dijo Vasiliev y miró hacia el champán—. Ha sido muy amable por su parte proporcionarme champán forjado con la mente. Le absuelve a uno de su culpa, aunque últimamente a mí me quedan pocas personas a las que rendir cuentas.

Vasiliev se quitó la cadena del cuello y se empezó a poner de pie, medio tambaleante. La lente Tezcat brillaba en aquella oscura sala. Era del tamaño de un monóculo normal y corriente montado de tal forma que parecía una llave. Lo colocó sobre el escritorio y cerró los ojos lentamente.

—Ella no está a salvo, ¿sabe? —dijo cansado—. Te encontrará. Y entonces entrará en razón.

La barbilla le cayó sobre el pecho cuando la inconsciencia se apoderó de él. Laila miro a Séverin, con el horror reflejado en sus facciones.

—¿De quién habla?

Pero Séverin no tenía la respuesta.

9

ZOFIA

Zofia se puso la chaqueta, ya sin llamas, y se arrancó uno de los colgantes detectores Tezcat.

A lo largo de los meses anteriores, había perfeccionado la fórmula, así que lo único que debía hacer ahora era acercar el colgante a un objeto y este le diría si había una puerta Tezcat oculta. Una a una, acercó el colgante a las estatuas, pero este no cambió de color.

Lo que fuera que estuviera oculto había tomado muchas precauciones. Zofia frunció el ceño y se estremeció. Un aire polar llenaba la Cámara de las Diosas. Desde la puerta se extendía una especie de tinte blanco que borró la filigrana de oro del azulejo y fue subiendo por las paredes. Allí donde el blanco tocaba las estatuas, hacía que empezaran a meterse en los huecos de la pared. En cuestión de minutos, desaparecería por completo. Incluso el enigma había empezado a desaparecer del suelo:

LA NARIZ NO CONOCE EL AROMA DE LOS SECRETOS, PERO MANTIENE SU FORMA.

No significaba nada para ella, pero cuando miró a Enrique, los ojos de este parecían encendidos. Hypnos estaba a su derecha, dándose toquecitos en la nariz y luego olfateándose la mano.

—No he sacado ninguna conclusión —anunció.

—Entonces controla la hora y vigila la puerta —dijo Enrique mientras se acercaba a las estatuas—. El mayordomo ha dicho que tenemos veinte minutos. ¿Zofia?

Zofia volvió a prenderse el colgante.

—No se ha detectado la presencia de Tezcat —dijo ella—. Si hay alguno por aquí, debe de tener varias capas de seguridad.

Enrique recorrió la habitación lentamente. Zofia rebuscó en los demás bolsillos de su chaqueta y sacó más seda Chardonnet inflamable, una caja de cerillas, un juego de herramientas para cincelar y un bolígrafo de hielo forjado que sacaba agua del aire y la congelaba. Zofia analizó la sala, pero ninguna de las herramientas que había traído le resultaba útil.

—Pensaba... creía que habría una señal del tesoro o algo parecido —explicó Hypnos, soplándose las palmas para entrar en calor.

—¿Como una X que marcara el lugar exacto? —preguntó Enrique.

—Pues eso habría sido útil, sí —respondió Hypnos—. Alguien debería decirle a este tesoro que no me gustan estas bromitas. Creía que estaba escondido en una de las diosas. Si es así, ¿por qué el enigma nos habla de narices?

—Zofia, ¿ha habido suerte con las herramientas?

—La suerte no sirve de nada —respondió.

—Ya, pero ¿han funcionado?

—No.

—Desde un punto de vista mitológico, hablamos de algo pensado para proteger u ocultar cosas —dijo—. Hay diez diosas aquí, puede que alguna tenga una historia sobre esconder algo.

—¿Cómo sabes qué diosa es cada una? —preguntó Hypnos.

—Por la iconografía —explicó Enrique. Observó las diez estatuas, que a Zofia le parecían iguales salvo por el objeto que sostenían. Entonces, Enrique chasqueó los dedos—. Ya lo entiendo... Estas son las nueve *musas* de la mitología griega, las diosas de las artes. ¿Veis esa lira? —Señaló a una de las estatuas de rostro inexpresivo que sostenía un arpa dorada—. Esa es Calíope, la musa de la poesía épica. A su lado está Erató, la musa de la poesía amorosa con su cítara y luego tenemos a Talía, la musa de la comedia, con sus máscaras de teatro.

Zofia las contemplaba embelesada. Para ella, estas estatuas eran proezas de la tecnología de forja. Eran de mármol y afinidad. Pero sus formas no le decían nada más. No obstante, al escuchar a Enrique era como si se le encendiera una lucecita en la cabeza y le entraron ganas de saber más. Enrique se detuvo frente a una estatua con las alas desplegadas.

—Qué raro —dijo Enrique—. Hay una décima estatua... Esta no encaja. Pero ¿para qué son las musas? ¿Podría ser un guiño a la tradición de la Orden sobre las Musas Perdidas que protegen *Las letras divinas*?

—Aun así, la Orden no construyó este arte —señaló Zofia.

—Cierto —dijo Enrique, asintiendo—. Y luego está esta décima estatua que no encaja en absoluto. Es extraño, sinceramente, fijaos en la forma de...

—¡No es momento de reflexionar! —dijo Hypnos, señalando el suelo—. Nos quedan unos quince minutos, según mis cálculos.

Para entonces, el tinte blanco se había extendido por prácticamente la mitad de la sala y había empezado a subir por las piernas de la mitad de las estatuas de las diosas.

—No creo que esta sea una diosa —afirmó Enrique—. No hay aspectos iconográficos distintivos. Tiene pan de oro en las alas, pero eso no nos dice gran cosa. Y el rostro está desprovisto de expresión.

Zofia no se movió, pero había algo en la estatua que le sonaba, algo que le hizo pensar en su hermana.

—Yo también lo quiero ver —refunfuñó Hypnos, caminando hacia la estatua. La escudriñó y luego frunció el ceño—. Si yo tuviera ese aspecto, tampoco exigiría que me adoraran. Nada de ese atuendo dice «rendidme pleitesía», mortales.

—No es una musa... es un serafín, un *ángel* —explicó Enrique.

Se acercó un paso más y le recorrió el rostro con la mano, luego bajó por los hombros y por el cuerpo.

Hypnos silbó.

—Muy atrevido, ¿no?

—Quiero ver si hay algún punto hundido o alguna hendidura —dijo Enrique—, algún tipo de mecanismo de activación para acceder a lo que sea que guarde en su interior.

A estas alturas, el tinte blanco había llegado a la estatua del ángel. Empezaba en los pies y lentamente empujaba el mármol de vuelta a la pared. A Zofia se le congelaba el aliento nada más salir de la boca. Cuanto más tiempo lo miraba todo, más se acordaba de una historia antigua y de un juego al que solían jugar Hela y ella. Recordó a su hermana susurrando: «¿Sabes guardar un secreto, Zofia?».

—¿Hypnos? ¿Zofia? ¿Alguna idea? —les preguntó Enrique.

—La nariz no conoce el aroma de los secretos, pero mantiene su forma —repitió Zofia, tocándose la boca. Cruzó la sala hasta donde estaban los demás—. Hela y yo solíamos jugar a un juego a partir de una historia que nuestra madre nos contaba sobre ángeles y niños... Antes de nacer, conoces todos los secretos del mundo. Pero luego un ángel los encerró apretando con el pulgar justo encima de los labios. Por eso todo el mundo tiene un surco justo encima de la boca.

Hypnos frunció el ceño.

—Es un cuento precioso...

Pero Enrique sonrió.

—Pues encaja... ¡demuestra el concepto de anamnesis!

Zofia parpadeó.

—¿Eso es una enfermedad? —preguntó Hypnos.

—Es la idea de la pérdida cósmica de la inocencia. La huella del pulgar de un serafín justo debajo de la nariz encaja con el acertijo porque la nariz no conocería el olor de los secretos, pero *sí mantiene la forma*. ¡Se refiere al *filtrum* o arco de Cupido! Es ese surco justo encima de los labios, debajo de la nariz. De hecho, en la mitología filipina, hay *diwatas* que...

—¡Déjate de lecciones y sigue, Enrique! —dijo Hypnos.

—¡Perdón, perdón!

El tinte blanco había trepado ya hasta la cintura del serafín y las manos habían empezado a perder su forma. Rápidamente, Enrique alargó la mano y apretó el labio superior del ángel con el pulgar. Un ruido como el de un torrente de agua emanó del interior de la estatua del serafín. Inmediatamente, se dividió por el centro y las dos mitades se abrieron como una puerta oculta. Dentro de aquel hueco había un pedestal estrecho de ónix y, sobre él, una cajita metálica brillante no más grande que el palmo de la mano de Zofia. Tenía la superficie surcada de unas grietas finas como si se hubiera fusionado hacía mucho tiempo.

—Lo hemos encontrado —dijo Hypnos, asombrado.

Enrique introdujo la mano y tiró de la caja, pero no se movió.

—Espera —dijo Zofia. Iluminó el metal con la luz de péndulo y aparecieron unos pequeños surcos donde Enrique había intentado sacar la caja. Cuando la tocó, su afinidad de forja de materia sólida le hizo sentir un hormigueo en la punta de los dedos—. Esa caja está hecha de hojalata forjada y reforzada con acero.

—¿Es eso malo? —preguntó Enrique.

Zofia asintió e hizo una mueca.

—Significa que mis dispositivos incendiarios no funcionarán. Es ignífugo. —Miró el interior del ángel hueco y frunció el ceño—. Y el interior de esta estatua es una barrera de sonido… —Tocó las capas de esponja, tela y corcho. ¿Por qué querrían que el aparato fuera silencioso?

Sonó una alarma en el reloj de Hypnos, que miró a sus compañeros.

—Cinco minutos.

A Zofia se le hizo un nudo en la garganta. De repente, la sala se le antojaba demasiado pequeña, demasiado brillante, demasiado parecida al laboratorio de su vieja universidad donde la habían encerrado y...

—Fénix —dijo Enrique en voz baja—. Quédate conmigo. ¿Qué tenemos? Siempre tienes algo.

La seda Chardonnet no servía de nada ahí. Aparte de sus herramientas y fósforos habituales, lo único que tenía era un dispositivo incendiario controlado, que no serviría de nada, y el bolígrafo de hielo en caso de que necesitaran congelar las bisagras de las puertas.

—Un bolígrafo de hielo —dijo Zofia.

—¿En una habitación ya congelada? —se quejó Hypnos—. Así pues, el fuego no sirve... el hielo no sirve... para el caso, yo tampoco sirvo.

—Ni siquiera podemos sacarla del pedestal, así que ¿cómo la vamos a romper? —empezó a decir Zofia, pero de repente Enrique se detuvo y algo se le iluminó detrás de los ojos.

—Romper —repitió.

—Está perdiendo la chaveta… —dijo Hypnos.

—Zofia, pásame ese bolígrafo de hielo. Saca agua del aire, ¿verdad? —preguntó Enrique.

Zofia asintió, se lo pasó y miró cómo Enrique empezaba a rastrear cada una de las grietas de la caja de lata.

—¿Sabíais que...?

—Y dale otra vez… —murmuró Hypnos.

—En el 218 a. C., el general cartaginés Aníbal cruzó los Alpes con su enorme ejército y cuarenta elefantes decidido a destruir el corazón del Imperio romano —dijo Enrique. Vertió el agua que la pluma había recogido del aire. El líquido desapareció entre las grietas de la caja de lata—. Por aquel entonces, el proceder estándar para apartar los obstáculos rocosos era bastante tortuoso. Las rocas se calentaban con hogueras y luego las rociaban con agua fría...

Tocó la caja con el bolígrafo de hielo y un ruido crepitante resonó en aquella cámara silenciosa. De las fisuras salió hielo. Se oyó un chasquido procedente de lo más profundo de la caja.

—… que hacía que se partieran en dos —dijo Enrique, sonriendo.

La caja se abrió; los bordes del metal brillaban, mojados.

Enrique metió la mano en la caja y sacó los delicados anteojos Tezcat. Eran del tamaño de unas gafas normales... aunque más elaboradas. Las monturas de color gris plomizo formaban un patrón de hiedra y flores de hierro forjado que podían llevarse alrededor de la cabeza como una diadema. Sobresalían un par de monturas cuadradas, aunque solo en una había un trozo de cristal prismático.

Hypnos aplaudió lentamente, sonriendo.

—¡Bien hecho! Aunque me parece extraño que esta vez el ingeniero utilizara un cuento y el cuentacuentos empleara la ingeniería.

—Soy historiador —dijo Enrique mientras se guardaba los anteojos Tezcat en la chaqueta—. No un cuentacuentos.

—Historiador, cuentacuentos... —respondió Hypnos mientras agitaba la mano y sonreía a Zofia—. *¿Quelle est la différence?*

Sonó otra campanilla. Silenciosamente, la pared engulló la estatua del ángel y los dejó en una sala de mármol prístino. Zofia se dio la vuelta, pero las paredes eran lisas y ya no había señal de las musas que habían estado aquí.

—Se acabó el tiempo —dijo Hypnos—. Y es de mala educación llegar tarde a las bodas.

—Vas a tener que volver a ese baúl...

—Uf.

—Es eso o...

Justo entonces, la puerta de la cámara se abrió. El mayordomo entró con una bandeja de refrescos.

—Pensé que les apetecería... —Se detuvo de repente cuando vio a Hypnos y el baúl de viaje roto.

—¡Te dije que vigilaras la puerta! —gritó Enrique.

—¡Se me olvidó!

—¿Quién diablos es? —exigió el mayordomo—. ¡Guardias!

—¡Corred! —gritó Enrique.

Zofia, Enrique e Hypnos salieron de la Cámara de las Diosas. Detrás de ella, Zofia oyó el estruendo de una bandeja que se estrelló en el suelo al caer y al mayordomo gritando. Salieron escopeteados de ahí. Durante un breve momento, Zofia notó un subidón de adrenalina, el tipo de energía que le hacía sentir como si todo fuera posible.

Enrique la miró, con las mejillas sonrosadas y esbozó una sonrisa ladina, incluso mientras corría. Zofia reconocía esa expresión de Laila cada vez que le pasaba una galleta a escondidas. Era cómplice, como si te contaran un secreto. La hacía sentir agradecida... y confundida, porque no estaba segura de qué secreto quería contarle él.

Al final del vestíbulo, la amplia puerta delantera brillaba como una advertencia. Hypnos fue el primero en llegar y tiró del pomo. Al otro lado de la puerta, Zofia alcanzaba a oír las campanas de boda repicando con fuerza y el golpeteo de los cascos de los caballos y las ruedas de los carruajes quebrando el hielo que recubría las calles.

Detrás de Zofia se oían rasguños y golpes fuertes. Enrique miró por encima del hombro con la cara pálida.

—Maldita sea —masculló Hypnos tirando del pomo.

—¡Perros! —gritó Enrique.

—No es la blasfemia que utilizaría para describir la situación, pero...

—No —dijo Enrique—, ¡son perros! ¡Moveos más rápido!

Zofia volvió la cabeza y su cerebro asimiló aquella visión antes de sentir siquiera el miedo: cuatro enormes perros blancos se dirigían hacia ellos.

—¡Por fin! —gritó Hypnos.

La puerta se abrió de par en par. Ella apenas notó la mano de Hypnos envolviéndole muñeca. Este tiró con fuerza y la arrastró hacia la noche helada de San Petersburgo mientras la puerta se cerraba de golpe detrás de ellos y el aire helado la golpeaba como un puñetazo.

Más adelante, un montón de *troikas* avanzaban a gran velocidad por la calle de Angliskaya Naberezhnava al son de las campanas de boda. Un equipo de tres caballos de tiro moteados tiraba de cada uno de los quince carros blancos. Petardos forjados zumbaban en el aire; al estallar dibujaban imágenes silueteadas de los novios, osos rugientes y cisnes que se disolvían en la noche.

—¡Allí! —dijo Enrique.

Uno de los vagones tenía una raya negra en el centro. Dobló la esquina hacia ellos justo cuando la puerta principal se volvía a abrir. Enrique maldijo en voz alta desde el otro lado de la acera. Hizo señas al carruaje con la raya negra, pero este no redujo la velocidad. Los gruñidos estallaron detrás de Zofia.

—¡No llegaremos a tiempo! —dijo Hypnos. Tenía la cara reluciente por el sudor.

Con un giro de muñeca, Zofia se arrancó uno de los colgantes de fuego del collar y lo tiró a los perros. Al mismo tiempo, forzó su *voluntad* en el objeto de metal: «Enciéndete».

Oyó el chisporroteo de las llamas que se prendían las unas a las otras, seguido de un aullido indignado y el ruido de varias patas retrocediendo. Una columna de llamas salió disparada de la acera y obligó a los perros guardianes a retroceder.

El carruaje con la raya negra se detuvo al final de la entrada de la mansión. El resto de *troikas* lo adelantaron justo cuando la puerta se abrió desde el interior... Hypnos y Enrique saltaron a la oscuridad del carruaje. Zofia se agarró a los rieles y notó las manos cálidas de Laila tirando de ella en el asiento.

Al otro lado del carruaje estaba Séverin, que ni siquiera los miró mientras daba dos golpecitos en el techo con los nudillos. Mientras se alejaban, Zofia se asomó por la ventana. La columna de fuego se había extinguido. El mayordomo y un grupo de guardias habían salido corriendo... pero su *troika* ya había vuelto a fundirse con el resto de la comitiva de boda.

Hypnos se arrojó sobre el asiento, apoyó la cabeza en el regazo de Laila y extendió las piernas sobre Enrique. Sin saber muy bien por qué, Zofia miró a Enrique. Quería saber cómo era su expresión con el cuerpo de Hypnos contra el suyo. No había olvidado el beso de Enrique e Hypnos de meses atrás. Aquel recuerdo la asustó. No sabía por qué le había venido esa imagen a la cabeza en aquel momento, pero así era y su lentitud era como una mecha que prendía y acababa en una explosión que no lograba comprender. Que no podía crear. Pensar en aquello le hizo sentir un peso doloroso en el pecho, pero no sabía por qué.

—Zofia casi acaba devorada por los perros —anunció Hypnos—. A ver, es cierto que ha averiguado cómo llegar hasta los anteojos, ¡pero yo también he ayudado en el rescate! Sinceramente, fénix, ¿qué harías sin nosotros?

Esbozó una gran sonrisa, pero Zofia no podía sonreír. Pensó en Hela arrugando la carta que había intentado escribirles cuando estaba en Polonia. «No les preocupes, Zofia. Empezarán a angustiarse por ver quién tendrá que cuidarte cuando yo ya no esté». Aunque el dinero de su trabajo le hubiera salvado la vida a Hela; aunque el equipo fracasara sin sus inventos, no le gustaba sentir que su forma de ser y funcionar la convertían en una carga. Aun así, sabía que a veces necesitaba ayuda cuando otras personas no la necesitaban. Esa idea se le quedó dentro como una pieza de rompecabezas que no encajaba.

—No lo sé —dijo en voz baja.

10

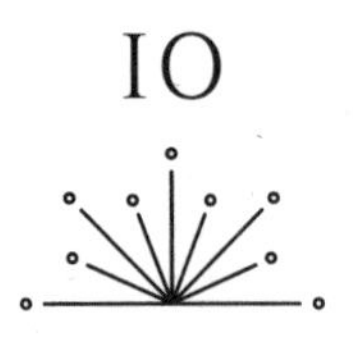

LAILA

Laila salió del carruaje de boda y miró hacia la creciente oscuridad del escaparate de una tienda que habitaba una esquina soñolienta de San Petersburgo. La nieve caía como un azúcar suave y dulce y rozaba suavemente los aleros de madera de la tienda. Pero aunque la ciudad parecía azucarada por la nieve, el frío de Rusia sabía a amargura. Se filtraba por los cuellos de los abrigos, tiznaba de azul los dedos y abrasaba el interior de la nariz simplemente porque se atrevía a respirar.

—¡Venga! —gritó Hypnos, prácticamente saltando delante de ellos—. Y tú...

Se detuvo a mirar a la persona que había salido del carruaje... detrás de ellos. Laila reprimió un escalofrío. Aún no se había acostumbrado a ver a una esfinge, los miembros de la guardia de la Orden de Babel que llevaban unas grotescas máscaras de cocodrilo y que siempre apestaban a sangre.

—Ya sabes cómo y dónde encontrarnos. Prepara el carruaje.

La esfinge no dijo nada. Tal vez no pudieran, pensó Laila con una punzada de lástima. Detrás de la esfinge había otros cuatro guardias de la Casa Nyx, hombres que todavía llevaban el uniforme de los hombres de Vasiliev. Aunque tenían el colgante con la lente Tezcat que faltaba, el trabajo en el Teatro Mariinsky la perturbaba. No podía dejar de pensar en las últimas palabras de Vasiliev antes de caer inconsciente. «Ella te encontrará». Pero ¿quién era ella? Séverin no tenía ni idea y lo achacó a que el hombre estaba al borde del agotamiento nervioso. Pero el eco de esas palabras ensombrecía los pensamientos de Laila.

Dentro de la tienda, había una multitud de objetos extraños en las paredes. Unas muñecas con forma de calabaza brillante no más altas que la palma de una mano cubrían los estantes como un pequeño ejército. Delicadas jarritas y tazas de té de cerámica azul, samovares de plata y cajas de té y tabaco importados yacían medio desempaquetadas en cajas de madera llenas de paja. A lo largo de una de las paredes colgaban pieles de lince moteado y de marta cibelina, de visón color escarchado y de zorro, del tono naranja y escarlata intenso de una puesta de sol. Y en el extremo más alejado del espacio, Laila vio un par de puertas de cristal contra la pared. La escarcha se extendía cual telaraña por el cristal, pero a través de la puerta de la izquierda, Laila distinguió la silueta de una ciudad... y no era San Petersburgo.

Hypnos siguió su mirada, sonriendo.

—Uno de los secretos mejor guardados de la Orden de Babel —dijo—. Esos son antiguos portales Tezcat que utilizan la tecnología de la Casa Caída para cruzar enormes distancias. Esa puerta de la izquierda lleva directamente a Moscú.

—¿Y la de la derecha? —preguntó Zofia.

Hypnos frunció el ceño.

—Nunca la abrí después de aquella vez que vi un charco de sangre filtrándose desde el otro lado.

—Perdona, ¿qué? —dijo Enrique—. Además, ¿por qué tenéis tantos portales en Rusia?

—Es la capital del aprendizaje de la Orden de Babel, *mon cher* —dijo Hypnos, mientras caminaba hacia el fondo de la sala—. Solo hay una Casa en Rusia, la Casa Dazbog. ¡Imagínate! ¿Una sola Casa para dar todas tus fiestas? Es una locura. De todos modos, Rusia no tiene tantas colonias más allá de algunas zonas con trampas para pieles. Tal vez está demasiado distraída con sus constantes escaramuzas con China y similares, así que la Casa Dazbog se especializó en su propia moneda de cambio: el *conocimiento*. En cuanto a los portales, tenía que haber formas seguras para que cada Casa obtuviera información o se reunieran en secreto, así que Rusia tiene la mayor concentración.

Laila lo escuchaba a medias mientras se dirigía hacia una de las estanterías atestadas de muñecas pintadas. Se le hizo un nudo en la garganta. De pequeña, solo tuvo una muñeca. Y no le gustaba recordar qué le había pasado.

—Son *matrioskas* —dijo Hypnos, mientras cogía una del estante.

Giró la parte superior e inferior del torso de la muñeca y se separó en dos; dentro, había otra más pequeña. Luego hizo lo mismo con esa otra... una y otra vez, hasta que tuvo una serie de miniaturas en un orden descendente perfecto.

—Qué bonitas —dijo Laila.

—Son el último diseño de Vasily Zvyozdochkin —dijo Hypnos.

Laila resiguió el diseño de la muñeca: el abrigo azul hielo, la piel color concha y el copo de nieve pintado sobre el corazón de la muñeca.

—¿Quién es? —preguntó Laila.

Hypnos se encogió de hombros. Enrique se les acercó y miró por encima del hombro.

—*Snegurochka* —dijo.

—Salud —dijo Hypnos solemnemente.

Enrique puso los ojos en blanco, aunque esbozó una sonrisa.

—La doncella de las nieves de los cuentos de hadas rusos —les explicó Enrique—. Cuenta la leyenda que estaba hecha de nieve y aunque se le advirtió toda la vida que no se enamorara, no pudo evitarlo. Y, en cuanto lo hizo, se derritió.

Laila sentía un hormigueo en las palmas por la rabia. Quería zarandear a la Snegurochka por venirse abajo tan fácilmente. Al fin y al cabo, no eran muy diferentes la una de la otra. Laila era un cúmulo de huesos rescatados y la doncella de nieve, de nieve recogida. El amor no merecía descongelar su ingenio y convertir su corazón en polvo.

—¿Todo en orden? —preguntó una voz oscura y familiar.

Un destello de calor recorrió el cuerpo traicionero de Laila y esta se alejó bruscamente de las muñecas.

—Sí, sí, todo está listo —dijo Hypnos, pasando el brazo por el de Enrique y caminando hacia una caja de madera colmada de heno.

Séverin la miró y luego miró hacia las muñecas que ella tenía detrás. Laila se fue hasta Zofia, que estaba sentada en una mesa baja y jugaba con su caja de cerillas.

—¿Unos chupitos? —preguntó Hypnos, sacando una botella de *vodka* envuelta en hielo.

—Los anteojos —dijo Zofia.

—¿Eso también es un juego de beber?

—Pensaba que íbamos a reunir y montar los anteojos Tezcat —dijo Enrique.

—Aquí no —dijo Séverin, echando un vistazo a la puerta—. Llamaríamos demasiado la atención. Los hombres de Vasiliev podrían seguir ahí fuera. Primero, tomaremos el portal de Moscú.

—Y da mala suerte comenzar un viaje sobrio —añadió Hypnos. Levantó la botella de *vodka*—. ¿Qué? ¿Un trago por la Dama de la Suerte?

—No le veo el sentido a brindar por una antropomorfización del azar —dijo Zofia—. Eso no aumenta la frecuencia de su aparición.

—Y por eso, te has ganado dos chupitos —le dijo—. Ah, y ten cuidado al sentarte en esos cajones de madera. Son viejos y tienen un montón de astillas traicioneras.

Laila se sentó. Se obligó a sonreír, pero aquellas muñecas la habían puesto nerviosa. Giró el anillo granate en la mano: «18 días».

«Tenemos los anteojos Tezcat», se recordó a sí misma. Pero sus dudas se filtraron entre la esperanza: ¿Y si no funcionaba? ¿Cómo sabía con certeza que el secreto de la vida estaba en las páginas de *Las letras divinas*? ¿Y si el libro ya no estaba en el Palacio Durmiente?

—¿Laila? —preguntó Hypnos.

Ella levantó la cabeza. No estaba escuchando.

—Íbamos a ir en el orden de los cumpleaños. ¿Cuándo es el tuyo?

—Dentro de dieciocho días —respondió.

Se le revolvió el estómago al decirlo en voz alta.

—¡Qué pronto, *ma chère*! ¡Deberías habérmelo dicho! ¿Harás una fiesta?

«¿O un funeral?», pensó. Sacudió la cabeza mientras Hypnos le ponía un vaso frío en la mano, luego le dio uno a Enrique y también a Zofia, aunque esta frunció el ceño. Séverin se negó. Se quedó junto a la chimenea, lejos de los demás. Le lamían las sombras y la luz de la lumbre de tal modo que lo convertían casi en inhumano. A ella se le erizó el vello de la nuca al recordar el suave roce de sus labios contra su piel.

«Ahora sí estás sobreactuando». Séverin alzó la mirada rápidamente hacia ella y pasado un segundo, esta giró la cabeza.

—Que nuestros fines justifiquen nuestros medios —entonó Hypnos.

Cada vez que pensaba en fines, la sonrisa voluble de Tristan se le retorcía en el corazón. Laila murmuró su nombre para sí y luego se bebió el *vodka* helado de un solo trago. Sabía a fantasmas, pensó, porque incluso después de apurar la bebida, el alcohol permanecía amargamente en la lengua.

—*L'Chaim* —dijo Zofia en voz baja antes de beber.

Enrique bebió el suyo también, luego escupió y se agarró el cuello.

—Eso está *asqueroso*.

—Toma, bebe más, anda —dijo Hypnos, tendiéndole la botella—. Si bebes lo suficiente, no notarás el gusto de nada.

—Me gustaría hablar a solas con mi equipo —dijo Séverin en voz baja—. Ve a examinar el portal, Hypnos.

Hypnos dejó lentamente la botella en el suelo. La sonrisa se le borró de la cara.

—Por supuesto —dijo.

Cuando se incorporó, Enrique le agarró la mano y le dio un breve apretón antes de soltarla. Laila reconoció esa expresión de anhelo en su rostro y se quedó inmóvil... Era la misma expresión que ponía cuando se enamoraba de una idea. Como cuando tocaba el piano o su efímera obsesión por los bonsáis que molestaban sobremanera a Tristan. Laila vio como Hypnos, ausente, sonreía a Enrique antes de volverse a su guardia y dirigirse al portal. Se alegró por ellos, por supuesto, pero eso no evitó la punzada del recelo en su corazón. Hypnos disfrutaba enamorándose y desenamorándose como si fuera un pasatiempo. Y si alguien caía en el camino, Laila no estaba muy segura de que le importara.

Enrique se volvió hacia Séverin, con la mirada fría.

—Creo que ya se ha ganado su puesto aquí.

—Se ha ganado un lugar en tu cama —dijo Séverin—, no en mi mesa.

Enrique se ruborizó. Si Séverin lo notó, hizo caso omiso.

—Además, sigue siendo parte de la Orden.

Laila pensó en cuando Hypnos dispuso cuidadosamente los tentempiés para ellos en la sala de astronomía; en el brillo de sus ojos cuando los sorprendió con todo lo que había hecho y en cómo se le hundieron los hombros cuando se dio cuenta de que no era la sorpresa que pretendía. Miró a Séverin enfadada.

—Hypnos es tan digno de confianza como cualquiera de nosotros —dijo, dando un golpe con la mano.

Solo quería dejar las cosas claras, pero, en lugar de eso, la embargó un dolor candente. Demasiado tarde, la advertencia de Hypnos resonó en su cabeza: «Ten cuidado». Le empezó a sangrar la palma porque se había pinchado con un clavo suelto.

—Madre mía, Laila, ¿estás bien? —preguntó Enrique, corriendo hacia ella.

Laila se notaba el pulso en la mano mientras apretaba la palma contra el vestido, sin pensar que se estaba manchando la tela dorada. Llevaba mucho cuidado con los cortes. La última vez fue con doce años. Las lluvias monzónicas habían arrasado su pueblo y la corteza del tilo al que solía subirse estaba resbaladiza por la lluvia. Cuando cayó y se cortó la mano, corrió hacia su padre, con el ego herido y la mano ensangrentada. Ella solo quería que él se preocupara, que le dijera que estaría bien. Pero en lugar de eso, él se apartó. «*Aléjate de mí. No quiero ver la sangre con la que te ha llenado el* jaadugar».

¿De quién era la sangre en sus manos? Le entraban arcadas.

—Disculpa —dijo ella, apartando la mano de Enrique—. Necesito un poco de aire.

Le dolía el aliento en los pulmones mientras corría hacia el exterior. La esfinge simplemente giró la cabeza, pero por lo demás ni se inmutó. Demasiado tarde, Laila se dio cuenta de que había dejado el abrigo sobre la caja de madera. Creía conocer bien el invierno, pero el frío de Rusia se le antojó... traicionero.

—¿Laila?

Se giró y vio a Enrique y a Zofia en la puerta. Enrique le tendió el abrigo.

Zofia sostenía un fósforo encendido.

—El fuego cauteriza las heridas.

Enrique estaba horrorizado.

—¡Pero si es un corte diminuto! ¡Aparta esa llama!

Zofia la apagó; parecía ligeramente molesta. En una mano, Enrique llevaba un rollo de vendas y un vaso de chupito lleno de *vodka*, que le vertió en la mano. Le escoció tanto que apenas podía respirar.

Zofia cogió la venda y empezó a envolverle la mano. Era una herida muy pequeña como para montar tal espectáculo, para tratarla con semejante ternura. La última vez que se cortó, se quedó bajo la lluvia con la mano palpitando mientras dejaba que el agua corriera sobre las palmas hasta que ya no hubo rastros de la sangre de otra persona en la piel. Las lágrimas empezaron a resbalarle por las mejillas.

—Laila... Laila, ¿qué pasa? —preguntó Enrique, alarmado, con los ojos muy abiertos—. Cuéntanos.

Cuéntanos. Tal vez fuera el dolor en la mano o el deje de dolor en la voz de él, pero Laila notó que el secreto se le escapaba de las manos.

—Me estoy muriendo —dijo con un hilo de voz.

Miró a Enrique a los ojos, pero este se limitó a negar con la cabeza con una pequeña sonrisa. Zofia, sin embargo, parecía sorprendida.

—Solo es un corte, Laila... —dijo Enrique.

—No —dijo ella bruscamente. Los miró, memorizando sus rasgos. Tal vez esa fuera la última vez que la miraran así, como si les importara.

—Hay algo que no sabéis de mí —dijo ella, apartando la mirada—. Es más fácil que os lo enseñe.

A Laila le dio un brinco el corazón al extender la mano y tocar el rosario que Enrique llevaba alrededor del cuello.

—Tu padre te dio esto cuando te fuiste de Filipinas —dijo.

—Bueno, eso no es ningún secreto —dijo él suavemente.

—Te dijo que él también soñó alguna vez con huir... la noche antes de casarse con tu madre. Pensó en dejarlo todo, la Empresa Mercantil Mercado-López, todo... por el amor de una mujer de Cavite. Pero eligió cumplir con su deber y no lo había lamentado ni una sola vez... Te dio su rosario y te dijo que esperaba que te guiara por el buen camino.

Enrique parecía aturdido. Abrió la boca y la cerró.

—Leo los recuerdos de los objetos —dijo Laila al tiempo que apartaba la mano—. No todos, por supuesto, pero sí las emociones fuertes o recientes. Es porque yo... soy forjada.

Sin mirarlos, les contó la historia de su creación. No su nacimiento, porque ella no había nacido, en realidad. Había muerto dentro del vientre de la madre y el resto de su ser se creó después.

—Es la razón por la que necesito encontrar *Las letras divinas* —dijo—. El *jaadugar* que me creó me dijo que no viviría más allá de mi decimonoveno cumpleaños sin los secretos que contenía ese libro.

Los segundos de silencio se extendieron a un minuto completo. Laila pensó que se darían la vuelta o se apartarían, que harían *algo*, pero en vez de eso, se limitaron a mirarla fijamente... y a ella le entraron ganas de echarse a correr. Los ojos azules de Zofia se iluminaron con una nueva luz y Laila casi se estremeció por la determinación que vio en ellos.

—No te dejaré morir —dijo Zofia.

Enrique le tomó la mano; su tacto era muy cálido.

—No dejaremos que te pase nada.

A ti.

Sin condiciones. No hubo ningún cambio en la forma de referirse a ella. Nada cambió siquiera en su forma de mirarla. Laila se quedó inmóvil y tardó un rato en darse cuenta de que estaba agarrotada, a punto de estremecerse. Y huir. Pero saber, por primera vez, que no tenía que huir ni correr la hizo mirarse fijamente las manos; se sentía completamente perdida. Y entonces, como si Enrique supiera qué le pasaba por la cabeza, se acercó a ella. Ese gesto la impresionó y, al cabo de un segundo, Laila estrechó a Zofia y Enrique entre sus brazos también. Milagrosamente —más milagroso aún que una niña que hubiera vuelto de entre los muertos o las terribles maravillas de las catacumbas—, ellos la abrazaron con fuerza. Cuando ella se apartó al final, la mirada de Enrique estaba llena de dudas.

—¿Así que podías hacerlo desde el principio? —preguntó, poniéndose un poco rojo—. Porque, si es así, sé que pudo parecer que robé esa boa de plumas del cabaret, pero juro que...

—No me hace falta saberlo, Enrique —dijo Laila, riéndose a su pesar—. Tus secretos siguen siendo tuyos. Nunca leo los objetos de mis amigos.

Sin querer, le llegó el recuerdo de Tristan y su oscuridad oculta, de todas las formas en que había necesitado ayuda y todos los momentos desaprovechados en los que ella pudo habérsela dado. Puede que debiera cambiar de política.

—¿Lo sabe Séverin?— preguntó Zofia.

Laila apretó la mandíbula.

—Séverin sabe que me... crearon. Y que sé leer los objetos, pero no sabe por qué necesito *Las letras divinas* —dijo, añadiendo después con una voz más fría—: No hace falta que lo sepa. No le debo mis secretos.

Si él lo supiera y eso no cambiara nada, ella sería como Snegurochka, cuyo corazón descongelado la convirtió en nada más que un cúmulo de copos de nieve. Laila no se haría eso a sí misma. Puede que el amor valiera la pena para las chicas hechas de nieve, pero ella estaba hecha de pelaje y huesos robados, de tierra de tumba y sangre extraña; su corazón ni siquiera le pertenecía para regalarlo. Solo tenía su alma y ningún amor valía la pena perderla.

Enrique le dio un apretoncito cariñoso en el hombro y luego se puso frente a ellas. Laila derramó la última de sus lágrimas y levantó la barbilla. Ya casi había cruzado la puerta cuando el leve roce de la mano de Zofia la hizo girar.

—Gracias —dijo.

—¿Por qué? —preguntó Laila.

Zofia dudó.

—Por la verdad.

—Debería ser yo quién te diera las gracias a ti —dijo Laila—. Los secretos son una carga muy pesada.

—Conozco bien esto de las cargas —dijo Zofia con una expresión sombría.

AL OTRO LADO DE la puerta y en un callejón de Moscú, una *troika* les estaba esperando para llevarlos a la ubicación segura de la Casa Nyx. A lo lejos, ella oyó el traqueteo del segundo carruaje cargado con sus pertenencias que se dirigía a su nuevo escondite. Una farola brillante iluminaba la nieve que caía y la alquimia de su luz parecía convertir la nieve en monedas de oro. El aire olía a humo de leña y a estaño y los pedazos de hielo de la acera desierta se quebraban como huesos bajo sus botas. Los postigos de madera cubrían las fachadas de las tiendas de sombras y silencio. En la *troika,* tres caballos oscuros se agitaban y volvían la cabeza. Dos de los guardias de la Casa Nyx aguardaban para recogerlos, pero cuando empezaron a caminar hacia la *troika,* Zofia extendió la mano y le agarró una muñeca a Laila.

—¿Hueles eso? —preguntó.

Hypnos arrugó la nariz.

—Yo no he sido —respondió Enrique rápidamente.

Había un ligero... olor a quemado en el aire.

—Eso es salitre —dijo Zofia. Se le abrieron los ojos de par en par al mirarlos—. Es un explosivo...

Apenas había dicho aquellas palabras cuando explotó algo detrás de la *troika.* Los caballos relincharon asustados y salieron desbocados hacia la oscuridad mientras unas enormes llamas se abalanzaban sobre ellos.

II

SÉVERIN

Séverin retrocedió tambaleándose. Los caballos se encabritaron y, tras liberarse de los ronzales, desaparecieron en la noche justo antes de que las llamaradas engulleran la *troika* y les cortaran la salida. Con la mano fue golpeando la pared de ladrillos que tenía detrás, buscando alguna abolladura, cualquier señal de huida. Pero el ladrillo estaba cubierto de hielo. Todo el valor que había reunido se le escurrió entre los dedos. «Así no», pensó, mientras miraba a Hypnos, Laila, Zofia y Enrique. *Así no.*

—No lo entiendo... No lo entiendo... —susurraba Hypnos una y otra vez, mirando cómo la *troika* ennegrecía lentamente. Del interior del carruaje salían gritos. Dos de los guardias de la Casa Nyx se estaban quemando vivos.

Hypnos trató de correr hacia el carruaje, pero Zofia le retuvo.

—¡Agua! —gritó Enrique—. ¡Necesitamos agua para apagar las llamas!

Enrique agarró puñados de la nieve sucia de la ciudad, se los metió en el sombrero y los arrojó a las llamas invasoras. Séverin se dio cuenta ligeramente de que este intentaba apagar el fuego. Era un gesto inútil, estúpido y... valiente. No podía hacer más que mirarlo. Enrique giró la cabeza y gritó por encima del crepitar de las llamas:

—¡No me mires así! —Le lanzó una mirada amenazadora—. ¡Confía en mí, ya sé lo que parece!

Séverin se arrodilló y empezó a recoger la nieve para ponerla entre las llamas y los demás. Se le congelaban las manos y le quemaba la larga cicatriz que le discurría por la palma. Zofia se puso a su lado, llenó su sombrero con nieve, la derritió con un toque de su colgante de fuego y la lanzó contra las llamas... sin ningún resultado. Séverin la miró, observó sus manos trabajando codo con codo. Oía a los demás a su lado y se volvió en un impulso mientras los ojos se le llenaban con la visión de todos ellos.

«Quería convertiros en dioses. Quería protegeros».

Séverin sintió como si estuviera viendo a Tristan morir de nuevo, solo que esta vez su fracaso se había convertido en algo vivo, algo que intentaba morder los talones de todos aquellos que se acercaban demasiado. Vio que sus manos no se movían lo bastante rápido, que tenía las piernas congeladas; una terrible consecuencia se escurría entre los dedos extendidos. Era lo mismo y era diferente. Nadie con máscaras de lobo doradas, nada de cabezas echadas para atrás ni gargantas expuestas y estrellas desconchándose del techo. Solo nieve y fuego y gritos. Las llamas rodaban hacia ellos y a Séverin le costaba respirar. Se ahogaría con el humo antes de que el fuego lo alcanzara, pero al menos se iría antes que ellos. Al menos no tendría que ver nada. Alguien lo hizo retroceder bruscamente. Incluso en medio del hedor de las llamas sulfurosas, captó el aroma de cuento de hadas del azúcar y el agua de rosas.

—*Majnun* —dijo Laila.

Tenía que estar alucinando a la fuerza. Ella ya no lo llamaba así.

Séverin se la sacó de encima sacudiendo el hombro y se negó a mirarla. No podía verla morir. Apenas podía soportar verle el dolor en el rostro. El calor le quemaba la cara, y Séverin se obligó a mirar hacia las llamas que se les acercaban. Oía a Hypnos, Enrique, Zofia y Laila gritándole para que se alejara. Dio un paso adelante y extendió las manos, con las palmas vueltas hacia ellos como si pudiera salvarlos de la muerte o encomendarse al retorcido sentido de la misericordia del mundo para no ver cómo les había fallado por última vez.

Cerró los ojos, preparándose para el calor punzante... pero las llamas se aplacaron.

Séverin abrió los ojos de golpe. Una luz azul atravesó las llamas. Su otrora intenso tono escarlata se atenuó a medida que más y más fragmentos de luz azul las destrozaban. Séverin parpadeó y bajó ligeramente las manos. Grandes olas de humo se levantaron en el aire. Allí donde las llamas habían ardido con su tono rojo intenso, ahora eran azules en las raíces, como si una infección de hielo se hubiera apoderado de su calor. El azul se extendió hacia arriba, tragándose las llamas enteras antes de caer en cascada al suelo y no dejar nada más que una neblina de color índigo. Bajo sus pies, las piedras silbaban y humeaban. Poco a poco, el mundo se fue aclarando a medida que el humo se disolvía en el aire; la noche era fría y las estrellas, más frías todavía. Cuando miró a su izquierda, vio que el callejón de paredes de ladrillo antes ahogado por el fuego de la *troika,* ahora presentaba una vía de escape clara, aunque carbonizada.

—¡Estamos *vivos*! —gritó Enrique felizmente.

Miró a Séverin, sonriente y esperanzado, y Séverin casi, casi, le devolvió la sonrisa. Pero en la abrupta salida de las llamas,

Séverin recordó que aún tenía los brazos levantados. Como si eso pudiera haberlos salvado. Avergonzado, bajó las manos. Respiraba pesadamente, el sudor le resbalaba por la espalda y tenía el sabor del humo en la boca. Era tan... inútilmente humano.

Pero eso podría cambiar.

Enrique se arrodilló en la nieve, con el rostro aún alegre, aún esperanzado.

—¿Séverin?

Séverin recordó la vez que conoció a su historiador. En ese momento, Enrique solo era un graduado universitario que vestía con elegancia. Un chico con un libro bajo el brazo que se detenía a examinar una estatua en la galería del museo de L'Éden.

—ESTA DESCRIPCIÓN ESTÁ *completamente equivocada —dijo Enrique.*

Séverin se sintió sorprendido por este chico que le hablaba como a un igual. Nadie le hablaba así en L'Éden y el efecto era... agradable.

—¿Perdón?

—Esa no es una deidad de la muerte. Es el dios del sol. Surya. —Enrique señaló la coraza y la daga—. Esas marcas en la espinilla de la estatua representan las marcas de las botas.

—¿Los dioses hindúes calzan botas? —preguntó Séverin.

—Bueno, los dioses hindúes que podrían no haberse originado en la India —dijo Enrique, encogiéndose de hombros—. Se cree que el dios del sol Surya se originó en Persia, de ahí su descripción como un guerrero de Asia Central. —Negó con la cabeza—. Quien se creyera eso era un tonto que necesitaba a un historiador de verdad.

Séverin sonrió y luego extendió la mano:

—Me llamo Séverin y soy un tonto que necesita a un historiador de verdad.

Séverin se alejó de Enrique y de la esperanza en sus ojos. El frío se reinstaló en el callejón y notó el aire hediondo invernal en la piel. Metió la mano en el fondo del bolsillo de su chaqueta para sacar los anteojos Tezcat.

Ya no podía permitirse el lujo de ser un tonto.

Más adelante, su mirada se dirigió a la salida despejada.

—¿A qué estamos esperando? —exigió Hypnos—. ¡Vámonos! —Su voz se elevó mientras miraba la ardiente *troika* donde los miembros de la Casa Nyx habían luchado para escapar.

Todo parecía demasiado silencioso, demasiado vacío.

—Espera —dijo Séverin, levantando la mano.

Alguien los había rescatado. Alguien también les había tendido una trampa. Alguien estaba esperando a ver su próximo movimiento.

En su mente se agolpaban nombres, rostros y amenazas, pero nadie sobresalía entre ellos. Desde un extremo del callejón oyó el brusco chasquido de las botas contra el hormigón. Aquella persona caminaba con paso calculado. Con decisión.

Séverin buscó la hoja escondida en el tacón de su zapato. Les echó un vistazo a todos. Zofia tenía el pelo pegado a la cara, húmedo por la nieve, y los ojos azules enormes. Enrique se agachó en la nieve. Hypnos se aferró a Laila, mirando sin pestañear a la *troika*. Y Laila... Laila solo lo miraba a él. Séverin se apartó de ella, con un frío terrible en el corazón. No estaban en condiciones de luchar. No tenían más que sombreros llenos de nieve derretida y un puñado de armas que se les resbalaban en el puño. Aun así, se levantó, tenso y esperando a que la figura finalmente saliera a la luz.

Séverin pensó que tenía que estar equivocado. Pero la luz de la luna no mentía. Le temblaba la cicatriz y aquel breve recuerdo de estar cerca y a salvo desapareció en un destello de luz azul.

—Veamos... ¿a quién tenemos aquí? —dijo Delphine Desrosiers, la matriarca de la Casa Kore, mientras acariciaba perezosamente el cuello de marta cibelina del abrigo—. Vaya, aquí está la ingeniera acusada de incendio provocado.

A Zofia le brillaron los ojos.

—Un historiador que necesita un corte de pelo.

Enrique frunció el ceño y se alisó el pelo.

—Una cortesana.

Laila levantó la barbilla.

Hypnos tosió fuerte.

—Y tú... —dijo la matriarca, con una voz afectuosamente odiosa—. Y, finalmente, *monsieur* Montagnet-Alarie... el cazatesoros favorito de la Orden. ¿Qué haces tan lejos de casa?

Sonrió y sus dientes atraparon la luz.

PARTE II

De los archivos secretos de la Orden de Babel

Del texto hindú *El libro de la Dinastía* escrito por Vidyapathi Das, 1821, traducción de Fitzwilliam Ainsworth

En la coronación, el nuevo rey hace ofrendas a los dioses con cuencos de leche con especias y panales, monedas de oro envueltas en pétalos de rosa y los dulces más selectos. Debe hacer particular reverencia a los diversos avatares de Sarasvati, diosa del conocimiento, la música, el arte y [nota del traductor: el escritor de este texto se refiere a la forja como *chhota saans* o «el pequeño aliento», ya que imita el arte de los dioses de insuflar vida a las creaciones. En adelante, me referiré a ello por su debido nombre: forja] la forja.*

*Nota del archivero:

Es muy curioso ver una referencia a los avatares de la diosa Sarasvati, cuyo ámbito religioso parece muy similar a las nueve Musas de la antigua Grecia, responsable del antiguo (o apócrifo, según el sesgo intelectual de cada uno) grupo de guardianes, las Musas Perdidas. ¿Podría ser que un comerciante indio trajera noticias de estas deidades helenísticas y así las introdujo en la conciencia del continente indio? ¿Cómo, si no, podrían establecer semejante conexión?

12

SÉVERIN

Séverin tuvo siete padres, pero solo un hermano.

Su tercer padre era Envidia. Envidia tenía una bella esposa y dos hijos preciosos, y una hermosa casa con una ventana que daba a un campo de violetas y a un arroyo susurrante. El primer día, la esposa de Envidia dijo que él y Tristan le podían llamar «Madre» y Séverin se preguntó si podría ser feliz.

Pero no iba a ser así.

—¡Ojalá tuvieran más familia! —Clotilde, que ya no deseaba que la llamaran madre, estaba desesperada.

«La tuve», pensó Séverin. Una vez tuvo a Tante FeeFee, que lo amaba y lo abrazaba con fuerza, hasta el día en que ella le dijo que ya no eran familia. Después de eso, se convirtió en Delphine Desrosiers, matriarca de la Casa Kore. Él dijo que no la quería, pero cada noche, después de que Tristan se fuera a la cama, Séverin se arrodillaba junto a su colchón y rezaba. Rezaba para que ella viniera. Rezaba para que ella volviera a quererlo. Rezaba y rezaba, hasta que se le cerraban los ojos y no podía levantar la barbilla.

Un día, Delphine llegó a la casa de Envidia. Clotilde sonreía y adulaba. Se los llevaron a rastras a él y a Tristan del cobertizo del jardín donde vivían y los llevaron al vestíbulo principal. Una punzada fantasma le recorrió las manos a Séverin y tuvo que esforzarse por no ir hasta ella.

Delphine lo miró y se fue sin mediar palabra.

Aquella noche, Tristan se sentó a su lado, con las manos juntas como si rezara.

—Siempre seré tu familia.

SÉVERIN ESTABA FRENTE a un salón de té en el distrito de Khamovniki. Unas luces de oropel y de forja brillaban a lo largo de los aleros cubiertos de nieve. El aire llevaba impregnado un ligero olor a té infusionado y el ruidito de las cucharillas del café golpeando los lados de las tazas de porcelana.

Por las calles paseaban varias parejas enfundadas en largos abrigos grises y sombreros forrados de piel que ni siquiera los miraron cuando entraron en el edificio huyendo del frío.

Séverin miraba detenidamente cómo la esfinge de la matriarca conducía a Enrique, Zofia y Laila a una entrada diferente y, a petición de Séverin, también los guardias no heridos de la Casa Nyx.

—No os pasará nada durante nuestra conversación privada —prometió la matriarca, mirándolo a él y a Hypnos—. Confiad en mí.

Por desgracia, no tenía ningún motivo para dudar de ella. Antes de que los empujaran al carruaje, la matriarca le había quitado la chaqueta y los anteojos Tezcat. «Por seguridad», había dicho ella, sonriendo. Durante el trayecto, se dio cuenta de que Laila se había quitado los guantes para tocar el cojín del carruaje de la Casa Kore y la estola de piel olvidada de la matriarca. Cuando su mirada se encontró con la de Laila, ella negó con la cabeza. Era una clara señal de que la matriarca no era la responsable del ataque.

Pero eso no significaba que tuviera que confiar en ella.

Hypnos y él se miraron y este se encogió de hombros.

—Bueno, es cierto que nos han secuestrado, pero, al menos, la mayor parte de nuestra ropa y material ha llegado sin problemas...

—Pequeñas victorias —dijo Séverin con tono pesimista.

En la entrada del salón de té, una mujer los saludó en un vestíbulo con espejos a cada lado.

—¿Té para cuatro? ¿Y qué prefieren: hojas negras o verdes?

—Hojas rojas —dijo la matriarca. Extendió su mano, donde su anillo de Babel, unas espinas entrelazadas, brillaba con una luz apagada.

—¿Un dragón o un unicornio? —preguntó la mujer.

—Solo el cuerno y la llama —respondió la matriarca.

Apenas había terminado su frase cuando uno de los espejos de las paredes emitió una tenue luz verde y luego se partió por la mitad y mostró una escalera de color carmín que ascendía en espiral. Aunque a regañadientes, a Séverin le picó la curiosidad.

—¿Vamos? —preguntó la matriarca.

Sin esperar a que respondieran, la matriarca y su guardia subieron las escaleras. La puerta del espejo se cerró detrás de Séverin y se esfumó la última risa del salón de abajo, que dio paso a la música vivaz de una cítara. Hypnos cerró los ojos, tarareando con admiración. Había olvidado lo mucho que el otro chico amaba la música. Cuando eran pequeños, recordaba que Hypnos cantaba con una voz preciosa. El último año de vida de sus padres, incluso dieron una actuación por Navidad en la que Séverin controlaba el escenario y contemplaba cómo los rostros del público se iluminaban con asombro.

Séverin se clavó las uñas en la palma de la mano: quería que se esfumaran esos recuerdos. No *quería* recordar. No quería ver a Hypnos como un niño sonriente, casi sin aliento después de cantar. No quería ver a la matriarca como era en el pasado para él... *Tante FeeFee,* cuyo amor, por un momento, se le había antojado incondicional.

En el rellano de las escaleras, el pasillo se abría a una amplia habitación. El techo era un vidriera forjada y parecía una gota de sangre que se desplegaba infinitamente en un cuenco de agua cristalina. Detrás de pantallas de marfil había reservados de color carmín. Unos pétalos rojos de amapola cubrían el suelo y la habitación olía a almizcle y a incienso humeante.

Los camareros enmascarados y vestidos de negro se movían discretamente por la habitación sosteniendo bandejas de ónix en las que llevaban pequeñas copas de peltre. Los clientes —con unas espantosas máscaras de conejo— alargaban los brazos lánguidamente para coger las copas. Cuando Séverin vio que todos y cada uno de los clientes tenían una garra de metal pegada al meñique, se dio cuenta de qué clase de lugar era ese.

—¿Es un club de forjado de sangre? —preguntó.

—Tenemos que disfrutar de la vida de alguna manera —dijo la matriarca.

Séverin nunca había entrado en un club de forjado de sangre, pero conocía su reputación. En ese lugar abundaban artistas residentes que no solo podían manipular la presencia de hierro en la sangre, sino también elevar los aspectos de la mente y el humor. Una gota de sangre en las manos de un artista talentoso podía causar un placer vertiginoso, borrar las inhibiciones de un solo sorbo y, según se rumoreaba, incluso permitir que alguien llevara el rostro de otra persona por una noche, algo que duraba mucho más que los efectos del polvo espejo.

—Tal vez creéis que yo he orquestado el ataque en el callejón —dijo la matriarca mientras se sentaba en el banco de uno de los reservados.

Gracias a Laila, sabía que no era así, pero eso no explicaba cómo había sabido ella dónde iban a estar. Las últimas palabras de Vasiliev resonaron en su cabeza: «Ella te encontrará».

¿Se trataba de la matriarca?

Como ni Hypnos ni él dijeron nada, la matriarca prosiguió.

—Como sabéis, las Casas de la Orden de Babel se preparan para el Cónclave de invierno que se celebra dentro de dos semanas en un palacio de Volgogrado —dijo agitando una mano—. Es el postureo y la fiesta típica antes de la Subasta de Medianoche anual.

—Entonces, has llegado a Rusia antes de tiempo.

—Tenía asuntos que atender aquí —explicó golpeando la mesa con los nudillos.

Hypnos se quedó boquiabierto.

—¿Eres la propietaria de este club de forjado de sangre?

No respondió.

—Mi esfinge se enteró de que se había utilizado uno de los caminos de la Orden cuando ustedes cruzaron a Moscú. Sentí curiosidad por saber quién más de la Orden estaría aquí y les seguimos hasta el callejón a tiempo para salvarles la vida... y también a tiempo de encontrar esto.

Deslizó algo sobre la mesa.

—Mis hombres persiguieron a alguien a quien vieron huir del callejón ardiendo y, aunque no lograron atrapar al culpable, pudieron coger esto que llevaba prendido a la ropa.

Al apartar la mano vieron una abeja dorada.

—La Casa Caída —murmuró Hypnos, con el pánico latente en su voz—. No se ha encontrado ningún rastro de actividad desde el ataque en las catacumbas.

—Bueno, pues ahora sí están activos —dijo la matriarca—. No he olvidado tu último informe con los locos desvaríos de Roux-Joubert. Dijo que la Casa Caída no podía acceder a sus propios tesoros porque no encontraban el Palacio Durmiente. Era como si creyeran que tenéis algo que vale la pena encontrar... algo que pudiera cambiar su situación...

La matriarca se miró las uñas.

—Pensaba que los anteojos y las lentes Tezcat eran un mero rumor antes de descubrir que las tenías tú. ¿Cuándo ibas a decirle a la Orden que tenías una pista sobre el Palacio Durmiente? Que yo sepa, trabajas para nosotros.

Séverin señaló a Hypnos.

—Como miembro de la Orden, el patriarca de la Casa Nyx estuvo presente durante todo...

—El patriarca de la Casa Nyx es un cachorrillo dentro de la Orden —dijo la matriarca despectivamente.

—Eso me ofende —dijo Hypnos, farfullando—. Soy un perro adulto, por lo menos.

—Deberías conocer mejor las reglas, Hypnos —le regañó la matriarca—. Cualquier actividad de la Orden en Rusia deben supervisarla dos jefes de las Casas, además de los representantes de la Casa Dazbog; de lo contrario, te enfrentas a la expulsión inmediata del país. Pero ¿quién sabe cómo son las cosas con el nuevo patriarca? No lo he visto nunca, pero he oído que es tan solitario y huraño como su padre. Y podría ser cinco veces más cruel. Por otra parte, la Orden siempre os ayudará si demostráis que podéis hallar el Palacio Durmiente. —Enarcó una ceja—. Nos necesitáis.

Séverin ladeó la cabeza al captar cierto deje en sus palabras.

—¿Que nosotros os necesitamos? —repitió este. Y luego, sonrió—. Ya habéis intentado juntar los anteojos y las lentes Tezcat, ¿verdad? Ya me extrañaba que decidieras viajar en otro carruaje.

Supongo que vuestros esfuerzos fueron en balde. Y ahora, apeláis a la benevolencia para procurar que no dejemos a la Orden en evidencia, luchando por ver quién es más ingenioso.

Durante un momento, la matriarca pareció aturdida. Séverin le escudriñó el rostro. Ahora parecía más envejecida. El pelo, antaño rubio, ahora tenía mechones plateados y unas arrugas profundas alrededor de la boca. Durante todos aquellos años, sus ojos azules no habían perdido ni una pizca de su lucidez. Era difícil mirarlos sin pensar en la última vez que se habían visto... cuando él había rechazado la herencia que ella le había robado antes y se había sentido completamente aliviada. Séverin bajó la mirada; el pulso le palpitaba dolorosamente. ¿Cuánto debía de odiarle ella para sentirse aliviada porque él nunca supiera lo que le pertenecía?

—No —dijo ella al final—. No funcionó.

—Así pues, para corregir tu alegato, eres tú quien nos necesita.

A la matriarca se le endureció la mirada.

—Aún eres vulnerable, *monsieur*. Si consigues determinar las coordenadas, te concederé la protección de mi Casa y haré las gestiones necesarias con la Casa Dazbog. A cambio, quiero que encuentres algo específicamente para mí.

Séverin se puso tenso; en parte, sabía lo que diría ella incluso antes de que pronunciara las palabras.

—*Las letras divinas* —dijo.

—Ese libro se perdió —dijo Hypnos, un poco demasiado rápido.

—Tal vez —respondió Delphine—, pero, si no es así, y está escondido entre los tesoros de la Casa Caída, quiero que me lo entreguéis directamente.

Séverin se limitó a sonreír. Así que para eso lo quería. La Orden seguía furiosa con las Casas de Francia por poner en peligro sus secretos. Para Hypnos, revelar la ubicación del Palacio Durmiente bastaba para recuperar la confianza, pero la matriarca claramente anhelaba recuperar el estatus de élite que ostentaba en el pasado... y solo un golpe maestro como el de *Las letras divinas* se lo devolvería.

Séverin flexionó las manos. El acuerdo podría ser ventajoso. Mayor facilidad de acceso, más seguridad para los demás. Y luego dejaría que la matriarca viera cómo le robaba el libro delante de las narices.

—Trato hecho —dijo.

La matriarca asintió y luego hizo una señal al camarero, que dejó una copa de cristal con té de menta y un frasquito carmesí con algo que parecía sangre.

—¿Planes para una noche salvaje? —preguntó Hypnos mirando el frasco.

—No participo en actividades de forja de sangre —respondió la matriarca apartando el frasco—. Y tampoco confío mucho.

—Entonces, ¿qué es eso?

—Mi *propia* sangre, mezclada con un brebaje que repele el forjado —dijo—. Una medida mitridática, por así decirlo.

—¿Temes que alguien te empuje a una noche de libertinaje? —preguntó Hypnos.

La matriarca se tocó suavemente la boca.

—¿Por qué no? La habilidad y la experiencia siempre van buscadas. Y tengo más que suficiente de ambas.

Hypnos balbuceó y antes de que la conversación tomara un cariz sombrío, el camarero sacó vino y, para Séverin, *mazagran* servido en una copa alta. Lo miró fijamente. El aroma del jarabe de café y hielo le devolvieron a su infancia: Kahina lo bebía todas las mañanas en un vaso verde pálido. Cuando era pequeño, recordaba que *Tante*, la matriarca, le tomaba el pelo asegurándole que, si bebía ese mejunje, no crecería. Se le hizo un nudo en la garganta.

—¿No tienes sed? —preguntó la matriarca.

Notaba la garganta irritada por el humo, pero apartó el vaso.

—No —dijo apoyándose en la mesa para levantarse y haciendo un gesto a Hypnos—. Tenemos trabajo por hacer.

SÉVERIN DUDABA ANTE las puertas de caoba de la sala de música del salón de té. Laila, Enrique y Zofia le esperaban dentro. Hypnos se había ido antes que Séverin para contarles las exigencias de la matriarca, pero ahora Séverin tenía dudas. ¿Cómo iba a dar la cara después de que todas sus decisiones hubieran estado a punto de acabar con ellos?

Dentro, la sala de música era pequeña y estaba bien iluminada. Había un arpa en un rincón. En el otro, un piano, donde Hypnos estaba sentado aporreando las teclas. Había un puñado de sofás y canapés de satén en la habitación, pero Zofia y Enrique estaban sentados a una mesa cerca de la entrada. Estaban enfrascados en la conversación. Delante de ellos, los anteojos Tezcat brillaban con fuerza bajo el candelabro. Junto al marco, en un cuadrado de terciopelo, estaba la lente que colgaba de la cadena de Vasiliev. Laila entró por un acceso diferente, cargada con una bandeja de té y galletas. Había incluso una taza para él. No sabía cómo interpretar todo aquello.

Enrique fue el primero en verlo e inmediatamente señaló a Zofia.

—Zofia acaba de intentar prender fuego a los anteojos Tezcat.

La muchacha lo fulminó con la mirada.

—Quería ver si la lente y los anteojos se podían *soldar*.

—¿Y qué? —preguntó Laila, dejando la bandeja en la mesa.

—Ha sido un fracaso.

—La Casa Kore tampoco lo consiguió —dijo Laila tranquilamente.

—La simbología que rodea el instrumento es bastante extraña, también —comentó Enrique—. Es una mezcla de iconografía cósmica... que incluye lo que a mi parecer son planetas.

—No son planetas, *mon cher*, son esferas de plata —dijo Hypnos desde el piano.

—Son representaciones artísticas de planetas.

Séverin se inclinó para estudiar los anteojos. Parecían unas gafas extrañas. Las monturas eran gruesas y estaban decoradas con esferas de plata abultadas que eran, de hecho, planetas, a juzgar por la inscripción latina en cada forma. Los tornillos, las patillas y las bisagras llevaban adornos de nubes y constelaciones.

—Son *feos* —dijo Hypnos—. Y mira que no soy quién para juzgar porque...

—Mejor que no termines esa frase —le advirtió Laila.

Hypnos se giró para mirarla y esbozó una sonrisa maliciosa mientras tocaba una melodía rápida y funesta al piano.

—Espera —dijo Séverin—. ¿Lo habéis visto?

Juró que había visto un tenue brillo alrededor de la lente y la montura vacía de los anteojos.

—¿Si he visto qué?

—Como si... como si hubiera una reacción por parte de los anteojos. Por la música.

—¿Animar e inanimar cosas me convierte en irresistible? —preguntó Hypnos—. Porque eso me complace.

Laila dobló los dedos y barruntó:

—Es interesante que reaccione a la música cuando parece que quien quitó la lente lo hizo en el más absoluto de los silencios.

Hypnos hizo un ruidito de desprecio.

—¿Y eso cómo lo sabes, *ma chère*?

Laila se encogió de hombros.

—Digamos que tengo un don para ello.

Zofia se sentó un poco más recta.

—El ángel hueco tenía una barrera de sonido hecha de corcho y lana cuando recuperamos la caja.

Séverin levantó los anteojos y la lente Tezcat y los giró en la mano antes de llevarlos a la altura de los ojos. Sabía que ocultaban la ubicación del Palacio Durmiente, pero ¿qué había del instrumento en sí? Guardaba el secreto para descifrar los enigmas y encontrar el tesoro... ¿Cuál era el contexto, qué *quería* y *veía* el creador? ¿Por qué todas aquellas medidas silenciosas que había adoptado para protegerlo?

—Estaba guardado a cal y canto en la Cámara de las Diosas. Una parte colgaba del cuello de alguien con el mayor de los cuidados y, además, la montura está llena de un universo en movimiento. Cuando se lleva hasta los ojos, en teoría te permite contemplar el mundo entero de un solo vistazo —dijo Séverin, hablando más para sí que para los demás. Rozó el metal con el pulgar, imaginando que había sido él quien tocó primero el objeto—. Solo un dios puede crear un universo y el mundo puede recrearse a través de los ojos de Dios. Cualquier tecla que active la posición de la montura, estará ligada al movimiento y los planetas... *al sonido*. O, lo más probable, a la música, que algunos podrían considerar una oración. En cuyo caso, solo hay una teoría que encajaría con desbloquear esto. *Musica universalis* o la Música de las Esferas. Esa es la clave para abrir esto.

Cuando dejó de hablar y levantó la mirada, los demás lo estaban observando.

—¿Cómo lo has hecho? —exigió Hypnos.

—¿Cómo, si no, crees que encuentra los tesoros? —preguntó Enrique, mirando con suficiencia a Séverin.

A Séverin se le revolvió el estómago y, rápidamente, puso los anteojos sobre la mesa. Cada adquisición solía ser una sinfonía de las maniobras de Zofia, los conocimientos de Enrique y las lecturas de Laila. Y luego estaba su papel, esa forma tranquila de introducirse tras los ojos de reyes y sacerdotes, de monstruos y monjes, de cualquiera que tuviera algo que valiera la pena ocultar. Cada vez que su papel entraba en acción, esos pequeños gestos, el asentimiento de Sofia, la lenta sonrisa de Laila, la confianza de Tristan y el orgullo de Enrique, solían afianzarlo. Pero ahora se sentía robado. No tenía ningún derecho a encontrar la paz en eso.

—¿Qué es, exactamente, la Música de las Esferas? —preguntó Hypnos—. Parece una obra terriblemente aburrida.

—Es una filosofía antigua que cobró mucha popularidad en el siglo xv —dijo Enrique, mirando atónito mientras le daba la espalda a Séverin—. Teóricamente, los cuerpos celestes siguen un ritmo y un movimiento, como el sol, la luna y las estrellas.

—¿Y cualquier tipo de música puede desbloquearlo?

Hypnos empezó a tocar, pero el brillo alrededor de la lente de los anteojos solo parpadeó débilmente.

—Tendría que ser una música o un ritmo con una calidad universal —dijo Zofia—. Prueba la proporción áurea.

—¿Y eso qué es? —preguntó Hypnos sacudiendo la cabeza—. Lo que sí sé es que, cuando se trata de afinar un piano, hay un método consensuado. Los pianos se afinan mediante quintas. Creo que eso es bastante universal. Mirad. Os lo demostraré con Do mayor.

Hypnos dobló los dedos y tocó la escala. De inmediato, la circunferencia de la lente se iluminó y también lo hizo la montura.

Los pequeños planetas plateados del exterior zumbaban y giraban. Séverin encajó la lente en la montura vacía, apretando con fuerza. Cuando Hypnos se detuvo, la lente había quedado encajada en su lugar. Por el cristal, apareció un texto escrito en plata líquida:

55,55° N, 108,16° E

Hypnos se giró en la banqueta.

—Así es cómo... —Miró los anteojos y la lente Tezcat y se quedó en silencio. La mirada de todo el mundo pasó de Hypnos sentado al piano a los anteojos Tezcat que Séverin tenía en las manos.

—Esas son las coordenadas de longitud y latitud —explicó Zofia.

Enrique se inclinó hacia adelante, boquiabierto.

—Es un mapa exacto hasta el Palacio Durmiente.

—¿Soy... soy un genio? —preguntó Hypnos. Sin esperar a que nadie respondiera, saltó de su asiento e hizo una reverencia.

Enrique aplaudió con indulgencia e Hypnos le sonrió.

—Avisa a la matriarca —dijo Séverin—. Infórmale de que partimos al alba para seguir estas coordenadas.

Cuando miró al grupo, vio la expresión de triunfo en sus rostros y él también quería permitirse sentirlo, pero el ligero hedor a humo del fuego de la *troika* aún le impregnaba la ropa. Y, por debajo de ese olor, percibió el de las rosas podridas de Tristan. Casi le entraron arcadas.

—*Años* de práctica han llevado a esto —dijo Hypnos con orgullo—, a recomponer unas gafas rotas. ¡*Voilà*!

—¿Años? —repitió Laila—. No te imagino trabajando en algo durante años.

Los ojos de Hypnos perdieron un poco de brillo. Se alisó las mangas y la solapa.

—Bueno, tampoco pude elegir demasiado en este aspecto —dijo bruscamente—. De niño tenía que distraerme solo muchas veces... La música me ayudaba a romper el silencio. —Carraspeó—. Pero basta de eso. Vamos a celebrarlo antes de una hecatombe segura, ¿no os parece?

Hypnos rodeó con el brazo la cintura de Enrique y lo acercó hacia sí un poco más. Por el rabillo del ojo, Séverin vio la mirada interrogante de Hypnos, pero no la sostuvo. «Deja que se vayan», pensó. Por el bien de lo que necesitaba hacer, tenía que estar aparte y no formar parte. Séverin se entretuvo con los anteojos Tezcat, ignorando la cháchara hasta que los demás salieron de la habitación y oyó cómo se cerraba la puerta.

Pero cuando levantó la mirada, una parte de él se sobresaltó. Laila no se había ido con los demás. Estaba apoyada en el marco de la puerta y él se dio cuenta de que se había quitado el vestido dorado de la ópera y que ahora llevaba un vestido de algodón y una bata azul marino.

—Necesito un nombre con el que designarte —dijo, cruzándose de brazos.

Él parpadeó.

—¿Qué?

—Como tu amante. Necesito un nombre con el que llamarte —dijo con los brazos cruzados.

Amante. El incendio y el salón de té casi le habían hecho olvidar. Pero ella tenía razón. La farsa que creía que ella no tendría que consentir mucho tiempo más se había convertido en realidad en cuestión de horas.

—Séverin —dijo.

—Los *amigos* te llaman Séverin.

—*Monsieur*...

—No. Un empleado te llama *monsieur* Montagnet-Alarie. Soy tu igual. Necesito un apodo. Algo humillante.

Levantó una ceja.

—¿*Humillante*?

—Nos degradamos por aquellos a los que amamos.

Había otro nombre que parecía suspendido en el espacio entre ellos. *Majnun*. El nombre que ella le había dado hacía años. El nombre que ataño parecía un talismán en la oscuridad.

—No sé. Pues junta un rasgo con una prenda de vestir —dijo Séverin.

—Zapato tozudo.

La fulminó con la mirada.

—Guante cabezón.

—Anda ya...

—Sujetador irracional.

No era su intención y no tenía ni idea de cómo ocurrió... pero se echó a reír. Aquel sonido le sacudió hasta la médula. Peor aún era la expresión suave de los ojos de ella. Laila había convertido en una costumbre exigirle debilidad. Él apretó la mandíbula. No pensaba mostrar debilidad ahora.

Séverin miró su garganta desnuda y entrecerró los ojos.

—Empieza por ponerte el collar de diamantes.

13

ENRIQUE

Enrique se despertó dos horas antes de la reunión matutina. Se dirigía al punto de encuentro en la Sala Oriental del salón de té con el material de investigación bien agarrado. Ahora que conocían las coordenadas del Palacio Durmiente, su investigación había adquirido un nuevo cariz y no podía dejar de pensar en ello. Las coordenadas confirmaban sus sospechas: el Palacio Durmiente estaba en algún lugar de Siberia.

Aquel día la matriarca de la Casa Kore y los representantes de la Casa Dazbog los llevarían al Palacio Durmiente donde su investigación se demostraría valiosa o —rezó para que no fuera así— no valdría para nada. Desde que Laila le había contado a él y a Zofia sobre sus inicios y, posiblemente, su final, todo su conocimiento había cobrado un peso nuevo y terrible. Ya no era que su carrera o su futuro dependiera de lo que sabía; era un miembro de su familia. Después de Tristan, no podía perder también a Laila.

Para él, Laila era como un cuento de hadas arrancado de las páginas de un libro, una chica con una maldición entretejida en su latido. Desde que la conocía, parte de ella parecía brillar con la fuerza de su secreto. ¿Quién era ella? ¿Qué sabía hacer? La noche anterior había intentado poner a prueba sus habilidades mientras esperaban a que Séverin e Hypnos se unieran a los tres.

—Enrique —había suspirado Laila.

—¡Ahora lee esto! —había dicho, empujando otro objeto sobre la mesa.

—¿Esta es tu ropa interior?

—¡Está recién lavada! La acabo de sacar de la maleta. ¿Lo has sabido por el tacto? ¿O ha sido la forma que...?

Laila se lo lanzó a la cara.

—¿No has tenido bastante ya o qué? Me has dado un reloj, un maletín, dos tazas de té y me has pedido que toque el sofá, de lo que aún me estoy recuperando. —Fingió un escalofrío—. Por lo menos, Zofia me ha ahorrado todo eso.

Zofia se encogió de hombros.

—El contexto personal de un objeto no afecta a su utilidad.

—¡Eso no es cierto! —había dicho Enrique—. Podría ser una prueba de algo. Laila, eres prácticamente una diosa.

Laila sorbió el té con una expresión que Enrique había llegado a reconocer como la de un «gato engreído».

—Sabía que estaba en la época equivocada —dijo ella antes de lanzarle una mirada asesina—. Pero... no más lecturas. No soy ningún instrumento.

—¿Qué me dices de un instrumento del destino? —preguntó meneando los dedos.

—No.

—Instrumento de...

—Enrique.

—¿Instrumento de Enrique? Poco ortodoxo, pero me gusta.

Laila lo había apartado con un golpecito, pero dejaron de hablar del tema cuando Hypnos entró en la sala de música.

Desde entonces, Enrique había seguido dándole vueltas a la conversación.

Laila necesitaba *Las letras divinas* para vivir. Pero ¿necesitaban *Las letras divinas*... a Laila? Su investigación anterior sobre *Las letras divinas* sugería que solo alguien descendiente del linaje de las Musas Perdidas podía leer el libro.

¿Y si... y si Laila fuera uno de ellos? No era una idea que quisiera abordar con los demás. Al menos, no todavía. Si encajaban las pruebas en el Palacio Durmiente, se lo diría. El fuego de la *troika* lo había desconcertado. Antes pensaba que nadie estaba observando sus movimientos y ahora no sabía quién estaba detrás de todo aquello. Lo último que quería era que quienquiera que fuera se fijara en Laila.

Para entonces, ya había llegado al punto de encuentro en la Sala Oriental. Cuando abrió la puerta, hizo una mueca. Era evidente que la Sala Oriental era algo que había concebido alguien que nunca había visitado Oriente. La habitación parecía un hueso mal soldado. En las estanterías de las paredes, reconoció una rueda de plegaria tibetana colocada como batidor del gong chino de percusión. Había *netsuke* de marfil y ágata —que antaño usaban los hombres japoneses en sus prendas—, sobre un tablero de ajedrez a modo de fichas de juego.

—Tienes un pelo *excelente* —dijo una voz desconocida.

Enrique se asustó y a punto estuvo de tirar los documentos que llevaba en los brazos. Un hombre alto y de piel clara se levantó de un sillón situado en la parte oscura de la habitación. Vio que era joven. Y que estaba calvo. Cuando salió a la luz, Enrique notó una ligera inclinación en sus ojos que insinuaba una ascendencia del Lejano Oriente.

—¿Qué utilizas? ¿Mascarillas de huevo? ¿Aceite de oliva? —preguntó aquel hombre—. ¿Puedo tocarlo?

Enrique miró fijamente a esa persona extraña.

—No.

Aquel hombre se encogió de hombros.

—Muy bien. Tal vez sea algo genético. —Se tocó la coronilla—. Mi propia herencia es más escasa de lo que me gustaría.

Cuando se acercó, Enrique vio que el hombre llevaba el brazo en cabestrillo, aunque este quedaba oculto por su abrigo de marta.

—Ruslan Goryunov, el Calvo, a tu servicio —dijo el hombre haciendo una pequeña reverencia.

De cerca, reparó en lo joven que era aquel hombre; no tenía ni treinta años.

—Enrique Mercado-López.

—¡Ah! ¡El historiador! —dijo Ruslan—. Un placer conocerte.

Enrique se ruborizó.

—¿Me conoces?

Nunca imaginó que alguien hubiera oído hablar de él. Le hizo preguntarse si debería haberse puesto algo más... oficial... algo más interesante que su habitual traje negro y su simple corbata. Aunque, pensándolo bien, no estaba seguro de si era alguien ejemplar cuando la única persona que le reconocía era alguien que se hacía llamar Ruslan el Calvo.

—He oído hablar de ti —dijo Ruslan—. Sé la *mayoría* de las cosas, salvo cómo resucitar el pelo de las entradas. Por desgracia. Disfruté mucho con tu artículo sobre el retorno de las obras de arte a los países colonizados. Según tengo entendido, hace bastante que ejerces de historiador y lingüista de *monsieur* Montagnet-Alarie en el hotel L'Éden. ¿Te gusta el lugar?

Enrique asintió, fastidiado porque la primera —y, probablemente, la *última*— vez que lo reconocieran en público fuera también la única vez que no encontraba las palabras adecuadas. Seguía aterrorizado porque la voz le saliera mucho más profunda de lo que quería. O de eructar sin querer y, por lo tanto, destruyera cualquier atisbo de credibilidad.

Ruslan sonrió y luego miró detrás de Enrique hacia el reloj que estaba sobre el marco de la puerta. Frunció el ceño.

—Me he equivocado de hora —dijo—. Tendremos más tiempo para hablar pronto, estoy seguro.

—¿Qué estás...? —empezó a decir Enrique y luego se contuvo. No quería parecer desconsiderado.

—¿... haciendo aquí? —terminó Ruslan con una carcajada—. Pensé que tenía una reunión, pero me distraje con un escarabajo, luego una fantasía y finalmente con ese cuadro de allí. —Hizo una reverencia—. Un honor conocerte, *monsieur* Mercado-López.

Se dirigió rápidamente a la salida y Enrique se quedó meditando sobre lo que acababa de pasar. Con cierta vergüenza, estiró el brazo y se tocó el pelo. Debía reconocer que era bonito.

Enrique se fue al fondo de la habitación. El mural que Ruslan había mencionado yacía en la penumbra. Al principio, le costó verlo en el caos de la habitación. Parecía papel pintado feo sin más. Pero cuanto más se acercaba, más se distinguían las imágenes. En el mural había unos aldeanos de piel oscura que ofrecían una cesta de hojas de té y varios soldados, sacerdotes y reyes de piel pálida que extendían los brazos para recibir el regalo. Nativos y europeos. No era un dibujo desconocido, pero mientras lo miraba, sintió aquel pánico silencioso que lo perseguía desde la infancia. ¿Dónde estaba él en aquella composición? Miró fijamente el centro vacío del cuadro y sintió un dolor familiar en el pecho.

No encajar era peligroso. Lo aprendió a una edad temprana en los mercados de pescado de Filipinas. Su madre lo había llevado y él la perdió entre la multitud. Recordaba haber corrido de aquí para allá la callejuela central del mercado, con el olor a pescado y a vinagre que le escocía en los ojos. Al fin, la vio con su vestido rosa intenso, dando vueltas sin cesar, con la cesta colgada del brazo mientras gritaba su nombre.

—Mamá... —lloró, señalando.

Una mujer lo agarró de la mano, vio a su madre y se rio.

—¡Esa no puede ser tu madre, no te pareces en nada! Ven, te llevaré a la Guardia Civil...

Entonces aulló aterrorizado y fue cuando su madre lo vio y fue a buscarlo, estrechándolo con fuerza contra sí. Él sollozó y se negó a que lo dejara en el suelo. Después, ella le quitó hierro al incidente, pero lo único que él vio fue su rostro moreno y lo oscuros que parecían sus brazos comparados con los de él. Él tenía la forma de sus ojos y la curva de su sonrisa y su costumbre de acaparar almohadas... pero había algo en él que no se correspondía con ella.

Enrique seguía mirando el cuadro cuando oyó que se volvía a abrir la puerta. Hypnos le sonrió mientras le echaba un rápido vistazo a la habitación.

—¿Hay alguien más aquí?

—No —respondió Enrique.

—Bien.

Hypnos cruzó la habitación con grandes zancadas y lo besó. El beso fue electrizante y Enrique saboreó su dulce devenir. Era una distracción agradable y él la cató con la codicia de alguien muerto de hambre. Hypnos se apartó primero, aunque su pulgar descansaba en la nuca de Enrique, trazando pequeños círculos en su piel. Enrique no supo qué le entró en aquel momento, tal vez todavía estuviera nervioso por el incendio de la *troika* o perturbado por el mural de la pared... o tal vez atraído por el toque hipnótico del otro muchacho.

—No quiero solo besos furtivos o encuentros de conveniencia —dijo Enrique de repente—. Los demás ya saben lo nuestro... ¿Y si lo hiciéramos más público?

Hypnos dejó de mover los dedos.

—¿Por qué?

—¿Y por qué no? —preguntó Enrique. Y luego, sintiéndose algo tonto, añadió—: Si encontramos lo que buscamos, todo podría volver a la normalidad. Séverin recuperaría la cordura, tú podrías formar parte, oficialmente, del equipo y los dos podríamos estar juntos.

Se le fue apagando la voz y miró el suelo hasta que notó que Hypnos le levantaba la barbilla con la mano.

—Ese no es mi proceder habitual, ya sabes —dijo Hypnos suavemente—. Pero me podría tentar. Veamos cómo va este trabajo primero, ¿de acuerdo?

A Enrique le pareció bien, aunque captó algo parecido a la culpa en la mirada de Hypnos y no entendía por qué.

—¿Tendría que mudarme a L'Éden solo para formar parte del equipo?—preguntó Hypnos—. Lo digo porque me gusta bastante donde vivo.

Enrique se rio y sacudió la cabeza; Hypnos lo estrechó entre sus brazos. Enrique cerró los ojos con fuerza, imaginando cómo sería no sentir este dolor en el alma, en la que alguna parte de él siempre sentía vacío y anhelo. Cuando levantó la cabeza, vio un destello de pelo dorado en la puerta.

—¿Zofia?

Hypnos lo soltó y Zofia entró con aire tenso mientras los miraba.

—He venido para la reunión —dijo escuetamente.

Hypnos sonrió mientras se dirigió contoneándose hacia una de las butacas de seda, cogiendo un objeto de los estantes más cercanos como quien no quería la cosa y agitándolo como un juguete.

—¡Es una rueda de plegaria tibetana! —dijo Enrique, arrebatándosela de las manos—. Y muy antigua, por lo que parece.

—Solo rezaba para que algo rompiera mi inminente aburrimiento —dijo Hypnos.

—¿Cómo puedes aburrirte? —preguntó Enrique—. Ayer, casi morimos abrasados.

—No es cierto —dijo Zofia.

—No todos somos optimistas...

—La asfixia te habría matado primero —dijo ella—. No las llamas.

Hypnos resopló.

—Ah, *ma chère*, no cambies nunca.

Zofia se posó en un taburete cercano: parecía una equilibrista.

—No digas eso —dijo Zofia sonando bastante triste—. El cambio es la única constante.

—Bien... —empezó a decir Hypnos y luego se detuvo y se puso en pie de repente—. *Madame* Desrosiers.

La matriarca de la Casa Kore estaba en la puerta, enfundada en sus costosas pieles. Era alguien que transmitía la sensación de *altura*. Le recordaba, curiosamente, a su madre. Su padre la llamaba burlonamente «Doña» porque podía llevar un saco de arroz y seguir pareciendo noble. Incluso en las cartas que le escribía, se las arreglaba para parecer autoritaria e intimidante, siempre despotricando sobre cómo corría por París sin motivo alguno cuando había chicas guapas esperándole en casa y que este comportamiento era exageradamente decepcionante, y además le preguntaba si comía lo suficiente y le decía que recordara las oraciones de la tarde, besos, *Ma*.

—No creo que nos hayamos conocido formalmente —dijo Enrique—. Soy...

—¿El que se hizo pasar por un experto botánico y prendió fuego a mi jardín la primavera pasada?

Enrique tragó saliva y se sentó.

—¿Y la baronesa Sophia Ossokina? —preguntó la matriarca, enarcando una ceja mientras miraba a Zofia.

Zofia apagó la cerilla, sin molestarse en responder al nombre falso que había utilizado cuando habían entrado a robar en el Château de la Lune la primavera anterior.

—Estoy rodeada de engaños —dijo la matriarca.

—Y de butacas —apuntó Zofia.

—Hablando del tema, ¿no quieres sentarte? —preguntó Hypnos.

—Creo que no —respondió la matriarca, mirándose las uñas—. Ya he convocado al patriarca de la Casa Dazbog y a uno de sus representantes para que se unan a nosotros en lo que, posiblemente, sea una misión imposible hacia las supuestas coordenadas del Palacio Durmiente. Partimos para Irkutsk dentro de dos horas. Puede que hayáis resuelto el problema de los anteojos Tezcat, pero podría haber sido pura suerte. Necesito saber por qué debo hacer caso a una chica insolente y —dijo dirigiendo la mirada hacia Enrique— a un chico que *sigue* necesitando un corte de pelo.

Una parte del corazón de Enrique gritaba «¡*Madre*!». La otra ardía mientras se alisaba el pelo.

—He perdido el peine —murmuró, cohibido.

—Y yo, la paciencia —dijo ella.

—¿Dónde están Séverin y Laila? —preguntó Hypnos.

—Fuera, «discutiendo» —dijo la matriarca con un resoplido—. Como si no supiera lo que eso significa.

Zofia frunció el ceño. Era evidente que no tenía claro qué significaba eso de «discutiendo».

—Habéis conseguido ganaros mi protección como matriarca de la Orden de Babel, pero no mi confianza.

Hypnos carraspeó.

—También he ofrecido protección...

—Sí, querido, con la flamante *troika* descubrí el alcance preciso de tu protección.

Hypnos se puso rojo.

—¿Qué clase de información habéis reunido sobre el Palacio Durmiente?

El grupo se miró entre sí y no dijo nada. La verdad es que no había planos del Palacio Durmiente. La Casa Caída había logrado destruir los registros, lo que significaba que, a todos los efectos, iban a ciegas en esa misión. Delphine debió de deducirlo en sus expresiones porque entrecerró los ojos.

—Ya veo —dijo—. Aparte de las divagaciones de un hombre moribundo y desolado, ¿qué os hace estar tan seguros de que hay tesoros en el Palacio Durmiente?

—Pues... —empezó a decir Hypnos, antes de divagar— que sería un espacio muy... desaprovechado si no hubiera... un tesoro.

Zofia no dijo nada.

—¿No hay registros históricos que lo confirmen? —preguntó Delphine, con la mirada puesta en Enrique—. Entonces, ¿qué tenéis?

Enrique apretó un poco más fuerte el dosier de los papeles. Lo único que podía decir era la verdad y eso hizo.

—Historias de fantasmas.

La matriarca arqueó una ceja.

—¿Historias de fantasmas?

Enrique asintió.

—¿Qué clase de historia o prueba es esa? —preguntó.

A Enrique le ardían los oídos, pero percibía su curiosidad. Era auténtica. Una emoción silenciosa se apoderó de él.

—*Madame* Delphine, según a quién preguntes, a veces las historias de fantasmas son lo único que queda de la historia —dijo—.

La historia está llena de fantasmas porque está llena de mitos, todos entrelazados por quien sobreviviera para contarlos.

La mujer enarcó una ceja.

—Sigue.

—Según las coordenadas de los anteojos, sabemos que el Palacio Durmiente se encuentra en algún punto del lago Baikal.

—No hay nada en Siberia excepto hielo —dijo la matriarca con desdén—. Y asesinatos del pasado; debió de ser entonces cuando empezaron todas las historias de fantasmas.

—El lago Baikal es un lugar sagrado, sobre todo para los buriatos, los indígenas que viven al sureste de Rusia, cerca de la frontera con Mongolia —dijo Enrique, rápidamente—. El nombre en sí mismo significa «mar sagrado».

—Sigo sin oír una historia de fantasmas —dijo la matriarca.

—Bueno, eso es lo interesante del asunto —dijo Enrique—. Cuando se rastrean los cuentos que rodean esta zona del lago Baikal, se encuentran muchos rumores de espíritus inquietos en esa zona. Sobre todo de mujeres, cuyas voces se sabe que gritan a la gente en mitad de la noche, resonando sobre el hielo. También hubo historias en el pasado de... asesinatos en la zona. El último se cometió hace casi veinte años.

Zofia se movió incómodamente en su taburete. Hypnos se estremeció.

—Y nunca detuvieron a nadie —dijo Hypnos, visiblemente perturbado.

—Al parecer, los asesinatos se cometieron sin motivo —dijo Enrique—, pero no creo que eso sea cierto.

Enrique caminó hacia la matriarca y le tendió uno de los papeles de su investigación. Mostraba una ilustración del paisaje siberiano y un enorme sepulcro tallado en una única losa de mármol negro y cubierto por intrincados objetos metálicos de vides plateadas y escritura en bucle.

—En el siglo XIV, un célebre viajero llamado Ibn Battuta observó el funeral de un gran Khan mongol. Lo enterraron con sus mayores tesoros, junto con sus guardias y esclavas favoritos. Todos ellos quedaron encerrados debajo.

—¿Habían asesinado a las esclavas y los guardias? —preguntó Hypnos.

—Murieron allí, con el tiempo —respondió Enrique.

Hypnos palideció.

—Algunas culturas pensaban que no se podía construir un edificio importante sin diezmar una vida humana, por lo que enterraban a la gente en los cimientos de los edificios. —Enrique sacó otro papel: este mostraba una pared de ladrillo—. Por ejemplo, la leyenda albanesa del castillo de Rozafa según la cual una joven se sacrificó para poder construirlo.

—¿Qué tiene eso que ver con las historias de fantasmas?

Enrique tragó saliva. El horror de lo que iba a decir le empañaba los pensamientos.

—Si se quisiera enterrar un tesoro, haría falta apostar guardianes. Guardianes que no pudieran irse.

Se hizo el silencio en la habitación.

—La Casa Caída es famosa por imitar prácticas más antiguas. Creo que tal vez esas chicas desaparecidas en la zona estaban relacionadas con sus esfuerzos por ocultar el tesoro. El último asesinato fue hace veinte años, lo que coincide con la última documentación conocida de *Las letras divinas* antes de que se perdiera el artefacto.

Zofia parecía revuelta por dentro. La matriarca no dijo nada, pero tenía la boca abierta. Una expresión curiosa se asomó a su rostro, como si acabara de caer en la cuenta de algo terrible.

—Por eso —dijo Enrique—, creo que el Palacio Durmiente tiene el tesoro que buscamos.

Delphine no miró a Enrique cuando este terminó. En vez de eso, se giró hacia la puerta vacía y gritó:

—¿Y bien? ¿Convencido o no?

Alguien entró en la habitación... una pelirroja impresionante que parecía de su edad. Le quería sonar, pero esa sensación se esfumó cuando otra persona apareció y se puso al lado de la chica: Ruslan.

—Como era de esperar, ¡un pelo excelente esconde una mente excelente! —dijo Ruslan, aplaudiendo. Luego, a la matriarca—: Sí, estoy plenamente convencido. Estaba muy intrigado por su carta. Debo reconocer que me cuesta mucho rechazar una invitación para escuchar a escondidas la conversación de otro. —Sonrió a Delphine—. Es un placer conocerla finalmente, matriarca.

—Y es un placer conocerte a ti —dijo Delphine, tendiéndole la mano—. Solo coincidí con tu padre una vez, pero me alegro de conocerte en persona.

Señaló a Ruslan y a la chica pelirroja.

—Zofia, Hypnos y Enrique, les presento a Eva Yefremovna, una artista forjadora de sangre de habilidad impecable y prima de Ruslan Goryunov, patriarca de la Casa Dazbog.

14

ZOFIA

Querida Zofia:

Me encuentro mucho mejor. Ahora, el único dolor que queda está en mi corazón porque ya no estás aquí. Trabajas tanto, hermanita. Confieso que me asusta. Nuestro tío me contó todos los fondos que asignaste a mi cuidado y siento muchísima vergüenza. Aún no tienes veinte años. Necesitas a alguien que te cuide, Zofia. Cuando esté mejor, lo haré.

Hela

ZOFIA EXAMINÓ LA CARTA. Fiel a su palabra, Séverin se había asegurado de que tuviera noticias de Hela. Normalmente, habría sido imposible recibir el correo tan rápidamente, pero los caminos a través del portal de la Orden por toda Rusia eran numerosos y Polonia no estaba tan lejos. Zofia seguía volviendo a una frase: «Necesitas a alguien que te cuide». Esa idea la irritaba. Tal vez en un momento dado, ella había necesitado que sus padres la guiaran por Glowno y le explicaran por qué la gente hacía una cosa pero decía otra distinta. Y sí, había necesitado que Hela la guiara después de la muerte de sus padres. Pero París la había cambiado. Tenía la estructura de su trabajo, la rutina de su laboratorio y todo había funcionado hasta la muerte de Tristan y la enfermedad de Hela. Y entonces, una vez más, todo su mundo se volvió oscuro y desconocido y, una vez más, al verse obligada a capearlo sola, el pánico se apoderaba de ella... pero eso no significaba que necesitara esa supervisión. ¿O tal vez sí?

—¿Zofia?

Zofia levantó la mirada de la carta. Laila estaba de pie ante ella, enfundada en un mullido abrigo blanco. Llevaba en el cuello un collar de diamantes que no reconoció.

—¿Estás bien? —preguntó Laila, mirando la carta.

Zofia la dobló y se la metió en el bolsillo. No quería que su amiga viera lo que Hela había escrito y se preocupara por ella. Laila estaba luchando por vivir y no quería abrumarla más con sus pesares.

—¿Tienes frío?

—Sí.

—Ya me parecía a mí. —Laila chasqueó la lengua y se quitó la bufanda—. Deberías habérmelo dicho. ¿Mejor ahora?

Zofia asintió, deleitándose con la calidez de la bufanda antes de volver a mirar hacia la entrada del portal en el otro extremo de la estación de trenes vacía. Dos años antes habían cerrado la estación de trenes a causa de disturbios. Había siete ventanas rotas que dejaban entrar una débil luz. Las baldosas eran uniformemente cuadradas, pero estaban agrietadas. Había diez bancos, pero solo cuatro podían soportar el peso de una persona. El silencio del lugar solo lo rompía el rasguño ocasional de las ratas en las paredes y las palomas —exactamente catorce— posadas en las balaustradas.

Después del ataque de la Casa Caída, el patriarca de la Casa Dazbog exigió que hicieran el viaje por separado por los distintos caminos del portal de Rusia. Habían salido de Moscú hacía casi una hora y habían estado esperando durante la última hora a que la Casa Kore, la Casa Nyx y la Casa Dazbog trajeran el resto de los suministros que se pudieron salvar del incendio de la *troika* y cualquier otra cosa que fuera menester para la expedición: herramientas, guantes de piel de foca, luces de forjado y tiras incendiarias.

—No se habrán olvidado de nosotros, ¿no? —preguntó Enrique, andando de un lado a otro—. Tampoco podrán continuar la expedición sin nosotros, aunque si tienen los anteojos Tezcat...

—No los tienen —dijo Séverin.

Enrique frunció el ceño.

—¡Pero si vi a Ruslan coger la caja!

—El patriarca de la Casa Dazbog cogió *una* caja.

Enrique se quedó callado un momento.

—¿Qué opinión os merece ese hombre?

Laila suspiró.

—Creo que es simpático. Y un poco solitario, quizá.

—Y un poco loco —añadió Séverin.

—Un poco excéntrico, tal vez —dijo Laila, frunciendo el ceño—. Zofia, ¿qué te parece a ti?

—Es blando —respondió Zofia.

Y lo dijo en serio. Después de las presentaciones, Ruslan había hecho un comentario sobre su pelo rubio y después le dio unas palmaditas en la coronilla como si fuera un perro o un niño —algo que podría considerarse grosero—, aunque luego le ofreció su propia cabeza, así que tal vez esta fuera su interacción habitual. Como no quería ser grosera, Zofia le dio unas palmaditas también.

Era suave.

—Creo que el secreto es no ponerse demasiada cera —le había dicho Ruslan—. Si uno debe parecerse a un huevo, debe aspirar a ser un huevo erudito.

Séverin se sacó del bolsillo los anteojos Tezcat: las coordenadas de la longitud y la latitud del Palacio Durmiente aún brillaban en las lentes de cristal.

Desde el extremo opuesto de la estación de trenes llegó el ruido del metal chirriante. Zofia hizo una mueca y se cubrió los oídos, dirigiéndose hacia la puerta por donde la gente salía del portal. Allí estaban la matriarca de la Casa Kore y su guardia y los asistentes de la esfinge; Hypnos con sus asistentes de la Casa Nyx y la esfinge; y el patriarca de la Casa Dazbog y su prima, la artista forjadora de sangre llamada Eva.

Ruslan hizo un gesto hacia las cajas y el material que traían consigo. Zofia reconoció su laboratorio portátil, la maleta forjada chamuscada. La explosión de la *troika* le había hecho un agujerito en el lateral y el salitre goteaba por la grieta. Zofia notaba un hormigueo en la piel. Necesitaba salitre para cualquier demolición que fuera necesaria en el Palacio Durmiente. Si no tenía suficiente, eso significaba...

—Esta es la última parada antes del lago Baikal —dijo Ruslan—. Si necesitas algún otro suministro, me temo que deberás ir a Irkutsk...

Cuando los mensajeros de la Casa Dazbog trajeron su equipaje, Zofia sintió una punzada. Sus provisiones de salitre se habían visto afectadas. La duda ahora era hasta qué punto y si hacía falta ir a la ciudad. Cuando empezó a abrir la caja, una sombra se cernió sobre ella. Eva se les acercó y Zofia reparó en una ligera cojera en los andares de la otra chica.

—Espero no parecer demasiado atrevida, pero debo confesar que soy una gran admiradora de todos vosotros —dijo Eva.

Zofia la escuchó, pero no era una pregunta y no necesitaba una respuesta. El candado de su equipaje estaba aplastado, por lo que tuvo que forzar la cerradura con su collar de colgantes. Se agachó y forcejeó para abrirlo.

—He oído hablar de la señorita Boguska, por supuesto, una ingeniera sin igual —dijo Eva.

Zofia gruñó; ella no había oído hablar de Eva Yefremovna.

—Y, por supuesto, el señor Mercado-López. Ruslan es un ávido seguidor de tus artículos...

Enrique soltó una risa, que sonó extrañamente aguda. Zofia frunció el ceño y lo miró. El chico sonreía a Eva, igual que Hypnos.

—Y lo sé *todo* sobre ti, señor Montagnet-Alarie —dijo Eva.

Zofia detectó un ligero cambio en el tono de la muchacha. Era más bajo y, al hablar, jugueteaba con un colgante de plata que llevaba al cuello; tiraba de él hacia adelante y hacia atrás.

—El apuesto cazatesoros con el hotel de lujo —dijo Eva sonriendo—. Menudo sueño. Quizá algún día necesites mis servicios. Como artista forjadora de sangre, estoy versada en el dolor. O en el placer. O en ambos, según te apetezca.

Al lado de Zofia, Laila carraspeó. Zofia había conseguido abrir el equipaje por fin. Lanzó una mirada triunfal, pero nadie la miraba a ella ni al equipaje. La mirada de todos iba y venía entre Laila y Eva.

—¡Qué desconsiderada soy! —dijo Eva—. Soy Eva Yefremovna, la artista forjadora de sangre de la Casa Dazbog. ¿Y tú eres... la cocinera? ¿La secretaria?

Enrique dio un grito ahogado. Zofia lo miró, pero no parecía herido. Cuando miró a Laila, su amiga parecía más alta y erguida, y le acarició una mejilla a Séverin.

—*Amante* —dijo Laila—. Puede que me conozcas mejor por mi nombre artístico en el Palais des Rêves de París: *L'Énigme.*

Aunque Laila ya no ocultaba su otro trabajo desde que dejó L'Éden, Zofía no recordaba haberla oído hablar nunca de ello con tanta frialdad. Tal vez tuviera frío, en tal caso debería devolverle la bufanda.

Eva se encogió de hombros.

—Nunca he oído hablar de dicho establecimiento. Pero felicidades, supongo.

Zofia empezó a levantar las capas de lo que había guardado. De momento, la mayor parte de sus pertenencias estaban intactas.

—He oído de todo sobre tus gustos exóticos, *monsieur* —dijo Eva a Séverin—. Sobre todos tus... objetos. Espero que no encuentres impertinente la pregunta, pero ¿puedo preguntarte por qué permites que tu amante participe en misiones tan peligrosas? Tengo entendido que las amantes tienen un lugar muy claro.

«Ay, no», pensó Zofia. Sus sospechas eran correctas. Se había quedado sin salitre. Levantó la mirada justo cuando Eva agarraba la mano de Laila.

—De verdad, querida, este trabajo es peligroso.

Séverin abrió la boca para responder, pero Laila levantó la barbilla y se puso delante de él. Séverin cerró la boca y dio un paso atrás.

—Mi lugar, *mademoiselle* Yefremovna, es donde me dé la gana —respondió Laila. Cambió su agarre, así que ahora parecía que sostuviera la mano enguantada de Eva con la mano desnuda.

Zofia se volvió a agachar.

—Me he quedado sin salitre.

Los demás la miraron como si acabaran de reparar en su presencia.

—¿Salitre? ¿Y eso qué es? —preguntó Hypnos, interesado de repente.

—Nitrato de potasio —dijo Laila.

—Qué exquisitamente aburrido.

—Puede que en Irkutsk encuentres lo que buscas... —sugirió Eva.

Un frenético zumbido bajo empezó a concentrarse en la base del cráneo. Zofia no conocía la ciudad siberiana de Irkutsk. No sabía cuántos árboles crecían junto a las aceras. No se había preparado para el olor, no sabía si habría multitudes o nadie en absoluto.

—Yo te acompaño —dijo Enrique—. Si te parece bien...

Zofia asintió, agradecida. Había visto a Enrique mezclarse en una multitud de desconocidos y salir con un grupo de amigos. Era una de las cosas que le gustaban de él. También le gustaba la manera en que la luz se reflejaba en su piel y parecía, de alguna manera, quedar atrapada en sus ojos oscuros. Le gustaba lo tranquila que se sentía cuando él estaba cerca. Aunque a veces, en su compañía, se sentía como si la hubieran obligado a dar vueltas con los ojos vendados en una habitación. La hacía sentir algo mareada, pero no era una sensación desagradable.

Enrique la miró con curiosidad y ella se dio cuenta de que no le había contestado en voz alta:

—Sí —dijo—. Me parece bien.

LA CIUDAD DE IRKUTSK no se parecía en nada a París.

Aquí, los edificios parecían de encaje. Casas pintadas en tonos crema, azul y amarillo y con intrincadas tallas de madera abarrotaban las calles invernales. La luz del sol se reflejaba en las cúpulas doradas de las catedrales y al otro lado de los límites de la ciudad, Zofia vio la taiga nevada con sus pinos y abetos salpicando las laderas de los Urales. Sus pasos crujían en el hielo y cuando respiraba profundamente, el aire le traía aromas muy familiares: pastel de miel caliente y pescado ahumado, bayas mezcladas con malta, e incluso el aroma azucarado y terroso del *borscht*, una rica sopa agridulce de remolacha que su madre solía servir sobre albóndigas rellenas de setas. Irkutsk tenía una cierta bastedad que a Zofia le recordaba a su hogar en Glowno. Si regresara a casa ahora, ya no encontraría nada: ni familia, ni amigos, ni trabajo, ni siquiera un hogar. Además, no podía dejar atrás a Goliat. Hacía demasiado frío en Polonia para las tarántulas.

—¿Crees que Laila y Eva ya se habrán matado? —preguntó Enrique.

—¿Y por qué iban a matarse?

Enrique hizo un ruido de desesperación.

—¡Pero si estabas ahí *mismo*! ¡La tensión se podía cortar con un cuchillo de mantequilla!

—Eso no es físicamente posible.

—¿Qué pasa por tu cabeza, entonces, fénix?

—Las preferencias ambientales de la tarántula.

—No sé si quiero saberlo.

—Polonia sería demasiado fría para Goliat.

—Toda Polonia está de luto.

Zofia esperaba que los cuidadores de L'Éden la trataran bien. Goliat le recordaba a otros tiempos. Tiempos más felices. Y aunque estos ya no existieran, le gustaban los recordatorios de que habían existido.

—Lo echo de menos —dijo Enrique.

Zofia sospechaba que no estaba hablando de Goliat.

—Yo también.

Más adelante, Zofia vio una tienda de productos alquímicos y farmacéuticos pintada de verde pálido. Agazapado junto a una ventana rota, había un hombre con una kipá. Su padre, que no era judío, nunca había llevado una, pero muchos hombres y niños de Glowno sí. La tela se extendía sobre la parte superior del cráneo del hombre y era un gesto de su fe.

—*Gutn tog* —dijo Zofia.

El hombre levantó la mirada, sorprendido. Miró la calle de un lado a otro antes de mirarla a ella.

—*Gutn tog.* —Se puso en pie, señaló el escaparate roto y dijo con tono cansado—: Ya es la tercera vez en lo que va de año... Ni que acabaran de asesinar a Alejandro II —suspiró—. ¿En qué puedo ayudarte?

—Necesito salitre —respondió Zofia.

El hombre frunció el ceño y dudó, pero luego le hizo un gesto para que entrara. Enrique, dijo, tenía que esperar fuera. Sola en la tienda, Zofia contó las ordenadas filas de madera y las brillantes botellas verdes bien alineadas: *veintiuna, veintidós, veintitrés*. Cuando el tendero le rellenó la bolsa, bajó la voz mientras la deslizaba por el mostrador.

—No es seguro para nosotros —dijo—. Cada año se hace más difícil.

—Yo estoy a salvo.

El hombre agitó la cabeza con tristeza.

—Nunca lo estamos, querida. Puede que ahora hayan terminado las matanzas, pero el odio no. *Kol tuv.*

Zofia tomó el paquete con inquietud. «El odio no». Su madre había perdido a su familia en esos pogromos, los disturbios antijudíos que habían arrasado hogares y familias enteras, culpándolos del asesinato del zar Alejandro II. Cuando tenía trece años, encontró a su madre arrodillada en casa ante el fuego frío, sollozando. Zofia se había quedado inmóvil. Su hermana y su padre sabían siempre cómo consolarla, pero estaban dormidos. Y así, Zofia hizo lo único que podía hacer: crear luz.

Se había agachado junto al fuego muerto, cogió un pedernal e hizo que el metal ardiera con el calor. Solo entonces su madre levantó la mirada y le sonrió, antes de acercarse y decirle:

—Sé una luz en este mundo, mi Zofia, porque puede ser muy oscuro.

A Zofia se le hizo un nudo en la garganta al pensar en ellos ahora. El mundo se le antojaba demasiado oscuro para vivirlo, por mucha luz que ella intentara aportarle. Ya fuera, giró lentamente en la acera. La ciudad ya no le parecía tan parecida a Glowno. Ahora, posaba la mirada en las ventanas cerradas, en la gente con abrigos demasiado chillones, en la nieve sucia pisoteada por las ruedas de los carruajes y en las calles pavimentadas que parecían entrelazarse. Era demasiado...

—¡Fénix!

Enrique dobló la esquina; llevaba una bolsa de papel y sonreía. Cuando le vio la cara, se le borró la sonrisa y corrió más rápido hacia su lado.

—¿No me has visto señalando la vuelta de la esquina antes de entrar?

Zofia negó con la cabeza.

—Ah —dijo—. Bueno, he imaginado que después de los carros en llamas, las historias de fantasmas y la melancolía, nos vendrían bien unas galletas.

De la bolsa de papel, sacó dos galletas de azúcar recubiertas de un glaseado suave y grueso. Le dio una.

—He tardado un poco más de lo que creía porque, en un principio, la galleta tenía virutillas, pero sé que no te gusta la textura, así que las hice quitar y le pedí al panadero que añadiera otra capa para que fueran más suaves —dijo—. Ya me la como yo si tú no...

Zofia se metió la galleta entera en la boca. Enrique la miró fijamente, luego se rio e hizo lo mismo. En el camino de regreso, ella saboreó el sabor a azúcar que perduraba en la lengua. No fue hasta que se acercaron a la entrada que Enrique volvió a hablar.

—¿No me das las gracias? —preguntó—. He arriesgado la mano dándote una galleta de azúcar. Te la has zampado tan deprisa que pensé que me pillarías la mano sin querer.

—Nunca confundiría tu mano con una galleta.

Enrique fingió sentirse herido.

—Y yo que pensaba que era dulce.

Era un chiste espantoso y Zofia se sorprendió al reconocerlo como tal. Y a pesar de ello, se rio. Se rio hasta que le dolieron los costados y solo entonces se dio cuenta de que se había olvidado por completo de la ciudad fría y desconocida que les rodeaba. Enrique le había traído una galleta y la había hecho reír y eso le hacía sentir como si estuviera sentada junto al fuego en su propia casa, sabiendo exactamente dónde estaba todo y quién acudiría a la puerta.

—Gracias —dijo ella.

—¿Una risa del fénix en persona? —Enrique sonrió. Se llevó una mano al corazón y dijo con aire dramático—: Un hombre se enfrentaría a cualquier penuria para oír un sonido tan esquivo. Bien merece una mano mutilada y, obviamente, es mejor que cualquier agradecimiento banal.

A Zofia se le heló la sonrisa. Sabía que era una gracia y que él decía a menudo cosas grandilocuentes en tono de broma. Justo antes de entrar en la estación de trenes, quiso que todo eso fuera cierto.

Que el sonido de su risa algún día significara tanto para alguien que mereciera la pena cualquier dificultad.

PUSIERON RUMBO AL LAGO AL atardecer, cuando el mundo parecía azul y el hielo se aferraba a la luz. Un equipo de doce trineos tirados por perros con riendas forjadas para amortiguar el ruido de sus patas les aguardaba al otro lado de la puerta Tezcat de la estación de tren. No había caminos de portal directos a su ubicación. Los buriatos locales habían erigido barreras forjadas contra esos caminos hacía mucho tiempo. Los cinco se montaron en un trineo que conducía un anciano buriato con gruesas botas forradas de piel y una larga faja en su abrigo ensartada con adornos de cobre. Delphine ya iba sentada en uno de los trineos cerca del jefe de la operación, mientras que Ruslan y Eva ocupaban otro trineo. Laila se sentó junto a Zofia en el banco del trineo.

—¿Has oído al intérprete? —preguntó ella, temblando—. Dice que hay espíritus angustiados cerca.

Zofia no creía en los espíritus, pero el viento reproducía los aullidos que la habían atemorizado de niña y una pequeña parte de ella pensó en las historias que Hela le susurraba en la oscuridad. Cuentos de *dybbuks* con sus almas desunidas y los labios azules, de chicas fantasmas ahogadas obligadas a guardar el tesoro, de tierras entre el espacio de la medianoche y el amanecer donde los muertos caminaban y la luz era fría y tenue. A Zofia no le gustaban ni creía en esos cuentos.

Pero se acordaba.

—No he tenido la oportunidad de disculparme —dijo Laila.

Zofia frunció el ceño. ¿Por qué tenía que disculparse? Laila se volvió para mirarla y ella escudriñó sus rasgos.

—Tendría que haberte contado la verdad sobre mí, pero no quería que me vieras de otra manera. O, qué sé yo, que no me consideraras humana.

Anatómicamente, el cuerpo era una máquina, tanto si hubiera nacido como si lo hubieran construido. Lo que había dentro no era distinto, pensó Zofia. Era como la física. La transferencia de energía no hacía que la energía fuera menos real. Por lo tanto, Laila era real y la posibilidad de que muriera era más real aún si no encontraban *Las letras divinas* y procuraban que ella pudiera permanecer igual.

—Si hay algo que quieras decirme, puedes hacerlo —dijo Laila—. No tienes por qué... pero puedes.

Zofia no sabía qué responder a eso. Quería contarle sobre Hela y el pánico que sentía sobre la forma que tenía de procesar el mundo, por si eso la convertía en una carga para los demás... pero ¿estas observaciones la convertirían en una carga?

Laila tendió la mano y Zofia vio el anillo granate que esta le había pedido que hiciera. Pensó que los días representaban el tiempo desde su nacimiento y no el plazo de su muerte.

Zofia notó cómo le ardía el rostro de rabia. No iba a participar en la muerte de su amiga. No la dejaría morir.

Le tendió la mano y cogió la de Laila y, durante un momento, no sintió ni el viento ni el hielo. Por encima de ellos, se desdibujaban las estrellas. El trineo retumbaba sobre el hielo durante lo que parecieron horas, incluso a pesar de los patines forjados que les permitían patinar más rápido sobre el terreno resbaladizo. Justo cuando el alba rozó el pálido horizonte, se detuvieron. A Zofia le gustaba aquello aunque el aliento le quemara en los pulmones. Le gustaba que el mundo pareciera solemne y frío. Le gustaba aquel cinturón bajo de los montes Urales, la forma en la que el hielo que cubría el lago dibujaba tramas cual encaje. Le gustaba que no hubiera nada allí.

Pero ese era el problema.

No había nada. Y, sin embargo, según las brújulas, esas eran las coordenadas exactas del Palacio Durmiente. Séverin y Ruslan se separaron de los demás y el primero giraba los anteojos Tezcat en la mano. Eva se encontraba entre ellos y miraba por encima del hombro de Séverin, con la mano en su espalda.

—¿Crees que está bajo el agua? —preguntó. Séverin no respondió.

—¿Hemos confundido las coordenadas? —preguntó Hypnos.

Zofia miró los anteojos y luego a toda la gente que observaba el instrumento sin hacer lo obvio: utilizarlo.

—Son gafas —dijo en voz alta.

Séverin la miró y esbozó una sonrisa. Se llevó los anteojos Tezcat a la cara y se quedó quieto.

—¿Qué pasa? —preguntó Eva—. ¿Qué ves?

Séverin dio unos cuantos pasos a la izquierda y luego se inclinó hacia el hielo como si quisiera alcanzar algo a pleno vuelo mientras curvaba la mano alrededor de un pomo que solo él podía ver. Luego tiró hacia sí y, al hacerlo, apareció una luz justo delante de él y el aire empezó a brillar.

Ruslan se rio y aplaudió, lo que hizo que Zofia desviara la atención hacia él.

—Zofia —susurró Laila a su lado.

Volvió a mirar hacia el lugar donde el aire había empezado a brillar, solo que ahora ese resplandor se extendía a una distancia que parecía igualar la longitud de L'Éden. Entonces, en mitad del aire apareció una masa de hielo sólido y desaparecieron los montes Urales detrás del lago. Con cada segundo que pasaba, un gran edificio iba tomando forma en el lago Baikal helado; cúpulas congeladas y balcones translúcidos, agujas de cristal y gruesas paredes de hielo. No había duda sobre lo que tenían delante: el Palacio Durmiente de la Casa Caída.

15

LAILA

A Laila, el Palacio Durmiente le recordaba a L'Éden, si lo hubieran concebido el mismo invierno.

Cuando se abrió la puerta, unos carámbanos finos se rompieron en el suelo. Dio un primer paso y se le revolvió el estómago de repente. Los copos de nieve espolvoreaban el suelo translúcido y a través de las estrías de hielo, se veía el movimiento del agua color zafiro... como si en cualquier momento pudiera caer. El amplio vestíbulo se abría en un atrio amplio y plateado. Incensarios forjados de piedra lunar recorrían el techo abovedado lleno de cristal grabado y hielo. Dos escaleras brillantes como la nieve subían en espiral hasta un balcón que rodeaba el atrio. En cuanto accedieron al atrio, el Palacio Durmiente empezó a *despertar*. Unas esculturas cristalinas en forma de gárgolas sacaron la cabeza de las alas. Las flores cerradas y hiedras enroscadas empezaron a desplegarse lentamente y la nieve cayó de ellas cual polen cuando se abrieron y arquearon hacia el techo. El ruido que resonaba por aquel espacio enorme le recordaba al crujido de la nieve virgen al pisarla.

El aliento cobró forma ante ella y, no por primera vez, se preguntó si debería sentirse más... Se miró las manos y dobló los dedos tratando de buscar en el cuerpo alguna señal de que se acercaban a *Las letras divinas*. Pero lo único que sintió fue un frío implacable y solo vio su anillo granate, intenso y brillante como un corazón, con el número 17 mirándola de reojo desde el interior de la joya.

Delphine se quedó en la entrada: se centró en los guardias y el transporte, y llamó a un séquito para que examinaran las habitaciones, determinaran su seguridad y las prepararan para dormir. Eva se había plantado junto a Séverin, por supuesto. Laila trató de no pensar en la punzada que sintió en el corazón. Tal vez estuviera siendo injusta. Eva no había causado una impresión muy favorable, pero podía dejarlo pasar.

Se fijó en Ruslan, que examinaba el techo abovedado helado. Se acunó la mano herida en el cabestrillo. Por un instante, algo se asomó al rostro del hombre; algo que a Laila le pareció pena.

—Es extraordinario —dijo emocionado mientras daba un saltito—. Me da que empezamos a hacer historia, ¿no os parece? ¿No sentís el pulso del universo acelerándose con este descubrimiento? Me hace sentir...

El estómago le gruñó con fuerza. Ruslan frunció el ceño y mandó callar a su vientre. Abrió la boca para volver a hablar, pero entonces Delphine apareció a su lado y Ruslan se quedó callado. Ella los miraba con los ojos entrecerrados. Cuando habló, Laila vio que solo miraba a Séverin.

—Bueno, cazatesoros, tenemos exactamente una semana antes del Cónclave de invierno y menos tiempo aún antes de que no tengamos más remedio que revelar este descubrimiento a la Orden —dijo con frialdad—. Empieza a buscar.

Habiendo dicho eso, ella y Ruslan salieron del atrio. Ruslan solo se detuvo para mirar a Eva con una sonrisa alentadora. Laila pensó que era una llamada, pero Eva no lo siguió. En lugar de eso, siguió adelante y, por primera vez, Laila advirtió que arrastraba un poco la pierna izquierda.

—Quiero quedarme y ayudaros —anunció Eva, cruzando los brazos—. En primer lugar, soy una forjadora de sangre *y* artista de hielo con talento. Como prima de Ruslan, he crecido escuchando las historias del Palacio Durmiente y la Casa Caída. Puedo seros de ayuda. Por último, tengo tanto que ofrecer como cualquier otro miembro del equipo. —Le echó una mirada feroz a Laila—. Tal vez más que algunos. —Al ver que Séverin no decía nada, añadió—: ¿Y bien?

Miró a Laila. Nadie se unía a ellos sin una lectura completa y lo que Laila había descubierto de Eva no bastaba para considerarla segura. Mientras la matriarca había convocado una reunión matutina el día antes, Séverin la había citado en la consigna donde habían abierto las posesiones del patriarca y de Eva, y ella había leído todo lo que pudo. No había nada fuera de lo común en las pertenencias de Ruslan. No había recuerdos trascendentes. Ninguna emoción excepto la presión de descubrir, que ella había sentido como una mano que le apretaba el corazón. Los objetos de Eva, sin embargo, eran escasos. Solo un par de zapatos gastados por el trabajo en el club de forjado de sangre en Moscú. Y nada más.

—Lo siento —dijo Laila sinceramente—. Pero no.

Eva pareció afligida solo por un momento, antes de fulminarla con la mirada y cruzar la sala hacia Laila. Hypnos se escabulló rápidamente hacia otro lugar.

—¿Es porque no sabía quién eras? —preguntó Eva, enfadada.

Laila se sentía cansada.

—No me importa especialmente si me conoces o no, Eva. Eso no cambia el hecho de que sigamos ciertos protocolos, que tú no conoces, por lo que debemos rechazar tu oferta bienintencionada de prestación de servicios.

Eva esbozó una sonrisa de suficiencia mientras tiraba de un colgante de plata alrededor del cuello.

—Estás celosa, ¿verdad? No te culpo. —Eva se acercó y bajó la voz—. ¿Qué talento tienes para ofrecer aparte de tu cuerpo?

Laila controló su expresión. Sabía que el mundo cultivaba la malicia entre las chicas: las hacía enseñar los dientes en lugar de animarlas a desnudar su alma. Sus propias amistades en el Palais des Rêves habían empezado de forma cruel: una chica le puso tinte en la crema facial y otra le cortó los tacones de los zapatos con la esperanza de que se rompiera el tobillo en el escenario. *C'est la vie*. Era París. Era el mundo del espectáculo. Y tenían miedo de perder su sustento. Pero la diferencia era que al menos las chicas del cabaret la habían tratado como una rival formidable en el mismo campo de batalla.

Cuando Eva se dignaba a hablar con ella, era como si no la viera en absoluto.

—No veo nada que me inspire celos —respondió Laila.

Y lo dijo de verdad. Eva era hermosa, pero los cuerpos eran solo cuerpos. Eran fáciles de romper y, por desgracia, no tan fáciles de hacer. Laila nunca tuvo control sobre sus características físicas y no creía que fuera correcto utilizar las de los demás contra ellos.

Pero al oír esas palabras, Eva palideció.

—Dices eso porque crees que el señor Montagnet-Alarie es tu protector —dijo—. Pero no creas que seguirá siendo así. Hasta yo me he dado cuenta de que no se ha molestado en defender tu honor. —Y, dicho eso, se largó.

Laila se clavó las uñas en la palma de la mano. Eva tenía razón, pero estaba equivocada. Si Séverin hubiera querido demostrar que ella era alguien a quien defender o bien ningunear, lo habría hecho, pero vio que se había planteado la posibilidad de hablar y luego decidió no hacerlo. Ojalá no lo hubiera visto.

Porque en ese instante, su mente había evocado cuentos de hadas y maldiciones, mitos de chicas a las que habían enseñado a no mirar su amante a medianoche por miedo a ver su verdadera forma. Lo que Séverin hizo entonces y cuando extendió los brazos durante el incendio de la *troika* eran todos atisbos crueles del chico que había sido de verdad. El muchacho que había rescatado a Zofia y le había dado un mundo de consuelo, que se había arriesgado con Enrique y le había dado una plataforma para hablar, que había visto a Laila por su alma y no solo por la carne que la envolvía. Odiaba lo que había visto porque le recordaba que era como un príncipe maldito, atrapado en la peor versión de sí mismo. Y nada de lo que ella tuviera —ni aquel beso que le dio porque quiso, ni el corazón que le había ofrecido tímidamente— rompería el hechizo que lo retenía porque se lo había hecho a sí mismo.

En ese momento, se giró hacia Séverin y vio que miraba con avidez el Palacio Durmiente. Se apartó el pelo oscuro de la frente y esbozó una pequeña sonrisa. Antes, habría buscado en el bolsillo del abrigo la lata de clavos. Una vez dijo que le ayudaban a pensar y a recordar, pero dejó de hacerlo tras la muerte de Tristan. Laila no estaba segura del motivo. No por no comerlos podría olvidarlo.

Laila volvió con los demás y juntos observaron como Séverin giraba alrededor del atrio principal. La observación era su fuerte. Podía odiarlo todo lo que quisiera, pero no podía negar que cuando se trataba de un tesoro, Séverin tenía un don para entender su contexto. Su historia, por decirlo de algún modo.

—Lo hemos estado llamando «palacio» —dijo lentamente—, pero no lo es. Es como una catedral...

Séverin escribió algo en un papel.

—¿Cuál es la parte más sagrada de una catedral? —preguntó, más a sí mismo que a los demás.

Laila no se sentía particularmente capacitada ni interesada para responder a la pregunta.

—Lo del vino —respondió Hypnos.

—¿Yo qué voy a saber? —Zofia encogió los hombros.

—El altar —intervino Enrique, negando con la cabeza.

Séverin asintió y giró la barbilla de modo que la luz invernal brilló en su rostro.

—Alguien quiere jugar a ser Dios.

Laila sonrió, pero era una expresión vacía. A veces se preguntaba si Séverin quería hacer lo mismo.

Más adelante, del atrio principal salían cuatro pasillos. En lugar de arriesgarse a separarse, se desplazaron como una unidad, documentando las cosas a medida que avanzaban. En el pasillo occidental había una biblioteca donde nueve estatuas femeninas hacían las veces de columnas. Al menos, se suponía que se trataba de una biblioteca... pero todos los estantes estaban vacíos de libros.

—Puede que estén escondidos —dijo Enrique con nostalgia; ardía en deseos de explorar la sala, pero siguió a los demás obedientemente.

El pasillo meridional desembocaba en las cocinas y una pequeña enfermería. A la entrada del pasillo oriental, a Laila se le erizó el vello del brazo. A lo lejos creyó escuchar... ¿Eran gruñidos? No, *ronquidos*. Un par de puertas dobles arqueadas con serpientes y lobos tallados daban a una habitación poco iluminada donde unos baches enormes y dentados cubrían el suelo de mármol. Zofia desprendió un colgante de fósforo y con la luz vio que no eran baches lo que había ahí, sino varias decenas de animales forjados de hielo. Leones con delicados bigotes de hielo, pavos reales con largas colas de plumas escarchadas, lobos cuyo pelaje vidrioso se erizaba y luego caía suavemente como si vivieran y respiraran.

Laila reculó al instante, pero ninguna de las criaturas se movió. Las observó unos segundos más y el miedo dio paso al asombro.

—Están *dormidos* —comentó.

Los animales dormían con las patas dobladas, las pezuñas y las alas plegadas sobre un suelo de mármol cremoso. Solo un animal —un rinoceronte de hielo—, se molestó en abrir los ojos al oír las puertas. Los miró, pero no se movió.

—Esto no me gusta nada —dijo Hypnos.

—A mí tampoco —repuso Enrique—. Cierra la puerta antes de que se despierten.

—El tesoro no estaría aquí, de todos modos —dijo Séverin, que miró a los animales una última vez antes de cerrar la puerta.

En cada pasillo, Séverin se detenía para comprobar si había detonantes que activaran algún mecanismo de vigilancia. Con la Casa Caída nunca se sabía; cualquier cosa era posible. Pero ninguna de las puertas los traicionó ni reaccionó ningún suelo. Los dispositivos de detección esféricos tampoco dieron ningún resultado. Era como si el Palacio Durmiente estuviera dormido de verdad. En cada punto, Zofia levantaba sus colgantes de fósforo, buscando señales de una puerta Tezcat a plena vista, pero no apareció nada. Mientras caminaban por el último pasillo, el pasaje septentrional, Enrique se ciñó el abrigo, mirando las tallas donde la pared se unía al techo.

—Toda la iconografía muestra mujeres —explicó.

Laila no se había dado cuenta hasta entonces, pero llevaba razón. Todas las mujeres en las imágenes escarchadas que cubrían las paredes le recordaban a las sacerdotisas. Los detalles del hielo no parecían haberse desvanecido con los años y en sus ojos había una nitidez curiosa.

—No se les ve ninguna mano —dijo Enrique.

Laila notó un escalofrío por la espalda y rápidamente apartó la mirada. Su postura era demasiado familiar. Cuántas veces, de niña, se había puesto las manos tras la espalda para que su padre no recordara lo que ella sabía hacer o, como dijo más tarde, lo que *era*.

Hasta ese momento, el salón septentrional era el más largo. Cuanto más se adentraban, más frío hacía. Por delante, Séverin volvió la cabeza y Laila y él se miraron. Laila se le acercó discretamente.

—Procedimiento habitual —anunció Séverin.

—Toma, Hypnos, sujeta el dispositivo de detección —dijo Enrique, mientras el resto permanecían ocupados.

Ahora estaban solo ella y Séverin. Séverin no la miraba.

—¿Ves algo?

Laila se quitó los guantes. Alargó el brazo hacia la puerta helada que tenían delante y con las manos rozó las extrañas hendiduras del marco.

—No consigo leerlo —respondió—. Está todo forjado.

—No se detectan dispositivos de captura —anunció Enrique a su espalda—. Entremos. ¿Por qué es tan estrecho?

—Es como un pasillo a una sala de meditación —reflexionó Séverin—. Diseñado para que quienquiera que recorra este camino sienta que lo hace solo.

—Bueno, en lugar de quedarnos aquí, sigamos adelante y entremos —dijo Hypnos, cruzándose de brazos.

—No puedo —dijo Séverin.

—No hay pomo —comentó Zofia que, con sus ojos azules, escudriñó rápidamente la puerta.

Séverin trató de empujarla, pero no pasó nada. La puerta no se movió. Luego bajó la mirada hacia las marcas del suelo.

—Concibieron este sitio como una catedral. No *quiere* fuerza bruta. Quiere otra cosa... algo que honre lo sagrado que hay dentro.

Laila vio cómo sus facciones se iluminaban por el enigma que les proponía aquella habitación.

—Luz —dijo tendiendo la mano.

Zofia le pasó uno de los colgantes del collar. Séverin rompió la astilla fosforescente y el repentino resplandor hizo más profundas las sombras de su rostro y marcó unos relieves más pronunciados.

—Echaos atrás —dijo.

Los cuatro se juntaron en el pequeño espacio que ofrecía el pasillo. Séverin se arrodilló y, con la luz, iluminó las extrañas ondas y hendiduras que cubrían la puerta.

—He encontrado la abertura —anunció.

Sostuvo la mano perpendicularmente al hielo y la deslizó hacia abajo, donde desapareció como si se hubiera introducido en una ranura. Aun así, la puerta no se movió.

—Es como el ojo de una cerradura —dijo Enrique—, pero ¿por qué lo pondrían a la altura de los ojos de un niño?

Esa idea perturbó a Laila. Ninguna parte del palacio tenía sentido, desde la colección de animales de hielo hasta los pasillos vacíos. Incluso entonces se estremeció al pensar en la lenta mirada del rinoceronte de hielo siguiéndolos por la sala. No se había movido. Todavía.

—A la altura de los ojos de un niño... o de un suplicante —dijo Séverin.

Todavía agachado, puso las rodillas en las abolladuras del suelo. Dejó el colgante de fósforo en el suelo y la luz azul recortó su silueta. En el pasado, cuando habían ido a la caza de adquisiciones, a Laila siempre le había impresionado lo diferente que Séverin veía el mundo. Tenía una capacidad de asombro como nadie que hubiera conocido. Le hizo recordar la primera noche en que se dio cuenta de que quería besarlo. En aquel momento, él había encargado una instalación de jardín basada en telarañas. A ella le pareció una idea repugnante hasta que él tendió la mano, echó la barbilla hacia atrás y le preguntó en voz baja:

—¿Ves ahora lo maravilloso que es?

Eso bastó para que el cielo nocturno se transformara sobre ellos. Con un giro de cabeza, el mundo parecía cubierto del hilo estelar que bordaba las futuras constelaciones.

Séverin todavía tenía una capacidad inaudita para la actuación, pero ahora parecía alguien demasiado ansioso por ser sacrificado y Laila tuvo que reprimir el extraño impulso de correr hacia él y levantarlo del suelo.

—Es como un altar —dijo Séverin tan bajo que Laila no sabía si quería que lo oyeran—. Y me arrodillo para rezar.

Luego, juntó las palmas de las manos como si estuviera rezando y las empujó hacia los surcos de la puerta. Una luz plateada discurría por las enredaderas, como si despertara después de un largo sueño. El hielo y las bisagras metálicas de la puerta gimieron cuando la puerta se abrió y les mostró una sala iluminada por un brillo plateado.

A su lado, Enrique se santiguó e Hypnos respiró hondo. Séverin se puso de pie, pero no entró.

—¿Por qué no entra? —murmuró Hypnos.

—Teme que lo desmiembren —dijo Zofia—. Si yo diseñara mecanismos para atrapar ladrones, tendría un dispositivo para atacar a las tres primeras personas que entraran.

Hypnos se puso detrás de Zofia.

—Las damas primero.

Enrique le lanzó el dispositivo esférico de detección a Séverin, que lo atrapó con una sola mano.

—¿Qué ves? —preguntó Enrique.

Normalmente, Séverin habría estado narrando toda la escena, desde el número de paredes hasta la forma del techo, pero lo que fuera que vio allí hizo que se guardara lo que vio para sí mismo. Laila contuvo la respiración.

—Estrellas —se limitó a decir Séverin.

Laila y Enrique se miraron, confundidos. ¿Y el tesoro? ¿El *libro*?

—No hay dispositivos de detección —dijo Séverin—. Está despejado.

Entraron en fila india, con Hypnos agarrado al abrigo de Zofia, en una habitación que Laila solo podía describir como una gruta de hielo. Séverin tenía razón sobre las estrellas. Sobre ellos se extendía una representación del cielo nocturno, pero no era real, por muy insondable que pareciera. Era como una imagen suspendida de una noche anterior y, en el centro, colgaba una luna redonda que cambiaba ante sus ojos y se iba volviendo más fina conforme pasaba el tiempo, como si estuviera en una cuenta atrás para algo.

La gruta de hielo parecía un patio hundido. Más adentro de la habitación, unos escalones poco profundos descendían a un piso vacío con una piscina de bordes desiguales con el agua de color zafiro del lago Baikal. Contra la pared lejana se alzaban tres enormes estructuras en forma de escudo. Si tenían algún escrito o algún símbolo, las telarañas de hielo los ocultaban. Sobre esos tres escudos aparecían más tallas de mujeres. Parecían sobresalir de huecos en la pared de hielo, con los brazos extendidos y las manos... inexistentes. Cuando la luz las iluminaba brevemente, parecían demasiado reales.

La pálida luz de las estrellas sobre ellos solo les fue revelando gradualmente el contenido de la sala, pero una cosa era segura...

Ahí no había ningún tesoro.

A Laila se le vino el mundo encima, pero se negó a desanimarse. A los tesoros les gustaba esconderse. Lo sabía muy bien después de dos años trabajando con Séverin. Mientras se desplazaban para examinar el muro oriental, Enrique dio un brinco y pegó un gritito. Laila se dio la vuelta, con el pulso acelerado al ver lo que había hecho gritar a Enrique. Cuando la luz alcanzó la pared de hielo oriental, la pared se volvió translúcida y vieron los animales que habían visto hacía un rato.

—Interesante —dijo Zofia—. Una pared Tezcat que conecta la colección de animales y no requiere ninguna llave, pero sí luz. Muy inteligente.

—Es espantoso —dijo Enrique—. Míralos... están *despiertos*.

Laila se giró lentamente hacia las criaturas. Antes dormían, pero ahora estaban despiertas y todas las cabezas se habían girado para mirarlos.

—Por la presente me ofrezco voluntario para vigilar la puerta —dijo Hypnos—. Desde el pasillo. En realidad, desde el final del pasillo.

Séverin no le hizo ni caso.

—Sigamos documentando. Quiero ver qué hay bajando esas escaleras.

—¿Cómo? —preguntó Enrique—. Está demasiado oscuro. Deberíamos volver con más luz. Quiero linternas colocadas justo en esa pared oriental.

Entonces, Laila oyó el ruido inconfundible de un fósforo encendido. En cuestión de segundos, Zofia había improvisado una antorcha.

—Mucho mejor —dijo Enrique, pero sus palabras se las tragó un grito agudo de Hypnos.

—¡Séverin, *espera*!

Demasiado tarde, Laila se dio cuenta de que Séverin se había separado del grupo y se había aventurado a bajar las escaleras del extremo de la gruta que llevaba al muro norte. No esperó. Con la linterna en alto, Séverin dio el primer paso...

Y todo cambió.

El tiempo se detuvo. Como a cámara lenta, Laila vio que Séverin respiraba profundamente: su aliento se desvaneció en el aire, aquella niebla plateada se quedó suspendida durante un momento perfecto de silencio... y luego llegó el *sonido*. Por la esquina oriental de la pared, el rinoceronte de hielo rompió la barrera de cristal. Llovieron fragmentos de hielo que se esparcieron por todo el suelo. El rinoceronte cargó con un bramido profundo. Por el rabillo del ojo, Laila vio como el resto de los animales cobraba vida lentamente. Al jaguar se le erizó el pelaje de cristal. Giró la cabeza y puso las patas en el suelo.

La escalera los había hecho revivir.

—¡Vuelve! —gritó.

Séverin giró la cabeza, pero se le abalanzó una pequeña bola de hielo desde el lado opuesto de la pared. Se estrelló contra su cara y le cubrió la boca y la nariz como una telaraña de hielo. Él se echó para atrás, tropezó y cayó sobre las escaleras. Laila corrió hacia él, pero el rinoceronte le cortó el paso.

—¡Que alguien lo coja! —gritó.

Zofia arrojó la antorcha a Enrique y, rápidamente, lanzó una red explosiva por encima del rinoceronte.

—*Enciéndete* —dijo.

Detrás de ellos, Hypnos salió corriendo al pasillo, pidiendo ayuda a gritos.

La red forjada se encendió y el rinoceronte bramó hasta explotar en mil pedazos de hielo. Zofia y Laila corrieron hacia Séverin, cada una le agarró un brazo y lo levantaron de la escalera.

Cuando cruzó el umbral, los animales de hielo volvieron a quedarse quietos y en silencio. Laila quiso arrancarle el hielo que le cubría la boca, pero resbalaba demasiado.

Volvió a asirlo, pero el hielo le abrasó la mano y se le pegó rápidamente a la piel. Se le entrecortó la respiración. Le echó un vistazo a Séverin y deseó no haberlo hecho. Tenía las pupilas abiertas de par en par y las venas de la garganta muy marcadas; le apartó las manos y empezó a arañarse la cara. Se estaba muriendo justo delante de sus ojos.

Zofia intentó sacar una cerilla, pero Séverin la agarró por la muñeca.

—¡Lo quemarás! —gritó Laila.

—La desfiguración y la muerte no son comparables —dijo Zofia vehementemente.

En ese momento, Laila vio por el rabillo del ojo un destello rojo mientras una figura se precipitaba hacia ellos. Eva se lanzó al suelo junto a ellos, sin aliento. Séverin ladeó la cabeza. Un brillo azul se apoderó de su piel y los párpados se le empezaron a cerrar. Un sollozo quedó atrapado en la garganta de Laila.

—Puedo salvarlo —aseguró Eva mientras apartaba a Laila de un empujón—. He visto antes este tipo de ataque.

Le agarró la cara a Séverin y luego puso la boca sobre la suya. Su melena roja cayó como una cortina sobre ambos y Séverin se aferró a ella con las manos agarradas a su espalda. Inmediatamente, el hielo se derritió de la boca de Séverin. Boqueó varias veces en busca de aire mientras Eva se alejaba de él, con su rostro aún en las manos. Aquella imagen le hizo sentir una extraña oleada de bilis en el estómago. Vio que Séverin parpadeaba rápidamente; tenía las pestañas cubiertas de hielo. Su mirada se clavó en Eva como si fuera un príncipe maldito y solo ella hubiera podido liberarlo.

PARTE III

De los archivos secretos de la Orden de Babel
Autor desconocido 1878, Ámsterdam

El forjado de la sangre es un arte particularmente vulgar, hecho solo para los peores burdeles. Creo firmemente que es un ultraje que no esté prohibido en todos los países.

16

LAILA

Laila cruzó y descruzó los tobillos, mientras se toqueteaba el dobladillo del vestido. Habían pasado casi cuatro horas desde que Eva rescatara a Séverin. Desde entonces, él estaba encerrado con ella y un médico que Ruslan había hecho venir de Irkutsk. No le habían permitido la entrada a nadie a pesar de las protestas de Laila. Por un lado, no esperaba sola... pero era la única que quedaba despierta.

Al cabo de dos horas, Hypnos se había adueñado del hombro izquierdo de Enrique como almohada. Al cabo de tres, Zofia empezó a quedarse dormida, aunque siguió con las cabezadas hasta que Enrique, por miedo a que acabara rompiéndose el cuello, le ofreció el hombro derecho como almohada.

—No te preocupes, Laila —le había dicho Enrique, bostezando—. Es imposible que me duerma así. Lo veremos pronto, estoy seguro.

De aquello hacía veinte minutos. Ahora roncaba ligeramente.

Laila suspiró y se quitó la manta de encima. Con cuidado, la colocó sobre los tres y empezó a sacar los papeles de la mesa llena con las notas de Enrique donde explicaba todo lo que había visto y los diagramas de Zofia del pasillo. Hypnos también había pedido papel; Laila no supo para qué los quería hasta que bajó la vista y vio dibujos de copos de nieve y los animales del hielo.

Al otro lado de la ventana, el lago helado brillaba con nieve nueva. Antes, le había parecido muy aislado. Ahora, el palacio bullía de actividad. Había varias esfinges con armadura apostadas por todo el perímetro. El familiar brillo rojo de las redes de alarma forjadas se extendía a través del hielo. Ruslan les había explicado que eran precauciones necesarias para mantenerlos a salvo de los miembros de la Casa Caída que los habían atacado en Moscú.

—Lo que queda de ellos es un pequeño reducto de fanáticos —había dicho Ruslan—. No podrán ir más allá de Irkutsk sin nuestros recursos. No os preocupéis. Estáis bajo la protección de la Casa Dazbog.

Aun así, un pequeño reducto de fanáticos todavía podía matar. Laila había recordado esa verdad cada noche antes de dormir, mientras susurraba una oración por el alma inquieta de Tristan. Con un trozo de ese sombrero de ala ancha, Roux-Joubert lo había matado. Nunca olvidaría la luz febril en sus ojos ni la forma en que se había desplomado a los pies del doctor, el líder enmascarado de la Casa Caída. No había podido leer nada de aquel hombre, pero no había olvidado su *calma.* Parecía inhumano.

El ruido de pasos en la escalera la hizo enderezarse. Apareció Ruslan con más mantas colocadas sobre su brazo no herido. Sonrió a modo de disculpa cuando la vio y a ella la invadió un sentimiento cálido de gratitud. Había sido Ruslan quien pensó en traer un sofá, edredones, *vodka* y varios vasitos del tamaño de un dedal, además de una muestra de la cocina típica del lago Baikal: *omul* ahumado y frío, carne de taiga envuelta en helechos de bosque y bayas congeladas, mermelada de moras de los pantanos, pasteles y *pirozhki* dorados horneados en forma de peces y aves silvestres. Laila no tenía mucho apetito después de lo ocurrido en la gruta de hielo, por lo que Enrique se había comido su parte... así como la de todos los demás.

—Sé que no es gran cosa, pero no hay necesidad de esperar muertos de frío —dijo Ruslan—. Es malo para el corazón y para el pelo y tú tienes una melena *preciosa*. Como una chica salida de un mito. —Ruslan se llevó el brazo en cabestrillo contra el pecho—. ¿Conoces al poeta persa del siglo XI, Ferdowsi? Escribió un poema fabuloso llamado *Shahnameh,* también conocido como *El libro de los reyes*. ¿No?

Ruslan se mecía un poco y cerró los ojos como si ese simple acto pudiera transportarlo a otro mundo.

—Imagínatelo: patios elegantes y árboles cítricos, joyas en el pelo y poesía que se disuelve como el azúcar en la lengua... —Suspiró y abrió los ojos—. ¡Con ese pelo, me recuerdas a la princesa Rudaba y tu Séverin se parece al rey Zal! En los cuentos, se soltaba el hermoso pelo y el rey Zal lo usaba a modo de cuerda. Espero que no hagas tú lo mismo. Sería muy poco higiénico...

Laila se rio a regañadientes.

—Te aseguro que no.

—Bien, bien —dijo Ruslan, frotándose la cabeza.

Después de eso, Ruslan parecía perdido en sus pensamientos, murmurando sobre trenzas y naranjos. La Casa Dazbog, con su obsesión por acumular conocimiento en lugar de objetos, era muy distinta al resto de Casas. Y Ruslan parecía diferente también a la mayoría de los patriarcas. Ni siquiera parecía europeo. Sus pómulos altos y anchos le recordaban a los perfumistas llegados de China que abrieron tiendas en París. Tenía unos ojos algo rasgados hacia arriba, como Enrique, y el rostro parecía pertenecer a dos mundos: este y oeste.

Al fondo del pasillo, se abrió la puerta de la *suite* de Séverin y el médico asomó la cabeza.

—¿Patriarca Ruslan?

Laila se acercó a la puerta, pero el médico extendió la mano.

—Le ruego me disculpe, pero la artista forjadora de sangre ha dicho que la amante no puede entrar todavía. Podría alterarle el ritmo cardíaco y la presión sanguínea, que acabamos de estabilizar.

Laila apretó un puño, pero retrocedió mientras Ruslan se acercaba a la puerta.

—Estoy seguro de que será solo un momento —dijo amablemente.

Cuando la puerta se cerró detrás de él, Laila oyó una risa muy leve. Se dio la vuelta y vio a Delphine en el rellano de la escalera. Se pasaba cada veinte minutos, pidiendo que la dejaran entrar.

—Soy su mecenas, a fin de cuentas —le había dicho al médico.

A Laila, le parecía más una madre preocupada.

—¿Aún no podemos entrar? Creo que la chica que lo resucitó no ha tenido el mismo problema —se quejó Delphine, con una sonrisa torcida—. Es muy bonita.

Laila recordó la caída carmesí de la melena de Eva cuando se inclinó sobre Séverin.

—Lo es —dijo Laila con firmeza—. Y estamos en deuda con ella.

Laila regresó con los demás, se sentó junto a la ventana e ignoró a la otra mujer. A pesar de ello, Delphine se sentó a su lado, apartó la botella de *vodka* y cogió el último trozo de pastel que quedaba. Laila pensó que Enrique se despertaría de repente al notar que iban a arrebatarle el último trozo, pero en vez de eso, roncó más fuerte. Afuera, el crepúsculo se transformó rápidamente en la noche y el número en su anillo cambió de forma. Se obligó a respirar hondo. Aún le quedaban dieciséis días. Todavía le quedaba tiempo para vivir.

—Dijeron que era una bailarina de *nautch* cuando entró en mi casa —dijo Delphine.

Laila sonrió. Prefería esa escaramuza a tener que luchar por vivir.

—Pues mintieron. No soy bailarina de *nautch.*

—Una mentirijilla —dijo la otra mujer, encogiéndose de hombros—. Tengo entendido que no es muy diferente a su verdadera profesión. Es cortesana, ¿verdad? —Delphine resopló, sin esperar su respuesta—. El peor eufemismo para una prostituta que he oído en la vida.

Laila no se ofendió, aunque quizá la otra mujer deseaba que lo hiciera. Delphine dejó quietas las manos. Esperaba. La ponía a prueba.

—Tenemos muchas cosas en común, *madame.*

—¿Sí? ¿Por qué lo dice?—preguntó Delphine secamente.

—Yo y mi antigua profesión; usted y su antigua Orden. Yo y mis ardides para que los hombres se desprendan de su dinero; usted y la manera en que su Orden los obliga a hacerlo —dijo Laila, contando las razones con los dedos—. La única diferencia es, por supuesto, que mi mercancía nunca pasa de moda. Me imagino que la corrupción, el asesinato y los robos no son tan bien recibidos en las camas de la gente.

Delphine la miró fijamente, estupefacta. Y luego, increíblemente, se echó a reír. Estiró el brazo y vertió el *vodka* en dos vasos de cuarzo tallados.

—Por nuestros intereses comunes, entonces —dijo.

Laila chocó su vaso contra el de Delphine y cuando terminó, vio que la otra mujer la miraba fijamente. Parecía como si quisiera decirle algo más, pero entonces se abrieron las puertas de la habitación de Séverin.

Laila y Delphine se pusieron en pie ansiosamente y un criado de la Casa Dazbog asomó la cabeza por el pasillo.

—El señor Montagnet-Alarie la verá ahora —dijo el criado. Instintivamente, Laila miró tras ella, esperando ver a Enrique, Zofia e Hypnos justo detrás, pero seguían profundamente dormidos.

—Muy bien —empezó a decir Delphine, pero el criado negó con la cabeza.

—No ha preguntado por usted.

—No importa si...

—De hecho, ha pedido específicamente que usted no entrara —dijo el criado al final, con la cabeza agachada.

Laila sintió una punzada de compasión por aquella mujer mayor. Llevaba mucho tiempo esperando para asegurarse de que él estuviera bien. Una vez, Séverin había confesado que Delphine lo había tratado como a un hijo. Cuando abandonó a Séverin, Laila pensó que no tenía corazón, pero al mirar a la matriarca ahora —con la cabeza agachada y los labios fruncidos, con las manos entrelazadas y la estola de armiño deslizándose por su hombro como una armadura rota—, se preguntó no por lo que sabía de ella, sino por lo que no sabía.

—Me alegro de ver que su afectuosa enemistad permanece intacta —dijo Delphine con un punto de frivolidad.

LO PRIMERO EN QUE se fijó Laila fue en la gigantesca cama con dosel, cubierta de seda de damasco de plata y almohadas de color zafiro pálido. Un dosel forjado de hielo finamente martillado atravesado con hilos de plata cubría la cama y se movía ligeramente con una brisa invisible. Una alfombra de forma irregular cosida con las pieles de varios animales de pelaje blanco se desplegaba debajo de ella y en sus cuatro esquinas descansaban las garras amarillas de las bestias muertas. El techo estaba hecho de hielo pulido y vio que su reflejo vacilaba en la superficie espejada. Con la luz azul y vestida con pieles, apenas parecía ella misma y le vino a la cabeza el cuento de Enrique sobre Snegurochka, la doncella de nieve. Quizá esa chica supiera qué hacer en aquella fría y hermosa habitación con un frío y hermoso chico que esperaba a verla.

Entró en la habitación y el collar de diamantes que llevaba al cuello se le antojó una gargantilla invernal en la piel.

«Acabas de aceptar pasar todas las noches en mi cama durante las próximas tres semanas. Te tomo la palabra».

Sentado en un trono de hielo tallado estaba Séverin. La miró, con aquellos ojos oscuros ardiendo. Se dio cuenta de que alguien le había cambiado de ropa porque llevaba un traje de noche de seda negra que se abría en el cuello. Él odiaba la ropa de dormir oscura después de que Tristan dijera que le hacía parecer un murciélago que quería ser glamuroso. Aquel recuerdo casi la hizo reír cuando se dio cuenta de quién estaba con él.

Eva estaba de pie detrás de él, con las manos levantadas; la sangre brillaba en las puntas de los dedos. No sonrió cuando Laila entró en la habitación, sino que lanzó una mirada de consternación a Ruslan.

—Puede que estar aquí no sea seguro para ella —dijo Eva.

Ruslan chasqueó la lengua.

—Anda, calla, prima.

El médico guardó el instrumental y les deseó un buen día.

—Qué atenta por su parte por esperarle. Es un hombre afortunado, *monsieur* Montagnet-Alarie, al tener tantas chicas hermosas preocupadas por su salud.

Ruslan frunció el ceño y Laila creyó oírle murmurar:

—¿Y yo qué?

Cuando se cerró la puerta, Eva se acercó al lavabo situado al final de la habitación y sumergió las manos ensangrentadas en el agua. Laila echó un vistazo a Séverin, pero este estaba sentado demasiado quieto... demasiado tranquilo.

—¿Qué le has hecho? —preguntó ella.

—¿Además de salvarlo? —le espetó Eva—. Regularle la presión sanguínea, pero tiene un ligero efecto sedante. Podría haber entrado en *shock* por la hipotermia, así que tiene las extremidades momentáneamente paralizadas para permitir que el efecto calor le recorra todo el cuerpo y le devuelva una salud perfecta.

Laila levantó un poco más la barbilla.

—Tienes nuestra gratitud —dijo con frialdad.

—¿Y qué hay de vuestra confianza? —preguntó Eva—. Si me hubierais dejado trabajar con vosotros desde el principio, ni siquiera estaría en este estado.

—Prima... —la advirtió Ruslan.

—Como le indiqué antes a *monsieur* Montagnet-Alarie, soy experta en afinidades de forja con el hielo. Podría ayudar cuando volváis a la cámara mañana. Me *necesitáis* —dijo Eva. Se tocó ligeramente los labios como si fuera una amante recordando una caricia. Miró a Séverin y luego volvió a mirar a Laila—. Por suerte, el trabajo tenía sus ventajas.

Laila contuvo una mirada amenazadora. Eva y Ruslan tenían que irse... y solo había una manera de hacerlo. Se acercó a Séverin, le puso la mano en la mejilla y miró a sus espaldas.

—Necesito tiempo a solas con él. —Sonrió dulcemente—. Gracias por cuidarlo, pero puedo arreglármelas a partir de ahora.

—No creo que sea una buena idea —dijo Eva cruzándose de brazos—. Necesita descansar y dormir. Tal vez puedas ir a dormir a otro lugar esta noche, ya cuidaré yo de él.

—Da la casualidad de que sé cómo hacerle dormir.

Séverin la miró y, por primera vez, vio que la neblina de sus ojos remitía un poco. Ella se sentó en su regazo y notó que él se ponía rígido. No quiso pensar en lo que estaba haciendo, pero su cuerpo sí lo notaba. Cada parte de ella recordaba y catalogaba la dureza de su músculo, fibroso y magro después de días trabajando junto a los trabajadores de L'Éden en varias instalaciones; el calor que le subía por la piel a pesar de estar en un palacio de hielo; y el débil olor a clavo que no lograba quitarse de la ropa.

—Pon las manos sobre mí —le susurró ella al oído.

Séverin se miró las extremidades y apretó ligeramente la mandíbula.

—No puedo —contestó él y las palabras se detuvieron como si combatir el sedante supusiera un gran esfuerzo. Séverin inclinó la cabeza hacia adelante y acercó los labios a su oído—. Si quieres que te ponga las manos encima, Laila, tendrás que hacerlo tú misma.

Y así lo hizo ella.

Todo el ritmo de sus movimientos: hundirse en él, rodearle el cuello con un brazo, solo duró un par de segundos y, aun así, el tiempo pareció tan lento como la miel derramándose. La mano de Séverin parecía pesada y ardiente y, cuando se la puso en la cintura, sus dedos se le clavaron en la piel. Frunció el ceño como si le doliera al tocarla. Laila casi olvidó por qué lo había hecho hasta que oyó que alguien carraspeaba. En la entrada, Ruslan estaba empujando a Eva para hacerla salir de la habitación.

—Hasta la mañana, pues —dijo él.

—Sí —respondió Eva, con los ojos puestos en Séverin—. Hasta la mañana.

Laila esperó a que se cerrara la puerta de la estancia. Contuvo la respiración, demasiado consciente de lo cerca que estaban, de lo mojado que estaba el pelo rizado de la nuca de Séverin... de la presión de los dedos de él en su cintura. Inmediatamente se levantó de su regazo.

—Cuéntame lo que visteis todos en la gruta de hielo —ordenó Séverin con la voz entrecortada.

Laila le informó rápidamente de todo lo que habían discutido. Mientras hablaba, vio que Séverin flexionaba los dedos poco a poco, mientras recuperaba el movimiento. Cuando terminó, él no dijo nada salvo:

—Mañana por la mañana volveremos.

Después de unos minutos, flexionó las manos.

—Por fin se me están pasando los efectos.

Poco después, se levantó y desapareció en el cuarto de baño adyacente. Laila se puso nerviosa mientras se acercaba a la cama. Él estaría ahí. Con ella. Y todo por un juramento impulsivo que ella le había sonsacado.

«Acabas de aceptar pasar todas las noches en mi cama».

Un atisbo suave de movimiento cerca le hizo levantar la cabeza. Séverin estaba en el lado contrario. No se había quitado la ropa de noche de seda oscura, pero se fijó en que el color cambiaba de índigo a negro. Iba a juego con sus ojos, aunque deseó no haberlo notado. Él la miró y enarcó una ceja.

—Debes de desearlo mucho —dijo.

Laila se sobresaltó.

—¿Qué?

—*Las letras divinas* —dijo Séverin con frialdad—. Debes desear mucho ese libro si estás dispuesta a pasar por esto.

Pero esbozó una ligerísima sonrisa. Era el fantasma de su antiguo yo revelándose contra su nueva fachada de hielo. «Deja de atormentarme», rogó en silencio.

—Por supuesto que quiero el libro —dijo.

—Ya, lo sé —dijo Séverin frívolamente—, para descubrir tus orígenes, bla, bla, bla.

Laila sonrió sombríamente. Él no tenía ni idea de que su vida pendía de un hilo. No merecía saberlo.

—... o quizá todo esto ha sido una excusa para traerme aquí —añadió Séverin con una sonrisa cruel.

Le entraron ganas de retorcerle el pescuezo.

—No necesité una excusa la última vez.

Si había querido burlarse de ella y alejarla aún más, se había equivocado. Y a juzgar por su expresión, se había dado cuenta, así que entró a matar. Quería que se volviera a estremecer. Quería que cualquier fantasma de su antiguo yo se retirara tan lejos dentro de ese puñado de nieve que llamaba corazón, que jamás volviera a acordarse de lo mucho que él había cambiado. Se arrastró hasta la cama y se colocó de rodillas, mirando cómo él entrecerraba los ojos.

—¿Recuerdas la última noche en tu estudio? Tú mismo dijiste que yo no era real, Séverin —se burló, disfrutando de cómo se estremecía—. Siempre puedes redescubrirlo por ti mismo.

Ella estiró el brazo hacia él y supo que había ido demasiado lejos cuando este le agarró la muñeca. Él se miró fijamente los dedos con los que la sujetaba.

—Sé que eres real, Laila —dijo con una voz cual seda venenosa—. Pero ojalá no lo fueras.

Le soltó la mano y luego cerró las cortinas de gasa. Laila lo vio recular hasta el sillón. Tardó un rato en darse cuenta de que no iba a volver. Muy bien, pensó ella, acomodándose en la gran cama vacía. «Es exactamente lo que quiero».

Al cerrar los ojos, imaginó los fríos espacios sin luz del Palacio Durmiente. En algún punto de ese lugar yacían *Las letras divinas,* el secreto para una vida más larga. Pero en esta vida nada se conseguía sin sacrificio.

La semana antes de marcharse de casa de su padre, él le había dado un regalo. No eran los brazaletes de boda de su madre como ella había pedido, sino un pequeño cuchillo con incrustaciones de marfil y una filigrana de oro que se desplegaba como la cola de un pavo real sobre la empuñadura.

—Mejor por tu propia mano que por la de *jaadugar* —le había dicho él.

Lo que había querido decir estaba claro. Laila pensaba en eso ahora mientras se tapaba con la manta hasta la barbilla. Le dio la espalda a Séverin y recordó aquellas noches que pasaban jugando al ajedrez; los minutos en que ella fingía no verlo esperándola fuera de las cocinas de L'Éden; cuando él no se daba cuenta de que sonreía cuando la miraba y cada segundo en que no la hacía sentir como si fuera menos que él.

Pensó en el cuchillo y las palabras de su padre, en doncellas de nieve con corazones descongelados y en el collar invernal que llevaba en la garganta.

Si sobrevivir significaba arrancarse el corazón, al menos podía hacerlo por su propia mano.

17

SÉVERIN

Seis días hasta el Cónclave de invierno...

Séverin tenía siete padres, pero solo un hermano.

Hubo un tiempo, sin embargo, en el que pensó que podría tener dos. Ira lo había arrastrado a una reunión en el Jardin du Luxembourg porque, de vez en cuando, los abogados especializados en fideicomiso de Séverin querían ver que estaba sano antes de concederle más recursos a Ira. No le hicieron caso cuando Séverin les habló del casco de Fobos que conjuraba pesadillas, del espinoso rosal donde él y Tristan se escondían cada tarde, los moratones en la muñeca que siempre se desvanecían a tiempo para una nueva reunión. Pronto aprendió a no decir nada de nada.

En una de esas reuniones, vio a Hypnos, paseando de la mano de su padre bajo los tilos.

—¡Hypnos! —gritó.

Agitó la mano, desesperado por llamar su atención. Si Hypnos lo veía, tal vez pudiera rescatarlos. Tal vez pudiera decirle a Séverin qué había hecho tan mal para hacer que Tante FeeFee lo abandonara. Tal vez pudiera hacer que ella lo quisiera otra vez.

—Basta, muchacho —había gruñido Ira.

Séverin hubiera gritado el nombre de Hypnos hasta desgañitarse si el otro chico no lo hubiera visto... pero este miró hacia otro lado. Para Séverin, ese giro de cabeza fue como una puñalada en el corazón.

Algunos meses después, Tristan los salvó con una planta. Tristan explicó que un ángel lo había visitado y le había dado flores de acónito venenosas que, al sumergirlas en un té, los liberarían de Ira.

Años más tarde, los dos pisarían la tierra recién labrada que se convertiría después en el hotel L'Éden. Tristan había ahorrado con recelo para comprar un paquete de plantones de rosas que rápidamente dejó caer en la tierra e hizo crecer. Mientras los delgados zarcillos salían de la tierra, abrazó a Séverin, sonrió y señaló las rosas que crecían rápidamente.

—Este es el comienzo de nuestros sueños —había dicho—. Prometo protegerlo.

Séverin le había devuelto la sonrisa, conociendo su frase de memoria:

—Y yo te protegeré a ti.

SÉVERIN NO PODÍA DORMIR.

Estaba sentado en la butaca, dándole la espalda a la silueta inconfundible de Laila tras las cortinas de gasa. Finalmente, sacó la navaja de Tristan y rozó la vena plateada cerca de la hoja llena del suero paralizante de Goliat.

Séverin cogió su gabán y se lo puso. No miró a Laila siquiera mientras abría la puerta de la habitación y se dirigía hacia las escaleras. En vez de eso, giró la navaja de Tristan en la mano. La giró una vez, viendo cómo, al girar, la hoja se convertía en plata fundida. Las rosas que Tristan había plantado hacía tiempo que estaban muertas, arrancadas de la tierra cuando ordenaron a los jardineros del hotel que arrasaran el Jardín de los Siete Pecados.

Pero un esqueje permaneció en su despacho, esperando tierra nueva y un lugar en el que echar raíces. Él lo entendía. En *Las letras divinas* percibía riqueza. Un futuro en el que la alquimia de aquellas palabras antiguas le dorarían las venas, le curarían de los errores humanos y sus páginas se convertirían en un terreno lo bastante rico para resucitar sueños muertos.

A ESA HORA TAN TEMPRANA, el Palacio Durmiente permanecía dormido.

Las flores de hielo que se habían abierto estaban ahora cerradas. Las gárgolas estaban enroscadas en cristales prietos, con la cabeza cornuda metida bajo las alas. Desde las ventanas, la luz azulada que se filtraba en el atrio de cristal era del color del ahogo y el silencio. Aunque el suelo era en gran parte opaco, varios cuadrados transparentes revelaban las profundidades del lago que había muy por debajo de él y, mientras caminaba, Séverin vio el pálido vientre de una lamprea.

En los aleros había estatuas inclinadas y rotas de mujeres con las manos cortadas o atadas a la espalda. A cada paso, a Séverin se le erizaba más el vello de la nuca. Hacía demasiado frío, todo estaba demasiado descubierto y estaba demasiado quieto. Quienquiera que hubiera construido este lugar consideraba sagrado el Palacio Durmiente... pero era sagrado como los huesos de los santos y los dientes de los mártires. Un extraño rictus de una catedral que se consideraba sagrada y uno debía creer en ella para poder verla.

Séverin cruzó el atrio, repasando lo que había visto el día anterior en la gruta de hielo: las escaleras que llevaban a la plataforma hundida y los tres escudos helados, el estanque de agua y la colección de animales de hielo que giraron la cabeza como si fueran uno solo para verlos. De todas las habitaciones y plantas del Palacio Durmiente, *aquella* era la que parecía ser el corazón frío y palpitante.

Estaba a punto de doblar la esquina hacia el salón septentrional, cuando oyó unos pasos detrás de él. Frunció el ceño. Era imposible que los demás ya estuvieran despiertos. Pero cuando se dio la vuelta, no vio a ningún miembro de su equipo. Era Delphine y se acercaba con una taza de café en una mano. En la otra, un plato con una tostada, con los bordes cortados y rebanados en diagonal. Tenía mucha mantequilla y le había puesta mermelada de frambuesa y cereza; su combinación favorita cuando era niño.

—Supuse que te levantarías temprano —dijo—. Esta es la hora en la que solo los fantasmas nos despiertan del sueño.

Se acercó y le ofreció la comida. Séverin no se movió. ¿A qué estaba jugando? Primero el té, luego había pedido acceso a él durante la convalecencia ¿y ahora le traía tostadas?

—Entonces, ¿por qué está despierta usted? —preguntó fríamente.

—Tengo mis propios fantasmas —dijo—. Los fantasmas de las decisiones tomadas. Los fantasmas de los amores perdidos... de la familia abandonada.

Dudó en la última parte y le vinieron recuerdos de Tristan. Ella no tenía ningún derecho a evocarlo.

—Era un buen chico —dijo ella—. Amable, tal vez un poco demasiado frágil...

—*Pare* —dijo Séverin. Tristan no era suyo. No tenía derecho a hablar de él—. ¿Qué cree que hace?

Delphine se puso rígida bajo su mirada.

—Es un poco tarde para probar suerte con la maternidad, *madame*.

El dolor se hizo evidente en la mirada de la mujer. Él quería que le doliera. Después de construir L'Éden, había indagado qué había sido de su *Tante FeeFee* favorita. Sabía que su marido había muerto y que ella había nombrado heredero a su sobrino —un niño que había querido entrar en el sacerdocio— cuando tuvo más que claro que no podía tener hijos propios. No sintió lástima. Había tenido la oportunidad de cuidar de un niño y lo había abandonado. Mientras tanto, él se había pasado días enteros esperándola junto a la ventana; horas rezando para ser otra persona, alguien a quien ella quisiera conservar.

—Séverin... —se aventuró a decir, pero él levantó la mano.

Sacó la tostada del plato y agarró el café.

—Gracias por su generosidad —dijo y se dio media vuelta.

—Deberías saber que cada vez son más curiosos —dijo tras él.

Él se detuvo y miró por encima del hombro.

Delphine continuó hablando.

—La Orden —dijo—. El Cónclave de invierno es dentro de seis días y quieren saber por qué la Casa Kore, la Casa Nyx y la Casa Dazbog aún no han llegado. Quieren saber si hemos *encontrado* algo digno de su atención. Estoy obligada a informarles de mi paradero si no llego a tiempo al Cónclave de invierno. No puedo mantenerlos alejados de aquí para siempre.

Séverin apretó la mandíbula. Lo último que quería era aquel lugar lleno de miembros de la Orden... contaminando su coto de caza.

—Entonces permítame que me apresure, *madame*.

AHORA ENTENDÍA LA GRUTA DE HIELO.

A solas, había inundado la mayor parte de la habitación con la luz de las linternas flotantes forjadas. A unos cinco metros de la entrada, aparecieron las escaleras que llevaban a la plataforma hundida. A la derecha estaban los animales de hielo.

A la izquierda, la pared de hielo. Contra el muro septentrional, tres escudos helados que parecían estar a la altura de la cintura brillaban bajo una hilera de estatuas inquietantes. Habría que quitar el hielo para saber si había algo escrito en los escudos, pero de momento, Séverin dirigió su atención al estanque a la izquierda de las estatuas. Allí, las aguas del lago Baikal se agitaban en silencio. El estanque era del tamaño de una pequeña mesa de comedor, con bordes dentados y brillantes.

También había probado los otros aspectos. El día anterior, al pisar el primer escalón de la escalera, algo había salido disparado de las paredes. Ahora distinguía la marca de tres salientes en forma de bala situados en los ángulos de la habitación... justo por donde cruzaría un intruso. Se hacía una idea de cómo podría haber disparado las alarmas, pero valía la pena probarlo para estar seguro.

Cogió una de las linternas flotantes y le quitó el dispositivo forjado que le permitía flotar para que este cayera al suelo. Le dio un puntapié y rodó hasta la escalera. En cuanto cruzó el umbral, las protuberancias de la pared giraron hacia la linterna. En el otro extremo, donde estaban los animales de hielo, una criatura —esta vez un alce cristalino— movió la cabeza y entró a grandes pasos en la habitación. Séverin no se movió, se limitó a mirar la linterna. Desde la pared, salió disparada una bala de hielo idéntica a la que le había impactado en la nariz y la boca, que astilló la linterna y apagó la luz.

Al momento, el alce dejó de moverse. Bajó la cabeza durante un instante con las pezuñas preparadas para patear el suelo y cargar. Unos segundos más tarde, levantó la cabeza, se giró y volvió trotando hacia los demás animales.

Séverin sonrió.

Acababa de confirmar qué había disparado el sistema de seguridad: el calor.

Lo que significaba que necesitaba a alguien que pudiera contrarrestarlo. Alguien a quien se le diera bien el hielo.

HORAS MÁS TARDE, ya no estaba solo. Laila estaba envuelta en un abrigo estrafalario justo a la entrada de la gruta de hielo. Hypnos, Zofia y Enrique se abrieron en abanico a su alrededor, como si ella fuera su centro. En medio de la gruta de hielo estaban Ruslan y Eva. Ruslan llevaba un horrible sombrero de piel y lo acariciaba como si fuera una mascota.

—¿Es necesario que sea una rata de laboratorio en tus inventos, prima? —preguntó a Eva.

Ella asintió.

—También es completamente innecesario que hables.

Ruslan frunció el ceño. Todos miraron cómo daba un paso hacia la plataforma hundida... y luego otro... hasta que la bota cruzó el umbral. Todos se quedaron inmóviles. Séverin miró los animales de hielo, pero estos ni se movieron ni parpadearon. Ruslan se giró lentamente. Eva se echó el pelo rojo sobre el hombro en un gesto triunfal.

—¿Lo ves? Ya te dije que me necesitabais.

Séverin asintió y no la miró a ella, sino las botas que llevaba Ruslan, forjadas para ocultar la temperatura corporal de una persona y permitirle bajar la escalera y acceder a la plataforma hundida sin activar las criaturas. Él apenas era consciente de la forma cómo ella lo miraba. Eva lo había salvado y él le había dado las gracias. Si la chica confundía la resucitación con el romance, no era su problema, siempre y cuando no se interpusiera en su camino.

—¡Bien hecho, Eva! —dijo Ruslan—. Y hurra por mí, por no morir.

Eva puso los ojos en blanco, pero parecía satisfecha consigo misma. Ruslan volvió a subir las escaleras. Cuando llegó hasta ellos, se quitó las botas y se las entregó a Séverin. Le brillaban los ojos con una sinceridad desconcertante.

—Ardo en deseos de ver lo que encontrarás —dijo, aplaudiendo con entusiasmo—. Todavía lo noto, ¿sabes?, esa sensación deliciosa y palpitante del universo esperando a que se desentierren sus secretos.

—¿Qué esperas que encontremos, exactamente?

—Espero conocimiento. Eso es todo —dijo Ruslan, acariciando el cabestrillo del brazo herido—. Solo quiero eso. Al fin y al cabo, donde encontramos las herramientas para hacer historia es en el conocimiento.

—Hacer historia es un objetivo bastante ambicioso —aseguró Séverin.

Ruslan sonrió.

—¿Verdad que sí? Estoy encantado. Nunca tuve la cabeza, o tal vez el pelo, para ser ambicioso y me doy cuenta de que me gusta. —Sonrió y le dio una palmadita a Séverin en la cabeza—. Adiós, pues.

Molesto, este se atusó el pelo. Cuando se dio la vuelta, los demás llevaban puestas las botas nuevas. Zofia había diseñado primero un par de zapatos para la tracción en el hielo y la capacidad de cambiar de zapato a esquí en un momento dado. Pero Eva los había forjado para ocultar la temperatura, por lo que ahora eran brillantes e iridiscentes, como una mancha de aceite en un estanque congelado.

—¿No me das las gracias, *monsieur* Montagnet-Alarie? —preguntó Eva, poniéndose a su lado.

—Ya tienes mi gratitud —respondió, distraído.

—¡Qué taciturno eres! —Eva se rio—. ¿Así es como te lo agradece a ti también, Laila?

—En absoluto —dijo ella mientras se tocaba el collar de diamantes en el cuello.

Eva entrecerró los ojos y su sonrisa se ensanchó. Se llevó la mano al cuello y a un fino colgante de plata que colgaba de una cadena. Tiró de él con fuerza.

—Diamantes por servicios prestados. Debes de ser excepcional...

Por el rabillo del ojo, Séverin vio que Enrique levantaba la cabeza de golpe, muy enfadado, mientras que los dedos de Laila se quedaban inmóviles en el collar.

—Vete —dijo Séverin bruscamente.

Eva se sobresaltó y no acabó la frase.

—Se agradece mucho tu ayuda, pero para la siguiente parte, necesito estar con mi equipo. El patriarca Hypnos ejercerá de testigo de la Orden. Es casi mediodía y no tenemos tiempo que perder.

A Eva se le encendió la mirada.

—Por supuesto, *monsieur* —dijo ella escueta, antes de marcharse ofendida por el pasillo.

Enrique tosió torpemente y le dio un golpecito a Hypnos, que estaba a su lado. Laila miró fijamente al suelo, con los brazos cruzados. Solo Zofia continuó atándose las botas sin perder la calma.

—Me encanta este brillo —dijo Hypnos, girando sobre los talones—. *Très chic.* Me pregunto, sin embargo, qué otras prendas podrían funcionar como hielo. ¿Una bata de hielo? ¿Una corona de hielo? Pero nada demasiado frío, por favor. La lengua tiende a quedarse pegada a estas cosas.

Zofia frunció el ceño.

—¿Qué tiene que ver tu lengua con esto?

—Querrás decir «¿qué *no* tiene que ver mi lengua?».

—No es eso lo que quiero decir —dijo ella.

Laila se puso bien el abrigo y miró hacia el final del pasillo.

—¿Vamos?

Uno a uno, Laila, Enrique y Zofia caminaron por el pasillo estrecho y entraron en la gruta de hielo. Séverin estaba a punto de bajar cuando notó un toquecito en el brazo. Hypnos.

El otro chico lo miró con preocupación y un rictus serio.

—¿Estás bien? ¿Después de lo de ayer? —preguntó—. Quería preguntarlo y estuve esperando con los demás, pero luego... luego me quedé dormido.

Séverin frunció el ceño.

—Estoy aquí, ¿no?

Empezó a alejarse cuando Hypnos bajó la voz.

—¿He hecho algo malo?

Séverin se giró para mirarlo.

—¿Lo has hecho?

—No.

Pero vio una sombra de duda detrás de sus ojos. Como si supiera algo.

—¿Tan imposible es que exprese preocupación por ti? —preguntó Hypnos. Le brillaban los ojos y tenía las fosas nasales ligeramente hinchadas—. ¿Has olvidado que prácticamente nos criamos juntos durante un tiempo? Porque yo no. Por el amor de Dios, Séverin, si éramos prácticamente hermanos...

Séverin cerró los ojos con fuerza. Ese recuerdo terrible en el Jardin du Luxembourg le corroía por dentro y, por un momento, volvió a ser un niño pequeño, llamando a Hypnos con la mano extendida. Recordó el momento en que Hypnos lo vio —sus miradas se cruzaron en el parque— y luego se dio la vuelta.

—Nunca fuimos hermanos —aseguró Séverin.

Hypnos tragó saliva y agachó la cabeza.

—Bueno, pues has sido lo más parecido que he tenido a uno.

Por un instante, Séverin no pudo decir nada. No quería recordar que Hypnos y él habían jugado juntos o que una vez, de niño, había llorado cuando Hypnos tuvo que volver a su casa.

—Quizá pensaste que te había olvidado después de que tus padres murieran, pero no fue así, Séverin. Lo juro —dijo Hypnos, con la voz quebrada—. No podía hacer nada.

Algo en la voz de Hypnos estuvo a punto de convencerlo... pero ese pensamiento lo aterrorizó. No se le podía confiar otro hermano. Apenas podía sobrevivir a la muerte de Tristan en sus brazos. ¿Y si eso le pasara a Hypnos en el futuro? ¿Y todo porque le hubiera dejado acercarse demasiado? Aquella idea le provocó un fuerte dolor detrás de las costillas.

Séverin le dio la espalda.

—Solo tuve un hermano, Hypnos. Y no busco un sustituto.

Dicho eso, echó a andar por el pasillo.

—¡FIJAOS EN ESTO! —GRITÓ ENRIQUE.

Enrique sostuvo la linterna en alto. La plataforma hundida estaba bien iluminada por fin. Séverin retrocedió asqueado cuando la luz incidió en las estatuas femeninas. Desde sus huecos empotrados en la pared, sobresalían y se asomaban extendiendo los brazos cortados por la muñeca. Tenían un aspecto grotesco. Les habían echado a perder —o arañado— las mandíbulas y parecían desencajadas.

—Son espeluznantes, ¿no? —preguntó Enrique, temblando—. Y muy realistas. Y, esperad, creo que esas marcas en la boca son símbolos...

Enrique levantó el mnemoinsecto y fue grabando las estatuas mientras hablaba muy deprisa, pero Séverin ya no prestaba atención. Miraba el rostro de Laila mientras esta se acercaba a ellas totalmente embelesada. Se quitó uno de los guantes forrados de piel, se puso de puntillas y acercó la mano desnuda a las estatuas.

Por encima de ellos, la luna gigante cambiaba de forma con cada minuto que pasaba y crecía gradualmente hasta convertirse en luna llena. Miró el reloj y se dio cuenta de que la luna llena llegaría justo al mediodía. Séverin echó un vistazo por la habitación. Algo no le cuadraba. Si se suponía que ese lugar era un santuario, ¿por qué vigilar la hora? ¿Qué sentido tenía?

El reloj marcó las doce del mediodía.

Desde el apacible estanque llegó el ruido de un revuelo lejano, como el retumbar de un tueno sumergido. El suelo tembló. Hacía apenas un momento, ese gran óvalo de agua era liso y plano como un espejo.

Pues ya no era liso ni plano. Se formaron unos remolinos y unas pequeñas olas se desbordaron por el lateral.

Algo se avecinaba.

—¡Moveos! ¡Apartaos! —gritó Séverin.

Por el rabillo del ojo, vio a Laila tocando las estatuas con la mano; tenía los ojos muy abiertos y parecía sorprendida. Él se echó hacia adelante como pudo, la agarró y tiró de ella hacia atrás al mismo tiempo que una criatura de metal salía disparada del agua. Una palabra bíblica le vino a la mente: *leviatán*. Un monstruo marino. Salió del óvalo con un movimiento sinuoso como una serpiente y con un hocico afilado como el de una anguila que salía disparada de las olas emanando vapor por las branquias aceradas de la garganta. Cuando abrió las mandíbulas mecánicas, Séverin vio un infierno de dientes de hierro. Sus ojos de cristal bulbosos se movían salvajemente mientras se lanzaba en picado...

Hacia ellos.

Séverin corrió hacia la puerta y la abrió de golpe preparándose para un ataque que nunca llegó. El leviatán se propulsó hacia arriba y luego se hizo un ovillo, con la cabeza gigante apoyada en el hielo y las mandíbulas abiertas.

El reloj de la pared dio la tercera campanada del mediodía.

Séverin pensaba en mil cosas a la vez, tratando de ordenar un rompecabezas al que le faltaba una pieza esencial. Pero entonces notó cómo Hypnos lo empujaba por la puerta...

—¿A qué narices esperabas? —preguntó.

La puerta se cerró y el monstruo quedó encerrado al otro lado de la pared. Tenía el corazón desbocado. Su cerebro trataba de aferrarse a todos los detalles que acababa de ver: ojos y dientes pálidos, la campanada del mediodía.

Hypnos se agarró el pecho.

—¿Vendrá a por nosotros?

—No creo que pueda pasar por la puerta —dijo Zofia.

Enrique se santiguó.

—Laila, ¿has...?

Pero se calló. Todos se quedaron inmóviles al ver a Laila. Las lágrimas le resbalaban por las mejillas. Verla así removió a Séverin por dentro.

—Laila, *ma chère,* ¿qué ocurre? —preguntó Hypnos.

—Esas estatuas... —dijo con la voz entrecortada—. No son estatuas.

Levantó la cabeza y miró fijamente a Séverin.

—Son chicas muertas.

18

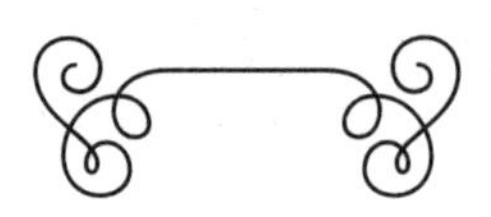

ENRIQUE

Enrique recobró el aliento.

Sabía que les acababa de atacar un leviatán mecánico, pero eran las estatuas, y no las *chicas*, las que seguían acudiendo a su mente. Había algo en sus bocas, algo que exigía atención.

—¿Alguien se ha fijado en los símbolos...? —empezó a decir, pero Séverin se dio la vuelta y lo fulminó con la mirada.

—Ahora no —dijo con dureza.

Le embargó la vergüenza. Solo quería ayudar. Por cómo estaban colocadas aquellas chicas, tenía que haber una intención detrás. Sigue la intención y encontrarás el tesoro. Eso era lo que Séverin solía decir. Enrique solo intentaba hacer eso y no por él ni por la gloria que pudiera acarrearle, sino por Laila. Por la fe en que lo que hiciera podría tener un significado para la gente que más importaba.

¿Y si lo que había visto podía ayudarlos a encontrar *Las cartas divinas*? Entonces ella viviría. Su investigación sobre el libro había mencionado en alguna ocasión la tradición de las guardianas femeninas. Entre eso y las chicas muertas en la gruta, Enrique percibió la posibilidad de una conexión. Le atraía como la semilla de un secreto y necesitaba arrancarla de raíz.

Eva ya había ido corriendo para reunirse con ellos en el atrio del Palacio Durmiente. Séverin le contó rápidamente lo que había ocurrido en la gruta de hielo.

—¿Un leviatán mecánico? —repitió Eva, mirando los pasillos.

—Y todas esas chicas… —susurró Laila—. Colocadas ahí como...

No pudo terminar la frase. Enrique quiso cogerle la mano, pero ella se sobresaltó cuando la matriarca entró al atrio. Delphine Desrosiers nunca tenía un pelo fuera de sitio. Incluso dudaba que su sombra se atreviera a desplegarse por una acera sin su permiso. Pero cuando entró corriendo, tenía ojos de loca y el pelo de color acero encrespado alrededor de la cara.

—Dicen que ha habido un ataque —dijo sin aliento.

Sus ojos se dirigieron directamente a Séverin, pero él no la miró.

—¿Estás herido? —preguntó Delphine.

—No —respondió Séverin.

Finalmente, apartó la mirada de Séverin y se fijó en todos los demás. Cuando vio a Laila, se le suavizó la expresión. Se quitó la capa y se la puso sobre los hombros.

—Me la llevaré. Necesita un poco de caldo caliente y una manta —dijo Delphine. Dirigió una mirada inquisitiva a Séverin cuando este se movió para cortarle el paso—. Tú no.

Laila parecía muy frágil con aquel gran abrigo de piel colgándole de los hombros. A su lado, Séverin la miró durante un instante demasiado largo… y luego giró la cara y miró fijamente en dirección al pasillo.

—Necesitamos echar un vistazo a lo que sea que haya dentro de esa habitación —dijo con tono sombrío—. Y tenemos que procurar que no pueda *salir*.

Zofia asintió.

—Tengo una red incendiaria preparada y lista. Y hay mnemoinsectos colocados para grabar sus movimientos dentro de la gruta.

—Traeré las esfinges —dijo Eva—. Tienen un hilos sensibles al movimiento y suficientes armas para alertarnos si cruza la puerta.

—Voy contigo —dijo Hypnos mirando a Eva—. Por lo que sabemos, esa cosa podría estar planeando colarse en el atrio...

—El leviatán no parecía diseñado para salir... —dijo Enrique, pensando en cómo la criatura había saltado solo para apoyar la cabeza, como una serpiente, en el hielo.

—Estoy de acuerdo —dijo Zofia—. Sus dimensiones no son compatibles con el espacio del pasillo. Destruiría la belleza de su mecanismo.

Al menos, alguien lo escuchaba, pensó con tristeza. Mientras Séverin e Hypnos hablaban de nuevos planes y Eva y Zofia examinaban una red de forja, Enrique estaba allí con el mnemoinsecto agarrado en su sudorosa palma. Invisible.

—Tenemos que hablar de las chicas.

Enrique no dijo estatuas. No quería faltarles el respeto de esa manera, pero se dio cuenta de que aquella elección de palabras había hecho estremecer al grupo.

—Ahora no, Enrique. Mira, vete a... —Séverin se detuvo a mitad de frase mientras otro asistente corría con noticias sobre el leviatán de la gruta.

Enrique agarró el mnemoinsecto con más fuerza. Ojalá a Séverin le importara lo suficiente como para terminar el insulto, por lo menos. Alrededor todo era caos y confusión y, de repente, decidió que visto que era inútil ahí, podía ser útil en alguna otra parte.

—Encontraré la biblioteca —anunció a nadie en particular.

Zofia levantó la vista de su trabajo.

—¿En la que no había libros?

—La misma que viste y calza —dijo Enrique con vehemencia.

Aparte de Zofia, nadie más dijo nada. Enrique se quedó allí unos instantes más y luego carraspeó con cierta incomodidad. Hypnos levantó la vista con los ojos azules entrecerrados por la confusión.

—¿Podrías acompañarme a la biblioteca? —preguntó Enrique.

Hypnos parpadeó. Miró rápidamente a Séverin como si esperara su permiso. El gesto irritó a Enrique, que iba a darse ya media vuelta cuando Hypnos asintió y sonrió.

—Por supuesto, *mon cher*.

Lejos de los demás, Hypnos parecía sumido en sus pensamientos, con el ceño fruncido mientras toqueteaba el anillo de Babel en forma de media luna que tenía en la mano. Enrique esperó a que le preguntara por las chicas, que se diera cuenta de que había querido hablar, pero Hypnos no dijo nada. Las anchas puertas dobles de la biblioteca se erguían ahí delante. Hypnos lo dejaría allí y, al final, a Enrique le pudo la impaciencia.

—¿Crees que esas chicas son las víctimas desaparecidas de hace veinte años? —preguntó Enrique.

Hypnos levantó la mirada del anillo.

—¿Hmm?

—Las chicas... —repitió—. Puede que sean las mismas de las que se hablaba en la zona.

Hypnos hizo una mueca.

—Creo que tienes razón.

—Y por la forma como estaban dispuestas... —dijo Enrique envalentonado—. Parecía intencionado. ¿Y si son parte de la clave para encontrar *Las letras divinas*? Estaba pensando que en el siglo xvii, hay una conexión entre...

—Mi apuesto historiador —dijo Hypnos. Dejó de caminar, se volvió hacia él y le acarició la parte superior del pómulo con el pulgar—. Tus palabras son deslumbrantes, pero ahora no es el momento.

—Pero...

—Tengo que irme, *mon cher* —dijo Hypnos, retrocediendo—. Ahora mismo, Séverin me necesita. Tengo que consultarle una cosa a Ruslan, hablar con las esfinges, etcétera. —Agitó la mano—. Normalmente, la responsabilidad me provoca indigestión, pero estoy bastante motivado.

Se inclinó hacia adelante y besó a Enrique.

—¡Estoy convencido de que resolverás lo que haya que resolver y nos deslumbrarás a todos! Sumérgete en tu investigación, *mon cher*, es...

—Lo que mejor se me da —terminó Enrique la frase con un dejo monótono.

Hypnos pareció desconcertado por un momento, luego sonrió y se marchó. Enrique lo miró fijamente, tratando de no dejar que esas palabras, «lo que mejor se te da», se le clavaran en el corazón. Hypnos estaba preocupado. Solo era eso. De lo contrario, le habría prestado atención, ¿verdad?

Medio aturdido, Enrique alcanzó el pomo de la puerta. Miró hacia atrás una sola vez para ver si Hypnos se daba cuenta de que se había detenido antes de entrar. Pero el otro chico no se giró. Cuando entró, sintió como si alguien se hubiera tomado la molestia de esperar a los Ilustrados en el auditorio de la biblioteca y la pusiera patas arriba... el lento temor a la espera y la esperanza de ser escuchado no era muy distinto a estar ante un público que no podía oírlo.

LA «BIBLIOTECA» LE PARECIÓ a Enrique la entrada a un templo abandonado. Más allá de las puertas dobles había un pasillo de mármol salpicado de luz de los cristales de los tragaluces de arriba, de modo que parecía ondularse. Unas columnas de mármol sostenían el techo. Cuatro a cada lado del pasillo y una al final; cada una tallada a semejanza de una de las nueve musas.

A su derecha estaba Clío, que representaba la historia; Euterpe, la música; Erató, la poesía amorosa; Melpómene, la tragedia. A su izquierda estaba Polimnia, los himnos; Terpsícore, la danza; Talía, la comedia, y Urania, la astronomía. Al final del largo pasillo se encontraba una musa, separada de sus hermanas, como la principal de todas ellas... Calíope. La musa de la poesía épica venerada en la mitología por la trascendencia extática de su voz.

Todas ellas tenían un objeto especialmente relacionado con ellas: tablas de escrituras y máscaras, liras y pergaminos. Sin embargo, cuando Enrique las miró con mayor detenimiento, paseándose para examinar las columnas, vio que todos los objetos que sostenían estaban rotos. Partidos por la mitad o bien tirados en montones de piedra a los pies de las diosas. A Enrique le pareció una decisión artística muy extraña.

Los estantes vacíos cubrían casi todo el espacio de la pared y, aun así, cuando Enrique respiró profundamente, captó el aroma de los libros. De la encuadernación y las páginas y de cuentos ansiosos porque los leyeran. El conocimiento era tímido. Le gustaba esconderse bajo el sudario del mito, poner su corazón en un cuento de hadas, como si fuera un premio al final de la búsqueda. Tal vez el conocimiento que había allí era similar. Tal vez deseaba que lo cortejaran y persuadieran.

Todas las nueve musas que sobresalían de los pilares tenían una mano extendida, como a modo de saludo o de invitación.

Enrique levantó el dosier de su investigación que llevaba bajo el brazo y luego tocó la mano helada de Erató, la musa de la poesía amorosa.

Cuando la tocó, la musa de mármol se estremeció y se dividió por la mitad como si fuera un ingenioso par de puertas dobles que se abrían en unos estantes. Enrique dio un paso atrás, asombrado. Las estanterías se extendían más allá de su cabeza y el ruido de los engranajes de madera se comió el silencio a su alrededor. Cuando se callaron, quietos al final, estiró el brazo para tocar los libros. A primera vista, cada tomo parecía estar relacionado con la poesía amorosa. Enrique se fijó en los títulos de los lomos: *Píramo y Tisbe, Troilo y Crésida... Laila y Majnun*. Eso lo detuvo. ¿Laila y Majnun? ¿No era «*Majnun*» el nombre con que Laila había llamado una vez a Séverin? Se le puso la piel de gallina. Tuvo un incómodo *flashback* en el que abría la puerta de la habitación de sus padres después de una horrible pesadilla y acabó en otra.

—Uf —murmuró y volvió a dejar el libro rápidamente en el estante.

Cuando giró la cabeza, le llamó la atención un dibujo extraño tallado en el borde de la mano de Erató. No se había dado cuenta hasta que la estatua —o la estantería, por así decirlo— se había abierto completamente. Era como un número 3 volteado.

Enrique lo resiguió con delicadeza. «Qué curioso», pensó. ¿Sería la firma del artesano? Anotó rápidamente el símbolo y volvió a la musa de la historia. Montó un soporte y una pantalla de proyección para su mnemoinsecto.

En las manos, el mnemoinsecto parecía pesado.

O bien era tonto por no haber visto nada en la boca de aquellas chicas muertas o bien sí había visto algo y, bueno, tal vez seguía siendo tonto, pero al menos era un tonto con habilidades de observación.

«El momento de la verdad», pensó, fijando el mnemoinsecto a la proyección.

Justo antes de poder apretar el botoncito de la pantalla, las puertas de la biblioteca se abrieron de par en par y entraron un par de guardias desconocidos. A juzgar por el cuello de piel cubierto de nieve, eran centinelas apostados en el exterior del Palacio Durmiente. El sol metálico que brillaba en las solapas de su abrigo de piel los identificaba como delegados de la Casa Dazbog.

—¿Qué asuntos le traen por aquí?

—Estoy con Séverin Montagnet-Alarie, en asuntos relacionados con la Orden de Babel... —empezó a decir.

Uno de los guardias lo interrumpió:

—Ah, ahora me acuerdo de usted. ¿Quién es? ¿Su criado?

—¿Su ayuda de cámara? —dijo el otro, riéndose—. ¿Qué hace en una habitación llena de libros?

A Enrique le ardía el rostro de rabia. Estaba muy cansado. Cansado de que nadie lo escuchara ni se molestara en escucharlo. Pero entonces, por detrás de los guardias se oyeron pasos estruendosos. Ruslan entró en la sala y frunció el ceño.

—Este hombre es un erudito —les corrigió.

Los guardias de Dazbog parecían escarmentados.

—Discúlpenos, patriarca —dijo uno arrodillándose.

El otro también se arrodilló, deshaciéndose en disculpas.

—¡Quitaos los sombreros! —dijo Ruslan.

Los guardias cumplieron las órdenes: tenían el pelo alborotado y mojado por la nieve.

Ruslan chasqueó la lengua.

—No os merecéis el pelo que tenéis —murmuró—. Idos antes de que os afeite la cabeza.

En boca de Ruslan, parecía una amenaza legítima y los guardias se alejaron inmediatamente. Ruslan los vio marchar y luego se volvió hacia Enrique, con los ojos brillantes de arrepentimiento.

—Lo siento —dijo Ruslan.

Enrique se moría de ganas de decir algo ingenioso como Hypnos o algo enigmático como Séverin... pero lo único que tenía era la verdad.

—No pasa nada. No es la primera vez —dijo—. Y seguramente, no será la última.

Ruslan lo miró durante unos segundos y luego se le hundieron un poco los hombros.

—Te entiendo.

Eso sorprendió a Enrique.

—¿Qué quieres decir?

Con la mano no herida, Ruslan se señaló la cara, que giró de lado a lado.

—No es el perfil más ruso del mundo, ¿verdad? —dijo Ruslan.

—Bueno...

Enrique sabía que el Imperio ruso era enorme y había ciudadanos tan variopintos como los tonos del arco iris, pero Enrique reconocía algo en los rasgos de Ruslan. Un hueco, en cierto modo, por donde se colaba la otredad y le difuminaba las facciones. Lo reconocía porque lo veía en su propio reflejo todos los días.

—Lo sé —dijo y luego se dio una palmadita en la cabeza—. Nunca conocí a mi madre. Imagino que una nativa de Buriatia, una mujer kirguís o algo así. ¡Por otro lado, tienen un pelo tan exuberante que cualquiera pensaría que tendría que haberlo heredado! Qué grosero. Bueno, mira... da igual. Lo que importa es que la parte de ella que se aferra a mí es la que a nadie parece gustarle. Así pues, señor Mercado-López, te entiendo y veo lo que deseas ocultar.

Enrique se notó un nudo en la garganta. Le costó un rato reunir la fuerza para volver a hablar.

—Me alegro de no estar solo.

—Por supuesto que no lo estás —dijo Ruslan amablemente. Tamborileó con los dedos el cabestrillo de su brazo herido y luego dio la vuelta a la habitación. Dejó escapar un suspiro—. Eva me contó todo sobre tu inquietante descubrimiento. ¿Mujeres jóvenes muertas en estas salas? —Se estremeció—. No te culpo por haber buscado solaz en la tranquilidad de esta habitación.

¿Escapado? ¿Eso era lo que todos pensaban que hacía? Se le sonrosaron las mejillas.

—No he venido para estar a solas con mis pensamientos —dijo mientras toqueteaba el mnemoinsecto—. He venido a investigar y estudiar lo que he visto en la gruta. Creo que hay una relación entre aquellas chicas y los tesoros de la Casa Caída. Y estoy bastante seguro de que esas chicas son la verdad que se esconde tras los cuentos de fantasmas.

Ruslan parpadeó.

—¿Fantasmas?

—Los... los cuentos de fantasmas de esta zona —aclaró Enrique, pero la cara de Ruslan permanecía impasible—.

Hyp…, quiero decir, el patriarca Hypnos, me dijo que esta zona aterrorizaba tanto a los locales que la Casa Dazbog incluso investigó. Aunque nunca descubrieron nada.

—Ah, sí —respondió Ruslan, sacudiendo la cabeza—. Si de verdad son las mismas víctimas, me alegro de que puedan descansar. Aunque, ¿qué tiene eso que ver con los tesoros de la Casa Caída?

Enrique tenía sus ideas, pero tal vez eran algo tontas. Estaba a punto de decirlo cuando se dio cuenta de la forma en que lo miraba Ruslan. Con los ojos abiertos y emocionado. Tristan solía mostrarse así, deseoso por escuchar lo que tenía que decir, aunque no tuviera la menor idea de qué le hablaba. Pensó que era embriagador que otra persona te viera con tanta claridad.

Deslizó el mnemoinsecto en la proyección. No quería ir directamente a la imagen de las chicas. Necesitaba pensar detenidamente en su proceso antes de llegar a una conclusión que podría cambiar la forma de abordar la gruta de hielo. En cambio, sacó un par de imágenes que habían surgido durante su investigación en París. Una era del castillo Matsue de Japón. Luego venía otra imagen, esta vez de un puente, después otro templo y, finalmente, un dibujo arrancado de las páginas de un libro medieval de leyendas artúricas que mostraba una torre balanceándose sobre un dragón rojo y blanco que luchaba bajo tierra.

—Todos estos edificios tienen un aspecto en común —explicó Enrique—. El sacrificio de los cimientos. En Japón, esta práctica se llama *hitobashira,* un acto de sacrificio humano hecho específicamente alrededor de la construcción de instituciones como templos o puentes. En esta zona, en y alrededor de los montes Urales, los antiguos escitas y mongoles tenían construcciones similares con sus kurganes o cementerios, donde enterraban a los guerreros con todas sus riquezas y, en ocasiones, también criados y guardianes, para que los espíritus de los sacrificados actuaran como guardianes.

Mientras hablaba, vio que se desplegaban ante sus ojos las historias de las que hablaba. Vio la relación con las chicas de la gruta de hielo y su boca destrozada. Se maravilló ante su dolor y su miedo, todo ello aderezado con el sabor de la nieve y la sangre, el metal y el frío.

—En cuanto a la posición de las chicas... parece similar a ese sacrificio ritual, aunque necesitamos pruebas más concretas antes de poder dar ese salto —explicó Enrique.

—¿Pero crees que la presencia de las chicas muertas podría ser la prueba de que hay un tesoro en esa sala? ¿Que hay algo que debe ser custodiado?

Enrique asintió, con ciertas dudas, y luego manipuló el mnemoinsecto hasta la última imagen, la de las chicas muertas sobre los tres escudos. Era horrible que, para empezar, las hubieran asesinado y colgado, pero si su mandíbula tenía un símbolo, eso podía ser una pista.

—Dios santo —susurró Ruslan, abriendo los ojos con horror.

Enrique miró fijamente la imagen, con el corazón en un puño. Se santiguó rápidamente. No era como Séverin o Zofia, que podían separar la historia humana de la búsqueda de tesoros. Él solo *veía* historias... vidas segadas, sueños marchitos de frío y olvidados, familias destrozadas. ¿Cuántas chicas habían desaparecido por eso? ¿Cuánta gente se había quedado preguntándose adónde habían ido? Cuando, durante todo este tiempo, habían estado aquí y nadie podía encontrarlas.

En la piel moteada de la boca y las mejillas de las chicas había unos cortes y unas punciones precisas y terribles, un mensaje secreto espeluznante e inconfundible que cargó las palabras que Enrique dijo a continuación:

—Esas chicas son la clave del tesoro.

19

ZOFIA

Tres días hasta el Cónclave de invierno...

Zofia:
¿Recuerdas la sopa de pollo que hacía mamá con *eyerlekh*? La llamabas «sopa de sol». Ahora mismo me apetece muchísimo.
No deseo preocuparte, pero me ha vuelto la tos y, aunque me siento débil, sé que me pondré mejor. El chico que me trae la medicina me ha dejado una flor hoy. Es guapo, Zofia. Lo suficiente como para que, quizá, no me importe quedarme todo el día en la cama si eso implica que me venga a visitar. Se llama Isaac...

SOLA EN LA GRUTA, Zofia decidió probar una teoría.

—Setenta y uno, setenta y dos, setenta y tres —pronunció en voz alta a la vez que contaba los dientes del leviatán.

Durante los últimos tres días, Zofia había rastreado todos los movimientos que hubiera dentro de la gruta helada. Todos los días, a mediodía, la luna de la gruta se volvía llena y la criatura mecánica surgía del agua, colocaba la cabeza en el hielo y abría sus fauces. Permanecía quieta durante sesenta minutos antes de volver a adentrarse en el agua.

Zofia consideraba al leviatán una presencia tranquilizadora. La máquina nunca se desviaba de su rutina. No estaba viva, pero el zumbido de sus engranajes de metal le recordaba al ronroneo de un gato.

A partir de esa mañana, las observaciones grabadas de Zofia habían convencido a Séverin de que el leviatán seguía un patrón y que explorar la gruta era seguro. Desde allí, los miembros de la Orden habían descolgado de las paredes los cuerpos sin vida de las chicas y dejaron un mnemoholograma que marcaba su posición original y los símbolos cortados en la piel. Laila no había visto el proceso de extracción, pero Zofia sabía que ella se encontraba con las chicas en ese mismo momento.

Aquel pensamiento le revolvió el estómago; se recordó una vez más que Laila podría morir. No podía dejar que aquello ocurriese y, aun así, no sabía qué hacer. Últimamente, Zofia sospechaba que tenía más en común con el leviatán mecánico que con ninguna otra persona en el Palacio Durmiente. Entendía lo que significaba ser impotente, llevar la misma rutina, seguir el mismo camino. Lo había sentido con Tristan. La noche que murió, Zofia se pasó horas en su laboratorio y contó todos los objetos que no habían podido salvarlo. Lo había sentido con Hela cuando regresó a Polonia, incapaz de hacer nada más que sostenerle la mano y ver a su hermana respirar con dificultad.

No haría lo mismo con Laila.

Zofia levantó el brazo y se agarró a uno de los colmillos del leviatán antes de dar un paso en el interior de su boca. Las aguas del lago Baikal corrían a toda prisa alrededor de sus tobillos. Bajo sus zapatos, la superficie era plana y estriada debido a la fricción.

Zofia se desenganchó un botón forjado del abrigo y este se estiró hasta transformarse en una antorcha pequeña y apagada. «Enciéndete», pensó, y se prendió una llama. Por primera vez pudo ver el *interior* de la garganta de la criatura de metal. El terreno cambiaba hasta transformarse en un espacio plano, luego se veía una caída pronunciada seguida de otra anchura aplanada... como una escalera. Sobre ella, esparcidos sobre la parte posterior de la garganta, se hallaban profundas muescas, símbolos grabados en el metal:

Eran similares a los símbolos que Enrique había descubierto en las bocas de las chicas muertas. Zofia pulsó la función grabadora de su mnemoinsecto con forma de polilla. Enrique aún no había descifrado el código. Quizá esto pudiera ayudarlo. Con la otra mano, Zofia extrajo un colgante, forjado para detectar la presencia de una puerta Tezcat en un radio de quince metros. El colgante se iluminó levemente y a ella se le aceleró el pulso.

Había una presencia Tezcat dentro de la gruta. ¿Adónde conducía? ¿Fuera? ¿O a algún otro lugar? Zofia observó la garganta del leviatán. Incluso podría encontrarse aún más adentro del leviatán. Estaba a punto de dar otro paso cuando alguien chilló:

—¿Qué crees que estás haciendo?

Enrique corrió hacia ella, prácticamente derrapando en el hielo, y ella se detuvo. Pensaba que Enrique estaría en la biblioteca. En cambio, se asomó por debajo de la quijada del leviatán, la agarró por los hombros y tiró de ella hasta que Zofia tropezó y cayó contra su pecho.

—¡Espera! —gritó ella.

El colgante Tezcat que sujetaba en la mano salió volando, patinó por el hielo y aterrizó con un tintineo contra uno de los tres escudos de la pared más alejada.

Los ojos marrones de Enrique parecían frenéticos y el sudor perlaba su rostro. Estaba —como diría Laila— «consternado».

—¿Estás bien? —preguntó Zofia.

Enrique se la quedó mirando.

—¿Que si *yo* estoy bien? Zofia, casi se te traga esa... esa cosa... —dijo, sacudiendo una mano hacia el leviatán—. ¿Qué estabas haciendo?

Zofia se cruzó de brazos.

—Estaba probando una teoría.

—¿Una teoría sobre qué?

—La teoría de que hay un portal Tezcat en la gruta. El leviatán no se queda durante más de una hora en el hielo, por eso explorar era prioridad absoluta. Después, iba a probar los tres escudos de metal que hay en la pared de atrás —explicó—. El leviatán merece que lo examinemos más a fondo. Parecía haber escaleras dentro de él y pienso ver a dónde conducen.

—Me parece que no —replicó Enrique—. Si hubiese unas escaleras para bajar al infierno, ¿también te aventurarías por ellas?

—Depende de lo que hubiese dentro del infierno y si lo necesito o no.

En ese momento, la expresión en el rostro de Enrique se volvió indescifrable. Zofia escrutó sus facciones y experimentó aquella misma sensación de despertar que ahora siempre la embargaba cuando se lo quedaba mirando demasiado rato.

—Eres de lo que no hay, fénix —dijo Enrique.

Se le cayó el alma a los pies.

—Algo malo.

El semblante de Enrique se debatió entre una mueca y una sonrisa que ella no pudo desentrañar.

—Algo... valiente —respondió al final.

«¿Valiente?».

—Pero eso no siempre es algo bueno —se apresuró a añadir. Desvió la mirada hacia el leviatán y se estremeció—. Esa cosa es aterradora.

Zofia no estaba de acuerdo, pero lo entendió.

—¿Por qué has venido?

Enrique suspiró.

—Soy incapaz de descifrar esos símbolos. Estoy seguro de que es alguna clase de alfabeto codificado, pero pensé que salir de la biblioteca, para variar, podría servirme como fuente de inspiración divina.

Zofia levantó el mnemoinsecto:

—He encontrado más símbolos dentro de la boca del leviatán.

—¿Sí? —inquirió Enrique. Echó un vistazo al leviatán y luego volvió a centrarse en ella antes de enderezarse más aún. Tenía el ceño muy fruncido y los labios torcidos. Zofia la reconoció como la expresión que siempre ponía cuando estaba a punto de hacer algo que no quería—. ¿Puedo verlos...?

Justo entonces, una nube de vapor emanó de las branquias del leviatán y Enrique pegó un bote hacia atrás con un chillido.

—Y mi instinto de supervivencia se reafirma una vez más —dijo, santiguándose—. Por favor, dime que has grabado los símbolos. Y, un momento... espera. —Enrique se quedó en silencio a la vez que observaba algo muy fijamente por encima del hombro de Zofia—. ¿Qué es eso?

Zofia siguió la mirada de Enrique. Sobre el hielo yacía el colgante Tezcat. Solo que, en vez de tenuemente, ahora brillaba con mucha más intensidad, como un faro, algo que solo hacía cuando estaba frente a la presencia de un portal Tezcat. Le dio la espalda a Enrique y emprendió el camino hacia el colgante y los tres escudos que todavía seguían cubiertos de hielo.

—Zofia —gruñó Enrique—. ¡El leviatán está justo ahí! ¡Aléjate!

Ella lo ignoró, pasó junto al leviatán —no sin antes darle una palmadita en la quijada y oír el sordo gimoteo de Enrique— y se dirigió hacia la pared de hielo. Los tres escudos de la pared tenían un radio de por lo menos tres metros cada uno. Amarres de hielo salpicaban la parte frontal, pero alcanzó a ver un patrón por debajo: el metal bajo el hielo no era liso. Zofia se agachó para recoger el collar Tezcat, que seguía brillando intensamente delante del primer escudo. Las botas de Enrique hicieron crujir el hielo del suelo cuando se unió a ella.

—¿Podemos irnos en cuanto recojas el colgante? Les pediremos a los otros que vengan cuando esa criatura haya desaparecido dentro del agua —declaró. Tenía los hombros tan encogidos que casi le tapaban las orejas. Una muestra de miedo. Cuando echó un nuevo vistazo a los escudos de metal, hundió los hombros y frunció el ceño—. Hay algo escrito ahí debajo. ¿O es un dibujo? No... no sabría decirlo.

—Ya que tienes miedo, puedes irte —le indicó Zofia—. Yo me quedo.

Enrique profirió un gemido al tiempo que miraba al escudo y luego al leviatán, y entonces dejó escapar un suspiro.

—Tengo miedo —admitió en voz baja—. Es algo que siento continuamente y con lo que he de reconciliarme. —Arqueó una de las comisuras de la boca en una sonrisa—. Quizá me ayude estar expuesto a ello de forma constante.

—¿No te vas? —preguntó Zofia.

Enrique cuadró los hombros.

—No.

Le gustaba que Enrique pudiera decir que tenía miedo y aun así mostrarse valiente. La hacía querer ser igual de valiente que él. Cuando pensó en ello, una extraña calidez se arremolinó en su vientre.

Enrique ladeó la cabeza.

—¿Hola? ¿Fénix?

Zofia sacudió la cabeza y luego devolvió la atención al colgante de fósforo iluminado que tenía en la mano.

—Mis inventos no se han equivocado nunca —reflexionó—. Si está brillando delante de ese escudo significa que es una puerta Tezcat. De hecho...

Recorrió la longitud de la pared, pasando por delante de los tres escudos con el colgante en alto. En ningún momento se atenuó el brillo.

—Los tres escudos son puertas Tezcat distintas —concluyó Enrique, que estaba ligeramente boquiabierto.

—¿Qué crees que habrá detrás? —preguntó Zofia—. ¿El tesoro?

Enrique hizo una mueca.

—No lo sé... ¿Por qué habría de estar detrás de un portal? Eso significaría que no estaba realmente en la habitación, sino en otro lugar, y después de todos los símbolos y las chicas... hay algo que no me parece... apropiado. Quizá los símbolos en el metal nos digan más cosas, pero tenemos que derretir el hielo primero. A lo mejor puedo pedirle a la matriarca uno de sus abanicos de calor o... Ah. Bueno. Supongo que eso también nos sirve.

Zofia se había guardado el colgante de fósforo en el bolsillo y había agarrado un medallón que irradiaba calor del propio collar que llevaba en el cuello. Lo estampó contra el escudo. El hielo se tornó de un color naranja. Con el sonido de un grifo abierto al máximo, el hielo cayó derretido al suelo. Zofia repitió el proceso con los otros dos escudos hasta que revelaron una serie de imágenes grabadas en el metal.

Enrique se la quedó mirando.

—No te lo tomes a mal... pero me resultas peligrosamente inflamable.

Zofia lo meditó.

—Gracias.

—Cómo no —respondió Enrique antes de devolver la atención a la puerta Tezcat.

La circunferencia era completamente lisa, sin indicio de goznes ni nada que pudiese torcerse o agarrarse y que pudiesen abrir para revelar lo que había detrás de los escudos. Un diseño estriado se extendía por todo el metal. Cuando Zofia lo tocó, un zumbido familiar penetró en sus pensamientos, lo que indicaba que la pieza estaba forjada.

—El metal está diseñado para absorber algo —dijo, frunciendo el ceño—. Un líquido. Pero no el hielo. Aunque quizá se trate de algo que también pueda estar presente en el hielo, a juzgar por las pequeñas muescas que tiene el metal. Parece que haya reaccionado a algo.

Enrique sacó una libreta y empezó a hacer un boceto del diseño.

—Este símbolo... —dijo mientras se lo mostraba—. Está un poco desgastado, pero lo reconozco.

—¿Por qué parece un león con un vaso? —dijo Zofia bizqueando—. ¿Y una... urna?

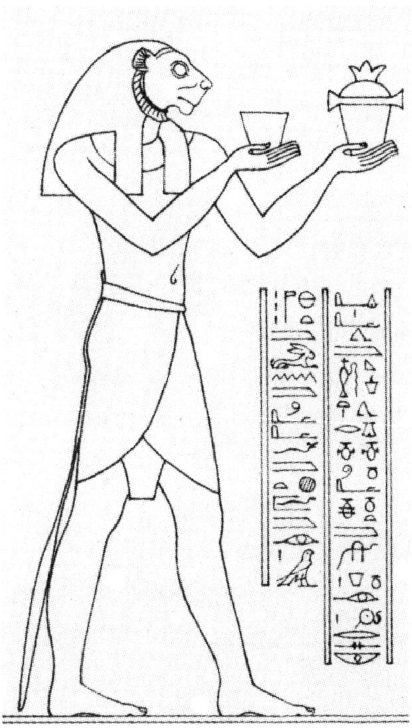

—Porque es un león con un tarro... y una copa de vino —respondió Enrique—. Es un dios egipcio que llevaba años sin ver ilustrado.

A su espalda se oyó el sonido de metal contra el hielo. Zofia se giró y vio al leviatán cerrar la boca y deslizarse dentro del agua. Miró la luna forjada de la gruta.

Justo a tiempo.

En cuanto regresó al agua, una nueva imagen se hizo visible: Hypnos y Eva, de pie en la entrada. La chica pelirroja sostenía una bandeja con comida en las manos.

—¡Os estaba buscando a los dos! —exclamó Hypnos. Lanzó una mirada al óvalo de agua donde la criatura había desaparecido—. Pero estaba esperando a que eso —hizo un gesto en la dirección del leviatán— se marchase. ¿Qué estáis haciendo? ¿Por qué no me ha invitado nadie? —Ladeó la cabeza—. ¿Por qué tiene una copa de vino en la mano ese león? Ah, y Eva ha traído comida.

Eva aferraba la bandeja con tanta fuerza que tenía los nudillos blancos.

—Ruslan me ha pedido que supervise los progresos de todos —dijo con el ceño fruncido—. Y no me iré hasta que lo haga, así que no perdáis el tiempo pidiéndomelo.

Zofia todavía seguía rumiando las preguntas de Hypnos y se limitó a asentir a Eva. A su lado, Enrique se masajeó las sienes.

—Sí —accedió.

—¿Sí a qué? ¿A la comida? ¿Las preguntas? —inquirió Hypnos—. Porque «sí» no explica por qué ese león tiene una copa de vino en la mano.

—Claramente sí a la comida. —Enrique les hizo un gesto para que se acercaran y ellos cruzaron la gruta hasta encontrarse de pie frente a la pared de hielo.

Hypnos sonrió a Enrique y Zofia se percató de que él no se la devolvió, sino que se giró hacia el escudo con el rostro inexpresivo.

—¿Veis como los símbolos cruzan los tres escudos? Representan a un dios.

Hypnos frunció el ceño.

—¿Hay un dios de los leones y de las copas de vino? Parece demasiado específico, ¿no?

—Este dios es Shezmu —explicó Enrique poniendo los ojos en blanco—. Apenas hay retratos sobre él, quizá porque hay muchas vertientes distintas. Por un lado, es el señor de los perfumes y los aceites preciados, a menudo considerados propios de una deidad de la celebración.

—Este dios es de los míos —intervino Hypnos.

—También es el dios del sacrificio, la sangre y el desmembramiento.

—Retiro mi comentario anterior —exclamó Hypnos.

—Técnicamente, la traducción de «sangre» también podría valer para «vino». No estoy muy seguro —prosiguió Enrique. Ojeó la bandeja de sándwiches y estiró el brazo para coger uno—. Sea como fuere, apostaría a que es primordial para entender cómo abrir estas puertas Tezcat.

—¿Abrirlas? —repitió Eva.

La bandeja se le escapó de las manos y cayó al suelo.

—¡Los sándwiches! —se quejó Enrique.

—¿Por qué quieres abrirlas?

—Estamos aquí para encontrar el tesoro de la Casa Caída —terció Zofia—. Eso significa abrir cosas que estén cerradas.

Eva entrecerró los ojos mientras que Hypnos acariciaba la espalda de Enrique.

—Y hablando del tesoro, *mon cher* —dijo Hypnos.

—Los tesoros no se comen —se lamentó Enrique, mirando los sándwiches con pena.

—Sí, pero todavía podemos encontrarlo.

Zofia tocó el escudo de metal una vez más. Gracias a su afinidad metalúrgica supo que el artista había fusionado las propiedades del corcho y el metal… pero había un metal en particular que afectaba al escudo de forma especial. Algo que también estaba presente en el hielo, al parecer, teniendo en cuenta el mínimo daño que había sufrido la estructura original.

—La puerta quiere algo —dijo Zofia—. El metal tenía propiedades de absorción, así que parece que quiere un líquido.

Hypnos suspiró.

—Cuanto más lo miro, el único líquido que quiero yo es vino.

Enrique chasqueó los dedos.

—¿Y si es eso?

—Es imposible —rechazó Zofia—. No hay vino en el hielo.

—Pero sí que hay vino de hielo —terció Hypnos—. Muy dulce. De hecho, en Rusia tienen una excelente cosecha.

—Has dicho que era un dios de la celebración…

—Y de la sangre —interrumpió Enrique—. O del vino.

—Sangre… o vino.

Por lo que ella sabía, no había propiedades metálicas en el vino que se pudieran manipular a través de una afinidad.

—Es sangre o *hielo* —adivinó Eva.

Todos se giraron hacia ella. Eva flexionó la mano y, por primera vez, Zofia se percató de un extraño anillo que llevaba en el dedo meñique. Era curvado, como una garra.

—Todos los artesanos de la forja de sangre están bien versados en la materia y en la mente, pero destacamos particularmente con el hielo por los metales que contiene.

—Hay hierro tanto en el hielo como en la sangre —comentó Zofia despacio.

—Al menos el hielo formado de manera natural —intervino Eva—. El agua hervida dejada a temperaturas muy bajas no es tan receptiva a mi afinidad como lo puede ser el hielo de los lagos y los océanos. Esos contienen muchos más metales.

Enrique se alejó del escudo.

—¿Entonces crees que la puerta quiere... sangre?

—Solo el experimento confirmará la hipótesis —dijo Zofia.

—Es tu hipótesis. Bien podrías demostrarla tú —rebatió Eva. Estiró la mano y su garra de metal centelleó—. Puedo hacer que no te duela.

Zofia tragó saliva y luego extendió la mano justo antes de que Hypnos se interpusiera entre ella y Eva. Le bajó el brazo con suavidad.

—No soporto verte herida, *ma chère* —dijo con voz dulce—. Permíteme.

«Permitir» era una palabra extraña. Zofia nunca había pensado que pudiera darle permiso a nadie para protegerla y una sensación de calidez —como al tragar una sopa no demasiado caliente— se instaló en su pecho. Retrocedió sin pronunciar palabra.

—Pareces tener mucha práctica en tales recreaciones, patriarca —apostilló Eva.

Hypnos se limitó a extender la mano. Eva le hizo un corte con el anillo en forma de garra y le dejó la palma ensangrentada.

Con una mueca, Hypnos pegó la mano al metal. Transcurrió un momento, luego otro...

—Espero no haberme cortado para nada —murmuró Hypnos—. Esta era mi palma favorita, ¿sabéis?

Pero un instante después, un cambio apareció en el escudo de metal. Los filos se iluminaron y con un pequeño soplo, el escudo se desprendió de la pared de hielo. Enrique se acercó y los tres formaron un corrillo mientras la puerta de metal se abría como una trampilla ocultando un túnel y revelaba...

—¿Una pared de ladrillos? —inquirió Hypnos—. ¿He desperdiciado mi sangre en *eso*?

Enrique se aproximó a la pared y la arañó con una uña.

—Huele fatal —dijo Eva retrocediendo.

—Lleva tapiada mucho tiempo —comentó Enrique, señalando el emparrado de musgo que había deshecho el ladrillo.

—Probemos con el resto de las puertas —dijo Zofia.

Agarrándose la mano, Hypnos caminó hasta la segunda. De nuevo, colocó la palma contra ella. Y, al igual que la vez anterior, el portal se abrió.

—Ah, qué bien, más ladrillos —ironizó Hypnos.

Pero estos ladrillos eran distintos. Un olor como a agua estancada en verano le invadió la nariz. El ladrillo estaba mojado, y cuando Zofia asomó la cabeza a través de la abertura, vio agua turbia más abajo. Encima, pero apenas visible a través de los listones de madera, atisbó trozos de cielo azul. Incluso podía oír el murmullo de las personas en la ciudad. El idioma sonaba parecido a su polaco nativo.

—Da a un pozo —informó.

Enrique se movió a su lado.

—¿Ves esta escritura? —preguntó a la vez que señalaba unas marcas en los oscuros ladrillos que conformaban el pozo—. Son símbolos de talismanes y amuletos, lenguaje que se usaba para proteger de los demonios… Hasta hay un nombre grabado en la piedra… ¿Horowitz? ¿Te suena de algo?

—Parece judío —dijo ella.

—Quizá sea el nombre del que construyó el pozo.

Zofia no respondió. Ya se había movido hasta la tercera Tezcat. Al fin y al cabo, una puerta que diese a un pozo de ladrillo no salvaría a Laila.

—Ahora esta —indicó Zofia.

—Creo que sigue habiendo algo escrito aquí —protestó Enrique—. ¡Apenas hemos inspeccionado la segunda puerta!

Hypnos la siguió y colocó la palma de la mano sobre el tercer escudo. De nuevo, aguardaron. Y otra vez, se abrió con el mismo soplo.

Un nuevo olor inundó la nariz de Zofia. Olía a especias, como las que Laila se echaba en el té por la mañana. La cálida luz del sol iluminó la gruta de hielo. La amplia puerta se había abierto y había revelado una caída de un metro que desembocaba en un patio desierto. Nueve columnas destrozadas rodeaban las paredes del patio de piedra. No obstante, la pared de enfrente no estaba hecha de piedra como las otras, sino que parecía estar conformada de tablones de madera a través de los cuales Zofia vislumbró lo que parecían ser las aguas verdes de un lago. Sobre el patio, se atisbaba el cielo abierto entre listones de madera cubiertos de franjas sucias. Había algo escrito en la pared en un idioma que Zofia no supo desentrañar. A su lado, Eva tenía las manos a los costados y lo miraba todo con la boca abierta; Enrique se apresuró a santiguarse.

Hypnos cogió aire y luego dio una palmada.

—¡Voy a llamar a Séverin y a Ruslan! ¡Que nadie se mueva! ¡Prometedlo!

—Te lo prometemos —murmuró Zofia sin apartar la vista de las estatuas.

En el momento que supo que Hypnos se había marchado, Zofia dio un paso al frente. Tenía guardado ya todo lo que necesitaba de su aventura hacia el interior del leviatán: cuerda, antorchas, cuchillos afilados y las herramientas plegables de su collar. Necesitaba saber si este lugar albergaba las respuestas que buscaba. Si este lugar podía salvar a Laila. Pero en cuanto dio aquel paso, Enrique la sujetó de un brazo.

—¿Qué haces?

—Solo voy a echar un vistazo —le dijo, desasiéndose del agarre.

—Pero —comenzó a decir Enrique en voz baja— lo has prometido.

Zofia miró sobre su hombro con una mano en la entrada al patio.

—Es verdad.

Por el rabillo del ojo, vio sonreír a Eva.

—Solo voy a dar un paso —le aseguró Zofia.

—Pero solo uno —advirtió Enrique.

A Zofia se le erizó el vello de los brazos. «Solo uno. Quédate a la vista. No te muevas». Podía hacerlo, se dijo a sí misma. Podía salvar a Laila. Zofia sacó su mnemoinsecto y pulsó el botón para grabar a la vez que saltaba al suelo. Eva aterrizó con elegancia a su lado. Enrique estiró el cuello, pero se mantuvo en la gruta de hielo.

—Este lugar parece abandonado —comentó.

Había cristales rotos y cuchillos oxidados desparramados por el suelo de tierra compacta. Agujeros como provocados por balas salpicaban lo que quedaba de las paredes, y a Zofia el estómago le dio un vuelco. Sus padres le habían hablado de paredes acribilladas de esa manera, testigos de los momentos en los que su propia gente era expulsada de sus pueblos. A quienquiera que hubiese estado aquí también lo habían perseguido.

Y luego estaba la escritura en la pared... y que las columnas destrozadas no eran columnas, al fin y al cabo, sino estatuas de mujeres. Mujeres con las manos en la espalda. Le resultaba familiar. ¿No había señalado Enrique algo parecido cuando recorrieron por primera vez el pasillo que llevaba a la gruta de hielo? Dio otro paso al frente.

—Zofia, ¡espera! —la llamó Enrique.

—Ay, no seas tan cobarde —lo reprendió Eva—. Este lugar está prácticamente muerto.

Zofia se quitó el abrigo de piel.

—Reconozco la escritura de la pared —anunció Eva—. Creo... creo que estamos en Estambul.

—¿En el Imperio otomano? —preguntó Enrique desde arriba.

Pero Eva no tuvo tiempo para responder. Porque desde la pared de la derecha provino el sonido de una silla al arrastrarse hacia atrás. Un segundo después, vio una cortina de humo. Alguien se ocultó en la sombra de una de las estatuas. A continuación, las columnas cobraron vida y los rostros despedazados de las nueve estatuas se giraron hacia ellos.

Una voz antigua y áspera manifestó:

—No daréis un paso más.

20

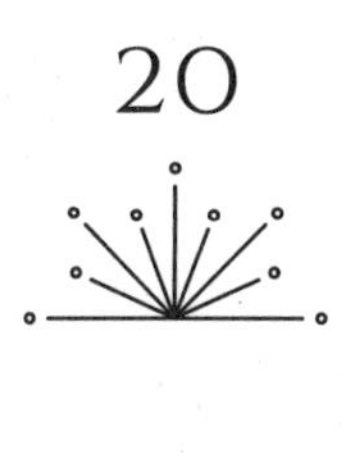

LAILA

Cuando Laila era pequeña, su madre le hizo una muñeca. Fue el primer —y último— juguete que tuvo.

La muñeca estaba hecha de hojas de platanero cosidas con el hilo dorado que antaño había bordado del sari nupcial de su madre. Tenía ojos de carbón quemado y pelo negro y largo proveniente del pelaje del búfalo de agua favorito de su padre.

Cada noche, la madre de Laila frotaba aceite de almendra en la cicatriz de su espalda y, en todas, Laila se mantenía quieta, con el corazón en un puño, presa del miedo. Temía que, si su madre apretaba demasiado, se rompería por la mitad. Así que se aferraba a su muñeca, aunque no muy fuerte. Al fin y al cabo, la muñeca era como ella: un ser frágil.

—¿Sabes qué tenéis en común la muñeca y tú, mi niña? —le había preguntado su madre—. Ambas estáis hechas para ser amadas.

Para Laila, la muñeca representaba una promesa.

Si ella era capaz de querer a su muñeca, con todas sus costuras, entonces a ella también podrían quererla.

Cuando su madre falleció, ella se llevaba la muñeca a todos lados. A los ensayos de baile, para que pudiese aprender los mismos movimientos que ella y pudiese acordarse de su madre con cada golpe de talón y giro de muñeca. A las cocinas, para que pudiese aprender la armonía entre las especias y la sal, así como el alivio de que aquel lugar fuera un santuario. Por la noche, cuando Laila abrazaba la muñeca contra su cuerpo, sentía sus emociones y recuerdos reproduciéndose como un sueño interminable y, a pesar de la pena, no sufría pesadillas.

Una mañana, se despertó y se percató de que no estaba. Se apresuró a salir al pasillo... pero fue demasiado tarde. Su padre estaba junto a la chimenea, observando las llamas escarlata alimentarse de la muñeca, chamuscándole los ojos y quemando la trenza de pelo que Laila le había peinado para que combinase con el suyo propio. La sala olía a quemado. Y en todo ese tiempo, su padre ni la miró.

—Antes o después se habría deshecho en pedazos —dijo él cruzándose de brazos—. No tiene sentido que sigas teniéndola. Además, eres demasiado mayor para esas niñerías.

Y luego la dejó arrodillada ante las llamas. Laila permaneció allí, mirando, hasta que de la muñeca solo quedaron unas pocas cenizas y el brillo apagado del hilo dorado. Su madre había estado equivocada. No estaban hechas para ser amadas, sino para ser destruidas.

Después de aquello, Laila dejó de jugar con muñecas. Sin embargo, a pesar de los intentos de su padre, no había cesado de llevar su propia muerte a todos lados. Hasta ese día, lo único que tenía que hacer era posar los ojos en el brillante anillo granate que adornaba su mano para que este la provocara.

Laila se encontraba, sola, en la helada morgue improvisada. Aquel día llevaba un vestido negro fúnebre. En una mesilla a su lado yacían un bolígrafo y un pergamino, además del collar de diamantes que Séverin la había obligado a llevar. No le había parecido correcto cernirse sobre las chicas con una joya tan ostentosa en la piel, aunque solo sirviese para llamarla.

Las chicas muertas se encontraban tendidas sobre nueve bloques de hielo después de haberlas descolgado de las paredes de la gruta helada. Bajo la tenue luz de las lámparas forjadas, parecía que las jóvenes estuviesen hechas de porcelana. Como si fuesen juguetes a los que habían querido demasiado; y, por tal razón, sus piernas pálidas mostraban manchas, sus delgados atuendos estaban hechos jirones alrededor de sus cuerpos y las coronas que portaban sobre las cabezas estaban ladeadas y enredadas entre sus mechones helados. Eso era lo que parecía, al menos hasta que uno se fijaba en sus manos. O más bien, en la ausencia de estas.

Laila reprimió las náuseas.

Habían precisado a todos los empleados de la Casa Dazbog, la Casa Kore y la Casa Nyx para descolgarlas de las paredes. Habían traído a forjadores de Irkutsk para crear una morgue y los jardineros de la Casa Kore habían creado unas flores de hielo que proporcionaban calor sin llegar a derretirse nunca. Habían hecho llamar a un doctor, un sacerdote y un miembro del cuerpo de policía de Irkutsk para darles la extremaunción e identificar los cuerpos, aunque llegarían dentro un par de horas, con lo que Laila podía quedarse a solas con ellas. El resto creía que se encontraba allí para documentar todo lo que viera, pero la verdadera razón residía en sus venas. Su sangre le permitía hacer por esas jóvenes aquello que nadie más podría: conocerlas.

—No me llamo Laila —les susurró a las chicas muertas—. Me di a mí misma ese nombre cuando me fui de casa. Llevo años sin pronunciar mi verdadero nombre, pero ya que desconozco si alguna vez llegaremos a saber quiénes sois… espero que con este secreto halléis la paz.

Caminó entre ellas y, una por una, les reveló su verdadero nombre, aquel que su madre le había dado.

Una vez acabó, se volvió hacia la joven más cercana. Al igual que el resto, le habían amputado las manos. Llevaba una corona en la cabeza y en algunas zonas aún quedaban pétalos congelados aferrados al alambre. Laila sacó un trozo de tela de la cesta junto a sus pies. Era incapaz de mirar a la chica para lo que tenía que hacer. Lo poco que quedaba de la cara de la muchacha le recordaba demasiado a Zofia de pequeña… el indicio de una barbilla puntiaguda y una nariz delicada; la más ligera elevación de sus mejillas y lo puntiagudas que eran sus orejas, similares a las de las hadas. Era una chica demasiado joven como para ser preciosa, pero de haber vivido lo suficiente, así habría sido.

Laila cubrió el rostro de la joven mientras notaba un ligero escozor en los ojos debido a las lágrimas.

Y a continuación, la leyó.

Comenzó con la corona de alambre, cuyo metal frío hizo que le ardiera la mano. Sus habilidades siempre habían resultado inestables. Los recuerdos —imágenes, sonidos, impactos emocionales— de un objeto siempre permanecían cerca de su superficie durante un mes antes de desvanecerse. A partir de entonces, lo que quedaba eran residuos, una marca del momento más definitivo del objeto o una sensación. Normalmente, Laila los asociaba a texturas; una cáscara con pinchos para el pánico; la suavidad de la seda para el amor; las espinas para la envidia; la helada solidez para la pena. Sin embargo, en ocasiones… en ocasiones, cuando eran fuertes, sentía como si reviviese el recuerdo y su cuerpo sufría al tener que cargar con tal peso. Así había sucedido con el rosario de Enrique, como si hubiese presenciado una escena.

Laila cerró los ojos y rozó la corona con vacilación. Escuchó una melodía penetrante en la mente. Era evocadora y vasta, como aquello que captaría un marinero de la canción de una sirena segundos antes de ahogarse. Laila apartó la mano y abrió los ojos. El alambre de la corona pertenecía a un instrumento, como a un chelo o un arpa.

Después, con los dedos resiguió el tejido que cubría el rostro destrozado de la chica y los símbolos extraños que habían grabado en él. El alma de Laila sintió asco al pensarlo… Quienquiera que hubiese hecho algo así, ni siquiera las había considerado personas, sino un instrumento para escribir en ellas como si de un pergamino se tratara.

No quería mirar, pero tenía que hacerlo.

Laila acarició el tirante del vestido de la chica. De inmediato, se le llenó la boca del sabor de la sangre. Los últimos momentos de la joven irrumpieron en sus pensamientos como una tormenta:

—¡Por favor! ¡Por favor, no lo haga! —gritó la joven—. Mi padre, Moshe Horowitz, es prestamista. Pagará cualquier rescate que pida, lo juro, por favor…

—Silencio, querida —exclamó un hombre mayor que ellas.

A Laila le hormigueó la piel. La voz del hombre era amable, como la de alguien tratando de calmar a un niño durante una pataleta. No obstante, sintió la presión del cuchillo como si lo apretasen contra su propio cuello. Saboreó el fantasma de la sangre, el mismo sabor fuerte a hierro que debió sentir la chica al percatarse de lo que estaba sucediendo y al morderse la lengua demasiado fuerte.

—No es por dinero. Es por la inmortalidad… somos las criaturas que han superado a su creador, así que, ¿por qué no convertirnos

en sus iguales? El sacrificio de tu sangre allanará el camino y te convertirás en un instrumento divino.

—¿Por qué yo? —gimió la joven—. ¿Por qué...?

—Cálmate, querida —la interrumpió el hombre—. Te he escogido porque nadie vendrá en tu busca.

Laila se agarró el cuello y jadeó en busca de aire.

Por un momento había sentido como si... Se rozó la piel del cuello y se miró los dedos, preguntándose si se habrían teñido de rojo... pero no había sido así. Había sido un recuerdo antiguo, lo bastante fuerte como para aferrarse a una persona. Laila se prohibió a sí misma llorar. Si sollozaba ahora, no sería capaz de parar.

A pesar de que las flores de hielo la mantenían caliente, Laila no dejaba de temblar. Cuando Enrique les explicó lo que había descubierto acerca de los símbolos sobre las chicas, les había dicho que creía que se trataban de sacrificios... y tenía razón. Le resultó imposible quitarse la voz del hombre de la cabeza. Debía de tratarse del patriarca de la Casa Caída, y odiaba lo asquerosamente amable que había sonado su voz. No se parecía en nada al tono indiferente del doctor cuando llegó hasta ellos en el interior de las catacumbas.

Laila se aferró al borde del bloque de hielo al sobrevenirle náuseas. Se acordaba de la confesión de Roux-Joubert meses atrás:

«El padre del doctor es un hombre malo».

Todos habían supuesto que había querido decir que el padre del doctor había sido el patriarca de la Casa Caída en algún momento. Había sonado de lo más absurdo. «Un hombre malo». Como si se tratase de algo que diría un niño. Pero las chicas, su boca, el hielo... no encajaban en el rango de la palabra «malo». Laila siempre había creído que el exilio de la Casa Caída se había debido al poder. Buscaban tener acceso al poder de Dios reconstruyendo la Torre de Babel, pero lo único que habían conseguido fue que se los exiliara. Y, sin embargo, había sacrificado a estas muchachas, les había amputado las manos, y ¿para qué? Tenía que averiguarlo.

Laila estiró la mano hacia la siguiente joven con el corazón acelerado. Y después hacia la siguiente. Y posteriormente hacia otra. Las leyó, aturdida, y las mismas palabras atravesaron sus pensamientos una y otra vez.

«Te convertirás en un instrumento divino».

«Nadie vendrá en tu busca».

El patriarca se había llevado a chicas demasiado morenas como para ser visibles a ojos de la gente; cuyas lenguas eran ignoradas; cuyos hogares al margen de la sociedad las relegaban demasiado a las sombras como para apreciarlas. Una parte de Laila esperaba que siguiese vivo, aunque fuera para poder mostrarle el verdadero significado de la venganza.

Le temblaron las manos al acercarse a la última joven. Sentía como si la hubieran apuñalado y ahogado, como si la hubieran arrastrado por la nieve de los pelos, la hubieran relegado a la oscuridad y la hubieran mantenido allí durante horas. En su mente escuchaba algo que se parecía al gotear del agua. Notaba el metal helado en las plantas de los pies. Como siempre, notó el sabor de la sangre y las lágrimas. Y en la parte posterior de su cabeza se generó un dilema horrible. ¿Qué fue lo que decidió que debían morir mientras que ella —que, por así decirlo, había nacido muerta— caminaba entre sus cadáveres? Laila quería creer en los dioses y en las estrellas inescrutables, en los destinos tan sutiles como la seda iluminada por un rayo de sol y, por encima de toda belleza, en la razón. Pero entre aquellas paredes de hielo, lo único que encontraba era aleatoriedad.

Laila se obligó a volverse hacia la última joven. Su pelo, oscuro y enredado en hielo, se abría en abanico debajo del cuello. A pesar de que la piel lucía pálida desde hacía bastante tiempo y le habían aparecido manchas debido al frío, Laila observó que era de tez oscura. Igual que ella. Se armó de valor, estiró la mano y escuchó los últimos momentos de la chica:

—Mi familia lanzará una maldición sobre ti —escupió ella—. Morirás con tu propia mugre. ¡Te rebanarán como a un cerdo! Seré el fantasma que te hará pedazos...

El patriarca de la Casa Caída la amordazó.

—Para tratarse de un rostro tan bonito, tienes una lengua muy afilada —dijo él como si la regañara—. Y ahora, querida, quédate quieta... por favor.

Levantó el cuchillo hasta su cara y empezó a hacerle cortes.

—Ibas a ser mi último intento —mencionó sobre el sonido amortiguado de los gritos de la joven—. Creía que las demás se convertirían en instrumentos divinos, pero parece ser que el tesoro anhela una sangre muy particular... Es quisquilloso, muy quisquilloso. —Soltó un suspiro—. Pensaba que serías tú la que pudiera verlo, leerlo, pero me has decepcionado.

Laila se encogió y puso los ojos en blanco ante el fantasma del dolor de la chica.

—Sé que una de vosotras está ahí fuera, y te encontraré... y te convertirás en mi instrumento.

Laila se apartó del último bloque a la vez que una sensación de entumecimiento se apoderaba de su cuerpo. Le sucedía cuando «leía» demasiado, como si no quedase suficiente de ella como para permanecer en el presente. Tenía la boca seca y no le dejaban de temblar las manos. Todas esas muchachas habían muerto como un sacrificio que ni siquiera había funcionado. Habían muerto para nada.

Laila se deslizó hasta el suelo con la cara entre las manos y la espalda contra el bloque de hielo. No sintió frío. Lo único que sentía era cada doloroso latido de su corazón.

—Lo siento —se atragantó con las palabras—. Lo siento mucho.

Unos momentos después, o quizá fueron horas, se oyeron las pisadas apresuradas de alguien que se aproximaba a la morgue. Ella se hallaba de espaldas a la puerta, pero no se volvió de inmediato. Seguramente se tratase de un empleado que acudiese a avisarla de que el doctor, el sacerdote o el policía se encargarían de todo a partir de entonces. A sus ojos luciría como una necia, sollozando y con las manos temblorosas. Pero, en cambio, oyó:

—¿Laila?

«Séverin». Tenía la voz ahogada, sin aire.

—¡Laila! —volvió a llamarla al tiempo que ella se agarraba al bloque y se ponía de pie. Entonces vio a Séverin en el umbral de la puerta.

Con el abrigo de marta cibelina y el pelo húmedo debido a la nieve, Séverin parecía salido de una maldición. Y al dar un paso al frente, la luz helada de la morgue tiñó sus ojos del color de los moratones.

Durante un momento, se limitaron al mirarse el uno al otro.

Era su amante solo de nombre, no en la práctica.

Entraba con ella al dormitorio que compartían por la noche, pero desde aquella primera noche no se había quedado, ni mucho menos se había metido en la cama con ella. Las pasadas mañanas se había despertado sola. Verlo ahora —apenas a metro y medio— la sobresaltó. Llevar a cabo tantas lecturas hacía que se le desdibujase su propia perspectiva y, por un momento, sintió que retrocedía hasta un pasado que pertenecía a otra vida. Un pasado en el que se encontraba horneando felizmente una tarta en las cocinas de L'Éden con las manos llenas de harina y azúcar. Un pasado en el que los ojos de él brillaban de curiosidad y asombro. Un pasado en el que él una vez le exigió saber, en broma, por qué lo llamaba *majnun*.

—¿Qué me darás a cambio de saberlo? —preguntó ella—. Quiero ofrendas.

—¿Qué te parece un vestido hecho con luz de luna? —preguntó Séverin—. Una manzana que otorgue juventud imperecedera... o quizá unos zapatos de cristal que jamás te produzcan cortes.

—Nada de eso es real —había contestado ella mientras se reía.

Él se la quedó mirando, risueña, y sus ojos no se apartaron de su cara.

—Por ti, haría realidad cualquier cosa.

El recuerdo se disipó y Laila regresó al frío presente.

—Aquí estás —exhaló finalmente Séverin—. He intentado... He...

Séverin alzó la mano sin mirarla. La joya de diamantes capturó la luz. Laila desvió la mirada hacia la mesa a su lado, donde se encontraba el collar forjado con el que él la llamaba.

—¿Por qué pensabas que me había marchado?

—Los demás —respondió al tiempo que sus ojos se encontraban con los de ella—. Han desaparecido.

21

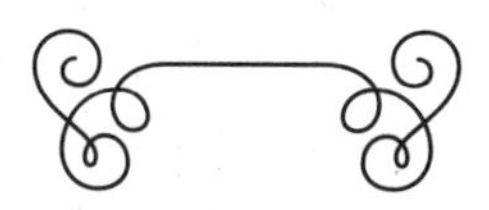

ENRIQUE

Mientras Enrique se asomaba a la extraña ciudad soleada desde la gruta helada, deseó tener mejor instinto de supervivencia. Una parte de él quería convencer a Zofia y a Eva de que volviesen a la gruta, pero la otra deseaba adentrarse más aún. Sus pies pendían del precipicio y la luz del sol lo tenía cautivo. Solo entonces se percató de que aquel patio en ruinas le había provocado algo muy peligroso: la curiosidad.

En el santuario, nueve estatuas de mujeres hacían las veces de columnas y sostenían un techo de listones de madera. El tiempo había erosionado los detalles, pero, aun así, Enrique advirtió la sutil forma de la seda fruncida y las esbeltas diademas alrededor de sendas frentes. Las paredes pintadas detrás de las estatuas llamaron su atención. Las escenas ilustraban a nueve mujeres encapuchadas postradas frente a las nueve diosas griegas de la inspiración divina, las musas. Enrique las reconoció por los emblemas que sobrevolaban sus cabezas —Erató y su cítara, Talía y su máscara de la comedia—; una leve capa dorada se mantenía adherida a la imagen de una lira en manos de Calíope, la musa de la poesía épica. La pintura forjada permitía que las imágenes cambiaran, así que, en un instante, los objetos que las musas sostenían eran robustos y resplandecientes. Y al siguiente, se fragmentaban en un ciclo sin fin de creación y destrucción. Cuando echó un vistazo a las mujeres a los pies de las diosas, todo su cuerpo retrocedió. Cada una de las nueve mujeres en la pintura sostenía los brazos en alto, pero ninguna tenía manos. Allí, apiladas detrás de los pies de las musas, se encontraba la colección de manos cercenadas a la altura de la muñeca, cual ofrendas.

«Sacrificio».

Enrique se encogió ante la espantosa imagen a la vez que trocitos de historias e investigaciones encajaban en su mente. Sus pensamientos se trasladaron a las chicas muertas en la gruta helada. Nueve, todas sin manos. Sospechaba que habían servido, en cierta medida, como guardianas, pero ahora veía la relación directa con el acervo popular de la Orden sobre las Musas Perdidas, la antigua dinastía de mujeres cuya labor era proteger *Las letras divinas*. ¿Y si nunca habían sido un mito? ¿Y si…?

Un chirrido lo sacó de sus cavilaciones.

—No daréis un paso más.

Un hombre mayor y arrugado salió a la luz. Levantó una mano en el aire. Las nueve estatuas elevaron los pies de los pedestales de piedra y los colocaron en el suelo. El polvo se esparció por la estancia y el suelo se estremeció a la par que nueve rostros inexpresivos se giraban hacia ellos muy despacio.

—¡Nos vamos! —gritó Enrique—. Ahora mismo...

Zofia y Eva trastabillaron hacia atrás. Enrique se asomó todavía más por el portal Tezcat. Aferrándose a él con una mano, extendió la otra hacia ellas para subirlas de nuevo hasta la gruta, cuando, de súbito, algo pasó zumbando junto a él.

Se echó hacia atrás, pero no antes de que algo afilado pasara volando junto a su oreja. Su agarre flaqueó sobre la piedra rugosa de la pared del portal. Justo cuando trataba de sujetarse, Eva tiró de su mano y sus pies resbalaron sobre el suelo helado. La sangre se le agolpó en los oídos. En el último segundo, sacó las manos y amortiguó la caída sobre el suelo caliente y arenoso del patio.

—¡El portal! —gritó Eva.

Zofia lo ayudó a ponerse de pie. Enrique se dio la vuelta, preparado para trepar de nuevo hasta el interior del portal... pero había desaparecido.

—Ha... ha desaparecido —dijo Eva, conteniendo las lágrimas—. Estamos atrapados.

—Más sangre —reflexionó, sin aliento—. Quizá ese sea el único modo de volverlo a abrir...

Otra flecha pasó zumbando junto a su rostro. Las plumas le laceraron la mejilla, y un instante después, oyó el chasquido de la roca cuando la flecha se clavó de golpe en la pared derruida. Se le erizó el vello de la nuca y un zumbido constante comenzó a rasgar el aire.

Zofia lo agarró de la mano.

—¡Moveos!

Enrique corrió a toda velocidad. Más adelante, Zofia se toqueteaba el collar. Enrique se lanzó hacia adelante y la apartó de un empujón. Zofia cayó al suelo y rodó hasta ponerse de costado justo cuando la punta de una flecha se clavaba en la tierra.

—¡Pare! —chilló Eva—. ¡Solo queremos marcharnos!

Delante de ellos, el anciano salió a la luz desde las sombras. Tenía los ojos blanquecinos, sin visión. Unas voluminosas cicatrices bordeaban las cuencas con un aspecto púrpura y feroz. A ese hombre lo habían cegado.

—No queremos hacerle daño —intervino Enrique, extendiendo los brazos—. Solo estábamos siguiendo una pista desde otro lugar...

—No me mientas —replicó el hombre mayor—. Llevo esperándote desde que te llevaste a mi hermana. No eres bienvenido en este lugar sagrado. Quieres usarnos. Quieres jugar a ser Dios, pero los dignos eligen no hacer uso de su poder.

Zofia tomó aire de golpe y se quedó inmóvil con la mano en el collar.

—¿Habla polaco?

—Está hablando en ruso —comentó Eva, confusa.

Enrique se removió. Para él, el hombre hablaba su tagalo nativo. La lengua era tan conocida para él que casi no se percató de que no casaba mucho con aquel lugar. El hombre se quedó quieto y las estatuas de las musas se detuvieron a punto de dar un paso. Se giró hacia Zofia con los ojos empañados.

—Chicas —pronunció el hombre con la voz rota—. ¿Se os han llevado a vosotras también?

Levantó la cabeza y fijó sus ojos ciegos en algún punto sobre la cabeza de Enrique.

—¿Cuántas chicas debéis llevaros para daros cuenta de que no importa cuánta sangre ofrezcáis? Nunca volveréis a ver. Si no veis, entonces no sabréis dónde usar el instrumento divino. Y sin eso —se rio el hombre—, la voluntad de Dios está a salvo. —El hombre se señaló las cicatrices alrededor de los ojos—. Y tampoco podéis usarme a mí. Me aseguré de ello.

Luego se giró hacia Zofia y Eva.

—Os salvaré, niñas. No dejaré que os lleven.

Sacudió las muñecas arrugadas. La estatua a la izquierda de Enrique se lanzó hacia delante y arrojó una fría sombra sobre ellos. Enrique se encogió, pero la estatua no descargó su ataque. En cambio, se apostó detrás de ellos con los brazos extendidos para bloquear su regreso al Palacio Durmiente. El miedo le heló la sangre en las venas.

—Ha habido un malentendido… —trató de explicar.

El anciano sacudió de nuevo la muñeca. Las ocho estatuas restantes elevaron sus brazos de piedra y los tres echaron a correr por el patio. A lo lejos, separadas por unas cortinas semitransparentes de seda, Enrique atisbó las aguas de un lago. Pudo discernir las tiendas coloridas y el gentío moviéndose en tropel a través de un bazar local.

—¡Ayudadnos! —gritó.

Nadie miró en su dirección. Era como si no pudieran verlos. Enrique echó un vistazo a ambos lados, pero unos muros sólidos de ladrillo los flanqueaban. No tenía sentido. ¿De dónde había salido el anciano, entonces?

—No hay salida —señaló Enrique.

Miró hacia atrás y, de inmediato, se arrepintió de haberlo hecho. Las estatuas de las musas se movían rápido; sus túnicas de piedra se arrastraban por el suelo de tierra.

—Las dos paredes son puertas Tezcat —añadió Zofia, levantando uno de sus colgantes. Tocó un punto específico en el muro de ladrillo y le desapareció la mano hasta el codo—. ¡Por aquí!

Zofia atravesó la pared a toda velocidad y Eva y Enrique la siguieron. Enrique se preparó para lo que venía. Giró la cabeza hacia un lado, pero lo único que sintió fue el aire frío al caer a través del portal sobre las suntuosas alfombras de seda de un comerciante. Se golpeó el mentón contra una alfombra y arrugó el rostro debido al dolor cuando se mordió la lengua y una calidez con sabor a cobre le inundó la boca.

A través de la abertura de seda del puesto del comerciante, Enrique entrevió la curvatura de la carretera que había visto desde el patio. El reflejo del lago verde botella rebotaba en los refinados espejos en el bazar. La carretera debía de cruzar todo el bazar, incluyendo el patio. Lo único que tenían que hacer era seguirla y llegarían de nuevo al portal que los devolvería al Palacio Durmiente.

Enrique giró la cabeza. Allí se encontraba el comerciante, sentado con las piernas cruzadas entre sus mercancías, mirándolos con sorpresa. Sobre sus cabezas pendían unos delicados farolillos turcos que arrojaban una luz perlada a su alrededor.

—Esta alfombra... es muy bonita —articuló Enrique, palpando la seda debajo de él.

—*¿¡Ne yapiyorsun burada!?* —inquirió el comerciante de alfombras.

El comerciante se puso de pie con un palo afilado en la mano. Enrique gateó hacia atrás y estiró los brazos para cerrarle el paso a Eva y Zofia cuando las paredes de la tienda comenzaron a temblar y a sacudirse. Uno de los farolillos se soltó; el vidrio se hizo añicos sobre la seda y el olor a cera e incienso impregnó el aire.

—Tenemos que... —comenzó a decir Eva, pero un estruendo se tragó sus palabras a la par que una mano de piedra del tamaño de un sillón atravesaba el techo para aporrearlos.

El hombre chilló mientras ellos tres salían del puesto y se perdían entre la muchedumbre. Allí los envolvió otra clase de caos. En el bazar, pirámides de canela y nuez moscada, azafrán dorado y montones apelmazados de cáñamo se hallaban en fila fuera de la tienda de especias. Vendedores ambulantes sacudían tarros llenos de anís estrellado y colgaban guirnaldas de pimientos rojos brillantes. En el ambiente, los sonidos del almuédano llamando a los fieles a rezar bañaban el bazar.

Era un momento de resplandeciente perfección...

Hasta que el comerciante de alfombras salió corriendo y gritando de su tienda.

Una de las estatuas de las musas irrumpió a través del puesto. La multitud entró en pánico y volcó montones de especias y sal a la vez que huía.

—¡Por aquí! —exclamó Enrique—. Es un círculo... ¡podemos regresar al portal Tezcat!

—O podríamos escondernos —sugirió Eva haciendo un gesto de dolor a la vez que se aferraba la pierna.

Demasiado tarde, Enrique recordó la ligera cojera que la afligía. Pero entonces la cabeza de la estatua de la musa se giró hacia ellos.

—¡Me temo que no! —concluyó Enrique.

Los tres salieron escopetados hacia las calles y tropezaron con unos puestos de teteras y algunos grupos de hombres mayores que fumaban en cachimba. La parte superior de las tiendecillas se atisbaban por encima. A su espalda, Enrique oía los estridentes pasos de las estatuas de las musas. Miró atrás: solo había cuatro. Llevaban los brazos estirados y las miradas vacías, fijas en la nada. A su alrededor, el bazar se había vuelto un completo caos y los escaparates de las tiendas habían empezado a venirse abajo. Los pisotones resonaban en sus oídos, pero siguió con la vista puesta en los trozos de la carretera que podía ver. Tenían que llegar al otro lado, se repetía para sí una y otra vez.

Se estaban acercando al escaparate de una tienda derruida. Zofia arrojó uno de sus colgantes al montón de escombros y madera y estos estallaron y se transformaron en un muro de fuego que —con suerte— ralentizaría a las estatuas. La carretera se curvó otra vez y a Enrique casi le flaqueó el corazón del alivio. Ya no tendrían que estar muy lejos del patio...

Un suave alarido llamó la atención de Enrique. Se giró y vio a Eva en aprietos. Una viga rota se le había enganchado al vestido y se le había subido hasta el muslo. En circunstancias normales, Enrique habría apartado la vista, pero la imagen de la pierna de Eva lo detuvo. Unas cicatrices gruesas y voluminosas moteaban su piel. Los músculos de su muslo parecían estar contraídos.

—No me mires —masculló ella—. ¡Vete! ¡Vamos!

Zofia se giró y dirigió la mirada de Eva a donde las cabezas de las estatuas sobresalían sobre el muro de fuego a su espalda. Sin vacilar siquiera, Zofia regresó corriendo hasta donde se hallaba la otra chica y le rasgó el vestido. Eva exhaló una bocanada de aire de cansancio.

—No puedo seguir —anunció Eva—. Me cuesta después de… después de un buen rato.

El dolor distorsionó su voz ante tal confesión y Enrique se acercó a ella tendiéndole una mano.

—Entonces deja que te ayudemos —dijo, y bajó la mirada.

Eva dudó por un instante y luego asintió. Los héroes en la imaginación de Enrique siempre huían con las damiselas en brazos. Así que se remangó, le pasó un brazo por debajo de las piernas y el otro por detrás de la cintura, la levantó… y luego inmediatamente la dejó en el suelo.

—Soy un debilucho —se quejó—. Ayuda. ¿Zofia?

Zofia lo empujó con el hombro al pasar junto a él.

—Rodéame con un brazo.

Enrique se quedó con el otro y se prometió llorar por su orgullo perdido más tarde. Los tres renquearon a lo largo de la curva de la carretera y mientras pasaban casi por debajo de los toldos de las tiendas que no habían sucumbido en el ataque. Muy cerca por detrás les llegaba el sonido de la madera al astillarse. El suelo temblaba con cada pisotón de las inminentes estatuas.

Enrique se olvidó del miedo y se centró, en cambio, en el lago en cuanto este entró en su campo de visión. La tierra mojada bajo aquella agua estancada penetró en sus fosas nasales.

Al otro lado de la orilla pudo discernir los paneles de madera que ocultaban el patio antiguo y la puerta Tezcat de la gente. Los tres se apiñaron bajo el toldo de una tienda abandonada a la par que el silencio se extendía por el mercado.

—Había nueve musas —recordó Zofia de repente.

—Qué brillante observación —espetó Eva.

—Solo nos perseguían cuatro.

—Eso quiere decir que...

Con un desgarro, la tienda se vino abajo. Allí se encontraban cinco de las estatuas, con los restos de las tiendas en los brazos, como si no fuesen más que retales de seda que hubiesen recogido del suelo. Por instinto, Enrique retrocedió, pero Eva lo detuvo.

—Están detrás de nosotros...

Unas sombras heladas se cernieron sobre ellos. Las nueve estatuas de las musas se aproximaban cuando ni a seis metros se extendía el lago y, más allá, el camino de vuelta al Palacio Durmiente.

—Hay que nadar —dijo Enrique con el corazón latiéndole frenético en el pecho—. ¡Idos ya! Yo las distraeré.

—No podemos abandonarte... —rebatió Zofia.

Pero Eva no vaciló. Clavó una dura mirada en Enrique.

—Nos vemos al otro lado, entonces.

—Enrique... —pronunció Zofia con un nudo en la garganta.

Se permitió mirarla, se permitió embeberse en el brillo de su pelo, en el azul de sus ojos. Y luego se quitó el brazo de Eva de los hombros y se dirigió en la dirección opuesta a las tiendas de los comerciantes. «Miradme, miradme», deseó internamente. El aire inundó sus pulmones. No podía oír nada más que el estridente pulso de su corazón.

—¡Aquí! —gritó—. ¡Mirad! ¡Mirad!

Por fin, se giró. Pero no pudo obligarse a abrir los ojos hasta que lo oyó: el quejido chirriante de los goznes de piedra.

En cuanto los abrió, vio a las nueve musas rodearlo. A través de los huecos entre las estatuas, observó a Eva y a Zofia zambullirse en el lago.

Pero el alivio le duró poco. Segundos después, una de las musas estampó la mano contra el suelo y consiguió que perdiese el equilibrio y cayese despatarrado hacia atrás. El polvo se le metió en los ojos y logró deshacerse de él un segundo antes de ver un puño de piedra dirigirse hacia él...

Hizo acopio de sus energías y se apartó de la trayectoria rodando justo cuando otro puño aporreaba el suelo. El anciano habló desde detrás de las estatuas:

—¿No ves que nosotros no podemos ser dioses? ¿Que eso solo trae la ruina?

Enrique esquivó otro golpetazo y se arrojó detrás de una estatua.

—Ningún mortal puede esconderse de los dioses —se rio el anciano.

Cuando le fueron a asestar otro puñetazo, Enrique se agachó y luego saltó hasta aferrarse a la estatua sobre sus dedos flexionados, para disgusto de los músculos de su estómago. La estatua trató de quitárselo de encima, pero Enrique aguantó. A aquella altura, vio a Eva y a Zofia trepar hasta la otra orilla y luego, por fin, desaparecer entre los listones de madera...

La estatua sacudió la muñeca otra vez y Enrique cayó al suelo de costado. El dolor le atravesó el brazo. Ya estaba. Pese al dolor, el orgullo titiló tenuemente en su interior. Las había salvado.

Al final, había hecho algo heroico.

—Te ha llegado la hora —dijo el anciano.

Enrique levantó la cabeza. Sabía que defenderse era en vano, pero no pudo evitarlo.

—No soy ningún ladrón —carraspeó.

Las estatuas de las musas se quedaron inmóviles. Sus cuerpos de piedra lo flanqueaban en todas direcciones. Aunque pudiera, de algún modo, llegar al lago, no sabía si podría hallar las fuerzas para nadar.

—Por favor —se oyó decir.

Iba a morir. Lo sabía. Hasta las sombras que producían las estatuas eran artificialmente frías y... ¿heladas? Una fina capa de hielo reptó por el suelo delante de él y le envolvió una pierna del pantalón como si se tratase de una persistente enredadera. Alzó la vista y, entonces, a través del estrecho hueco entre dos de las estatuas, vislumbró un delicado puente transparente cobrar forma sobre el lago, capa por capa, hasta que podía sostener peso.

—No te concederé una muerte piadosa —se regodeó el anciano—. Como tampoco se la diste tú a ella.

Enrique se puso de pie con dificultad.

«Ve hasta el lago», se dijo a sí mismo. «Consigue llegar al lago».

Se mantuvo de pie y, poco a poco, fue acercándose al espacio entre las musas. En un movimiento fluido, las musas levantaron los brazos. Enrique se colocó en posición, controló el tiempo e hizo acopio de sus últimas fuerzas...

Y entonces se lanzó hacia adelante.

Se escabulló por el hueco entre sus cuerpos. Las estatuas trataron de darse la vuelta, pero se habían acercado tanto las unas a las otras que se enredaron entre ellas.

—¡Matadlo! —gritaba el anciano.

Enrique corrió por su vida hacia el lago y sin parar. El puente de hielo seguía estando a unos tres metros de distancia. Medio corrió, medio nadó hacia él, pese a lo helada que estaba el agua y las algas demasiado escurridizas que le rozaban la piel. La tierra tembló a sus pies, pero él no se detuvo. Se arrojó sobre el puente y enseguida el frío invadió su cuerpo. El puente se movió; primero, despacio y luego, ganando velocidad. Tiró de él hacia la orilla, contrayéndose a su vez. Enrique se pegó contra el hielo y dejó que el puente lo transportara mientras los gritos del anciano lo persiguieron hasta que cayó inconsciente.

—¿EN QUÉ NARICES ESTABA PENSANDO?

Enrique parpadeó un par de veces… y entonces su habitación cobró forma delante de él.

—No le grites —lo regañó Laila.

Enrique gimió. Sabía que seguía dolorido, pero ahora un placentero zumbido le corría por las venas. Obra de Eva, quizá. Cuando giró la cabeza, vio a Zofia y a Ruslan a la izquierda de la cama, mientras que Laila y Séverin se encontraban casi a los pies.

—La valentía es físicamente agotadora —logró articular.

—¡Estás despierto! —gritó Laila, abrazándolo.

—Estás *vivo*.

—Y sigues teniendo el pelo estupendo —comentó Ruslan con amabilidad.

—*C'est vrai* —pronunció una voz suave.

Enrique se giró hacia la derecha y allí halló a Hypnos con una mano sobre su hombro. Aquel frío ramalazo de rechazo que le atenazó el corazón cuando Hypnos lo dejó en la biblioteca se transformó en calidez. Podría haber estado junto a Séverin, pero lo había elegido a él.

—¿Qué has averiguado? —preguntó Séverin bruscamente.

—¿Eso no puede esperar? —le reprochó Laila.

—No —respondió Enrique aupándose hasta apoyarse sobre los codos.

Cuanto más miraba a Laila, más urgente se tornaba el ambiente. En aquel momento sintió el peso de sus ojos sobre él. La ironía era casi graciosa. Por fin, pensó, todos estaban prestándole atención. Pero justo ocurría cuando lo que más anhelaba era el silencio. Y dormir. Pero no quería imaginarse las pesadillas que lo atormentarían en sueños. Les había dado demasiada carnaza a aquellos sueños oscuros: las chicas muertas de la gruta, las manos amontonadas detrás de las musas impávidas. Un escalofrío lo recorrió, y Enrique se obligó a sentarse erguido.

—Estábamos equivocados con las Musas Perdidas —comenzó Enrique.

Ruslan ladeó la cabeza.

—¿Las mujeres que, en teoría, protegen *Las letras divinas*?

—Y no solo las protegen —respondió Enrique—. Al parecer, había algo en su linaje que les permitía leer el mismísimo libro. No creo que sea un mito. Ya no.

—Pero eso es imposible, *mon cher* —dijo Hypnos—. ¿Qué mujer pertenece a ese linaje? ¿Y qué tiene que ver eso con aquellas pobres chicas?

Enrique clavó la mirada en su regazo. Solo se le ocurría una mujer con un linaje que le permitiera hacer lo imposible: Laila. Y su sola existencia dependía de encontrar *Las letras divinas*. Enrique evitó su mirada.

—¿Enrique? —lo instó Séverin.

—No sé quién podría pertenecer a ese linaje —comentó Enrique, y obligó a sus pensamientos a regresar a la conversación—. Pero está claro que la Casa Caída creía en ello. En el portal del patio vi ilustraciones de mujeres sin manos que se las ofrecían a las musas. Y ninguna de esas chicas que encontramos...

—... tenía manos —terminó Laila en voz baja.

—Creo que una vez que la Casa Caída consiguió *Las letras divinas*, trataron de encontrar a las mujeres con el linaje necesario para leer el libro. Y como estas no lo consiguieron, las... las sacrificaron y las colocaron imitando a las Musas Perdidas, como guardianas de sus tesoros y de *Las letras divinas,* que no sabían descifrar. Puede que siguieran buscando más chicas, pero entonces los exiliaron.

Laila se llevó una mano a la boca. A su lado, Zofia y Eva parecían tener ganas de vomitar.

—Y no es solo la sangre —prosiguió Enrique, pensando en los ojos ciegos del anciano—. Creo que hay más, como la vista.

—El anciano —reflexionó Eva entornando los ojos—. Dijo algo sobre que, si no podíamos ver lo divino, entonces no sabríamos dónde *usarlo*. No entendí qué quería decir.

—Yo tampoco —admitió Enrique.

Séverin, que jugueteaba con una pequeña daga en la mano, habló despacio, como para sí.

—Entonces para leer *Las letras divinas* hace falta una chica de ese linaje.

Un escalofrío recorrió la espalda de Enrique. El modo en que Séverin lo había dicho… como si… No. No, pensó Enrique firmemente. Él nunca haría eso. Quería el libro para vengar a Tristan. Cualquier otra cosa sería una locura.

—Pero ¿qué hay de los otros tesoros de la Casa Caída? —inquirió Ruslan—. ¿Los símbolos llevaban a algo?

Enrique negó con la cabeza.

—Creo que es un alfabeto codificado, pero sin más símbolos o su clave, no puedo descifrarlo.

Al oír aquello, Zofia carraspeó. Levantó el mnemoinsecto y él recordó que ella había visto algo dentro del leviatán.

—Yo he encontrado más símbolos —interrumpió Zofia—. Creo que podemos descifrar el código.

22

LAILA

Laila merodeaba por la entrada de la cocina del Palacio Durmiente debatiéndose entre querer ayudar a los criados a preparar la comida o huir de allí. Le solía encantar analizar los ingredientes como si se tratasen de retazos de un universo sin formar. Solía deleitarse en la seguridad de las cocinas; donde no había recuerdos que doliesen, donde lo que su contacto traía era algo digno de compartir entre amigos.

Antaño había horneado unos comestibles maravillosos.

Ahora lo único que le quedaba era preguntarse: ¿Cómo viviría? ¿Cómo moriría? Se miró las manos. Le parecían ajenas a ella. Hacía tiempo, cuando le preguntó al *jaadugar* cómo podría seguir viviendo, este le ordenó que encontrase el libro y lo abriese, dado que en su interior se hallaban los secretos de su creación. No añadió que tendría que encontrar a alguien para que se lo leyese y, sin embargo, eso fue lo que confirmaron los hallazgos de Enrique y Zofia. Para leer *Las letras divinas* requerían de alguien que perteneciese al linaje de las Musas Perdidas.

—¿*Mademoiselle*? —la llamó un criado—. ¿Ha venido a darnos alguna instrucción específica acerca del té?

Laila se sobresaltó y salió de sus ensoñaciones. Los criados la debían de haber visto de pie junto a la entrada. Más allá divisó los carros del té que ya portaban samovares y *podstakannik* dorados diseñados para colocar los finos vasos; había montones de caviar brillante junto a unas cucharitas de nácar; sándwiches de jamón del color de la sangre y delicadas galletas de azúcar que parecían tener el aspecto de varias capas de encaje superpuestas. Todo estaba preparado para la reunión que se celebraría ahora que Enrique volvía a estar consciente. Laila carraspeó. «Paso a paso». Lo primero que necesitaba era el libro. Después ya lo descifraría.

—Nada de cerdo para la bandeja dos —informó Laila mientras señalaba la bandeja de Zofia—. Y que no sobresalga nada en el plato, por favor.

Observó la bandeja de Enrique y frunció el ceño.

—Añadan más tarta en esta.

Para la bandeja de Hypnos señaló la jarra de agua.

—¿Podrían usar una más bonita? Que tenga algún grabado y esté hecha de cuarzo. Y sirvan el vino en un cáliz más simple.

Hypnos tenía la costumbre de beber de jarras hermosas y lo necesitaban sobrio. Laila vaciló ante la última bandeja. La de Séverin.

—¿Qué desea *monsieur* Montagnet-Alarie? —preguntó el criado.

Laila permaneció con la mirada fija en la bandeja y sintió que la risa floja le subía por la garganta.

—Quién sabe —respondió.

El criado asintió y prometió llevar las bandejas a la biblioteca en menos de media hora.

—Preparen una bandeja más —pidió Laila—. Con un poco de todo... desconozco qué le gusta. Y esa me la pueden dar a mí directamente.

El criado frunció el ceño, pero obedeció. Bandeja en mano, Laila caminó por los confusos pasillos inferiores en dirección a la sala que Ruslan le había explicado que hacía las veces de enfermería. Los otros ya se encontrarían reunidos en la biblioteca, listos para desentrañar el código que Zofia había descubierto en la boca del leviatán, pero Laila necesitaba un poco más de silencio. No había tenido ocasión de llorar a las jóvenes que había leído. Ni siquiera de recuperar la compostura después de que Eva, Enrique y Zofia desapareciesen y Séverin y ella encontraran una flecha con manchas de sangre dando vueltas en el suelo de la gruta helada.

Lo que necesitaba era darle las gracias a la persona indicada.

Laila llamó a la puerta de la enfermería.

—¿Qué quieres? —espetó una voz en el interior.

Laila tomó una gran bocanada de aire y abrió la puerta. Eva se encontraba tumbada en un catre improvisado en el centro de la sala. Se tapó con las sábanas de inmediato para esconder la pierna. Durante aquellos segundos en los que estuvo expuesta, Laila atisbó las gruesas cicatrices moteadas en la piel de Eva, así como el músculo contraído.

—Ah, eres tú —exclamó Eva, acomodándose contra los cojines.

—¿Quién creías que era?

—Alguien importante. —Alzó la barbilla—. Pedí que averiguasen más información sobre Moshe Horowitz. Creía que serías alguien que viniese a traérmela.

Laila hizo caso omiso la afrenta; la familiaridad del nombre la había pillado con la guardia baja, aunque no supo recordar de dónde le sonaba.

—Es un nombre que encontramos en el pozo —añadió Eva.

Las manos de Laila se crisparon y se enfriaron, como si hubiese rozado un bloque de hielo y una corona de pétalos helados. Rememoró los últimos recuerdos de la chica muerta: «Mi padre, Moshe Horowitz, es un prestamista. Pagará cualquier rescate que pida, lo juro, por favor…».

Laila aferró la bandeja con más fuerza mientras su corazón palpitaba herido.

—No tengo información, pero te he traído esto. ¿Puedo entrar?

Eva entrecerró los ojos, pero finalmente asintió. Se llevó la mano a la garganta, tirándose del colgante que siempre llevaba, mientras Laila se acercaba a ella. De cerca, Laila pudo apreciar que se trataba de una bailarina girando en una cadena delgada. Eva la descubrió mirándola y la escondió enseguida.

—Si crees que puedes sobornarme para que seamos amigas… —empezó a decir, pero le gruñó la tripa. Eva se sonrojó intensamente.

—Jamás se me ocurriría sobornarte —respondió Laila—. Tu tripa, sin embargo, es un ser distinto.

Empujó la bandeja hacia delante. Sin embargo, Eva no la tomó. Laila soltó un suspiro.

—No te lo tomes como una propuesta de amistad —dijo—. Llámalo gratitud. De no ser por el puente de hielo que creaste, Enrique habría muerto y a mí se me habría roto el corazón. Quieras mi amistad o no, lo que tienes es mi agradecimiento.

Como Eva no respondió, Laila se puso de pie y se dirigió a la puerta.

—Yo no te caigo bien —exclamó Eva—. Y tú a mí, tampoco.

La mano de Laila se detuvo en la puerta. Al mirar a Eva, vio tal fiereza en su rostro que algo en su interior se suavizó.

—Entonces quizá podamos acceder a respetarnos mutuamente.

Laila se marchó sin esperar respuesta. Solo había dado un par de pasos por el pasillo cuando sintió una sensación restrictiva en torno al cuello. Nunca la constreñía hasta el punto de ahogarse, pero se le cortó la respiración de todas formas. Séverin la estaba llamando.

Laila caminó por los serpenteantes pasillos cristalinos. Todo se encontraba casi en silencio. La luz que provenía de las tiras luminiscentes y forjadas colocadas en las paredes tenía un aspecto escalofriante, como si proviniese de unas raíces brillantes que cruzaban unos pasillos sobrenaturales. Las puertas abiertas revelaban unas salas desprovistas de mobiliario, pero no de sorpresas. En una caían unos intrincados copos de nieve del techo. En otra había esculturas bien definidas de plantas y criaturas que abrieron los ojos y mostraron sus dientes de cristal al pasar por delante. Cuando Laila llegó al atrio, fue testigo de otra imagen sobrehumana. Séverin se hallaba envuelto en su abrigo largo de marta cibelina y las luces resaltaban sus rizos oscuros, ensombreciendo la expresión severa de su boca. Si las luces de hielo del Palacio Durmiente le recordaban a las estrellas aglomerándose en el cielo, Séverin era como un eclipse. Todo en él era lo contrario a la luz, y atrajo su atención como una plaga en el horizonte. A pesar de no desearlo, era imposible apartar la vista de él.

A su espalda, los artesanos contratados de la Casa Dazbog se encontraban con las manos en alto para sacar a los animales de hielo. Parecía un cuento infantil. Laila casi esperaba que Snegurochka caminase entre ellos con las manos heladas sujetándose el corazón por temor a enamorarse y a derretirse. Unos ciervos enormes con astas relucientes caminaban suavemente sobre el hielo. Los osos gigantes arrastraban su estómago transparente por el suelo. Los jaguares, cuyas garras talladas tintineaban contra el suelo de cristal como copas de champán al brindar, seguían a los artesanos de hielo que los conducían al atrio. Parecían los fantasmas de los animales muertos atrapados en el hielo.

—A Ruslan se le ocurrió reconfigurar el mecanismo forjado que tenían —explicó Séverin en voz baja mientras se acercaba a ella—. Es más seguro tenerlos cerca si no pueden atacarnos.

Acortó la distancia que los separaba y le pasó la mano por la cintura. Laila se preguntaba lo fría que debía de estar si un chico hecho de hielo se estremecía al tocarla. Era consciente de que era pura fachada para los criados, pero, de todas formas, la traicionó el pulso y Séverin se percató. Su boca formó una leve sonrisa de suficiencia y Laila reprimió la ira que sintió. Ella pasó un pulgar por el labio de él y aquello provocó el más leve de los temblores en los dedos de Séverin.

—Te estás excediendo —exclamó él fríamente—. Otra vez.

—Has sido tú quien me ha llamado, mi amor —repuso ella, elevando la voz un poco más de lo necesario—. Delante de todos. ¿Es que ahora vamos a tener público?

La mirada de Séverin cayó sobre ella. El hielo en su interior no le había llegado a los ojos. Seguían siendo de un tono violeta vespertino. Igual de perturbadores.

—Te he llamado para saber qué has visto al leer a esas chicas —aclaró, bajando la voz—. ¿Corrobora lo que vieron Enrique, Zofia y Eva en el patio?

Laila asintió, a pesar de la revulsión de su alma.

—Las muchachas fueron sacrificios fallidos para convertirlas en «instrumentos divinos», sea lo que sea eso. El patriarca estaba loco, Séverin. Lo que les hizo... —Se le quebró la voz por un momento y le costó continuar—. Enrique tenía razón. No eran del linaje necesario para leer el libro y el patriarca de la Casa Caída esperaba que su hijo tuviera más suerte. Por eso dejó pistas sobre el rostro de las muchachas. Y la razón por la que las eligió... mencionó específicamente que fue a por ellas porque creía que nadie las echaría en falta. Eva está tratando de encontrar a sus familias.

Séverin asintió y la observó con curiosidad.

—Llevas buscando ese libro mucho tiempo —musitó—. ¿Cómo piensas leerlo?

Laila elevó la mirada hasta la suya.

—¿Por qué crees que necesito leerlo?

—¿Serías capaz?

Sus ojos se le antojaron líquidos al preguntar. Desesperados, incluso, lo cual la descolocó por completo. Durante todo ese tiempo, Laila suponía que él había querido el libro para vengar a Tristan. Al fin y al cabo, sustraer a la Casa Caída su tesoro más preciado sería un golpe mortal. Pero no atisbó sed de venganza en la expresión de Séverin. Se trataba de otra cosa... algo que no acertaba a ver, pero que la enervaba igual.

—No lo sé —acabó respondiendo.

El *jaadugar* se había limitado a ordenarle que abriera el libro. Solo eso. Eran apenas unos cimientos para la fe, pero unos que mantenían su esperanza, al fin y al cabo.

Séverin le rozó la garganta y apoyó los dedos en la joya de diamantes.

—No me hagas esperar.

Laila lo tomó de la muñeca y apretó el brazalete del juramento.

—No me ordenes aquello que no te has ganado —rebatió.

—¿Ganado? —repitió Séverin enarcando una ceja—. Por supuesto que me he ganado dar órdenes. He cumplido mis promesas. Prometí compartir todo lo que sabía contigo y llevarte conmigo. Te prometí convertirte en mi amante.

A espaldas de él, un criado cruzó el patio mientras conducía a un tigre por él.

Séverin se inclinó hacia ella.

—Lo que no te prometí fue tratarte como una de verdad. ¿Es ese el problema? —preguntó en tono burlón—. ¿Me quieres en tu cama, Laila?

Laila le clavó las uñas en la muñeca hasta que él hizo una mueca.

—Me limito a recordarte tus promesas.

LAS ESTATUAS DE LAS NUEVE musas brillaban como el nácar en la biblioteca. Un mnemoholograma planeaba en el aire mostrando dos conjuntos distintos de símbolos. Laila reconoció uno como los símbolos que habían grabado en las mandíbulas de las chicas.

El otro debía de ser lo que Zofia había encontrado en el interior del leviatán.

El saludo de Delphine a Laila fue una mueca. Como siempre, la otra mujer iba vestida de forma impecable; llevaba el cabello rubio plateado recogido en un moño prieto y por los hombros le caía una capa oscura de color azul zafiro con rebordes de pelo de zorro. Laila la observó. Delphine no era... agradable. Pero sí amable, y ahí radicaba la diferencia. Cuando Delphine se la llevó después de encontrar los cadáveres, Laila consiguió pasar la mano por sus pañuelos y su abrigo de piel. Sintió el peso de la soledad como una tenaza en el corazón y vio un recuerdo de Séverin de pequeño: un niño de ojos violeta y mejillas angelicales con una mirada de asombro. Normalmente, durante las lecturas de Laila, la vergüenza solía mancillar los recuerdos, dotándolos de una textura pegajosa y sucia. Pero los recuerdos de Séverin de la matriarca fluían por su mente como un río de luz... y era incapaz de conciliar lo que Delphine sentía por él con lo que le había hecho. No tenía sentido.

—¿Se comportan siempre de esa manera? —inquirió Delphine.

Laila miró sobre el hombro de la mujer hacia donde se encontraban Hypnos y Enrique debatiendo acerca de la colocación de los cojines en un diván; Zofia encendía cerillas, distraída, y las observaba arder; Séverin —que había abandonado el patio antes que ella— fingía no ser consciente de nada; y el pobre Ruslan se frotaba la cabeza, confundido.

—Están hambrientos —respondió Laila.

—Lo que están es asilvestrados —la corrigió Delphine.

—Eso también.

—¿Debería pedir comida...?

Tras Laila, las puertas se volvieron a abrir una vez más y los criados entraron empujando un carro de comida. Laila escuchó un «tarta» exhalado en un suspiro mientras repartían la comida. Se fijó en que Séverin no eligió nada.

—Empecemos —exclamó Séverin en voz alta.

Delphine enarcó una ceja, pero Séverin levantó la mano cuando se acercó a la disposición de sillas.

—Tú no.

Delphine se detuvo y el dolor se asomó a su rostro durante un breve instante.

—La que patrocina tu adquisición soy yo, por lo que sí que puedo quedarme.

—Ya contamos con la presencia de dos patriarcas de la Orden.

Delphine posó los ojos en Ruslan, que hizo un gesto con la mano en señal de disculpa, e Hypnos, que fruncía el ceño ante las copas de su bandeja. Incluso Laila notó un pellizquito en el corazón.

—Qué imagen más estimulante —dijo Delphine—. La presencia de dos representantes de la Orden no me parece muy pertinente.

—De acuerdo —espetó Séverin—. Despacharé a uno de ellos.

Frente a Laila, Hypnos se tensó.

—Patriarca Ruslan, ¿te importaría abandonar la sala, por favor?

Ruslan pestañeó con los ojos bien abiertos.

—¿Yo?

—Sí.

Laila fue testigo del hundimiento repentino de los hombros de Hypnos. Su cuerpo manifestó un alivio evidente. Cuando este miró a Séverin, sus ojos reflejaron algo parecido a la esperanza.

Ruslan gruñó e hizo un puchero antes de colocarse junto a Delphine en la entrada de la sala y ofrecerle su brazo ileso. Ella lo tomó con tanta cautela como si de un trapo manchado se tratase.

—Os dejaré con vuestro trabajo, entonces —musitó Delphine—. Pero deberíais saber que la Orden sigue impaciente.

—¿Saben dónde estamos? —preguntó Séverin.

—Lo sabrán pronto —respondió Delphine—. Es un secreto que ni yo, ni el patriarca Ruslan, ni el patriarca Hypnos tenemos el derecho de ocultar una vez se celebre el Cónclave de invierno dentro de tres días.

—Entonces será mejor que nos demos prisa —concluyó Séverin.

Ruslan señaló la puerta y Delphine y él abandonaron la biblioteca. Laila se acercó a Zofia, que mordisqueaba el borde de una galleta de azúcar.

—No están tan buenas como las tuyas —dijo Zofia.

—Las volveré a hacer. Cuando volvamos a casa.

Zofia alzó la vista para mirarla y la confusión dio paso a la felicidad. A su lado, Enrique acababa de tragarse la mitad de una gran porción de tarta.

—Comenzad —ordenó Séverin.

Enrique bebió un sorbo de té. Aún lucía magullado y agotado, pero sus ojos exhibían un brillo nuevo. Uno que solo aparecía cuando le embargaba la curiosidad. Antes de mirar los símbolos, sus ojos se posaron en ella y su expresión se tiñó de esperanza.

—Los símbolos superiores son los que encontramos en las chicas —explicó Enrique—. Los de abajo, en el leviatán…

Laila frunció el ceño.

—¿En qué parte del leviatán exactamente encontraste esos símbolos, Zofia?

—Me metí en su boca.

Laila se frotó las sienes.

—¿Sola?

—Había algo dentro. Y había unas escaleras.

—Zofia, es demasiado peligroso como para hacerlo sola —la reprendió Laila—. ¿Y si te llega a pasar algo?

La mirada de Zofia se tornó sombría.

—¿Y si te pasa algo a ti?

Aquello dejó a Laila de piedra. La palma de la mano le latió por el recuerdo de Zofia y Enrique ocupándose de la herida a las afueras de San Petersburgo. Se habían preocupado por ella y, cada vez que se acordaba, se sentía como si la cubriera un rayo de sol inesperado.

Hypnos se estremeció.

—Ese leviatán es una monstruosidad…

—No es una monstruosidad —rebatió Zofia, algo a la defensiva—. Las mascotas autómatas no son tan raras…

—¿Mascota? —repitió Hypnos—. ¿Acaba de decir «mascota»?

—Una mascota es un perro o un gato… —empezó a decir Enrique, consternado.

—O una tarántula —interrumpió Zofia.

—Te ruego que me disculpes…

—No hace falta rogar —respondió Zofia.

Enrique esbozó una mueca.

—No me imagino a nadie poniéndole nombre y mirándolo con cariño —opinó Laila.

Zofia pareció pensárselo.

—… Yo lo llamaría David.

Todos se quedaron callados.

—David —repitió Enrique—. Una tarántula llamada Goliat y un leviatán de metal llamado David.

Zofia asintió.

—¿Por qué…?

—Los símbolos —los interrumpió Séverin.

Zofia señaló el símbolo del patrón que había identificado.

Enrique se pasó el pulgar por el labio inferior.

—También hay otros que se repiten —musitó—. Como si fuesen letras. Si transformo un símbolo por una vocal quizá se revele un mensaje. ¿Lo intento con la A? —Enrique retrocedió un paso y negó con la cabeza—. No he dicho nada. ¿Y la E?

Zofia ladeó la cabeza mientras observaba el patrón con sus ojos azules y brillantes.

—Suponiendo que la E sea la vocal correcta para reemplazarla, de ahí puedes ir hacia atrás... Se construyen unas a otras, como una cuadrícula...

—¿Un alfabeto a partir de una cuadrícula? —caviló Enrique.

Laila vio como Zofia se levantaba, se acercaba a la pizarra, discutía con Enrique y después dibujaba una cuadrícula poco definida...

Enrique soltó un grito de alegría.

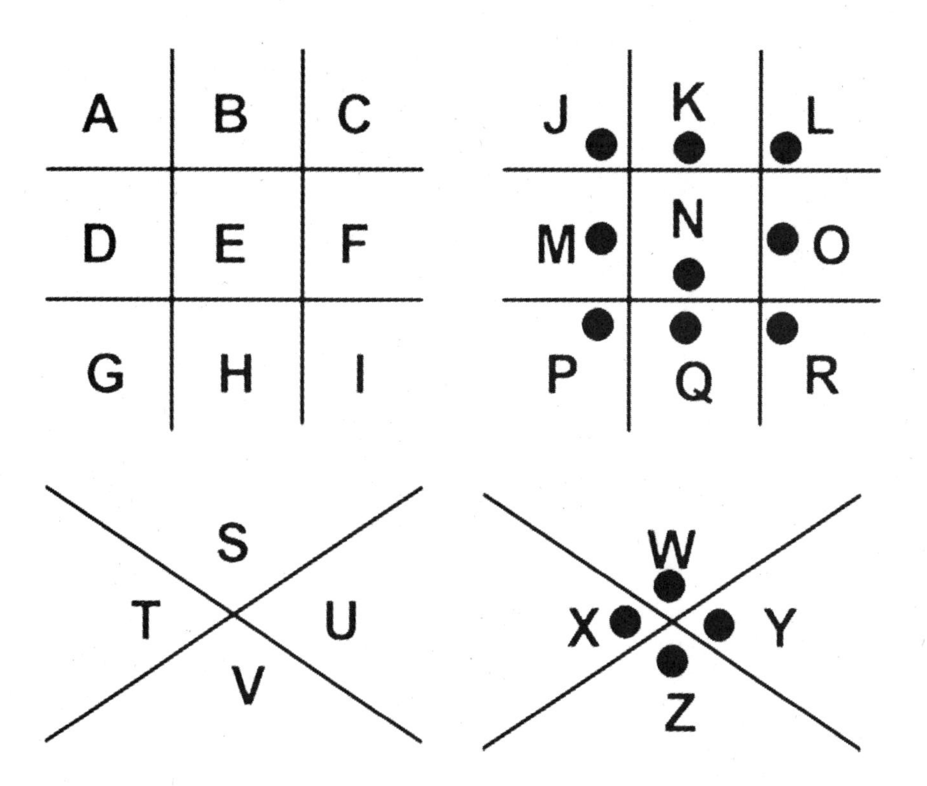

—Ahora lo que tenemos que hacer es alinear los símbolos con las letras. Zofia, tú te encargas de las del leviatán. Yo me quedo con la original.

—¿Y nosotros qué hacemos? —preguntó Hypnos, inclinándose hacia delante con sumo interés.

—Disfrutar de su inteligencia —respondió Laila, suspirando.

Hypnos hizo un puchero y, a continuación, fue a sentarse a su lado. Estiró la mano hacia la suya y la giró de un lado a otro.

—¿Cómo lo haces, *ma chère*?

Laila se tensó. ¿Acaso le había contado alguien lo que era capaz de hacer? Se sintió presa del pánico. Hypnos no conocía su secreto. No creía que Hypnos la considerase diferente al resto, pero no se fiaba de que se fuera a guardar la información para sí.

—¿Hacer? —repitió ella.

—Sí, ya sabes... me refiero a que... y no pretendo ofender... pero en estas reuniones contribuyes quizá lo mismo que yo, ¿no? —inquirió—. Ayudas a preparar la comida y demás, pero yo también intenté hacerlo una vez y no obtuve mucho éxito. ¿Cómo haces...?

Su voz se apagó y Laila supo qué era aquello que no terminaría de decir: «para sentirte parte de esto». A pesar de que Hypnos no se percataba mientras le giraba la mano, una parte de ella no pudo evitar establecer contacto con sus sentidos. Recordaba lo que había dicho Hypnos en la sala de música de la casa de té de Moscú. Que la música había llenado el hueco de la soledad, y en las cosas más pequeñas, como el borde del puño de la manga de su camisa, Laila creyó oír esa soledad retumbando en su interior. Era como la lluvia helada resbalándole por el cuello, como si observara una sala cálida y nunca diera con la puerta para entrar en ella.

—Dale tiempo —le aconsejó Laila mientras le apretaba la mano—. Creo que la mayoría valora más saber quién eres... que con quién estás.

Laila se tensó al no saber si aquello último lo ofendería. Era de dominio público que él salía con Enrique, ¿pero hasta cuándo? El cariño de Hypnos siempre se le había antojado como algo pasajero, aunque sincero. Lo que tenía con Enrique no le había parecido serio hasta que Enrique había aparecido inconsciente de la puerta Tezcat. En ese momento, Hypnos había insistido en atenderlo personalmente. Y, sin embargo, Laila se había percatado de que su mirada se desviaba hacia Séverin más que hacia Enrique; de que la mano sobre el hombro de Enrique parecía menos afectiva y más como si quisiese reafirmar su lugar en la estancia. La tez de Hypnos se tornó varios tonos más oscura y su mirada se desvió casi con culpabilidad hacia Enrique.

—Saber quién soy —repitió Hypnos—. ¿Me estás llamando enigma, *mademoiselle*?

—No te eches flores.

—Alguien tiene que hacerlo —respondió él de forma altiva—. Y uno se preguntaría cómo desentrañar un enigma. ¿Con nombres, quizá? ¿Quizá quieras confesarme el tuyo?

Laila le lanzó una mirada molesta.

—Laila.

—Yo habría nacido como Hypnos, claro —exclamó con una sonrisa burlona. Y un momento después, le soltó la mano—. Aunque, por otro lado, los nombres con los que nacemos pueden acabar no significando apenas nada. Los nombres que nos damos a nosotros mismos, bueno, quizá ahí se halle la verdad.

—Sé sincero, ¿querías ser el dios del sueño?

La sonrisa de Hypnos se suavizó.

—Quería ser una persona que solo veía en sueños y me di el nombre por esa razón —admitió en voz baja—. ¿Y tú?

Laila se acordó del día en que escogió el nombre de uno de los libros de poesía de su padre.

Laila.

«Noche».

—Me concedí un nombre que esconde toda imperfección.

Hypnos asintió. Por un momento pareció como si fuera a decir algo más, pero entonces se escuchó la voz de Enrique...

—Lo he descifrado —dijo Enrique—. Todo este tiempo había un mensaje esperándonos.

Laila cerró los ojos. Sintió una breve punzada de pánico en el pecho. Se preparó y abrió los ojos para ver la traducción del primer conjunto de símbolos:

El poder del diablo me reclama.

Y, a continuación, pasó a mirar la traducción de los símbolos que había encontrado Zofia en la boca del leviatán:

Yo soy el diablo.

23

ZOFIA

Zofia sintió como se le aceleraba el pulso cuando vio las palabras frente a sus ojos: «Yo soy el diablo».

El año anterior a la muerte de sus padres, alguien pintarrajeó en el escaparate de un famoso comerciante judío llamándolo demonio y acusándolo de ser responsable de la muerte del zar Alejandro II. Durante todo el día, su padre ayudó a quitar la pintura de los ladrillos. Cuando Zofia lo visitó, él colocó una mano sobre la de ella y, juntos, trazaron la piedra, todavía húmeda con los insultos pintarrajeados.

—¿Ves eso, mi Zofia? —le había preguntado—. Eso es el diablo. Cuando un hombre no es capaz de ver a una persona como la persona que es, entonces es que el diablo se ha introducido en él y está observándonos a través de sus ojos.

Un zumbido frenético y grave comenzó a resonar en la base del cráneo. Zofia se obligó a respirar hondo. Empezó a contar todo lo que veía: las galletas sobre el plato delante de ella, el número de borlas que colgaban de la alfombra. Contó hasta que ya no tuvo que recordarse que debía respirar. Cuando pensaba en el diablo, no pensaba en monstruos mecánicos que nadaban en las aguas de un lago, sino en personas. Las personas que habían capturado a esas chicas y las habían matado; las personas que ocultaban la crueldad detrás de la política. Cuando el zumbido remitió, trató de descifrar la expresión de todos los demás. La expresión de Laila era inescrutable. Tanto Hypnos como Enrique tenían el mismo rictus de horror, o al menos eso parecía. Pero el labio de Séverin se curvó. Aquel gesto inquietó a Zofia. Le recordaba a la imitación que podría hacer un animal de una sonrisa humana.

—Tenemos que entrar en el leviatán —concluyó Enrique, rompiendo el silencio.

—¿Todos? —preguntó Hypnos—. ¿No podemos mandar, no sé, a un enviado especial al interior de esa terrorífica bestia?

Enrique se cruzó de brazos.

—Eres todo un derroche de valentía.

—O quizá solo me preocupe por ti, *mon cher* —replicó Hypnos.

Zofia no perdió detalle de cómo florecía color en las mejillas de Enrique. Aquel intercambio —la ligera sonrisa de Hypnos y el brillo en los ojos de Enrique— la desorientaba. Se le aceleró el pulso y le empezaron a sudar las palmas de las manos... pero ¿por qué? Aquellos pequeños gestos se le antojaban significativos por ninguna razón aparente. No se trataba de una ecuación que tuviera que resolver. Solo era una situación en la que ella no tenía lugar. Y, aun así, su centro de gravedad parecía haberse ladeado y no sabía la razón. Molesta, mordisqueó el extremo de una cerilla.

—Cuando mañana al mediodía regrese el leviatán, iré yo —resolvió Séverin.

—Y él es todo un derroche de autosacrificio —comentó Hypnos—. No vas a ir solo. —Puso los ojos en blanco—. Yo también iré.

—Tú eres el que ha llamado a la criatura «bestia terrorífica» —señaló Enrique.

Zofia no estuvo de acuerdo. Un invento forjado no era ni bueno ni malo, sino un mero recipiente para un propósito específico.

—Quizá fuera menos terrorífica si tuviese nombre —intervino ella—. Me gusta «David».

—No —dijeron Hypnos, Laila y Enrique al unísono.

Zofia frunció el ceño. Antes de poder defenderse, las puertas de la biblioteca se abrieron y Eva entró con un trozo de papel en la mano. Conforme se aproximaba, su cojera se hacía más notable. Dejó de caminar en cuanto vio la traducción de los símbolos.

—No deberías estar aquí —la reprendió Séverin, serio.

Con un chasquido de dedos, el mnemoholograma desapareció. Enrique dio un paso al costado y ocultó la traducción tras de sí.

—Traigo noticias —explicó Eva.

Séverin frunció el ceño.

—¿Noticias de qué?

—Una de las chicas desaparecidas era la hija de un hombre llamado Moshe Horowitz, el nombre que encontramos en el pozo. Los contactos de la Casa Dazbog pudieron rastrear el nombre hasta un prestamista que vivió en Odesa hasta 1881.

—¿Y? —preguntó Laila.

Entonces, los hombros de Eva se combaron y desvió la mirada hasta Zofia.

—Moshe Horowitz está muerto. Y también su familia. Los mataron en un pogromo.

Todos permanecieron en silencio. Zofia no quería pensar en la familia de la chica muerta en Odesa. Habían perdido a su hija y luego habían perdido todos la vida. Antes, las chicas asesinadas solo le recordaban a Laila. Ahora también veía algo de sí misma en ellas. La misma impotencia.

—El patriarca de la Casa Caída la eligió por ser judía —repuso Laila enfadada—. Creyó que a nadie se le ocurriría buscarla. Que nadie la echaría de menos. Todas esas chicas... él... —Tragó saliva con esfuerzo y Zofia supo que aquello significaba que estaba al borde de las lágrimas—. Él creía que podría irse de rositas.

—¿Cómo sabes eso? —inquirió Hypnos.

Zofia se percató de que Eva se inclinaba hacia adelante con curiosidad. Laila parpadeó para contener las lágrimas y luego agitó una mano.

—Encontré un mensaje junto a los cadáveres —respondió.

Eva entornó los ojos.

—Eso no es posible...

Séverin la interrumpió.

—¿Por qué iba a grabar nadie el nombre de Horowitz en un pozo?

Al ver que nadie respondía, lo repitió:

—¿Por qué un pozo? —repitió—. Ese no es un lugar normal para conmemorar a los muertos. Debe de haber alguna razón. Volvedlo a inspeccionar.

Enrique exhaló un ruido estrangulado.

—Después de que casi nos mataran unas diosas autómatas, ¿quieres que volvamos a abrir todas esas puertas?

—¿Quién dice que se vayan a abrir? —intervino Eva—. Excepto una, todas las demás puertas Tezcat estaban tapiadas.

Era cierto, reflexionó Zofia. El anciano en Estambul bien podría haberles bloqueado el camino de vuelta.

—Quiero que las inspeccionéis a fondo. No las crucéis —ordenó Séverin.

Zofia se percató de que solo la estaba mirando a ella cuando dijo lo último. Ella desvió la mirada al instante.

—Que os quede claro, no pienso ofrecer mi sangre para volver a abrir esas puertas —dijo Hypnos cruzándose de brazos.

—¿Soy el único que piensa que es una idea horrible? —dijo Enrique—. «Asesino. Autómata. Diosas». No vamos a abrir esas puertas.

—La Tezcat de Estambul está cerrada —anunció Séverin—. Solo quiero saber si hay algo escrito al otro lado, al igual que en el pozo de ladrillo.

—¿Cómo sabes que está cerrada? —lo interrogó Eva.

Séverin dio unos golpecitos en el mnemoescarabajo de su solapa.

—Porque lo estoy viendo.

Enrique parpadeó.

—¿Cómo?

—Antes de que se cerrase la puerta, lancé un bicho a la abertura para hacerle un seguimiento. El anciano de Estambul ha colocado una estatua gigante en la entrada. No quiere que crucéis la puerta y yo tampoco. Tenemos todos los ojos que necesitamos en ese lugar —dijo—. Zofia, Enrique... id a examinar las puertas...

—Y yo —lo interrumpió Eva con brusquedad—. Les salvé la vida. Tengo lo mismo que ofrecer que ellos. Y, además, no tienes representante de la Casa Dazbog en esta investigación.

Séverin miró de Enrique a Zofia. Eva decía la verdad, así que Zofia no la corrigió.

—Que venga —accedió Enrique.

Eva sonrió mostrando todos los dientes y levantó la barbilla en dirección a Laila.

—Tenemos que saber qué más podría haber allí antes de que Hypnos y yo entremos mañana en el leviatán —declaró Séverin—. Mientras tanto, me ocuparé de lo que haya que hacer con Ruslan y la matriarca.

Laila se puso de pie y se abrió paso hasta Zofia.

—Por favor, ten cuidado —dijo—. No podría soportar que te pasase algo.

Un dolor lacerante estalló en el pecho de Zofia mientras escrutaba el rostro de Laila. Había algo en sus facciones que la hacía sentir como si estuviese mirando a Hela. No era nada físico. Sus ojos eran de una tonalidad distinta. Hela tenía los ojos grises mientras que los de Laila eran marrón oscuro. Su color de piel también era diferente. La tez de Hela era del color del mármol mientras que la de Laila tenía un tono similar al de la corteza de un árbol después de una tormenta. Quizá fuera el efecto que tenían en el mundo que las rodeaba. Cómo lo hacían, de alguna manera, seguro.

—No me pasará nada —le aseguró Zofia.

Y entonces, se giró y salió de la biblioteca con Enrique y Eva. Mientras se dirigía hacia la gruta helada, Zofia observó la luz que danzaba sobre el techo de hielo abovedado y las esculturas cristalinas de conejos saltarines y zorros bajo los balcones. Sus padres siempre le habían dicho que fuese una luz, pero la luz que se le antojaba más brillante pertenecía a otros. Algunas personas brillaban tanto que no dejaban pasar ni la oscuridad ni el miedo. Después de haber perdido a sus padres, la presencia de Hela ahogaba las sombras. En París, Laila y Tristan, Séverin y Enrique —e incluso Hypnos— habían conseguido lo mismo. Pero perder a Tristan logró que las sombras volvieran a hacerse con ella y, conforme los tres pasaban por debajo de una bóveda oscura, Zofia temió que, de perder a Laila y a Hela, nunca pudiera escapar de la oscuridad.

EN EL ATRIO, ZOFIA advirtió que la colección de animales de hielo se había dispersado. Ahora, unas inmóviles figuras transparentes de osos y cisnes, leopardos lustrosos y halcones enormes cubrían el suelo traslúcido del Palacio Durmiente, desperdigados entre las habitaciones y los pasillos. Solo mirar a las estatuas inmóviles era desconcertante, pero Zofia no tenía elección. Enrique se había olvidado la libreta en la biblioteca y los había hecho prometer que lo esperarían.

—Y no digas que lo prometes sin más, Zofia.

Zofia se cruzó de brazos.

—Están reprogramando los animales de hielo —explicó Eva—. No pueden atacar si cambia su mecanismo forjado.

Zofia observó cómo uno de los artesanos arrastraba un ciervo de hielo con una de las patas delanteras partida. Uno de ellos sacaba una antorcha apagada y luego le acercaba una cerilla. Sabía que era un ciervo de hielo, pero por alguna razón, lo único que veía ella era a las chicas asesinadas y olvidadas en los bloques de hielo, la tos persistente de Hela pese a todas las medicinas, el anillo granate de Laila y los números decrecientes en el interior de la joya. Todo aquello convergió en alguna clase de miedo sin nombre que la obligó a gritar:

—¡Detente!

El artesano levantó la mirada, primero hacia ella y luego hacia Eva.

—No... no lo destruyas.

—Es una máquina rota, señorita —se excusó el artesano.

—Lo sé, pero...

Pero no era culpa de la máquina que no pudiera funcionar en este mundo. Que algo en ella fuese menos deseable. Que las cosas que le habían pasado hubiesen escapado a su control. No tenía por qué ser destruido.

Eva se colocó delante de ella.

—Llévalo a una celda, pues. Fuera de la vista.

El artesano le dedicó una mirada de incredulidad, pero Eva entornó los ojos.

—Hazlo.

El artesano asintió y arrastró al ciervo a otro lugar. El pulso de Zofia se ralentizó hasta adoptar un ritmo normal.

—Gracias —dijo Zofia.

Eva asintió con brusquedad y se llevó una mano al colgante de plata que llevaba al cuello. El rostro de la otra chica dejaba entrever duda; tenía las cejas fruncidas y las pupilas vacilantes. Por fin, levantó la mirada hasta Zofia y sonrió de oreja a oreja.

—No nos conocemos muy bien tú y yo, ¿verdad? —preguntó Eva negando con la cabeza. No esperó a que Zofia respondiera—. Por ejemplo, ¿te gusta el *ballet*?

—No lo sé —dijo Zofia—. Nunca he ido.

—Probablemente sea mejor así —repuso Eva. Se metió un mechón de pelo pelirrojo detrás de la oreja—. Yo también dejé de ir hace años. No es bueno dejarse tentar por algo que nunca podremos ser.

—¿Querías ser bailarina?

Eva apretó los labios.

—Una vez.

Para Zofia, Eva ya parecía una bailarina. Era alta y esbelta y, aunque cojeaba, no por ello era menos grácil.

—Lo siento —se lamentó Zofia.

No tenía razón para hacerlo. No es que ella le hubiese hecho nada, pero se imaginaba que era el tipo de respuesta que Laila agradecería.

—Yo también —respondió Eva. De repente, soltó el colgante—. ¿Tú bailas, Zofia?

—No.

Eva ladeó la cabeza.

—¿Pero Laila sí?

—Sí.

Aunque Zofia recordaba que Laila no siempre consideraba bailar a lo que había hecho en el Palais des Rêves.

—La envidio por ello... entre otras cosas —comentó Eva—. ¿Laila y tú sois muy íntimas?

Al ver que Zofia asentía, Eva profirió un «humm» gutural.

—Es muy astuta, ¿verdad? —inquirió Eva con suavidad—. Es como si, a veces, supiese lo imposible.

Laila sabía lo que la gente desconocía porque leía aquello que las demás personas no podían captar. Pero eso era un secreto y por eso Zofia no dijo nada. En cambio, siguió de cerca la conmoción de la habitación y vio como un artesano abría una de las paredes del atrio e introducía allí el ciervo inservible.

—Una celda —articuló Eva tras seguir su mirada.

A Zofia se le cerró la garganta. No le gustaban los espacios estrechos y oscuros. Ni siquiera sabía que hubiese una celda oculta dentro del atrio del Palacio Durmiente.

—¿Cómo se convirtieron Laila y el *monsieur* Montagnet-Alarie en amantes?

—No lo son —reveló Zofia. Un segundo después, cayó en la cuenta de que había dicho lo que no debía. Se le aceleró el pulso—. Lo son. Es decir...

—Ah, bien, ¡me habéis esperado! —exclamó Enrique a la par que trotaba hacia ellas desde el pasillo de la biblioteca.

Recolocó la pila de libretas que acarreaba debajo del brazo. Cuando las alcanzó, se había quedado sin aliento. Miró a Zofia y sonrió. Zofia sintió la sonrisa como si fuese algo tangible y la embargó una calidez incómoda. No le correspondió la sonrisa.

UNA VEZ MÁS, los tres se hallaron delante de las puertas Tezcat.

Zofia no podía quitarse de la cabeza la información que Eva les había contado acerca de la chica Horowitz y los pogromos. Más que nada, Zofia deseaba poder tener noticias de Hela... y entonces se detuvo. No había tenido noticias de Hela.

Debido a los numerosos caminos que tenía la Orden por toda Rusia, Séverin lo había arreglado para que recibiera noticias de su hermana una vez a la semana. La última vez había sido hacía exactamente ocho días, cuando Hela le había hablado de que volvía a tener tos y de que había conocido a un chico llamado Isaac. Zofia se dijo a sí misma que no debería preocuparse. Por estadística, había un gran número de razones por las que el correo podría haberse extraviado: un error humano, caligrafía ilegible, el tiempo, etcétera. Cualquier acción debía ir acompañada de un margen de error estándar. Si tuviese las cifras para calcular la probabilidad, no se asustaría. Y, aun así, sin ellas, su miedo a menudo parecía incuantificable, que desafiaba los límites de los números y, en cambio, también amenazaba con convertirse en un agujero que se tragaría todos sus pensamientos.

—¿Preparadas? —preguntó Enrique.

Sin responder, Eva se rasgó la palma de la mano con su anillo afilado y la colocó sobre el escudo de metal. Los goznes del portal Tezcat adoptaron un brillo azul y luego se abrieron. Detrás de la primera puerta no había nada más que el musgo húmedo que había crecido sobre el ladrillo y que se había adherido tantísimo a la entrada del portal Tezcat que apenas quedaba un espacio de dos centímetros entre la abertura y la pared.

—Como esperábamos —dijo Enrique.

Pero Zofia no perdió detalle del ligero temblor que le sacudió la voz.

—Ahora a por el pozo de Odesa —instó Eva.

Eva pegó la palma sobre la segunda puerta. De nuevo, los goznes adoptaron un color fluorescente y luego se soltaron. Una burbuja subió por el pecho de Zofia. Se dijo a sí misma que debía estar tranquila... que contara las cosas a su alrededor. Cuando la puerta se abrió, contó los ladrillos: dieciocho; los tornillos alrededor del portal Tezcat: cuarenta y tres; las gotas de sangre en la palma de Eva: siete. Pero nada de ello la preparó para la vista del pozo de ladrillo una vez supo por qué habían inscrito el nombre allí.

—Sabía que había más cosas escritas —comentó Enrique. Se giró hacia Eva—. Cuchillo, por favor.

Eva se lo tendió y Enrique empezó a raspar el musgo que crecía alrededor del nombre de Moshe Horowitz. Cuando terminó, leyó la inscripción en voz alta:

—Para la familia de Moshe Horowitz. No os olvidamos... —Raspó el resto del musgo que cubría el ladrillo—. Aquí fue donde Rebekah Horowitz desapareció y, presuntamente, se ahogó...

Rebekah.

Un viejo odio regresó a la mente de Zofia.

Cuando Zofia cumplió trece años, recordaba el vientre abultado de su madre, embarazada. Zofia no había querido tener ningún hermano. No le gustaban todos aquellos nuevos cambios: el sonido constante de la carpintería para hacerle una cuna, la oleada de gente que los visitaban, los platos tan extraños que ahora le apetecían a su madre. Pero entonces su madre perdió el bebé. Al principio, Zofia no entendía cómo alguien podía perder a un bebé no nato, pero luego vio a la comadrona salir del dormitorio de sus padres con una cesta con trapos llenos de sangre y entonces lo comprendió.

¿Había sido culpa suya? Sabía que su voluntad acarreaba consecuencias. Era la edad en la que su afinidad forjada había empezado a manifestarse, la edad en que se dio cuenta de que si sostenía un trozo de metal y *deseaba* que ardiera o se doblara... lo hacía. ¿Qué había hecho...? La ley judía determinó que el bebé nunca había llegado a vivir, por lo que no había muerto. Y, aun así, su madre susurraba «Rebekah» junto a su tumba y cuando el rabino en la sinagoga llamó a los fieles a ponerse en pie para el *kadish*, ella, de pie en la zona solo para mujeres en la sinagoga, no hizo más que fruncir el ceño a cualquiera que la mirara a los ojos. Zofia todavía seguía pensando en el nombre, Rebekah, aunque nunca lo pronunciaba en alto. Para ella era el nombre de un cambio que no supo cómo querer. Era el nombre de un miedo que nunca había tenido la oportunidad de convertirse en felicidad y se avergonzaba de no haber tratado de quererla. Ahora ya nunca tendría la oportunidad de hacerlo.

En ese momento, Zofia sintió aquella misma sensación de urgencia e impotencia toda de golpe.

La urgencia de proteger lo que sabía y el temor de no saber qué esperar a continuación. Se armó de valor pensando en los ojos oscuros de Laila y en la mirada gris de Hela y se prometió que las protegería.

Zofia desprendió uno de sus colgantes Tezcat y colocó su luz fluorescente contra los ladrillos. Unos pequeños insectos corretearon hacia el interior de los ladrillos. Su luz reveló una forma plateada y fundida. Enrique levantó la mano.

—Reconozco ese símbolo —dijo, frunciendo el ceño.

—¿Cuál? —preguntó Eva.

Zofia se aproximó más. Allí, enterrado justo debajo del nombre de Rebekah y no más grande que una uña, se hallaba un pequeño número tres invertido.

—Yo nunca he visto ese símbolo —comentó Eva—. ¿Es la letra E?

Zofia ladeó la cabeza. El símbolo le recordaba a algo que había visto en el despacho de su padre, un signo matemático parecido al de la letra omega minúscula.

—Sé que lo he visto antes —dijo Enrique a la vez que pasaba las hojas de su cuaderno.

—Parece un símbolo matemático —reflexionó Zofia—. Como el número ordinal transfinito.

—¿Trans... qué? —preguntó Eva.

—Transfinito es un número tratado como «infinito» o mucho mayor que los números finitos, pero no del todo infinito. Y el ordinal es una teoría que se usa para describir a un número que describe a un conjunto de otros números.

Eva se masajeó las sienes.

—¿Qué quiere decir todo eso?

—Conociendo a Zofia, estoy seguro de que se trata de algo brillante —terció Enrique.

Él le dedicó una cálida sonrisa. Zofia escrutó su rostro: tenía las cejas aplanadas y la boca curvada en las comisuras. La típica expresión de pena. La *compadecía*. Y Eva ni siquiera le estaba prestando atención. Le empezaron a arder las mejillas y se alejó hasta llegar al tercer portal Tezcat. Enrique se rezagó para documentar el símbolo.

—Seguimos sin saber por qué han grabado su nombre en un pozo —mencionó Eva—. ¿Bajó la Casa Caída por aquel pozo? ¿Quién la vio meterse en él?

—No tengo ni idea —suspiró Enrique.

—Quizá nos lo diga la tercera puerta —dijo Eva.

Enrique emitió un ligero quejido y se colocó detrás de Eva. Un segundo después, pareció cambiar de parecer y se colocó, en cambio, delante de Zofia a la vez que murmuraba:

—*Porfavorquenohayaningunadiosaasesinaporfavorquenoha-yaningunadiosaasesina...*

Con los ojos en blanco, Eva pegó la mano ensangrentada contra el escudo de metal. Esta se abrió con un crujido. De inmediato, Eva pegó un bote hacia atrás. Enrique gritó.

—¿Qué? —preguntó Zofia.

Eva se giró hacia ella con los ojos verdes casi saliéndosele de las órbitas.

—Hay... hay algo escrito en el muro.

Enrique no se movió.

—Metafóricamente o...

—¿Has gritado porque había algo escrito? —exigió saber Zofia.

—Dependiendo del mensaje, algunas palabras pueden parecer de lo más intimidantes —se excusó Enrique—. Y no he gritado. He respirado en voz alta. —Se abrazó el pecho y la miró con el ceño fruncido—. Es distinto.

Zofia se asomó al tercer portal y vio las palabras escritas en una tinta brillante:

USAR EL INSTRUMENTO DIVINO PROVOCARÁ LA DESTRUCCIÓN

24

SÉVERIN

Séverin sabía que el descubrimiento debía alegrarle, pero era incapaz de acordarse de cómo sentirse feliz. Su mente rememoraba un recuerdo en particular, como una bufanda de seda enganchada en unas ramas puntiagudas, del año anterior. Los cinco se habían hecho con un caro huevo de Fabergé, cuya venta ayudó a una antigua comunidad indonesia forjadora de oro en contra de los intereses comerciales holandeses. Era el cumpleaños de Zofia, aunque la única que parecía haberlo sabido era Laila. Había escondido a modo de sorpresa una tarta con forma de huevo de gallina en el interior de la calesa que usarían para huir. Antes de que Enrique empezara a hablarles acerca de la importancia mitológica de los huevos, Tristan había preguntado en alto:

—¿Qué fue antes: la gallina o el huevo?

Zofia fue la que respondió primero.

—Científicamente hablando, el gallo.

Todos los que se encontraban en la calesa se quedaron callados y después estallaron en unas carcajadas tan fuertes que

Séverin metió el codo en la tarta sin querer y toda la crema de limón de un amarillo brillante que Laila había elaborado para la yema fue a parar a los pantalones de Enrique, lo cual provocó que se riesen más fuerte aún…

—Para —susurró Séverin a su reflejo.

Se aferró al tocador de la habitación para tratar de controlar la respiración. Ruslan y la matriarca habían pensado celebrar una cena formal, lo cual implicaba que tendría que sobrevivir a toda una tarde antes de adentrarse en el leviatán. Se obligó a calmarse.

Laila, por supuesto, lo acompañaría, aunque no la veía desde la biblioteca, cuando Enrique, Eva y Zofia habían llegado a toda prisa para enseñarles lo que habían hallado escrito en la pared…

USAR EL INSTRUMENTO DIVINO
PROVOCARÁ LA DESTRUCCIÓN

No resolvía el acertijo del pozo, pero no hacía falta resolverlos todos… La inscripción era más bien de un aviso. La destrucción… palabras vagas con enormes consecuencias. Le gustaba. Significaba que *Las letras divinas* era tan poderoso como había esperado. Lo suficiente como para deshacer todos los errores.

—Séverin —llamó una voz desde la puerta.

Él se sobresaltó y se enderezó.

Se le erizó el vello de la nuca. De entre todas las cosas que lo sorprendían, qué raro que se tratase de su nombre. Antes, Laila lo habría llamado *majnun*. Jamás supo por qué había elegido ese nombre y ahora ya no importaba.

Cuando Laila se adentró en la habitación, la miró por el espejo, cual cuento de hadas en el que el héroe se acerca lentamente al monstruo y se arriesga a mirar su reflejo por temor a que ella convirtiera su corazón en piedra. Aunque en este caso se trataba de lo contrario. Ahora era el monstruo el que observaba a la dama y se arriesgaba a mirar su reflejo por temor a que ella convirtiese su corazón en piedra.

A través de dicho espejo, vio que Laila llevaba un vestido de humo. Era seda gris forjada para que los bordes parecieran como si se disolviesen en el aire. La seda se movía por su cuerpo y dejaba al descubierto una parte del hombro, que después desembocaba en una manga hecha de plumas grises. El escote bajo que lucía un momento pasaba a ser, al siguiente, un cuello alto decorado con perlas plateadas. Su collar de diamantes relucía justo debajo.

Siempre que lo sorprendía por detrás, sentía como si la viese por primera vez. Había llegado hacía dos años con un grupo de bayaderas a L'Éden y había boicoteado un intento de asesinato contra él. Por aquel entonces, él apenas se había fijado en su atuendo revelador. Había percibido vagamente su belleza, pero lo que lo había encandilado había sido otra cosa. Le llevó unos minutos discernir qué. Su amabilidad. La amabilidad de Laila era como una calidez dispensada libremente —como un tesoro no solicitado— que lo había embargado como un mendigo al que le hubieran obsequiado con el rescate de un rey simplemente porque sí.

—Contigo las apariencias engañan —había dicho él.

Laila alzó una ceja antes de señalarse la ropa.

—Aunque no mucho.

Aquella fue la primera vez que lo había hecho reír.

Ahora la miraba por el espejo, veía su precioso vestido y su piel reluciente; su amabilidad se había reducido hasta solo ser una nimiedad y solo quedaba en ella una corteza dura hecha de recelo.

—Mañana tendrás lo que deseas —dijo él sin mirarla directamente.

«Al igual que yo».

La Casa Caída era incapaz de leer su propio tesoro, pero la Casa Caída no contaba con Laila. Laila no era una persona que se parase a pesar en que quizá perteneciera al linaje de las Musas Perdidas. Pero si había alguien capaz de leer ese libro, no le cabía duda de que se trataba de ella. Qué apropiado, pensó, que él la necesitara tanto como ella a él, a pesar de no ser de la forma que había imaginado en un principio. De haber creído en esas cosas, lo habría llamado destino.

—Espero que estés satisfecha —prosiguió él.

—¿Y tú? —inquirió ella—. ¿Lo estarás tú, Séverin?

Volvía a usar ese nombre que apenas sentía suyo.

—Más que eso —respondió, sonriendo para sí—, diría que incluso renacido.

DURANTE SUS PRIMERAS incursiones en el Palacio Durmiente, el lugar que los había eludido había sido el comedor. Había precisado de los criados de las Casas Kore y Nyx para encontrarlo. No se entraba por una puerta, sino por la ventana de un balcón de la segunda planta, a unos quince metros de altura, orientada al cinturón escarpado y oscuro de los montes Urales. Un pavo real de hielo se había posado ante la enorme ventana y sus plumas bloqueaban, en abanico, el acceso. Al verlos, cerró el abanico de plumas y profirió un arrullo de tristeza.

La matriarca salió al vestíbulo como si acabase de aparecer allí mismo y los examinó con ojo crítico.

—Llegáis tarde —dijo en forma de saludo—. Los demás ya están aquí.

Laila estornudó y sus facciones se suavizaron. La matriarca —la misma mujer que lo había abandonado sin mirar atrás—, se quitó el abrigo de piel y cubrió los hombros de Laila. El gesto le provocó un nudo en la garganta.

—Gracias —enunció Laila.

—Espero que tu pareja sea increíblemente más atenta en otros aspectos, teniendo en cuenta que permite que te congeles sin mover ni un dedo —musitó ella fulminando a Séverin con la mirada. Señaló el pasillo con la mano.

—Por aquí. Y os advierto que con cada paso parece que vayáis a sucumbir a una muerte segura.

Se alejó de la ventana y el estómago de Séverin dio un vuelco, como si esperase de veras que ella se fuese a caer. Sin embargo, no fue así. Ladeó la cabeza y casualmente se percató del brillo del suelo de cristal, que habían forjado de forma ingeniosa. Laila y él siguieron a la matriarca por un pasillo que, de dar un paso en falso, auguraba una caída de al menos unos noventa metros. Una puerta de oro fundido apareció como de la nada y, a pesar de encontrarse cerrada, Séverin oyó a Hypnos tocar el piano...

La puerta se abrió y vieron un enorme comedor abovedado. Había un festín dispuesto en una mesa larga y negra tallada en ónice. Casi al final de la sala, Hypnos se encontraba tocando el piano, con Enrique, Zofia y Eva a su lado. Ruslan se acercó a saludarlos al tiempo que Séverin miraba en derredor. Unas láminas delgadas hechas de plumas doradas hacían las veces de suelo. El techo forjado aumentaba el tamaño de las estrellas hasta que estas parecían estar al alcance de la mano. A su vez, las paredes de cristal dejaban ver una vista impresionante del lago Baikal... y estaban decoradas con unas luces giratorias con la forma del zodiaco griego.

—Es precioso —dijo Laila, echando la cabeza hacia atrás. La luz iluminaba la línea brillante de su cuello y Séverin casi se descubrió a sí mismo observándola.

—Sí, mucho —apreció Ruslan, inclinándose ante la mano extendida de Laila—. ¿La sala también te place a ti, *monsieur* Montagnet-Alarie?

—Me parece macabra.

—¿«Macabra»? —repitió la matriarca.

La sonrisa de Ruslan, sin embargo, se ensanchó.

—Dime qué ves.

Séverin golpeó el suelo con los pies.

—Las plumas de Ícaro. Y, en el techo, un cielo demasiado cercano. A nuestro alrededor —señaló el zodiaco—, un destino inflexible. Esta sala es un recordatorio de lo mucho que nos sobreestimamos los hombres... un recordatorio de lo mucho que se puede errar. Me sorprende que el suelo no sea de un color rojo sangre.

Ruslan emitió un ruido, de acuerdo con él, mientras se frotaba la cabeza desprovista de pelo.

—«Brotó la sangre divina, o por mejor decir, el icor; que tal es lo que tienen los bienaventurados dioses».

—¿Quién está recitando *La Ilíada*? —preguntó Enrique desde la parte de atrás.

—¡Yo! —respondió Ruslan entusiasmado—. A veces me sorprendo a mí mismo recordando cosas... imagino que sin pelo los pensamientos se escapan del cráneo.

—¿Qué acabas de decir? —preguntó Séverin.

—¿Cráneo?

—No.

—Pelo...

—No.

Había algo más. Algo que acababa de descubrir en ese momento.

Ruslan se detuvo y a continuación inquirió:

—¿Icor?

—Sí, eso es. El icor.

Ruslan se frotó la cabeza.

—A la Casa Caída le encantaba cualquier mención a los dioses. Se rumoreaba que incluso habían hallado la manera de recibir icor o algo parecido. Una manera de manipular su propia materia humana. Sin embargo, solo se trata de un rumor.

—No es un rumor —interrumpió Laila—. Lo hemos visto.

—Ah, sí... en las catacumbas, ¿verdad? —preguntó Ruslan, desviando la mirada de la matriarca a Séverin—. ¿Entonces es cierto? ¿Visteis su icor?

Como si pudiera olvidarlo. A veces se descubría tocándose la boca y fantaseando con aquel oro pegajoso. Fuera lo que fuere que convertía a los hombres en dioses, lo anhelaba.

—¿Qué hizo posible que lo consiguieran? —inquirió Séverin.

—¿«Hizo posible»? —repitió Ruslan, curvando la boca al reproducir aquellas palabras—. Tienen objetos que ni tú ni yo podríamos llegar a imaginar.

Ruslan se acercó a la mesa del comedor y separó una silla para Laila y para Delphine mientras añadía:

—La Casa Dazbog es especialista en coleccionar elementos tradicionales forjados y creo que la Casa Caída se había hecho con un arma antigua... tenía muchos nombres. En el continente indio se la conocía en el idioma tamil como *aruval*; la corte medieval de Bagdad la llamaba el *zulfiqar* de un ángel caído; pero, cuando la Casa Caída la encontró, la llamaron el puñal de Midas, tanto por el rey maldito del mito griego como por sus propiedades alquímicas: sangre a oro, hombre a dios.

—Suena a magia —espetó la matriarca de forma despectiva.

—Quizá *monsieur* Montagnet-Alarie pueda explicarlo mejor —dijo Ruslan—. ¿Fue magia aquello que viste?

Durante un momento, Séverin se transportó a las catacumbas. Una vez más, se arrodilló sobre un escenario y sintió el desgarro de unas alas al atravesar sus omóplatos; la presión de unos cuernos sobre su cabeza y, como siempre, la extraña cadencia en su sangre que clamaba una divinidad invencible.

—¿Qué es la magia, sino una ciencia que somos incapaces de comprender? —respondió Séverin.

Ruslan esbozó una sonrisa afectuosa.

—Bien dicho —opinó él—. Aunque imagino que blandir un arma así supone un gran coste. Se dice que se creó a partir de los fragmentos de último ladrillo de la Torre de Babel, lo más cercano a alcanzar el poder de Dios.

—Tal vez eso sea lo que provocó que la Casa Caída creyese que podrían volverse dioses —apuntó Séverin.

La matriarca emitió un sonido burlón y señaló las plumas doradas del suelo y la cercanía embriagadora de las estrellas.

—Cabría pensar que, tras tales recordatorios fatales, se contendrían.

Ruslan se frotó el brazo herido que aún llevaba en cabestrillo.

—Pero entonces no seríamos humanos, ¿no es cierto?

Sonrió y le hizo un gesto a un camarero, que hizo sonar el gong de la cena. Hypnos siguió tocando el piano, absorto en su música. Era imposible separar a Hypnos del instrumento. Eva lo llamó por encima de la música.

—¿Aceptas peticiones, *monsieur*?

Hypnos se detuvo.

—¡Sí!

—Excelente —dijo Eva—. Entonces, para.

Y se marchó. La expresión de Hypnos se volvió agria, pero se levantó del piano y se unió a la mesa. Cuando Séverin se giró hacia la derecha, vio que se había sentado junto a la matriarca. Un camarero se detuvo al lado de ella y le entregó un vial pequeño y rojo que Séverin identificó como su inmunidad ante cualquier tipo de forjado de sangre indeseado.

—Siempre eres capaz de ver la oscuridad en el corazón de los hombres, *monsieur* Montagnet-Alarie —exclamó ella, antes de añadir en un tono más bajo—: pero recuerdo cuando aquello que veías era asombro.

Séverin estiró la mano hacia su cáliz de agua.

—Y ahora veo la verdad.

Para la cena, habían dispuesto el festín cual ofrendas quemadas; comida presentada a los dioses. Todo tenía el aspecto de estar chamuscado, a pesar de no ser ese el caso. Había higos negros en un cuenco de plata de apariencia tan suculenta y aterciopelada que parecía como si alguien hubiese usado una cuchara plateada para servir la oscuridad de la medianoche. También había un cuarto trasero asado, servido en un lecho de salvia quemada; pudin negro en tarrinas de hielo; suflés del color del cielo nocturno. Alrededor de ellos habían reprogramado a los animales de hielo… un jaguar de cristal acechaba la mesa del comedor sujetando redomas delicadas de vino de hielo en el lomo. La mesa de ónice reflejaba el cielo y, mientras la noche se alargaba, se formaron sutiles estalactitas en el techo que parecían hilos de plata prensados. Séverin se movió por inercia durante la cena, pero no tuvo la sensación de estar presente. En lo que respectaba a su mente, ya se encontraba en el interior del leviatán, pasando las hojas de *Las letras divinas*, observando cómo se transformaba la sangre de sus venas en el valioso icor de un dios. No necesitaría el puñal de Midas de la Casa Caída para algo así. Lo conseguiría por sí mismo.

Séverin no se percató de que la cena había concluido hasta que volvió a sonar el gong. Arrastró su silla hacia atrás y se dio cuenta de que Zofia se hallaba a su lado, fulminándolo con la mirada. No la había visto levantarse del sitio y mucho menos dirigirse hacia él.

—¿Qué sucede?

—No he recibido noticias de Hela desde hace ocho días.

Séverin frunció el ceño. No había razón alguna para que se retrasasen los mensajes. Había pagado un precio exorbitado para que un mensajero se desplazase por los caminos de la Orden en busca de las cartas de Hela, para que esta informara de su estado. Quizá el hombre se hubiese desorientado en Irkutsk.

—Yo me ocuparé del asunto —respondió él.

Zofia vaciló durante un momento antes de asentir.

—Lo sé.

Algo se le removió tras el corazón y la escarcha en la que lo había envuelto desapareció durante un instante. ¿Cómo podía saber que él se encargaría del asunto? ¿Cómo podía fiarse de su palabra después de que se hubiera cerciorado de que no pudiese volver con su familia? ¿Después de haber visto lo que le había sucedido a la última persona que había confiado en él ciegamente?

Séverin apretó la mandíbula y el hielo en su corazón se restituyó. Había encontrado al mejor doctor de la zona para tratar a su hermana. Según decían, la chica estaba respondiendo al tratamiento mejor de lo esperado. Era la confianza de Zofia en él lo que lo molestaba sin razón. Se trataba de una transacción comercial. No había cabida para la esperanza y, sin embargo, ella había relegado aquel peso en él.

A su lado, Laila le tocó el brazo. Mientras se disponía a marcharse, oyó que Ruslan lo llamaba. Alzó la vista y vio que el patriarca de la Casa Dazbog seguía sentado, pasando un dedo por el plato del postre para rebañar el azúcar en polvo que quedaba en él.

—Entrar en la boca de ese leviatán te convierte en un valiente o en un desquiciado, no sé cuál elegir —declaró, negando levemente con la cabeza—. Pero quizá sea apropiado. —Ruslan, sonriente, desvió la mirada hacia Laila—. Con un nombre como «Laila» y un loco por pareja, espero que llames «Majnun» a tu Séverin.

La mano de Laila se tensó sobre su brazo.

—¿Qué acabas de decir?

Ruslan parecía confuso.

—Es una referencia al poema del siglo VI «Laila y Majnun», escrito por Nizami Ganjavi...

—Sé a lo que te refieres —lo interrumpió Laila en voz baja.

—¡Ah! Vale, vale —respondió Ruslan—. ¿Y tú, Séverin?

Séverin casi ni se percató de que estaba negando con la cabeza. Se sentía entumecido.

—«Laila y Majnun» es una de mis tragedias favoritas —explicó Ruslan—. Siempre me ha parecido una pena que estén eclipsados por sus homólogos, *Romeo y Julieta*.

Séverin intentó escuchar la conversación, pero su atención regresó a cada momento que Laila lo había llamado *majnun*. Loco. Le había revelado lo que significaba, pero no que el apodo provenía de un poema. Y nada menos que de uno trágico. Se sintió, sin razón alguna, como un tonto. Antaño el nombre había sido como un talismán para él. Ahora se le antojaba amargo y profético.

—Ah, *Majnun*. El loco que perdió la cabeza por un sueño imposible —comentó Ruslan. Profirió una suave risa y miró el reloj—. Os deseo buenas noches a ambos. Me honra haber pasado una tarde esclarecedora en vuestra compañía. Buena suerte mañana, *monsieur* Montagnet-Alarie.

Hizo una reverencia y volvió a centrar su atención en el plato del postre.

SÉVERIN NO RECORDABA haber subido las escaleras, pero debió de hacerlo.

Tampoco recordaba haber abierto la puerta de su *suite*, pero también debía de haberlo hecho, ya que allí se encontraban. El silencio resultaba pesado en torno a ellos, y quizá aquella fuera la razón por la que, cuando habló, su voz sonó más fuerte de lo que pretendía.

—¿Es cierto?

Laila se sobresaltó. Se había sentado de espaldas a él en un tocador de hielo y mármol en un rincón de la habitación y se estaba quitando los guantes y las joyas.

—¿Si es cierto qué?

—Mi… —hizo una pausa para recomponerse y volvió a empezar—. El nombre con el que te referías a mí. ¿Lo sacaste de ese poema?

—Sí —respondió ella.

Se dio cuenta entonces de que, incluso antes de que lo hubiera besado y hubiera plantado en su interior unas raíces tan profundas por las que, sin pensarlo siquiera, la había elegido a ella por encima de su propio hermano…, ya lo había marcado como una persona con quien nunca encajaría, un vínculo que solo acabaría en decepción. Qué acertada había sido su elección.

Estaba loco, entonces, al pensar que el destino le permitiría ser feliz.

Quizá también estuviese loco, ahora, por tratar de cambiarlo.

Laila buscó a tientas la cremallera a la espalda del vestido. Él se dirigió a ella con parsimonia. Apenas se dio cuenta de lo que estaba haciendo… todo este tiempo, había intentado marcar las distancias entre ambos. Acercarse a ella ahora contradecía lo anterior y, sin embargo, sabía que, si quería saber la verdad, debía darle algo. Estaba seguro de que ella se sentiría vulnerable al contarle sus secretos, por lo que le ofrecería algo de forma equitativa.

—Dime lo que sucede al final del poema, Laila —le pidió.

Laila cerró los ojos como si se preparase para una batalla. De eso ni hablar, pensó él. Estiró la mano y le apartó el cabello por encima del hombro. A ella se le puso la piel de gallina a la vez que inclinaba el cuello con tanta elegancia como lo haría un cisne. Las manos de él rozaron la cremallera atorada. Se le había atascado en la seda. Ante su contacto, Laila se encogió levemente. Normalmente odiaba que le viesen la cicatriz, pero esta vez no hizo amago de esconderse, como si en esta ocasión ella también estuviese dispuesta a desnudarse.

—Cuéntamelo, Laila —la instó él.

La cremallera bajó unos pocos centímetros. Gracias a su reflejo, vio que Laila abría los ojos.

—Una vez, un chico y una chica se enamoraron, pero no podían estar juntos —empezó ella—. La chica se casó con otro hombre. El chico se volvió loco y...

Laila aguantó la respiración cuando él bajo la cremallera algo más.

—¿Y? —repitió él.

—Y él se entregó a la desolación del desierto —prosiguió ella. Se negó a mirarlo—. Al final, tuvieron la oportunidad de estar juntos, pero prefirieron no hacerlo.

Séverin bajó más la cremallera. Podía observar ahora los delicados huesos de su espalda. Si quisiera, podría delinear la vítrea cicatriz que algún desalmado le había hecho creer que la volvía completamente antinatural. Ya había besado aquel surco de arriba abajo una vez.

—Al final, decidieron guardar el puro recuerdo del otro en su corazón.

La mano de Séverin se detuvo. Encontró finalmente los ojos de Laila en el reflejo que ofrecía el tocador.

—No creo que Laila pudiese soportar que Majnun se abandonase a la naturaleza de su alma.

Ella no hizo amago de cubrirse o de marcharse, incluso con la cremallera el vestido completamente abierta. Notó la tensión en sus hombros, la barbilla alzada... la tensión de *esperar*.

De esperarlo a él.

Sin pensarlo, Séverin se agachó hacia el hueco de su cuello. La observó cerrar los ojos y echar la cabeza hacia atrás. Laila lo atraía como una noche sin sueños tras meses y meses sin descanso. Se detuvo cuando sus labios apenas rozaban su piel.

¿Qué estaba haciendo?

Laila era un espejismo vislumbrado a través del humo. Una tentación del desierto que conducía al alma a recordar promesas falsas. Séverin ya tenía su promesa, inscrita en la boca del leviatán mecánico bajo la gruta helada. Su promesa se encontraba tras los dientes del diablo. Mañana la cumpliría y por fin sería libre.

Se acordó de las palabas de ella.

«No creo que Laila pudiese soportar que Majnun se abandonase a la naturaleza de su alma».

Séverin se alejó de la curva de su cuello y clavó los ojos en el reflejo de los de ella. Hubiera lo que hubiese en su mirada, se cerró a cal y canto, y la vulnerabilidad se transformó en desconfianza.

—Creo que él sabía que no estaba destinada a él —concluyó Séverin.

Tomó su abrigo de donde lo había tirado en el suelo. Parecía que le ardían las manos. Y después, se dirigió a la biblioteca para hacer tiempo durante aquella larga noche.

PARTE IV

Los orígenes del Imperio

Maestro Emanuele Orsatti, Casa Orcus de la facción italiana
de la Orden 1878, reinado del monarca Humberto I

Al debatir los méritos de ir en busca del tesoro secreto, hay que sopesar el riesgo de que, quizá, nunca debiera ser encontrado y, de ser así, ¿por qué?

25

SÉVERIN

A mediodía, el diablo aguardaba a Séverin.

Séverin se tomó su tiempo para salir de la biblioteca. Quería recordar esto… los rostros indiferentes de las nueve musas. Eran gigantescas y con la parte superior de su corona de mármol casi rozaban el techo de vitral. Lo ensombrecían todo y quizá hubiera sido esa la intención del arquitecto. Para recordarle su propia insignificancia. Su impotencia. Pero Séverin no necesitaba que se lo recordasen. Cada contacto evocaba el error de la sangre caliente de Tristan en sus manos. Cada aliento albergaba el hedor de las llamas de la *troika* que los acorraló en San Petersburgo; la dulce pira de fuego que se llevó a sus padres. Cada vista prometía ceguera. No tener poder era el precio de la mortalidad. Y ya se había cansado de ella.

Junto con la daga de Tristan, llevaba el último recuerdo de su pasado: el anillo de su padre con un uróboro, una serpiente que se mordía la cola, tallado. En otra vida, habría sido el anillo que llevase el patriarca de la Casa Vanth. Antes, cada vez que tocaba el cálido metal del anillo y acariciaba las joyas que hacían las veces de los ojos de la serpiente, se sentía extrañamente ligero, como si alguien hubiese liberado su alma y esta pendiera fuera de él, en busca constante de un lugar en el que echar raíces y eternamente hambrienta de luz. Quizá después de todo este tiempo, su espíritu se hubiese acostumbrado a la sensación. Al fin y al cabo, ¿qué eran las raíces cuando uno elegía no estar anclado a nada, sino nacer en el aire?

Y, aun así, aunque ya no le importaba su herencia, era incapaz de olvidar que se la habían robado. Se acarició la cicatriz que le recorría la palma de la mano con el pulgar y recordó la luz azul que apareció en sus ojos en la prueba de herencia. Prueba de que el instrumento forjado había aceptado su sangre y de que la matriarca había conspirado contra él igualmente. Ya no importaba por qué le había mentido o qué pretendía ganar con aquello, porque, al final, lo único que importaba era lo que yacía delante. La alquimia de *Las letras divinas* podría concederle los penachos blancos de los serafines o los cuernos lacados de los demonios, pero aquella sangre dorada mantendría su promesa:

Nunca volverían a arrebatarle nada.

SÉVERIN APENAS OYÓ la conversación a su alrededor. Sentía las manos de Eva en su pecho, el calor de un súbito beso en su mejilla. «Para que te dé suerte», le había susurrado al oído. Laila permaneció inmóvil junto a la entrada con una mano toqueteando, vagamente, el collar de diamantes. Zofia les había traído a Hypnos y a él un brazalete lleno de artilugios incendiarios y detectores esféricos, al igual que varios mnemoinsectos para captar, desde todos los ángulos, todo lo que encontrasen allí abajo.

Enrique no dejaba de deambular por la entrada de la boca del leviatán, tirándose del pelo.

—Estáis buscando un libro —comenzó Enrique.

—¡*Non!* ¿Un libro? —repitió Hypnos con un falso soplido de sorpresa—. *¿Qu'est-ce que c'est?*

Enrique le dio un golpe en el brazo y Hypnos sonrió.

—Lo sabemos, *mon cher* —le dijo.

—No va a parecer un tomo normal y ordinario. Puede que sea enorme. Encuadernado con piel de animal. Según mi investigación, la última vez que lo vieron, alguien había intentado grabar el nombre en la superficie, pero no lo escribió entero y quedó algo así como: *L-A-L-...-D-I-V-I-N-A.*

—Grande, con fragmentos antiguos —recapituló Hypnos—. Vale. Ahora ven y dame un beso. Para que me traiga suerte.

Séverin los observó. Como experto que había sido en la actuación, conocía muy bien la diferencia entre algo genuino y forzado. Ese beso pertenecía más bien a lo último. La pregunta radicaba entonces en quién estaba fingiendo: ¿Hypnos o Enrique? Enrique sonreía y se le habían encendido las mejillas. Hypnos, por el contrario, se giró hacia el leviatán sin dedicarle una segunda mirada.

Séverin ya tenía la respuesta.

—¿Vamos? —preguntó Séverin.

Hypnos asintió. Por orden de la matriarca de la Casa Kore, solo tenían una única misión: entrar, encontrar *Las letras divinas* y salir. Era de máxima prioridad. Después de eso, los seguirían los miembros de la Casa Dazbog y de la Casa Nyx y llevarían los objetos a la biblioteca para que pudiesen catalogarlos mejor. La luna de la gruta helada ya había empezado a encogerse; segundo a segundo se volvía más fina, y solo era cuestión de tiempo que el leviatán de metal se volviese a ocultar entre las olas.

Delphine los esperaba cerca del leviatán con un plato en las manos.

Conforme Séverin se acercaba, reconoció el olor familiar de la mermelada de frambuesa y cereza untada sobre unas tostadas con mantequilla. El sabor de su infancia antes de que hubiese abandonado todo derecho a una. Cuando Delphine lo miró, algo parecido a la esperanza se asomó a los bordes de sus ojos. Séverin aceptó la comida sin hacer ningún comentario. Podía sentir los ojos de Delphine en la espalda, pero no se giró. Al igual que ella no lo había hecho cuando él la había mirado, pronunciando su nombre, incluso cuando esta le había sacudido los hombros y le dijo que ya no eran familia, que ya no era su *Tante FeeFee*.

—Yo controlaré el tiempo —dijo Enrique—. Por fracciones de quince minutos. La matriarca quiere que salgáis con diez minutos de margen.

La boca del leviatán estaba demasiado húmeda y estrecha para poder entrar todos a la vez, así que Séverin fue primero y con las botas no tuvo problema para encontrar las muescas que llevaban a la escalera. Rompió un bastón fosforescente y la luz atravesó la garganta metálica del leviatán y capturó la cima de una escalera en espiral que se hundía muy profundamente en sus fauces. Séverin tragó saliva con dificultad. Sabía que la criatura estaba forjada y, aun así, le parecía sorprendentemente viva. El vapor se colaba entre sus juntas de metal como si la criatura respirase. Miró a su espalda y le tendió una mano a Hypnos. El otro chico se quedó contemplando el túnel con los ojos azules atenazados de miedo. Sin querer, recordó al Hypnos de antaño: aquel chico con una voz cantarina, el que se moría por recibir una invitación para jugar.

—No tenías por qué venir —dijo Séverin.

—Tonterías, *mon cher* —replicó Hypnos, aunque le castañeaban los dientes—. Si no hubiera venido, ¿quién narices te habría protegido?

Las púas de aquellas palabras se clavaron en la piel de Séverin. Parpadeó una vez y vio a Tristan con los ojos como platos, sonriente. Volvió a parpadear y lo vio muerto. Séverin apretó la mano hasta formar un puño y sintió el borde elevado de su cicatriz, el sabor amargo de la promesa que no había podido cumplir: «Yo te protegeré».

—Pues vamos —dijo de forma monótona.

Los escalones estaban resbaladizos y las juntas de metal crujieron con la presión de su peso. El agua helada le salpicó los tobillos y caló sus pantalones resistentes al agua. Séverin vio que todo aquello que la luz iluminaba estaba dañado. Todavía quedaba un buen número de escalones, pero por fin pudo distinguir el suelo de listones y plateado del vientre del leviatán.

—¡Han pasado quince minutos! —gritó Enrique, aunque su voz sonó lejana.

Justo antes de que llegasen a la base de las escaleras, Séverin pidió uno de los detectores esféricos. Hypnos se lo tendió y ambos observaron cómo la luz detectora iluminaba las sombras, los socavones y los estantes de la sala del tesoro de la Casa Caída.

En todo lo que había visto en su vida, la palabra «asombro» apenas se le había pasado por la mente.

Pero ahora... ahora sentía un asombro absoluto.

La luz iluminaba un mundo rebosante de tesoros exquisitos. Parecía el interior de un lugar sagrado. Incluso ahora, Séverin podía discernir los bordes raídos de una suntuosa alfombra escarlata. Había una almohadilla enrollada y dañada por culpa del agua, y una mesilla con una vela. Quienquiera que hubiese construido esto, lo había hecho con el propósito de que fuese un lugar de meditación. Más allá de esa pequeña área de meditación, la habitación se abría a un cueva. Unos pilares egipcios de lapislázuli sostenían las paredes. Unas medio figuras enormes de tigres dorados y rugientes giraron las cabezas en dirección a Hypnos y a él y entornaron sus ojos de rubíes. Manuscritos iluminados y forjados a semejanza de unos pájaros batieron sus alas y perdieron trocitos de oro mientras alzaban el vuelo. Había bustos y reliquias, collares de piedras luminosas, planetarios giratorios tallados en jade…

—Dios santo —musitó Hypnos—. La Orden nos mataría por esto.

Hypnos caminó hacia el pilar en mitad de la habitación. Era apenas de metro y veinte de alto y estaba adornado con los símbolos internacionales de las Casas de la Orden de Babel. Séverin lo siguió. Cada uno de los símbolos tenía una hendidura específica. Allí, apretujado entre las espinas de la Casa Kore y las lunas crecientes de la Casa Nyx, reconoció la forma del uróboro de la Casa que debería haber sido suya: la Casa Vanth.

—¿Por qué conservar esto aquí? —preguntó Hypnos.

Séverin siguió la dirección del pilar hasta el techo bajo sobre sus cabezas y que parecía un espejo combado. O una mnemopantalla.

—Creo que funciona como una llave —dijo Séverin, señalando las marcas dentro de cada símbolo de las Casas. Sacó su colgante con el uróboro y lo pegó a su forma hundida en el pilar de piedra. Encajaba perfectamente. En un único movimiento, lo introdujo y levantó la mirada al techo.

No pasó nada.

—Deja que lo intente yo —propuso Hypnos.

Introdujo su anillo de la Casa Nyx en la hendidura y una luz iluminó el techo plateado…

Séverin contuvo la respiración y se preguntó si les ofrecería alguna prueba de que el tesoro final se encontrase ahí. En cambio, la mnemopantalla mostraba la gruta helada que tenían encima. Veían a Enrique caminando en círculos, a Zofia quemando una cerilla y el rostro impávido de Laila.

—Nosotros los vemos a ellos, pero ellos a nosotros no, ¿verdad? —inquirió Hypnos. Movió las manos de forma frenética bajo la pantalla, pero ninguna de sus expresiones cambió—. ¿Cómo es posible?

—La cámara debe de estar instalada en uno de los dientes del leviatán —supuso Séverin, aunque no le parecía ni la mitad de interesante que los anillos. Escrutó cómo encajaba a la perfección el colgante de la serpiente en el pilar—. El emblema de mi padre no ha funcionado.

Hypnos parecía curiosamente perplejo mientras retiraba el anillo. Al instante, la mnemopantalla se oscureció. Séverin se percató de que había apretado los labios, como si su boca estuviese en conflicto con su mente. Era la expresión de una batalla secreta que estaba aún por decidirse.

—¿Quizá solo funcione con las Casas activas? —sugirió Hypnos, sin mirarlo.

—La Casa Caída se exilió mucho antes de que cayese la Casa Vanth —explicó Séverin a la vez que señalaba al emblema de la estrella de seis puntas en el pilar—. Funciona perfectamente.

—Sí, bueno —contestó Hypnos, encogiéndose de hombros—. ¿E importa, *mon cher*? Esto no es el tesoro y no alberga ningún interés para nosotros.

Séverin ojeó el pilar un rato más y luego retiró su propio colgante con la talla de la serpiente. A fin de cuentas, Hypnos tenía razón. El pilar no ocultaba ninguna verdad ni ningún tesoro. Tenían que seguir investigando.

Mientras Hypnos se giraba hacia la pared de los tesoros, Séverin se movió hacia la sección norte de la habitación. Empotrado en la pared se hallaba un gran volante, con los radios revestidos de blanco.

El leviatán no solo se movía, sino que podía manejarse. Controlarse. De repente, el nombre de la familia de Horowitz en el pozo cobró sentido. Cada una de esas puertas Tezcat había sido una ruta para que el leviatán pudiera escabullirse.

¿No había dicho Enrique que había un lago en Estambul? Y el pozo era lo bastante amplio para que cupiese la criatura. Séverin inspeccionó la zona más cercana al volante y las náuseas lo asolaron. Seguramente la Casa Caída usaba el leviatán como transporte. A su derecha, una burbuja de metal sobresalía de la pared, una especie de mecanismo de escape, equipado con su propio volante pequeño y unos orbes nubosos que reconoció como soplos Shu, aparatos forjados para respirar llenos de oxígeno y nombrados así por el dios egipcio del aire. Esta parte del leviatán formaba un nártex parcial, que colindaba con el lugar de meditación. Había una mesa medio oculta entre las sombras. Allí, un bloque de piedra —parecido a un altar— sobresalía del suelo. Sobre él yacía algo oscuro y de piel.

Séverin dio un paso hacia allí. Algo bullía en su interior. Le hormigueaba la cicatriz de la mano.

—¡Treinta minutos! —resonó la voz de Enrique a lo lejos.

Ahí estaba.

Séverin sentía como si estuviese en un sueño. Aquel libro lo llamaba. Una extraña parafernalia ocultaba la superficie del altar. El mismo libro era tal y como Enrique lo había descrito: enorme y oscurecido, y el cuero estaba carcomido por los bordes. Una sangre antigua salpicaba la piedra. Un cuchillo, ahora oxidado, se había caído al suelo. Había una página de cánticos, letanías en distintas lenguas, y un arpa pequeña y extraña se hallaba erguida a un lado; algunas de sus cuerdas brillaban como si las hubiesen fabricado con la luz de las estrellas.

En aquel instante, Séverin sintió como si hubiese captado el ritmo del latir del universo, como si se encontrara al borde de una apoteosis. Alargó el brazo hacia el libro. En cuanto lo tocó, creyó oír la risa de Tristan en sus oídos. Sintió la presión de los cuernos y la voz de Roux-Joubert susurrándole: «Podemos ser dioses».

Abrió el libro…

Y entonces se detuvo. Era imposible. Y, aun así, la verdad cayó sobre él con la fuerza de una maza.

26

LAILA

Laila observó cómo la luz del atardecer se colaba entre las grietas del hielo, como si remendase el mundo en color oro. O quizá no se tratara de oro, sino de icor, la sangre nectárea de los dioses que Séverin y Ruslan habían mencionado durante la cena. Pensarlo la enfureció. Si observaba el mundo desde esa perspectiva, el lago pasaría a ser de algo maravilloso a algo horroroso. No sería capaz de soportar más heridas; ni de las chicas muertas y sus manos robadas, ni del dolor que asolaba su pecho cada vez que veía a Séverin.

Cerca de la entrada del Palacio Durmiente encontró una glorieta estilizada forjada de hielo y mármol, con pilares rodeados de jazmines y violetas de tonos morados para ahuyentar el olor de los peces muertos que dejaban en el hielo las focas que vivían en el lago. Dio una gran bocanada de aire. Lo saboreó todo: el olor a vida y a muerte. El dulzor fétido de la vida muerta; la amargura inmadura de una vida sesgada antes de tiempo. Y como siempre, el gusto metálico del hielo.

A lo lejos, los escarpados montes Urales aparecían reflejados en el lago, como si un cinturón idéntico existiese justo debajo de la superficie del agua.

Esperaba que fuese verdad.

Esperaba que hubiera otro mundo prensado junto al suyo, un mundo donde hubiera nacido en lugar de ser creada; un mundo donde las chicas destinadas al Palacio Durmiente nunca hubieran muerto. Laila se preguntó quién sería en ese otro mundo. Quizá una mujer casada a estas alturas, al igual que muchas otras chicas de su edad en Pondicherry. Tal vez un chico con la tez tan oscura como la suya y los ojos distintos del color del sueño fuese del dueño de su corazón.

Laila giró el anillo granate hasta que el número resplandeció: «12».

Le quedaban doce días.

O, dependiendo de lo que tardasen Séverin y Hypnos en traer *Las letras divinas* del leviatán, le quedaban cientos de sobra.

A Laila se le tensó el cuello y se aferró a la barandilla de la glorieta, evitando mirar su reflejo, hasta que un repentino pisotón contra el hielo la hizo alzar la vista. Ahí, bien abrigado contra el frío, se encontraba Enrique. Llevaba una gabardina larga y el viento helado le desordenaba el pelo.

—¿Puedo acompañarte? —preguntó él.

Laila sonrió.

—Por supuesto.

Le hizo sitio en el banco y ambos se sentaron a contemplar el tramo interminable y los prismas de hielo y luz. Él jugueteó con los bordes de su gabardina. Abrió la boca, pero después la cerró.

—Habla de una vez, Enrique.

—¿Sabes que puedes leer objetos al tocarlos? —preguntó Enrique deprisa y sin aliento.

Laila fingió sorpresa.

—¿*Puedo*?

—¡Lo digo en serio!

—¿Y qué?

Enrique abrió su cuaderno de ideas e investigaciones. Parecía inquieto. Antes se habría apoyado contra ella sin fuerzas, como un cachorro buscando que alguien le rascase la cabeza o, como Enrique solía decir: «Molestar a las ideas bajo mi cráneo». Ahora había algo que lo contenía, y fue entonces cuando Laila vio una parte de la inscripción escrita en el cuaderno:

USAR EL INSTRUMENTO DIVINO PROVOCARÁ LA DESTRUCCIÓN

Palabras extrañas que ensombrecieron su corazón.

Enrique le agarró la mano.

—¿Has pensado que la *razón* de poder de hacerlo podría no tener nada que ver con tu nacimiento? —sugirió con suavidad y, a continuación—: ¿Sino más bien con, quizá, un linaje secreto de mujeres guardianas cuya tarea es proteger un libro poderoso y de la que eres descendiente?

—Enrique.

Enrique se tiró de un mechón de pelo negro.

—Cuanto más investigo, más aparece esta orden sagrada de las Musas Perdidas. He de admitir que se las conoce de formas diferentes dependiendo de la cultura con la que se busque, ¡pero son predominantes! Y luego estás *tú* con los poderes de una diosa, que necesitas encontrar *Las letras divinas*, y el hecho de que las estatuas de la gruta y las chicas muertas no tenían manos. Sus manos fueron el sacrificio, Laila, como si ofrecieran el poder que poseían. —Le dio un golpecito en la palma—. Piensa en el poder de tus propias manos.

Laila cerró los dedos.

—Enrique —volvió a decir, en esta ocasión con cansancio.

Él se detuvo y la parte superior de sus mejillas enrojeció.

—Simplemente debemos tener cuidado cuando traigan el libro. Sobre todo, tú. Hay demasiado que no sabemos y yo... estoy preocupado.

Pronunció lo último como un niño y aquello le recordó a Laila a los pequeños momentos de su infancia que había visto en los objetos que él le había proporcionado. El niño que leía junto a la rodilla de su madre y escribía «libros» para su padre a partir de algunos recortes de los libros de contabilidad. Un niño inteligente y entusiasta.

E ignorado.

Posó una mano sobre la mejilla de él.

—Te entiendo, Enrique.

Él parecía alicaído.

—Pero no me crees.

—No sé qué creer —respondió ella—. Supongo que, si fuese una descendiente de las Musas Perdidas, mi madre me lo habría dicho.

—Quizá no tuvo tiempo —dijo Enrique con suavidad—. Y no tiene por qué ser tu madre. El hombre que vimos en Estambul pertenecía al linaje y se había cegado a sí mismo de forma preventiva por esa razón.

Laila se mordió el labio. Enrique tenía razón... pero se le antojaba algo demasiado grande como para asimilarlo.

Él le dio un apretón en el hombro.

—¿Vendrás con nosotros y esperarás, al menos?

—Dentro de un momento.

—Hace muchísimo frío. ¿Qué haces aquí, Laila?

Laila sonrió y soltó aire, observando el vaho de su respiración.

—¿Has visto eso? —exclamó, señalando con la cabeza el vaho que desaparecía—. A veces necesito verlo para cerciorarme de que aún puedo hacerlo.

Enrique parecía afligido cuando le soltó el hombro, se abrazó a sí mismo y se hizo un ovillo contra el viento. Apartó la mirada de sus ojos.

—Claro que puedes... y podrás durante mucho *mucho* tiempo.

—Lo sé, lo sé —respondió ella, sin querer preocuparlo.

—No lo sabes, pero debes —insistió Enrique, que parecía herido—. No puedo alimentarme por mí mismo, Laila. Moriré si me las tengo que apañar yo solo. La vida es cruel y, a menudo, desprovista de tartas.

Ella le atizó en el brazo.

—Siempre habrá tartas.

Él sonrió y su expresión pasó a ser suplicante.

—Hablando de tartas... o, más bien, lo contrario a las tartas. —Hizo una pausa y frunció el ceño mientras pensaba—. ¿Qué es lo contrario a las tartas?

—La desesperación —contestó Laila.

—Vale, bueno, hablando de desesperación, creo que deberías decírselo.

Enrique no tenía que especificar a quién. Laila lo sabía y le dio vueltas a esa idea. Séverin no tenía derecho a conocer sus secretos, ni mucho menos su muerte.

—Sé que se ha comportado como lo contrario a las tartas, pero sigue siendo nuestro Séverin —añadió Enrique—. Soy consciente de que estos meses han sido duros, y de que es... diferente. Pero ¿y si contárselo cambia su forma de comportarse? *Sé* que sigue ahí en alguna parte... Sé que aún le importa...

Su expresión se entristeció. De todos ellos, Enrique había sido el que más había confiado en Séverin. ¿Cómo no? Séverin se había ganado su lealtad con creces, pero aquello formaba parte del pasado y ahora Laila sentía como si alguien hubiese prendido fuego en sus venas.

—¿Y si no logra hacerlo cambiar? —musitó ella, alzando la voz—. Y aunque lo haga, ¿significa eso que tengo que estar al borde de la muerte para que vuelva en sí? Mi vida, y lo que quede de ella, no será lo que alimente su alma para recuperar las fuerzas. Mi muerte no se usará para su comportamiento, y yo no me sacrificaré para que encuentre la paz. No soy la responsable de salvarlo.

Cuando vio que miraba a Enrique desde arriba se percató de que se había puesto de pie.

Los ojos de Enrique se abrieron de par en par y respondió con un «de acuerdo».

—Sé que tu intención es buena —dijo Laila al tiempo que se dejaba caer en el asiento con un suspiro—. Pero yo... no puedo hacerlo, Enrique. Me dolería demasiado.

Enrique bajó la barbilla levemente y posó la mirada en el hielo.

—Ya lo sé. Sé que te duele ver que no te mantengan en la misma estima que pensabas. O que, al menos, imaginabas.

—Prométeme que no se lo dirás, Enrique —le urgió ella agarrándole la mano—. Me han arrebatado cosas toda la vida. Mi muerte no será una de ellas.

Enrique la miró con ojos tristes. Después, asintió. Un momento más tarde, le dio un apretón en la mano y se fue. Laila lo observó marcharse mientras una ligera capa de nieve empezaba a posarse sobre su ropa. Ahora, el Palacio Durmiente parecía como si lo hubieran tallado a partir de un cuento de hadas de hielo. Los chapiteles de cuarzo helado parecían huesos de cristal y Laila quiso imaginar que el palacio pertenecía a Snegurochka. Quizá la doncella de la nieve había elegido no derretirse por amor, sino congelarse en vida. Pero sus ensoñaciones fueron interrumpidas enseguida al ver a Delphine saludar a Enrique en el umbral. Laila se encontraba demasiado lejos como para escuchar lo que se decían, pero se percató de que Enrique se tensó. Él se volvió para mirarla, pero Delphine lo agarró del brazo y le indicó que entrase. Laila supo qué quería.

Séverin había vuelto.

El libro estaba aquí.

En el frío, a Laila le parecía que el anillo le quedaba flojo, como si desease que se lo quitara ahora que ya no había razón para llevarlo.

La otra mujer se acercó a ella envuelta en un abrigo de pelo negro. Era toda una visión en el hielo, y de no haberlo sabido, habría pensado que Delphine era del tipo de mujer que respiraba como si de una actividad de ocio se tratase, en lugar de una necesidad.

—¿Han regresado? —preguntó Laila.

Delphine asintió.

Laila sintió como si la vida esperase que echara a correr y la alcanzase, pero no se vio capaz de moverse. Había algo que la mantenía clavada en el sitio. Laila desterró sus dudas y se levantó para enfrentarse a su destino.

Caminaron en silencio durante unos momentos y después Delphine exclamó:

—Te duele mirarlo, ¿verdad?

Laila sabía que se refería a Séverin y una punzada antigua de lealtad resurgió en ella.

—Imagino que, para él, mirarte es igual de complicado.

—No tengo que darte explicaciones de mis elecciones —respondió Delphine de forma altiva. Pero a continuación sonrió con tristeza y se distrajo un instante—. Me refería a que no puedo verlo tal y como es ahora. A mis ojos, siempre será el niño que se volvía en su butaca del teatro. El niño que observaba a la gente maravillado mientras el público se asombraba.

Laila casi se lo podía imaginar de pequeño. Menudo y de pelo oscuro, con enormes ojos del mismo color. Un niño que tuvo que crecer demasiado pronto.

—¿Por qué me cuentas eso?

Delphine sonrió, aunque fue con vacilación y no le llegó a los ojos.

—Porque necesito contarle a alguien lo que recuerdo —respondió ella—. Te envidio, niña.

Laila reprimió un bufido. La matriarca no tenía nada que envidiar. Delphine era capaz de viajar sin esperar que le cerraran una puerta en las narices. Delphine había vivido. Laila se había limitado a soñar con vivir.

—Te aseguro que la envidia que inspiro no se merece.

Delphine dirigió la mirada al hielo y observó el reflejo de su rostro en el agua del lago.

—Te envidio porque puedes verte a ti misma. Puedes soportar ver tu reflejo sabiendo que puedes cargar con el peso de las decisiones que tomas y el arrepentimiento que cargas. Cuando una se hace mayor, se convierte en una rareza.

«Lo que resulta más raro aún es la oportunidad de envejecer», pensó Laila.

EN EL INTERIOR DEL PALACIO Durmiente se había desatado el caos. Uno de los artesanos de la Casa Kore abrió una botella de champán. A Laila le sobrevino una ola de entusiasmo.

—¡Tesoro! —gritó uno de ellos—. ¡Montañas de tesoros!

Delphine aceptó una copa de champán. Laila permaneció en las sombras, observando la sala, percatándose de la luz que se reflejaba en los animales de hielo, que se movían despacio, y en la enorme araña que se balanceaba en lo alto.

—Al patriarca de la Casa Dazbog no le quedó otra opción que informar a la Orden de Babel debido a los protocolos de la Orden —explicó otro artesano—. Vienen de camino, matriarca. Todos.

Se le resbaló la copa de la mano y se hizo añicos contra el suelo.

—¿Aquí? —farfulló Delphine—. ¿Y el Cónclave de invierno?

—Parece ser, matriarca, que traen el Cónclave de invierno... hacia aquí.

Laila miró alrededor de aquel atrio enorme y vacío. Sentía el resentimiento agazapado en su interior. No deseaba que cientos de miembros de la Orden correteasen por allí con sus manos pegajosas en pos del tesoro. Quizá no hubiera pensado lo mismo si el Cónclave hubiera admitido a miembros no occidentales —aquellos que provenían de gremios absorbidos por las casas del país que habían conquistado sus tierras—, pero no eran bienvenidos aquí. A Laila aquello le recordó a las chicas fallecidas, a las que habían dado caza por lo invisibles que eran en el diseño general del mundo.

—¿Cuándo llegarán?

—Dentro de unos minutos, matriarca —respondió el criado—. Tienen la intención de usar sus propios transportes Tezcat tanto terrestres como submarinos. Traerán a sus propios artesanos para la decoración antes de la subasta anual a medianoche.

Delphine maldijo en voz baja. Entonces, Laila vio que los criados portaban cestas de tesoros; libros, estatuas, joyas que rebosaban de los platos, instrumentos brillantes. Sentía como si sus pensamientos la condujesen a mil lugares distintos. Se percató de que alguien le colocó una copa de champán en la mano. Al alzar la vista, observó que del techo de hielo caían pétalos plateados que se pegaban al suelo azul. Siempre había soñado que, cuando se acercase al libro, su cuerpo lo notaría. Quizá sus venas se iluminasen o el pelo se le levantase de los hombros. En lugar de aquello, se le ralentizó el pulso. El tiempo pareció olvidarse de hacerla partícipe del momento, ralentizó la sala y las personas en ella. La acechó la duda. El corazón le dolió sin razón. Y, a continuación, por fin, sintió a Enrique y Zofia a su lado. Zofia —la dulce y estoica Zofia— tenía lágrimas resbalándole por la cara. Enrique hablaba demasiado deprisa y no pudo entender nada salvo una frase tan cortante que sintió que su vida se había hecho añicos.

—No había ningún libro.

27

ENRIQUE

Seis horas antes de la subasta de medianoche

A Enrique le encantaba el sentimiento de incredulidad en el pasado. La sensación de que el mundo conspiraba para impresionarlo. Así fue cómo se sintió cuando visitó el L'Éden por primera vez, en el aniversario del hotel, cuando Séverin diseñó el espacio para que se pareciera al Jardín del Paraíso. Un basilisco hecho de manzanas y dos veces el tamaño de una mesa de comedor se enredaba entre los pilares, retorciéndose y abriendo y cerrando sus fauces, y perfumando el aire con el olor a frutas. Arbustos podados artísticamente en forma de criaturas pastaban junto a sofás de seda. Y Séverin se movía entre ellos como un dios ataviado con prendas caras todavía moldeando su universo. Eso era incredulidad. Que alguien como Séverin pudiera desatar su imaginación y el mundo no lo abrumara, sino que este se inclinase ante él. Enrique no recordaba haber decidido conscientemente querer trabajar para aquel hotelero extraño con gusto por artefactos más extraños aún… lo único que sabía era que ansiaba descubrir cómo era el mundo desde su perspectiva.

Lo que sentía ahora era otra clase distinta de incredulidad. Una en cuyo tipo alguien desata un sueño en el mundo real, solo para redescubrirlo en el suelo, pisoteado y sucio.

«No había ningún libro».

¿Cómo...?

¿Cómo habían podido equivocarse tanto?

¿Y con semejante coste?

A su lado, Laila no se había movido. Su cara estaba pálida y el anillo granate se le resbaló del dedo. Zofia se encontraba al otro lado de ella, aunque sus hombros apenas se rozaban.

Todo a su alrededor comprimía a los miembros de la Casa Dazbog y a los de la Casa Kore. El aire pareció estremecerse y agitarse con la promesa de los invitados que estaban por llegar. En la entrada al Palacio Durmiente, la matriarca de la Casa Kore clavó su altiva expresión en el lago.

—¿Cómo se atreven? —dijo entre dientes—. No soportaban pensar que alguien fuese a desenterrar el tesoro sin ellos. Bueno, está bien. Que traigan al Cónclave aquí. Que vean exactamente lo que aún brinda mi mecenazgo.

Le dedicó una mirada cáustica a Enrique.

—Y sigue haciéndote falta un buen corte de pelo.

Enrique quiso quejarse como normalmente hacía, pero no fue capaz de hallar las palabras adecuadas. Lo único que sentía era la mano de Laila contra la suya... fría e inmóvil como un cadáver. Una mano cálida lo agarró del hombro. Enrique se giró y vio a Hypnos sonriéndole.

—¿No vas a felicitarme? —preguntó Hypnos. Le resplandecía el rostro de orgullo—. ¡Tenemos el tesoro de la Casa Caída! La Orden tendrá su infame subasta de medianoche. Séverin ya tiene su venganza. Quede lo que quede de la Casa Caída, jamás podrá recuperarse de este golpe.

Enrique no estaba de humor para felicitar a nadie, así que se quedó callado. Hypnos no pareció darse cuenta. Levantó la mano del hombro de Enrique para señalar al hielo. Junto a Hypnos apareció Eva cruzándose de brazos. Esbozaba una sonrisa desafiante.

—Están aquí —informó con lentitud.

El pulso de Enrique se aceleró al oír el sonido de zarpas arañar el hielo. Cientos de trineos tirados por perros aparecieron por las aguas heladas del lago Baikal. Conforme se aproximaban, Enrique reconoció las diferentes facciones de la Orden y los cofres animados del tesoro que se movían al mismo ritmo junto a ellos. Un lobo de berilo profirió un aullido mecánico. Eva asintió en dirección al lobo.

—La Casa Orcus —dijo—. Su especialidad es coleccionar objetos de tortura, particularmente los que se usan para castigar a los que incumplen juramentos.

Por encima, un águila de obsidiana sobrevolaba a baja altura y su sombra se estiraba a lo largo del agua.

—La Casa Frigg del Imperio prusiano —explicó Eva una vez más, señalando al pálido pájaro—. En lo que respecta a sus adquisiciones, prefieren la agricultura, sobre todo el sangrado de árboles para extraerles el caucho...

—¿Preferencia por la agricultura? —repitió Hypnos con un mohín—. Estoy seguro de que las almas en África lo ven de la misma manera.

Un delfín de mármol rompió la superficie de hielo antes de desaparecer bajo las olas, mientras que una cabra beis de ágata y un majestuoso caballo de ónice trotaban junto a dos carruajes ornamentados.

—La Casa Njord, la Casa Hadúr y la Casa Atya de las facciones austrohúngaras —explicó Eva.

Hypnos se cruzó de brazos y soltó un leve silbido.

—¿Y qué tenemos aquí? Ah, hasta los británicos han decidido echar un vistazo a nuestra mercancía. —Sacudió una mano hacia el resplandeciente león dorado que, poco a poco, se acercaba por el hielo. A su lado se veía otro carruaje más pequeño y menos decorado. Como una añadidura del anterior.

—Suelen quedarse sus hallazgos para ellos y sus museos —comentó Hypnos poniendo los ojos en blanco—. Pero la mercancía perdida de la Casa Caída los tienta a todos.

Enrique sintió que se le retorcía el estómago mientras contemplaba la procesión del cónclave de invierno. Los miembros de la Orden se creían guardianes de la civilización occidental, pero su poderío era muchísimo más influyente y terrible; eran los custodios de la historia. Cuando se llevaban algo, el mundo lo olvidaba. Y él los había ayudado.

Eva tiró de la bailarina de plata de su colgante.

—Querrán veros a todos esta noche... los fantásticos cazatesoros que dieron con la cueva oculta de la Casa Caída.

—No quiero verlos —respondió Enrique de forma automática.

—Anda, venga ya —replicó Hypnos—. Ni siquiera a mí me caen bien, pero eso no significa que no puedan sernos de utilidad.

—Me temo que ninguno de nosotros tendrá elección en este asunto —zanjó Eva antes de detenerse para contemplar el pasillo—. ¿Dónde está *mademoiselle* Laila?

Solo entonces Enrique se percató de la ingravidez de sus manos. Bajó la mirada y reparó en que ya no estaba sujetándole la mano. Cuando se giró, solo vio el pasaje abovedado y helado del Palacio Durmiente. Laila había desaparecido.

—¿Adónde ha ido? —preguntó Enrique, volviéndose hacia Zofia.

Pero la mirada de Zofia estaba fija en la llegada de las Casas de la Orden de Babel. Enrique miró a Ruslan y a Delphine, que se habían alejado para saludar a las otras Casas.

—¿Y dónde está Séverin? —inquirió Enrique.

Eva se encogió de hombros.

—La última vez que lo vi fue hace una hora. Estaba supervisando el transporte para sacar los tesoros del interior del leviatán. Todavía hay que catalogarlos y prepararlos para la subasta de medianoche del Cónclave de invierno.

—¿Dónde van a guardar los objetos? —preguntó Enrique.

—En la biblioteca, creo.

—Son casi las tres de la tarde —comentó Zofia.

Eva la empaló con la mirada.

—¿Y?

—El leviatán solo permanece fuera durante una hora. Mecánicamente es totalmente imposible que pueda quedarse más tiempo.

—No creo que tenga más elección si se emplean cuerdas de metal forjadas —dijo Eva.

—¿Han atado a David al hielo? —inquirió Zofia elevando la voz.

—¿«David»? —se burló Eva con una risotada—. Habríamos clavado esa cosa al suelo mucho antes si no nos hubiese llevado tanto tiempo forjar las cuerdas.

Zofia la miró echando chispas por los ojos.

—Discúlpanos —intervino Enrique con brusquedad.

Instó a Zofia a que se separara de la multitud y luego se la llevó muy lejos de Eva y de la procesión de la Orden.

—¿Ves? Por eso no puedes ponerles nombre a los monstruos mecánicos —murmuró Enrique a la par que se internaban más aún en el atrio.

—¿Por qué nos vamos? —exigió saber Zofia.

—Uno, tenemos que ir a por Séverin en la biblioteca. Y dos, no quería que le prendieras fuego a Eva.

—No desperdiciaría un colgante incendiario así como así —rebatió, seria.

Mientras se dirigían hacia la biblioteca, Enrique esquivó a organizadores y artesanos, evitando a osos de hielo y un trío de cisnes transparentes cuyas plumas translúcidas habían sido ribeteadas en plata. En el atrio, habían erigido un inmenso podio para la subasta de medianoche. Los criados de las distintas Casas que habían llegado temprano trajinaban de aquí para allá, portando bandejas con flautas de cuarzo llenas de vino de hielo muy frío. Una vez, aquella imagen habría deslumbrado a Enrique, pero ahora apenas le importaba. Se negaba a creer que todo lo que habían visto —las mujeres sin manos, las musas con sus pétreas miradas y los objetos rotos— había sido en vano. Se negaba a creer que a Laila solo le quedasen un puñado de días antes de morir. Y se negaba a creer que Séverin no tuviese otro plan guardado bajo la manga.

En la biblioteca, las estatuas de las musas resplandecían. Unos bloques de hielo que hacían las veces de mesas ocupaban la estancia donde antes no había habido nada más que un pasillo vacío. Los tesoros yacían apilados sobre las superficies, cada uno con una etiqueta blanca y claramente escrita adherida para que la leyese el subastador. En otro tiempo, Enrique se habría detenido y maravillado con los objetos que veía —objetos que la sociedad histórica al completo había considerado perdidos—, pero aquello habría sido antes de ver a Séverin.

En medio de todos aquellos tesoros, Séverin parecía sacado de algún mito, y entonces Enrique recordó lo engañosos que estos podían ser. Cuando tenía siete años, creyó haber visto a un *siyokoy*, un tritón. Un hombre trepó hasta la cima de una colina y se quedó contemplando el océano. No llevaba camiseta y, alrededor del cuello, portaba una cadenita de perlas. En los dedos, incontables anillos. Los pantalones se le caían por culpa de rocas marinas y cientos de bufandas de seda atravesaban las presillas. Por aquel entonces, Enrique se encontraba con su familia en un barco *paraw* escorado, celebrando el cumpleaños de su madre. Había gritado emocionado: «¡El rey del mar!».

En su mente, solo un hombre cargado de tesoros podía ser el rey del mar.

Pero eso no fue lo que vio su familia. Su padre había entrado en pánico y le gritó al hombre que se detuviera, que esperara... Su madre se santiguó y abrazó a Enrique para que no pudiera ver nada. Él se resistió contra su agarre, desesperado por ver al rey del mar, pero lo único que oyó fue el salpicar del agua y el grito angustiado de su padre. Fue semanas después cuando Enrique comprendió que el hombre se había suicidado. Oyó los susurros; toda la familia del hombre había muerto en un tifón reciente. Por aquel entonces, Enrique no entendía cómo un hombre cargado de tesoros podía ser tan pobre en su vida y elegir la muerte. Ahora lo recordó mientras miraba a Séverin, sentado en una habitación llena de tesoros con los ojos completamente vacíos.

Todo aquel tiempo, Enrique había sospechado que Séverin quería *Las letras divinas* para asestarle un último y demoledor golpe a la Casa Caída... pero ahora parecía estar tan devastado como Laila, como si hubiese perdido su vida entera. En su cabeza, algo no terminaba de cuadrar.

En silencio, Séverin señaló un tomo pesado situado en la mesa más cercana a él.

—Ve y mira —dijo Séverin con voz ronca.

Enrique se aproximó, cauteloso, y Zofia lo siguió.

Tal y como Enrique había sospechado, había algunos trazos dorados en la cubierta, y era evidente que estaba hecha de piel de animal. Era bastante grande para ser un libro, y había un indicio de hebillas en la encuadernación, casi como si se hubiese tratado de un libro que guardase algo dentro. Sobre la cubierta había una marca quemada... como una W sesgada y pequeña. La imagen lo molestaba, pero no sabía por qué le sonaba. Dentro del libro no había nada más que un espacio vacío, con unas partes hundidas muy sutiles como si antes hubiera algo allí dentro que ya no estaba.

Enrique tragó saliva con esfuerzo y acarició el lomo con los dedos.

—¿Y si se nos ha pasado algo por alto? —preguntó—. Quizá si...

—No sirve de nada —aseveró Séverin—. Ya no queda nada.

No levantó la voz. Ni siquiera mantuvo contacto visual. Pero el aire se curvaba a su alrededor y estaba como huyendo de una súbita abertura en el mundo. Enrique sintió que se le enrojecía el rostro. Quería gritarle. Quería decirle que Laila moriría sin su ayuda. Pero, al final, la promesa que le había hecho a ella lo mantuvo callado.

Séverin se levantó de la butaca. Del bolsillo de la chaqueta, sacó un sobre y se lo tendió a Zofia.

—Ha llegado esto para ti —le dijo con voz monótona—. Puedes regresar junto a tu hermana mañana, si quieres. No importa.

Zofia lo tomó y arrugó el ceño.

—Enhorabuena a todos —dijo con la misma voz monótona—. Hemos encontrado una de las colecciones de tesoros más grandes conocidas por el hombre.

Justo cuando Séverin se encaminaba hacia la puerta, Hypnos apareció en el umbral, sin aliento y confuso.

—No sabía dónde estaba todo el mundo —comentó y miró acusadoramente a Enrique—. Creía que tú y Zofia volveríais, pero no lo hicisteis. Si hubiese sabido que ibais a ver a Séverin, me habría marchado con vosotros de inmediato.

Enrique sintió las palabras de Hypnos asentarse, pesadas, dentro de sí. ¿Séverin era la única razón por la que se habría ido con ellos?

Séverin pasó junto a él.

—¿Adónde vas? —inquirió Hypnos—. ¡Tenemos que prepararnos para la celebración que habrá luego!

Séverin salió por la puerta, lo que hizo que Hypnos soltara un quejido y levantara las manos en el aire. Se recolocó el traje, respiró hondo e hizo ademán de ir tras Séverin cuando algo dentro de Enrique lo obligó a gritar:

—¡Espera!

Hypnos lo miró con aire irritado.

—¿Qué sucede, *mon cher*? ¿Puede esperar?

Enrique notó un nudo en la garganta mientras se acercaba a Hypnos. De repente, se sintió estúpido. Las sombras de hoy aún acechaban, oscuras, en su corazón, y ansiaba la luz y la calidez de otra persona antes de lanzarse a examinar los tesoros. Creía que Hypnos habría reconocido la súplica en su expresión, pero el chico no se había dado cuenta. De hecho, Hypnos parecía estar más que dispuesto a marcharse.

—Me vendría muy bien tu ayuda...

Incluso mientras lo dejaba caer, ya sabía su respuesta.

—No puedo —respondió Hypnos enseguida y miró hacia la puerta—. Séverin me necesita...

—¿Y si yo te necesitara? —inquirió Enrique. Y entonces, más suavemente, añadió—: ¿Te importaría siquiera?

—Séverin es lo más cercano que tengo a una familia —se excusó Hypnos—. Tengo que ir con él.

La pena le perforó el corazón.

—No creo que Séverin lo vea de esa manera —rebatió Enrique dulcemente—. Créeme, Hypnos... Sé muy bien lo que es el afecto unilateral. —Dejó caer una mano—. Al menos, ahora yo también lo sé.

Hypnos se quedó callado. En su silencio, Enrique halló la respuesta que necesitaba. Vio con claridad todo lo que no había querido ver antes. Cómo se había lanzado a por algo que Hypnos no estaba dispuesto a ofrecerle. Cómo el otro chico parecía más feliz cuando estaba con el grupo que solo con él. Hypnos le había dicho desde el principio que su relación era algo casual y aun así Enrique había seguido intentando convertirlo en algo... más. El dolor se le instaló detrás de la caja torácica. La estancia se le antojó más grande y él se sintió muchísimo más pequeño.

Hypnos torció la boca con culpabilidad.

—Ah, *mon cher*, no es unilateral, solo es...

—... insuficiente —terminó Enrique, mirándose los zapatos.

Hypnos se acercó. Enrique sintió ligeramente los cálidos dedos del chico que le levantaban la barbilla.

—Me siento cautivado por ti, mi historiador —dijo Hypnos—. Tú y yo... entendemos los pasados del otro.

Pero un pasado compartido no creaba un futuro juntos. Y Hypnos también era consciente.

—Creo que, con el tiempo, podría aprender a amarte —declaró Hypnos.

Enrique levantó el brazo y, despacio, apartó la mano de Hypnos de su cara. Le cogió la otra mano, luego la cerró en un puño y pegó sus labios contra los nudillos de Hypnos.

—Quizá ambos nos merezcamos a alguien que no nos cueste tanto amar —dijo Enrique.

—Enrique...

—Estaré bien —dijo él—. No has roto ninguna promesa. Vete.

Hypnos abrió la boca como si quisiese decir algo más, pero, al final, eligió el silencio. Miró a Enrique a los ojos, asintió veloz y abandonó la sala.

Enrique se quedó mirando la puerta desierta. Se sintió vacío, como si un golpe de viento invernal lo hubiese atravesado. Titubeante, respiró hondo. La biblioteca olía a papel y a tinta... y a posibilidades. Y aquello, al final, fue adonde desvió la atención. Necesitaba el refugio que le otorgaba el trabajo y, a juzgar por lo que había vislumbrado de los tesoros, había mucho trabajo que hacer. Fue en ese momento, al girarse para darle la espalda a la puerta, cuando se percató de que no se encontraba solo. Allí estaba Zofia, girando una cerilla encendida entre los dedos y ojeando una mesa llena de tesoros. Se había quedado y no sabía qué conclusiones sacar de aquel gesto. Lo miró a los ojos y Enrique vio fiereza reflejada en sus ojos azules.

—¿Necesitas ayuda? —le preguntó.

A SU ALREDEDOR, la biblioteca parecía adoptar un nuevo significado. Las cariátides de las musas habían pegado las manos al esternón; la iconografía de los distintos ámbitos relucía en su persona y estaba tallada en piedra. Enrique vio la lira de Calíope, la líder de las musas y la musa de la poesía épica; la corneta de Clío, la musa de la historia; el aulós de Euterpe, la musa de la música; la cítara de Erató, la musa de la poesía amorosa; la trágica máscara de Melpómene, la musa de la tragedia; el velo de Polimnia, musa de los himnos; la lira de Terpsícore, musa de la danza; el cayado de pastor de Talía, musa de la comedia; y el compás de Urania, musa de la astronomía. Un escalofrío le recorrió la espalda al contemplarlas. Otrora habían sido veneradas como diosas de la inspiración, pero ¿qué habían inspirado aquí, además de masacre? ¿Y por qué estaban rotos todos sus objetos?

—¿Qué estamos buscando? —preguntó Zofia, caminando hacia una de las mesas cubiertas de tesoros—. ¿Dónde más podría estar el libro?

Zofia extendió un brazo y tocó la delicada corona de Medusa, un objeto forjado de la antigua Grecia capaz de transformar pequeños objetos en piedra. Una de las pequeñas serpientes de piedra retrocedió ante su contacto y su cuerpo se engarzó... adoptó una forma que a Enrique le resultó muy familiar. Como la figura del ocho. Parecía algo que apenas acabara de ver hacía unos momentos. Caminó hasta la musa más cercana e inspeccionó el símbolo que había encontrado grabado en cada una de sus palmas hacía días:

Acercó el cuaderno hacia el símbolo y entonces... lo giró hacia un lado, tal y como había visto hacer a la serpiente forjada hacía unos instantes.

Se le aceleró el pulso. Cuando se giraba el símbolo, no era en absoluto un tres del revés, sino la forma minúscula de la última letra del alfabeto griego, la omega. «Alfa y omega». Lo único que tenía que hacer era extender y curvar las líneas «justo así», y era casi idéntico a la forma de una lemniscata, que era la representación matemática del infinito. Supuestamente, la forma de ocho tumbado de la lemniscata derivaba de la letra omega minúscula, que en griego solo se traducía en una cosa:

—La primera y la última, el inicio y el final —susurró Enrique.

El poder literal de Dios, el poder al que *Las letras divinas* presuntamente podía acceder. Y sabía que lo había visto antes en algún otro lugar.

—Zofia, ¿puedes traer el tomo? —le pidió.

Zofia fue a cogerlo a la mesa y se lo tendió. Allí, repujada en la superficie estaba aquella forma de W idéntica... una lemniscata incrustada.

—¿Lo ves? —preguntó.

—El símbolo del primer número ordinal transfinito —comentó Zofia.

Enrique no tenía ni idea de lo que significaba eso.

—Quizá, pero también...

—La letra omega minúscula.

—¡Eso es, exacto! —exclamó Enrique, emocionado—. Y también representa...

—La primera y la última, el inicio y el final —recitó Zofia—. Eso es lo que dijiste el año pasado la primera vez que viste el símbolo. Dijiste: «En otras palabras, el poder de Dios». ¿Verdad?

Enrique parpadeó varias veces, incrédulo, y Zofia se encogió de hombros.

—¿Qué? Te estaba prestando atención —le dijo.

Enrique se limitó a mirarla. Había prestado atención. Aquella pequeña frase escondía una calidez extraña y poco habitual para él. Zofia abrió el tomo y pegó una de sus pálidas manos al hueco donde las páginas de *Las letras divinas* tendrían que haber estado.

—Parece más una caja que un libro —comentó ella.

Enrique examinó la cavidad y acarició el interior del lomo. De ser un libro, debería haber algún hilo o alguna otra señal de que antaño hubiera páginas encuadernadas allí, pero estaba totalmente liso.

—Si siempre ha estado hueco, pero guardaba algo en el interior... entonces, ¿y si este símbolo es lo que lo relaciona todo? —preguntó a la vez que señalaba la lemniscata de la cubierta.

—¿Como un libro dentro de otro libro? —inquirió Zofia.

—Es lo único que tiene sentido —respondió Enrique.

Fuera lo que fuere que estuviesen buscando tendría que llevar el mismo símbolo. Juntos, se giraron y quedaron de frente a los montones de tesoros apilados en las mesas.

Ahora solo tenían que empezar a buscar.

28

ZOFIA

Dos horas antes de medianoche...

Zofia no llevó la cuenta de las horas que Enrique y ella estuvieron trabajando. Pero no le hizo falta cuando los ruidos en el exterior de la biblioteca subieron de volumen a la espera de la subasta de medianoche. Toda aquella gente... Se estremeció. A Zofia no le había gustado nada estar fuera para recibir a la Orden de Babel. No le gustaban las multitudes y que, dada su altura, su línea de visión solo fuese el cogote de la gente.

Lo que le gustaba ahora era el silencio y la tarea que tenían entre manos: coger un objeto, buscar la lemniscata y pasar al siguiente si ese no lo tenía. Al menos hacía algo. Antes, al enterarse de que no habían encontrado *Las letras divinas*, se había quedado sin habla y brotaron las lágrimas, aunque no eran de tristeza. Ya se había sentido así una vez, cuando su familia viajaba en verano a uno de los lagos. Había nadado demasiado lejos, feliz de que, bajo el agua, era incapaz de oír el ruido que hacían el resto de los niños. Pero en alguna parte del lago se le enredó el pie en una red y no fue capaz de sacar la cabeza del agua durante más de unos segundos cada vez. Por suerte, Hela la vio forcejeando y llamó a su padre, que se apresuró a meterse en el lago y salvarla.

Zofia no había olvidado aquella sensación: patalear con los pies, golpear el agua con las manos, escupir agua del lago y tragar aire. Recordaba la frustración de sentirse impotente, ser consciente de que sus movimientos no cambiaban nada, y que al agua —oscura y vasta— no le importaba.

Así se sintió al caer en la cuenta de que Laila moriría.

Nada de lo que había hecho había cambiado las cosas, pensó Zofia mientras dejaba un objeto sobre la mesa. Aunque quizá esta vez sí, esperó y entonces agarró otro objeto. Quedaban 212 por inspeccionar y en cada uno sin analizar, Zofia buscaba el consuelo de los números; saber que, sin importar la escasa probabilidad, encontrar una lemniscata era estadísticamente probable.

A su lado, Enrique trabajaba medio en silencio. Tarareaba para sí mismo y, aunque ella prefería el silencio, el sonido de fondo se le antojó una constante agradable. Enrique también hablaba solo, y Zofia se percató de que mientras ella hallaba consuelo en los números, él lo hacía en la conversación.

Ya habían terminado dos de las siete mesas sin resultado favorable. Cuando Zofia se dirigió a otra mesa, Enrique negó con la cabeza.

—Deja esa para después.

—¿Por qué?

Enrique señaló otra mesa. Zofia echó un vistazo al contenido. Entre los objetos había un pequeño cuaderno barnizado en oro, una colección de plumas brillantes en un tarro, una sarta de abalorios de jade con rostros de bestias tallados y un par de balanzas. No resultaba distinta al resto de mesas en las que había objetos parecidos. No es que hubiera una probabilidad mayor de que se escondiese allí alguna lemniscata.

—¿Hueles eso, fénix?

Zofia olisqueó el aire. Olió metal y humo. Se acercó a donde se encontraba él y captó otro olor... uno dulce, como a pieles de manzana lanzadas al fuego.

—Un olor a perfume —esclareció Enrique.

—Los olores son irrelevantes en esto —respondió Zofia, volviéndose hacia la otra mesa.

—Pero el contexto... el contexto marca la diferencia —insistió Enrique—. La palabra «perfumar» proviene del latín, *perfumare*... producir humo. El perfume era el medio a través del cual los antiguos se comunicaban con los dioses.

Enrique señaló los objetos desparramados por la mesa.

—Séverin explicó que habían diseñado el sitio como un templo, incluso con su... altar de sacrificios —dijo él, estremeciéndose—. Imagino que solo usaron incienso para sus objetos más preciados, sobre todo para lo que hubiera dentro de *Las letras divinas*, lo que me insta a creer que deberíamos mirar lo que sea que haya aquí antes de probar con las otras.

Zofia se quedó observando la mesa antes de desviar los ojos hacia él.

—¿Cómo has llegado a esa conclusión?

Enrique le sonrió.

—Ya sabes... supersticiones, historias. —Hizo una pausa—. Instinto.

Enrique ya había dicho algo parecido en otra ocasión y a ella le molestó tanto entonces como ahora.

Zofia estiró la mano para coger un nuevo objeto. Solo habían analizado dos —un cáliz y una cornucopia— cuando sonó un gong en el exterior. Enrique levantó la vista y entrecerró los ojos.

—Esto no pinta bien —opinó Enrique—. No nos queda mucho tiempo antes de que venga el subastador y se lleve los objetos para venderlos, y quiero entrar en la gruta y en el leviatán una vez más.

—¿Por qué?

—Es este símbolo...

Enrique tomó su cuaderno y resiguió el símbolo con el dedo una vez más.

—Ahora que sabemos qué buscar, quiero cerciorarme de que no se nos ha pasado ninguna pista.

Zofia frunció el ceño. No les daría tiempo a ir hasta el leviatán, buscar por allí y luego volver. Tendría que ir uno de los dos, solo. El otro tendría que intentar ganar tiempo.

Pensar en aventurarse entre la multitud le revolvía las tripas, pero no era nada comparado con perder a Laila.

Zofia se enderezó y sintió el sobre cerrado y pesado contra su pecho. No había reconocido el sello y la letra no parecía la de Hela. La falta de familiaridad le hizo sentir una inquietud que no era capaz de describir y la frenaba cada vez que reunía el valor para leer la carta.

A su lado, Enrique seguía hablando consigo mismo.

—Si consiguiésemos que Hypnos volviera, podríamos ir los dos, pero él odia quedarse solo y no podemos pedírselo a Laila... se ha marchado a dormir un rato y ver esto la alterará... y no tengo ni idea de dónde se encuentra Séverin... Ruslan podría, pero normalmente Séverin ha de dar su aprobación y perderíamos mucho tiempo si...

—Puedo ir yo sola.

Enrique la miró de repente. Por un momento, Zofia apenas fue consciente de haberlo dicho. Pero se calmó en cuanto lo dijo.

—No, no podría pedirte algo así —respondió Enrique—. Sé lo mucho que te cuestan las situaciones nuevas. Iré yo.

Las palabras afectaron a Zofia. Se acordó de las primeras cartas de Hela: «No les preocupes, Zofia. Empezarán a angustiarse por ver quién tendrá que cuidarte cuando yo ya no esté».

No era una niña a la que tuvieran que supervisar constantemente.

—Iré yo sola. A ti se te da mejor esto.

Enrique la miró apenas un momento más y, a continuación, asintió.

—Estoy seguro de que la gruta estará vacía. Lo que tienes que hacer es buscar rápidamente la lemniscata. Si puedes, de camino, intenta ganar algo de tiempo. Yo haré esto lo más rápido que pueda y te acompañaré en cuanto haya conseguido algo.

Zofia asintió y se encaminó hacia la puerta. Pero, en cuanto rozó el pomo, Enrique la llamó.

—¿Fénix?

Ella se volvió y vio a Enrique inclinado sobre una de las mesas con un objeto en la mano y el cuaderno bajo el otro brazo. Al sonreírle, Zofia apreció que la comisura izquierda de los labios se elevaba más que la derecha. A pesar de la asimetría, le gustó aquel detalle. Recordó que a Hypnos también debía de gustarle por el beso que le dio antes de internarse en el interior del leviatán. Sintió cierta incomodidad en el estómago.

—¿Qué?

—Eres mucho más valiente que la mayoría de la gente ahí fuera —declaró Enrique—. Ninguno podría construir una bomba con los ojos cerrados e internarse en un monstruo de metal y querer llamarlo «David». Confía en ti misma, fénix.

Zofia asintió y la sobrevinieron unas ganas absurdas de desear que algunas palabras fuesen sólidas para poder recogerlas del suelo y aferrarlas contra sí y así echar mano de ellas siempre que las necesitase.

—Lo haré.

CUANDO ZOFIA SALIÓ, se percató de que el Palacio Durmiente había cambiado.

El atrio, que antes era tranquilo, se había transformado. Perdió la cuenta de los orbes plateados que cubrían el techo. Contó al menos once esfinges patrullando el perímetro. El suelo transparente se había convertido en otro escenario. Trece ilusiones ópticas forjadas de *rusalka,* doncellas que formaban parte del folclore polaco, se ponían de pie y parecían envolver los brazos en torno a las docenas de hombres y mujeres que bailoteaban por la sala.

Junto al pasillo que conducía a la biblioteca habían erigido una carpa blanca. A Zofia no le quedó más remedio que cruzarla para llegar al pasillo que llevaba a su laboratorio. Pasó por encima de huéspedes tumbados y apoyados sobre unos cojines claros y que sujetaban en las manos unos cálices que giraban en el aire. Se habían colocado unos artilugios de plata en el dedo meñique que acababan en una garra afilada. Se parecían al anillo de Eva, y Zofia cayó en la cuenta de que eran instrumentos de forja de sangre. En una esquina había dos mujeres riéndose y entonces —a la vez— clavaron la garra en la muñeca de la otra. La sangre manó de la piel y las mujeres cruzaron las manos dejando que la sangre resbalara hasta el cáliz de la otra. Zofia se apresuraba a marcharse cuando otro grupo de personas le franqueó el paso. Dos hombres y una chica que no la superaba en edad. La chica les daba la espalda y los dos hombres sonreían de forma similar. Uno de los hombres dio un trago a su bebida. De repente, sus facciones temblaron y se retorcieron hasta acabar portando el rostro del otro hombre.

—A ver si nos distingues, cariño —dijo el hombre a su lado, haciendo girar a la chica—. Aunque puede que necesites la ayuda de las manos, ¿eh?

Uno de ellos miró a Zofia y levantó su cáliz.

—Estás más que invitada a acompañarnos, pequeña ninfa.

Zofia sacudió la cabeza y, a trompicones, salió de la carpa lo más deprisa posible para llegar a su laboratorio. Al entrar, necesitó un momento para recuperar el aliento. La forja de sangre la confundía. Sabía que era la ciencia del dolor y del placer, que los amantes disfrutaban de sus artes. ¿Se suponía que tenía que desear... aquello? Los cuerpos funcionaban como máquinas y se asombraba a sí misma, porque nada de lo que estaba sucediendo en aquella carpa la interesaba. Al menos, no con esa gente.

Zofia apartó la pequeña punzada de dolor de su mente y se dispuso a recoger unas lámparas de calor, más colgantes de fósforo, un mnemoinsecto, varios trozos de cuerda y una caja de cerillas nueva. Al regresar al pasillo se dio cuenta de que no estaba sola.

Hypnos se encontraba desplomado en el suelo, con la espalda apoyada en la pared, una botella de vino bajo el brazo y un vaso vacío en la mano. Cuando la vio, alzó la vista y le dedicó una sonrisa torcida. Era asimétrica, igual que la de Enrique.

Aquel patrón sobresaltó a Zofia y sintió que la embargaba un torrente de calor. Recordaba el día que los vio sin querer en el pasillo de L'Éden. Llevaba un vestido de seda que Laila le había comprado. Tras el incidente, no había sido capaz de volver a rozar la seda. También se acordaba del beso de Hypnos y Enrique en la gruta helada; breve y simple. Hypnos repetía a menudo que no era culpa suya que la gente quisiera besarlo, igual que no era culpa de ella que no le apeteciera besar a la mayoría de la gente. Sin embargo, la única persona que la hacía plantearse aquellos pensamientos no la miraba a ella, sino a Hypnos. Estadísticamente hablando, tenía sentido. Hypnos atraía a mucha más gente que Zofia. Tal observación no debería causarle dolor y, sin embargo, sintió que algo se le retorcía bajo los huesos del pecho y no sabía cómo hacerlo desaparecer.

—¿Soy mala persona? —preguntó Hypnos. Hipó en alto—. No era mi intención usar a nadie. Pensaba que no pasaba nada. —Negó con la cabeza—. No, sí que pasaba.

Arrastraba levemente las palabras, detalle que Zofia achacó a su estado de embriaguez. Hypnos no esperó a que ella le contestase. En lugar de hacerlo, le dio otro trago al cáliz.

—Voy a volver a la gruta helada... —empezó a decir Zofia.

Hypnos se estremeció.

—Es un lugar inquietante, frío, húmedo y sin comida ni bebida. ¿Por qué demonios...?

—Tengo que hacerlo —respondió Zofia—. Debo proteger a alguien.

—Con que guardando secretitos, ¿eh?

Zofia asintió. Hypnos dejó escapar una risita mientras aferraba la copa con fuerza. Tenía los ojos vidriosos y las comisuras de su boca, curvadas hacia abajo. Estaba triste.

—Secretos del grupo de los que supongo que nunca estaré al tanto —murmuró—. Envidio a todos aquellos que merecen tal secretismo. Y también te envidio a ti por gozar de tal confianza. Por ser tan... —dio vueltas a su copa— querida.

Querida.

Zofia cayó en la cuenta de que ambos envidiaban lo mismo. Se acordaba de las veces que Hypnos había tratado de ayudar: cuando les llevó un tentempié mal emparejado, cuando propuso un brindis en el almacén de San Petersburgo, cuando, una vez, se quedó merodeando cerca de ella y lo único que Zofia le dijo había sido que estaba tapándole la luz. Tristan había hecho lo mismo cuando aún vivía. Había intentado ayudar y ella no le había recalcado lo suficiente que, a pesar de que su presencia no mejoraba la eficiencia de su trabajo, no era ninguna molestia.

—Pensaba que éramos amigos —musitó Hypnos hipando—. Dejando a un lado los sacrificios gatunos de los miércoles, etcétera.

—Y somos amigos —afirmó Zofia.

Lo decía en serio. Zofia deseaba que Laila estuviese allí. Ella sabría qué decir. Zofia lo intentó lo mejor que pudo y sacó su caja de cerillas.

—¿Quieres quemar algo? —le preguntó.

Hypnos resopló.

—Teniendo en cuenta mi actual estado de embriaguez, sugieres algo bastante peligroso.

—Siempre estás ebrio.

Él sopesó sus palabras.

—Es cierto. Dame una cerilla.

Zofia encendió una y se la pasó. Él entornó los ojos y observó la llama devorar la madera hasta que esta se extinguió y del borde quemado ascendía un hilillo de humo.

—Sí que ayuda a relajarse —dijo encogiéndose de hombros—. Pero preferiría ayudar más que buscar cosas inflamables.

Se acordó de las palabras de Enrique.

«Si puedes, de camino, intenta ganar algo de tiempo».

—Sé cómo podrías ayudar —declaró Zofia.

Hypnos dio una palmada.

—¡Dime!

—Emborracha a los otros —explicó Zofia—. Retrasa la subasta de medianoche. Esa será la mejor ayuda posible.

—¡Ayuda! —Hypnos hipó y sonrió—. ¿Causar una distracción por embriaguez? ¿Canciones obscenas? ¿Valses espontáneos? Me encantan los valses.

—¿Lo harás?

Hypnos esbozó una gran sonrisa.

—¿Haría cualquier cosa por demostrar que ayudaría a mis amigos? *Oui, ma chère,* claro que sí. —Hizo un gesto con la mano—. Además, ya sabes que me encantan las travesuras.

ZOFIA USÓ LOS ACCESOS de los criados para evitar el atrio principal. No quería volver a ver aquella carpa blanca. Dos guardias uniformados custodiaban el pasillo que conducía a la gruta helada. En la parte delantera de su chaqueta llevaban la insignia de la Orden de Babel que no le resultaba familiar.

Zofia se acordó de las escrituras que había memorizado durante los dos años en los que había trabajado con Séverin en las adquisiciones. Apretó los dientes y se tocó el corazón; no por sentimentalismo, sino para recordar la carta de Hela pegada al pecho. A veces necesitaba ayuda, pero aquello no la convertía en una inútil.

Zofia se acercó a los guardias.

—¿Quién eres tú? —inquirió uno de ellos.

—Soy una de las ingenieras que supervisan la extracción del tesoro —anunció Zofia intentando sonar lo más altanera posible—. Los subastadores requieren que eche un vistazo a la gruta en busca de cualquier tesoro que hayamos podido pasar por alto.

El otro negó con la cabeza.

—Ahí dentro ya hay alguien haciendo eso mismo.

Zofia no había considerado aquella posibilidad. Enrique pensaba que el lugar estaría vacío. ¿Quién estaría allí dentro?

—Me han dicho que lo consulte con quien se encuentre ahí —aclaró Zofia.

El guardia la miró durante un momento antes de suspirar y hacerse a un lado. Zofia pasó por delante de ellos y recorrió el tramo largo, estrecho y oscuro. En el interior de la gruta halló silencio. Habían quitado muchas de las antorchas y habían sumido la gruta en la oscuridad. El leviatán se hallaba encadenado al hielo mediante unas tiras metálicas que se entrecruzaban sobre el cuello y le mantenían la boca abierta.

—Hola, David —lo saludó Zofia.

El leviatán se revolvió y se formaron unas pequeñas fisuras en el hielo a su alrededor. Ver a la máquina encadenada la enfureció, pero fue el silencio de la gruta lo que la confundió. El guardia había afirmado que había alguien dentro y, sin embargo, el lugar se encontraba vacío. Quizá se hubieran equivocado.

Zofia colocó uno de sus faroles en la entrada del leviatán. Al rozar el labio de metal, lo notó revolverse y agitar el agua a su alrededor. Sintió una punzada de pena mientras se adentraba en su interior sujetando en alto uno de sus colgantes de fósforo para guiarse. Creía que el leviatán estaría frío, pero en el interior de su boca el aire se había vuelto húmedo.

Al mirar por el borde de las escaleras, vio un brillo rojo intermitente. La luz la inquietó y estuvo a punto de caer hacia atrás tras rememorar una imagen: las caras de su familia y amigos. Se acordó de Séverin, de cómo caminaba, como si acarrease más que su propio peso. Se acordó de la vivacidad de Laila. De la sonrisa asimétrica de Enrique y los ojos vidriosos de Hypnos. Todo era luz. Gracias a las enseñanzas de su padre, era consciente de que la luz solo era un espectro electromagnético. La luz que percibía el mundo formaba parte de un espectro visible, lo cual quería decir que había luz que los humanos eran incapaces de ver. Pero Zofia se preguntaba si podrían sentirse igual que ella sentía los rayos de sol contra sus párpados cerrados. Porque así se le antojaba la amistad a ella, como una luz demasiado grande como para capturarla. Y, sin embargo, no dudaba de su presencia. Mantuvo aquella luz consigo mientras, paso a paso, bajaba las escaleras.

«Cinco...».

«Catorce...».

«Veintisiete...».

Al final de la escalera vio la sala iluminada. Cincuenta y siete estanterías vacías que llegaban al techo. Una alfombra dañada por el agua se extendía sobre la zona principal. En la esquina de la derecha, vio una cápsula en la que había un volante y dos asientos. Un mecanismo de escape integrado. En el techo reconoció un holograma de un mnemoinsecto que mostraba la gruta helada que ella acababa de abandonar. No recordaba ninguna mención a aquel aparato en las notas de Hypnos y Séverin.

Las observaciones quedaron atrás ante la fuente de calor que sintió al bajar aún más. Sobre un altar erigido de piedra había cientos de velas rojas de cera ardiendo. La luz roja se extendía hasta los rostros tallados en piedra de las nueve musas que se inclinaban sobre el altar. No tenía sentido que hubiesen dejado las velas encendidas. Había sido testigo de un momento similar en el pasado. Quizá se tratase de un símbolo de sensiblería, uno que le resultaba familiar, de cuando sus vecinos dejaron velas junto al olmo familiar al fallecer sus padres. Tal vez lo hubiesen hecho por las chicas que habían asesinado. Pero entonces se percató de la inscripción en la pared...

Zofia levantó el colgante en busca del símbolo en el altar. Pero la lemniscata no se encontraba allí. Cuanto más se acercaba, más legible se volvía la inscripción.

ESTAMOS LISTOS PARA LA DESTRUCCIÓN

—¿Destrucción? —repitió Zofia en voz alta.

La palabra le recordaba a la última vez que habían visto una inscripción en la pared.

USAR EL INSTRUMENTO DIVINO PROVOCARÁ LA DESTRUCCIÓN

¿Qué significaba aquello?

Un brillo que captó de reojo atrajo su atención. Un objeto pequeño se había caído cerca de la base del altar. Se agachó y lo recogió del suelo…

Era una abeja dorada.

Zofia no había visto un colgante de abeja como aquel desde las catacumbas, cuando el doctor abrió los brazos y permitió que los miembros de la Casa Caída irrumpiesen en bandada en las catacumbas de París. El pánico le inundó las venas. Tenía que avisar al resto. Zofia retrocedió un paso, pero se le resbaló el pie en el escalón y chocó con… alguien. Por un momento, lo único que notó fue la subida y bajada del pecho de la persona al respirar.

El instinto tomó las riendas de su cuerpo.

Se agachó. El suelo bajo sus pies se volvió húmedo y resbaladizo. Saltó a un lado, pero le patinó un pie y cayó al suelo. Zofia se aferró el collar y rebuscó desesperadamente el artilugio incendiario, pero una mano cubierta de tela le tapó la boca y la nariz. Un olor parecido al éter y mezclado con algo dulce le inundó las fosas nasales y se le empezaron a cerrar los ojos.

—Detesto que me hayas obligado a hacer esto —confesó una voz familiar—. Pero sé que lo entenderás, querida.

29

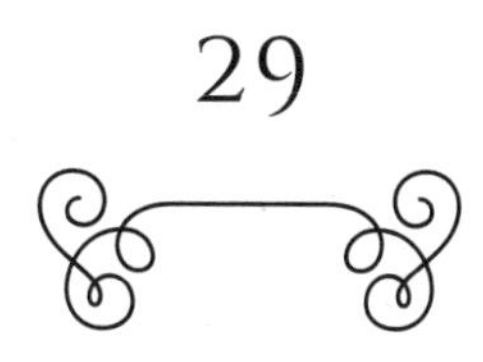

ENRIQUE

En lo que respectaba al silencio, Enrique siempre buscaba llenarlo.

Había creído que, para que algo fuese poderoso, necesitaba que un sonido lo acompañase del mismo modo que el rugido de un trueno volvía ominoso al rayo que lo precedía. O del modo que las palabras abandonaban una página y, habladas, adquirían un nuevo peso e influencia.

La primera vez que lo habían elegido portavoz de su equipo de debate, se había sentido halagado. La gente confiaba en el peso de sus palabras, aunque su tema de interés —*Historias universales: una defensa del folclore filipino*— no había parecido llamar la atención de ninguno de sus compañeros de secundaria. Durante toda la noche se preparó para su discurso con los nervios casi a flor de piel. Incluso había asistido a la misa de aquella mañana y rezado para no quedarse en blanco. Pero momentos antes de acercarse al podio, un compañero le tendió su discurso.

—¿Qué es esto? —preguntó entonces Enrique, confundido.

Aquella caligrafía no le resultaba familiar.

El compañero se rio.

—No te preocupes, *kuya*, hemos hecho todo el trabajo por ti.

—Pero... —rebatió Enrique, levantando sin energía su propio discurso.

El compañero le quitó importancia.

—Ah, no te preocupes por eso. —Su compañero le dio una palmadita suave en la mejilla—. Tu carita los convencerá a todos. Ahora, ¡sal ahí!

Enrique recordaba el calor empalagoso del anfiteatro, como sus dedos dejaban marcas húmedas en el papel y el intercambio de sonrisas de superioridad entre el público o sus miradas de pena. ¿Quería que lo escucharan por su cara bonita o por su filosofía? ¿O quería solamente que lo escucharan? La cobardía eligió por él. Habló y leyó lo que estaba escrito en aquel papel. Más tarde, cuando le entregaron el primer premio, Enrique se marchó a casa avergonzado, guardó el trofeo bajo el patio y nunca le dijo nada a sus padres. Años después, no recordaba lo que había pronunciado aquel día.

Pero tampoco importaba, en realidad.

Enrique recordaba aquel momento ahora mientras analizaba el tesoro que tenía delante. Quizá por primera vez estaba haciendo algo que importaba de verdad. La clave para salvar la vida de Laila podría estar —tenía que estar— ahí. Y nada de aquello requería el uso de palabras. Solo el silencio de mantener la cabeza gacha y el rostro apartado de la luz.

Enrique ojeó la puerta y luego devolvió la atención a la mesa. Aquella fue la segunda vez que lo había hecho desde que Zofia se marchara a la gruta helada hacía veinte minutos. Se dijo a sí mismo que era solo porque no le gustaba estar solo y el trabajo avanzaba más despacio sin ella. Y, aun así, tenía que admitir que le gustaba vislumbrar el mundo a través de sus ojos. Era como una cortina corrida que revelaba los finos mecanismos mecánicos que sostenían un escenario; un mundo que él no sabía cómo ver.

Extendió el brazo para coger otro artefacto. Solo quedaban tres tesoros más en la mesa. Un tarro de plumas, un arpa pequeña y oxidada con cuerdas de metal insonoras y un puñado de máscaras largas y ovaladas cubiertas de frías llamas forjadas. Enrique estaba a punto de acercarse al arpa cuando alguien llamó bruscamente a la puerta. Frunció el ceño. Era demasiado pronto para que fuese Zofia. Y aunque necesitara ayuda, no estaba preparado para ver a Hypnos. Pensar en él —o, mejor dicho, en la discrepancia entre lo que quería y lo que tenían— era como palpar un moratón reciente.

—¿Sí? —respondió.

—¡Soy yo! —dijo una voz familiar—. ¡Ruslan!

Enrique se limpió las manos en el blusón y luego fue a abrir la puerta. Ruslan se encontraba en la entrada, con un plato de comida en una mano mientras que la otra, como siempre, yacía inmóvil en un cabestrillo junto al pecho.

—Estás muy despeinado —comentó Ruslan contemplándolo con ojo crítico—. ¿Muchas preocupaciones, quizá? ¿O es por falta de un peine?

—Ambos.

Ruslan levantó el plato.

—Parece que la subasta de medianoche se ha retrasado, así que he pensado que te apetecería comer algo y también compañía.

Enrique le dedicó una sonrisa tensa. En realidad, no quería desaprovechar ni un segundo que pudiera aliviar el dolor de Laila. Y si iba a trabajar con alguien, sería con Zofia.

—Es muy amable de tu parte —le dijo.

—¿... pero no es lo que quieres? —finalizó Ruslan, perdiendo la sonrisa—. No pasa nada, lo entiendo. Me lo he imaginado en cuanto te he visto el pelo, que, perdóname, está en un estado deplorable, aunque no menos exquisito...

—No, por favor —dijo Enrique, recuperando sus modales—. Pasa. Tienes todo el derecho a estar aquí. Al fin y al cabo, eres el patriarca que encargó esta expedición.

Aun así, Ruslan no se movió y Enrique tuvo la sensación de haber dicho precisamente lo que no debía.

—Preferiría depender más del peso de mi personalidad que del cargo que ostento —repuso Ruslan con voz queda.

Enrique se ablandó. Volvió a mirar la mesa llena de artefactos y suspiró. Quizá Ruslan pudiera ser de ayuda. Séverin era estricto con las personas que podían ayudarlo en su tarea, pero últimamente este era un fantasma que ni siquiera tenía interés de aparecerse frente a ellos.

—Me vendría bien la ayuda —accedió Enrique.

Ruslan dio un saltito de felicidad y luego lo siguió al interior.

—¿Qué estás examinando? —preguntó Ruslan a la vez que ojeaba la mesa.

Enrique señaló el símbolo que había encontrado en las palmas de las manos de las musas y en el exterior de la caja que habían confundido con *Las letras divinas*:

—Esto es lo que estamos buscando, pero en uno de los otros objetos —explicó Enrique—. Creo que podría ser el símbolo de *Las letras divinas*. El libro que Séverin y Hypnos encontraron estaba hueco ¿o quizás no es ningún libro? ¿O un libro dentro de otro libro? No estoy seguro.

Ruslan asimiló poco a poco la información.

—¿Crees que podría no ser un libro? ¿Por qué?

—Bueno, la palabra en sí misma fue una traducción incompleta —respondió Enrique—. Por lo que sabemos, solo tenemos las letras «*LA L... DIVINA*» para explicar lo que es... que bien podría no ser el nombre completo. Hay algunos tropiezos iconográficos que saltan a la vista, pero no sé lo que significan. Por ejemplo, todas las musas en esta habitación llevan objetos rotos, algo idéntico a lo que vimos cuando seguimos el portal Tezcat hasta Estambul. Sabemos que las Musas Perdidas protegían *Las letras divinas* y también que su linaje les permitía leer el libro. Quizá eso sea lo que relacione las pinturas en Estambul y —Enrique se santiguó— las chicas muertas en la gruta. Les habían amputado las manos, tal vez con el motivo de arrebatarles el poder que pudieran tener, no sé, ¿al sostener el libro? ¿Al pasar las páginas? Todavía no me queda claro, pero demuestra una clara limitación de su poder...

De súbito, Enrique se detuvo. Sintió una punzada de vergüenza al hablar. Normalmente no hablaba durante tanto tiempo sin que alguien le dijera que se callase. Laila nunca lo hacía, por supuesto, pero siempre notaba cuándo se aburría porque desenfocaba la mirada... y luego estaba Zofia. Bueno, en realidad, Zofia siempre se inclinaba hacia él. Zofia siempre lo escuchaba.

—Lo siento —se disculpó enseguida—. A veces me distraigo con mis propios pensamientos.

Miró a Ruslan y vio que estaba cautivado. Aquella imagen fue totalmente aleccionadora. Y de lo más extraña.

—Eh… si quieres ayudar, ¿podrías empezar cogiendo los objetos del lado derecho de la mesa y ver si tienen el símbolo? —preguntó Enrique—. Algunos están un poco sucios y hay que limpiarlos antes.

—Claro, ¡por supuesto! —accedió Ruslan, y se acercó a la mesa dando otro saltito. Extendió la mano y cogió el tarro de plumas.

—Debo decir que siempre me sorprende oírte hablar… Eres tan elocuente que es, eh…

«¿Deslumbrante? ¿Alucinante?», se preguntó Enrique. Se le hinchó el pecho un poco.

—Confuso —terminó Ruslan.

«Bueno, no pasa nada».

—¿Confuso? —repitió Enrique.

—Un poco, sí. Oí hablar de tu reunión con los Ilustrados en París…

Enrique se quedó helado al oír aquella mención. De nuevo, se recordó frente al auditorio, la mesa vacía y la comida fría. Y como con cada ruido fuera del pasillo le entraba un ataque de nervios esperanzadores.

—… algo sobre que no te sentías a la altura de dar la conferencia; aunque fue muy amable de tu parte enviarle un cheque a cada uno —dijo Ruslan, encogiéndose de hombros—. Pensé que quizá te habías puesto nervioso o quizá que no te sentías tan elocuente como hubieses deseado y que por eso cancelaste la reunión.

Enrique se quedó clavado en el sitio.

—Yo nunca cancelé aquella reunión.

Durante todo ese tiempo había pensado que a nadie le había importado. Pero no había sido el caso. Alguien la había cancelado por él. Alguien que tuviese suficiente dinero como para pagar a los Ilustrados, que pudiera hablar en su nombre, que lo conociera lo bastante como para saber exactamente lo que quería.

«Séverin».

Enrique deseó olvidarse de cómo Séverin se había interpuesto entre el fuego de la *troika* y él. Deseó no recordar el día en que Séverin lo presentó como el nuevo historiador de L'Éden y despidió al instante a cualquiera que hablara mal de él.

Sin darse cuenta, Enrique se llevó la mano al corazón. Fuera cual fuese la herida que Hypnos hubiese dejado en él, no era nada comparado con la fractura que sentía ahora. Una fisura en el corazón en la que la certeza se desmoronaba. Siempre había sabido que una parte de Séverin había muerto cuando asesinaron a Tristan, y Enrique los había llorado a ambos. Pero al menos Séverin estaba aquí y, aunque tan solo era una sombra de lo que una vez fue, siempre cabía la posibilidad de que volviese a encontrarse a sí mismo. Ahora Enrique sabía que había mantenido la esperanza por nada, por un fantasma.

El Séverin que él conocía se había ido.

—¿Enrique? —preguntó Ruslan—. Lo lamento... ¿debería marcharme? ¿He dicho algo malo?

Enrique alejó aquellos pensamientos de su mente.

—No, para nada —respondió y volvió a centrarse en los objetos—. Es solo que hacía bastante tiempo que no pensaba en la charla de París. No importa. —Miró al otro hombre a los ojos—. Por favor, quédate.

Se permitiría pensar en la traición de Séverin cuando todo esto acabara. Le había perdonado a Séverin su temperamento y frialdad durante demasiado tiempo, pero esto... esto no se lo podría perdonar nunca. Cuadró la mandíbula y alargó la mano para coger otro objeto nuevo.

—¿Eso es un arpa? —preguntó Ruslan arqueando una ceja.

—No —dijo Enrique inspeccionando su forma. Miró hacia atrás, a Calíope, la musa de la poesía épica. En las manos sostenía un instrumento dorado y roto—. Es una lira.

La lira no se parecía a los otros tesoros. Para empezar, era de un metal que no reconocía, con grabados en los laterales. Las cuerdas, que normalmente habrían sido de cuerda de tripa y para entonces ya se habrían desintegrado, parecían metálicas. Intentó hacer sonar una, pero estaba rígida e intratable, dura como el acero. Un zumbido resonó en el fondo de su mente conforme frotaba poco a poco la superficie de la lira con una toalla limpia hasta sacarle brillo al metal. Allí… grabado en el lado izquierdo, apareció un símbolo:

Enrique apenas respiraba mientras levantaba la lira y la llevaba con cuidado hacia la caja con la forma engañosa de un libro. La lira encajaba perfectamente en el hueco. Y tal que así, las imágenes encajaron perfectamente en su cabeza. La razón por la que les habían amputado las manos a todas las mujeres. No eran para pasar páginas… sino para *tocar* un instrumento.

—No era *Las letras divinas* —exhaló Enrique—. Siempre ha sido *la lira divina*… un error de traducción, quizá. Las palabras no se leían bien y todos creyeron que se refería a un libro, pero estábamos equivocados. Por eso todo lo que hemos encontrado hasta ahora se refería a ello como el *instrumento* de Dios.

Nada más hablar, recordó las palabras pintadas en el portal de Estambul...

USAR EL INSTRUMENTO DIVINO
PROVOCARÁ LA DESTRUCCIÓN

La destrucción...

Enrique contempló una vez más las estatuas de las musas. Los objetos rotos en sus manos. Volvió a pensar en las pinturas de Estambul... en que en cada una de ellas había un objeto forjado que se reducía a pedazos en las manos de las diosas de la inspiración divina. Durante todo ese tiempo habían sido conscientes de que lo que estaban buscando guardaba el secreto del arte de la forja... pero ¿y si el secreto no era cómo poder crear, sino cómo poder *destruir*? Y aquello significaba que Laila, que tan incesantemente había perseguido lo que creía que la salvaría, estaba corriendo directamente hacia su muerte.

—Ay, Dios —dijo Enrique apartando las manos, como si el mero hecho de tocar el objeto pudiera desatar la destrucción.

Tenía que encontrar a los demás. Miró hacia la puerta. ¿Dónde estaba Zofia? Ya debería haber vuelto. Y entonces sintió que una sombra se le echaba encima. Antes de poder girarse y antes de poder hablar siquiera... el mundo se volvió negro.

30

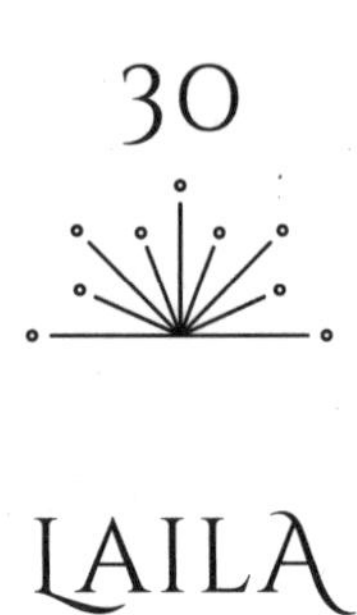

LAILA

Una hora antes de la subasta de medianoche...

Laila iba a morir dentro de once días.

Quizá mañana sintiese miedo, pero ahora estaba descentrada y distante, como algo que se intuía bajo unas capas de hielo. Tal vez, en el fondo siempre había sabido que acabaría así. O puede que hubiera perdido la capacidad de sentir otra cosa que no fuese arrepentimiento. No se trataba de que no viviese más tiempo, sino de que no había vivido el *suficiente*. Debería haber permanecido en L'Éden aunque le hubiera dolido, porque al menos habría pasado más tiempo con sus seres queridos. Habría horneado pasteles y los habría compartido con sus amigos. Debería haberse quedado a pesar de que aquello supusiera ver a Séverin... quizá sobre todo por eso.

«Debería haberlo hecho; debería, debería».

Aquel mantra recorrió sus venas hasta que el corazón latió a su ritmo normal. Laila cerró las manos en puños. Once días de vida. Eso era lo que le quedaba. Tenía valiosos momentos que vivir y no quería hacerlo sola. Anhelaba estar con la gente que quería. Ansiaba escuchar música, sentir la luz recorrer su piel. Deslizarse por el hielo y ver el vaho de su respiración.

Laila se enfrentaría a la muerte de pie.

Antes se había obligado a vestirse para aquella noche, pero se había saltado la cena. Ahora se daba cuenta de que su collar forjado de diamantes blancos no la había constreñido en señal de llamada ni una sola vez. Séverin estaba absorto en sí mismo. Tal vez creyera que encontrar *Las letras divinas* sería la mejor de las venganzas por Tristan, y ahora la culpabilidad se alojaba en su sangre y lo mantenía alejado del mundo. O quizá... quizá su ausencia no le importase. Nunca sabría que la muerte iba corriendo tras ella.

Cada vez que se debatía si contárselo, la rabia le inmovilizaba la lengua. No soportaría su pena y se moriría si llegara a mostrar desinterés. Lo que quedaba era su silencio. Laila se preguntaba si aquella sería la muerte de verdad: volverse invisible poco a poco hasta que lo único que inspirase en los demás fuese indiferencia.

Laila ojeó la invitación que se encontraba en su tocador. La temática del Cónclave de invierno era el anochecer y el amanecer... para marcar la transición al año entrante.

Para la noche escogió un vestido impregnado de medianoche. La seda forjada se adhería a sus curvas. La única muestra de riqueza era el borde del vestido, cuyos hilos lucían como hilos de tinta suspendidos en agua. Si se inclinaba, la parte superior de la cicatriz le quedaba a la vista. Antes solía creer que era como una muñeca a la que habían cosido con prisa; ahora, simplemente dejaba ver que ya no escondía su secreto. Laila se abrochó el collar de diamantes alrededor del cuello.

¿Y ahora qué?

—Ahora —dijo Laila más para sí misma que para cualquier otra persona—, ahora bailaré.

En lo alto de las escaleras los ruidos de la fiesta llegaban hasta ella, vibraban urgentes y desesperados. Las barandillas exhibían unas velas forjadas que simulaban ser unos soles brillantes. En el techo se apiñaban unas lunas refulgentes y de este caía confeti plateado que se arremolinaba en el aire como si se observase la explosión de una constelación a cámara lenta. Los miembros de la Orden de Babel se habían disfrazado de dioses y diosas, demonios y serafines… y todos personificaban el amanecer o el anochecer.

Laila observó la muchedumbre en busca de los demás. Desde el podio de la subasta de medianoche, Hypnos dirigía a la multitud, que cantaba la letra de una canción obscena mientras el subastador parecía cada vez más consternado y señalaba la hora una y otra vez. Cuando Hypnos la vio, le guiñó un ojo. No era algo extraño en él, pero la hizo detenerse. Daba la sensación de que había sido a propósito, como si estuviese distrayendo a la gente a propósito. Pero ¿para qué?

—*Mademoiselle* L'Énigme —la llamó una voz a su lado.

Laila se volvió y vio a Eva enfundada en un vestido verde brillante. Llevaba el pelo rojo recogido en un peinado que le caía en cascada por la espalda, con un tocado que se le desplegaba detrás de las orejas y que hacía las veces de alas esbeltas. Eva se cruzó de brazos y Laila advirtió el brillo del anillo plateado en forma de garra que llevaba en el meñique. Eva la descubrió mirando y sonrió. Se le antojó como la sonrisa de un gato, en la que mostraba unos dientes pequeños y afilados. Eva abrió la boca para hablar, pero Laila se le adelantó.

—Estás preciosa, Eva.

Eva se quedó inmóvil un instante, casi encogiéndose ante el halago. De repente, se llevó la mano al colgante de bailarina en su cuello antes de volverlo a dejar caer.

—Aún podríamos ser amigas —añadió Laila.

La sombra de la muerte la había privado de ser sutil; observó los ojos de Eva abrirse casi de forma culpable antes de volver en sí.

—Posees demasiadas cosas que quiero, *mademoiselle* —respondió fríamente antes de ladear la cabeza—. A veces imagino cómo sería estar en tu piel.

Laila sonrió.

—Una imagen efímera, supongo.

Eva frunció el ceño.

—¿Qué se supone que eres? —le preguntó—. ¿Una diosa de la noche?

Laila no había pensado en disfrazarse como una diosa, pero se acordó entonces de las historias que le había contado su madre sobre las reinas bendecidas por las estrellas, que mostraban el anochecer reflejado en sus sombras.

—Por qué no —supuso—. ¿Y tú?

Eva señaló el tono verde de su vestido y Laila vio en ese momento el patrón fino de las alas de insecto.

—Titono —explicó Eva—. El amante desafortunado de Eos, diosa del amanecer.

Al ver la confusión reflejada en el rostro de Laila, añadió:

—Titono fue muy querido por la diosa del amanecer y esta le rogó a Zeus que lo convirtiera en inmortal con tal de estar con él para siempre... pero se le olvidó pedir que lo mantuviese joven eternamente. Se convirtió en un anciano espantoso y suplicó una muerte que ningún dios pudo concederle hasta que Eos se apiadó de él y lo convirtió en grillo.

La historia le puso a Laila el vello de punta.

—¿Entonces vas vestida como advertencia?

—Por qué no —respondió Eva alzando el hombro—. Una advertencia de que hay que tener cuidado con las peticiones que se le hagan a los dioses.

Hypnos golpeó un gong desde el podio y señaló a los músicos.

—¡Un baile antes de repartirnos los tesoros!

La muchedumbre aplaudió. El subastador levantó las manos en gesto de rendición al mismo tiempo que los músicos tocaban una melodía enérgica. Cuando Laila se volvió hacia Eva, advirtió que la chica se había acercado a ella hasta que apenas las separaba la longitud de una mano.

—Ese collar es precioso —opinó Eva mientras ladeaba la cabeza—. Pero se te ha girado y se te ve el cierre por delante. Deja que te lo coloque.

Sin esperar a que respondiera, Eva acercó la mano a su cuello y metió sus dedos helados por debajo del collar de Laila. Laila soltó un jadeo debido al frío, pero se convirtió en una mueca cuando algo afilado le rozó la piel.

—Ya está mejor —anunció Eva—. Pásalo bien en la fiesta.

Eva se giró y desapareció entre la multitud de alas y halos. Fue entonces cuando Laila notó un hilillo de sangre que le resbalaba por el cuello.

El anillo de Eva le había hecho un pequeño corte. Laila se palpó y la confusión dio paso al desdén. No tenía tiempo para los pequeños gestos de rencor de Eva.

A su alrededor, los miembros de la Orden de Babel habían comenzado a bailar. Docenas de los partícipes llevaban máscaras de hielo forjadas; ya fueran plumas rutilantes y elaboradas o elementos crueles como picos aguileños. Algunos se habían untado pintura dorada en los labios, como si verdaderamente fuesen dioses expulsando su rica sangre por la boca.

Laila se tropezó hacia atrás y un hombre que portaba una corona de rayos de sol la atrapó entre sus brazos. Vaciló un instante antes de ceder y bailar. El pulso se le transformó en una cadencia embriagadora. «Más», rogaba a su corazón. Laila bailó durante casi una hora, cambiando de pareja, y solo hizo pausas para beber el dulce vino de hielo que ofrecían en copas de cristal. Bailó hasta que se le resbalaron los pies, que provocó que se tambaleara hacia delante y moviera las manos en aspas antes de que alguien la estabilizara en el último momento.

—¿Estás bien, querida? —preguntó una voz que le resultó familiar.

Laila se volvió y vio a Ruslan, con el brazo ileso extendido para evitar que se cayese.

El pulso le martilleó en los oídos.

—Sí, gracias a ti.

—Esperaba encontrarte —admitió él con cierta timidez—. ¿Puedo convencerte para que me concedas un baile?

—No hace falta mucho para convencerme —respondió Laila, sonriendo.

Ruslan también sonreía. Mientras bailaban, él se pegó el brazo herido contra el pecho, aunque no se mostró menos elegante por ello. Su anillo de Babel reflejó la luz y, por primera vez, Laila percibió un tinte azulado en su piel. Su mano se le antojó demasiado tensa.

—¿Te duele?

A él se le suavizó la mirada.

—¿Sabes? Eres la única que me lo ha preguntado. Ojalá hubiese más gente como tú, *mademoiselle*.

La hizo girar en un pequeño círculo, aunque los interrumpió un camarero con una máscara de conejo que sujetaba una bandeja roja como la sangre repleta de vasos de ónice.

—¿Les apetece algo para beber? —preguntó el camarero a la vez que les ofrecía una copa con olor amargo—. Son bebidas especialmente creadas a partir de forjado de sangre en honor del Cónclave de invierno. —El camarero sonrió y Laila vio que sus dientes tenían un tinte escarlata—. Beber una gota de la sangre de uno mismo les permitirá rendirse a sus deseos más profundos... una gota de sangre de otra persona los hará capaces de adoptar su rostro durante una hora.

Laila retrocedió.

—Gracias, pero no.

Ruslan también declinó, aunque se quedó observando las bebidas casi con anhelo.

—Resulta demasiado extraño para mi gusto, aunque verme distinto resultaría entretenido...

Suspiró y se dio una palmada en la coronilla.

—A mí me gusta mi cara —opinó Laila con ironía.

—Estoy seguro de que *monsieur* Montagnet-Alarie estaría de acuerdo —convino Ruslan al tiempo que le guiñaba un ojo—. Si es posible, me gustaría saber dónde se encuentran *mademoiselle* Boguska y *monsieur* Mercado-López.

—Me temo que ocupados —contestó Laila, observando ella también la bandeja de bebidas forjadas de sangre—. Analizando cuidadosamente los tesoros rescatados del leviatán metálico antes de la subasta de medianoche.

—Parece ser que «medianoche» es una hora flexible —dijo Ruslan—. Pero hace que los otros puedan seguir tu ejemplo e incluso, quizá, cambien de atuendo.

Laila frunció el ceño.

—¿A qué te refieres?

—Bueno, no hace ni media hora te he visto luciendo un vestido verde —explicó Ruslan—. *Monsieur* Montagnet-Alarie y tú os dirigíais a vuestra *suite*; para cambiaros, imagino, y eh...

Ruslan se sonrojó y trató de concluir la frase, pero Laila había dejado de escucharlo.

Un vestido verde. La imagen de los dientes de gato de Eva pasó por su mente como un fogonazo. Recordó la sensación de sus dedos helados sobre su cuello, la calidez de su propia sangre en los dedos. «A veces imagino cómo sería estar en tu piel».

—Tengo que irme —espetó Laila de repente y se dio media vuelta.

Ruslan la llamó, pero ella no le hizo caso. Se internó en la multitud y subió las escaleras. Sentía la piel tirante y ardiendo. Mientras las subía corriendo, se preguntó si las escaleras se derretirían bajo sus pies.

Una vez arriba y al final del pasillo que conducía a su *suite,* se fijó en que la puerta estaba entornada. La abrió. La asaltó el olor a vino especiado y lo primero que contempló fueron dos cálices negros. Dos pares de zapatos. Ninguno suyo. Sintió ácido arremolinarse en su interior cuando levantó la vista del suelo y oyó un leve gemido proveniente de la cama. Las cortinas de dosel de hielo se movieron y lo que vio la dejó anclada en el sitio. La cabeza de Séverin se inclinaba hacia el hueco del cuello de una chica mientras clavaba las manos en su cintura... la chica alzó la cabeza al oír el sonido de la puerta contra el suelo.

Tenía la misma cara de Laila.

Cuando se miraron a los ojos, esbozó una de las sonrisas de Laila, pero no le quedó natural. Era demasiado pícara.

—Tenía que saciar mi curiosidad de alguna forma —declaró.

La chica llevaba el vestido de Eva... pero hablaba con la voz de Laila. Y en torno al meñique, Laila le vio el anillo de plata en forma de garra. El mismo anillo que le había cortado y sacado sangre. Laila se acercó a ella. El temor de Eva se hizo visible en su propio rostro a la vez que retrocedía en la cama. Séverin alzó la cabeza y miró a la Laila falsa sobre la cama y a la verdadera de forma intermitente. Puso unos ojos como platos. Se llevó la mano a la boca y su expresión de incredulidad dio paso a otra de repugnancia.

Eva se bajó de la cama de un salto mientras se agarraba el anillo y rodeaba a Laila.

—*Fuera* —ordenó Laila.

—Deberías sentirte halagada —musitó Eva deprisa.

—Y tú deberías sentir mi tacón en las costillas —repuso Laila.

Eva se tambaleó. Intentó coger sus zapatos, pero Laila agarró un candelabro de la parte superior de la cómoda. Los ojos de Eva se agrandaron.

—No serás capaz.

—Que lleves mi cara no significa que me conozcas —gruñó ella.

Eva desvió la mirada hacia los zapatos y el collar antes de volver a posarse en sus ojos.

—*Vete* —espetó Laila por última vez.

Eva pasó por su lado con rapidez y se pegó a la pared antes de abandonar la habitación. Laila cerró la puerta tras ella. Ardía de la rabia. Rabia y —aunque se le antojaba un giro cruel— anhelo. La que tenía que estar en esa cama apresada entre sus brazos debería ser ella.

—¿Cómo has podido creer que esa era yo? —le preguntó.

O peor... ¿sabía desde un principio que no era ella? Séverin la miró y la expresión, como si no ocultara nada en su mirada, le dejó clara la respuesta. Tenía la camisa abierta con las fachas fuera de los pantalones; los botones superiores estaban desabrochados y dejaban a la vista el tono bronceado de su cuello. Parecía tener el aspecto de alguien desafiante aun después de haber perdido, como un serafín recién expulsado del cielo.

—Vi lo que quise ver —explicó él con la voz ronca—. Solo un hombre desesperado confía en una ilusión en el desierto y yo lo estoy, Laila. Todo por cuanto había venido... no es nada. Y por no serlo, ya no me quedan excusas.

—¿Excusas? —repitió Laila—. ¿Excusas para qué?

Ella caminó hacia él, advirtiendo la mancha de sangre en su cuello y el color rosado de su boca. Recordó vagamente los dos cálices en el suelo y las palabras del camarero: «Beber una gota de la sangre de uno mismo les permitirá rendirse a sus deseos más profundos».

—Excusas para mantenerme alejado de ti —confesó él, vomitando las palabras—. Excusas para decirte que eres el veneno que anhelo. Excusas para contarte que temo lo que me haces sentir y que estoy bastante seguro de que serás mi perdición, Laila; y, sin embargo, no me importa.

Las palabras la atravesaron y sintió una punzada de poder en las venas. Había tenido la misma sensación en el teatro de la Casa Kore mientras él la observaba bailar... con una postura de emperador aburrido y la mirada de alguien hambriento. Ahora era ella la que lo miraba a él, apoyado contra unos cojines y con una expresión desesperada y vulnerable en el rostro. Cuanto más lo miraba, más se extendía el calor por sus extremidades.

Laila giró el anillo —y los días que le quedaban— hacia la palma para no verlo. Apenas era consciente de lo que hacía, solo sabía que no podía parar. Se subió a la cama y el pulso se le disparó en cuanto los ojos de Séverin se agrandaron.

—¿Cómo sabes que no soy una ilusión...? ¿Cómo sabes que esta vez soy real, Séverin? —le preguntó Laila—. Tú mismo has dicho que no lo era.

Se sentó a horcajadas sobre él mientras hablaba, con las caderas por encima de las suyas. La boca de Séverin se curvó hacia arriba en una expresión misteriosa y lobuna.

—Tal vez... —comenzó él en voz baja y subió la mano por el muslo de ella— todas las diosas sean solo creencias afanadas en la formación de ideas. No puedo tocar aquello que no es real.

—Séverin alzó la vista hacia ella. Tenía las pupilas dilatadas—. Pero las puedo adorar de todas formas.

Las manos de Laila viajaron a sus hombros… a su cuello.

—¿Puedo, Laila? —preguntó él con una mirada ardiente—. ¿Me lo permites?

Laila hundió los dedos en su pelo y tiró de él hacia atrás para que no pudiese apartar los ojos de ella. Él se encogió levemente y esbozó una sonrisa cuando ella por fin se permitió responder:

—Sí.

Apenas un segundo más tarde, llevó las manos a la cintura de ella y la separó de su regazo hasta hacerla caer sobre la cama. Hubo un momento en el que el crepúsculo del exterior entró en su campo de visión… pero desapareció en cuanto Séverin se colocó encima de ella y se transformó en su noche.

LAILA DESPERTÓ con un dolor extraño en el pecho. Se llevó las manos al cuello para medirse el pulso: «uno, dos… uno, dos… uno, dos…».

Su corazón latía de forma normal. Entonces ¿a qué venía ese dolor? A su lado, Séverin se revolvió. El brazo en torno a su cintura se curvó y la atrajo hacia sí. Contra sus propios latidos. Dormido, besó la cicatriz de ella y Laila por fin reconoció la agitación en su pecho.

Era esperanza.

Se le antojaba como unas alas recién creadas, finas y suaves, peligrosas por aquel nuevo poder. La esperanza *dolía*. Había olvidado aquel dolor. Laila fijó la vista en su mano, agarrada a la de Séverin. Entrelazó los dedos con los de él; el dolor aumentaba cuanto más fuerte se aferraba a su mano.

Ya se habían visto desnudos, pero no de aquella forma. Séverin le había mostrado un resquicio de su alma y Laila quería responder a aquella fuerza. Quería despertarlo, hablarle de los días que le quedaban. No quería que abandonasen la búsqueda, sino renovarla. *Juntos.*

Feliz, salió de la cama. Se negaba a decirle nada con el pelo así; su madre habría puesto el grito en el cielo. Estiró la mano hacia su bata, que se encontraba en el suelo y con los dedos tocó algo frío... algo que bramaba de dolor e ira bajo el metal. Laila soltó un chillido y bajó la mirada; era el colgante y la bailarina de Eva.

Se lo quedó mirando y después miró a Séverin, que dormía en la cama.

Sentía que espiar a Eva tan cerca de Séverin estaba mal. Laila se puso la bata y, con cuidado, salió al pasillo y se dirigió al descansillo. El colgante de Eva vibraba de emoción y, en cuanto lo tocó, la sensación de verse *cazada* la abrumó; el miedo le descontroló el pulso. La acción más reciente había sucedido la noche anterior, cuando Eva se lo había quitado y lo había escondido en la palma de su mano una vez Séverin se tragara la bebida forjada de sangre. Pero había un recuerdo enterrado más profundamente todavía. Laila cerró los ojos en busca de la verdad del objeto...

Eva, pequeña y pelirroja, se hallaba dando vueltas frente a un cuadro de una preciosa bailarina de pelo idéntico al suyo. Se encontraba en una sala llena de cuadros y estatuas.

—¡Quiero bailar como mamá! —exclamó.

—Jamás serás como tu madre. ¿Lo entiendes, Eva?

Incluso en el recuerdo Laila fue capaz de reconocer la voz... Mikhail Vasiliev. El marchante de San Petersburgo. La imagen de un cuadro apareció en su cabeza; era una bailarina preciosa, la amante de Vasiliev, que se había suicidado tras el nacimiento de su hija ilegítima. Todo este tiempo habían creído que el bebé había muerto. Estaban equivocados.

Laila recordó las últimas palabras de Vasiliev en el salón. «Os encontrará».

No se trataba de la matriarca. Era Eva, la propia hija de Vasiliev.

Laila apretó el colgante con más fuerza y los recuerdos aparecieron en su mente…

Un cuchillo largo y ardiendo contra la pierna de Eva. Sus gritos estridentes rogándoles que parasen.

—No puedo permitir que seas como tu madre. Lo hago para protegerte, niña, ¿lo entiendes? Lo hago porque te quiero.

A Laila le escocían los ojos por las lágrimas… pero no fue nada comparado con el miedo que sintió de repente cuando la asaltó otro recuerdo. Los anteriores habían estado enterrados en lo más profundo del colgante… pero este… este había sucedido el año anterior.

—Sé que ansías ser libre, Eva Yefremovna. Haz lo que te pido y te concederé la libertad. Sin toques de queda, sin tener que esconderte, sin más oscuridad. La Casa Caída depende de ti.

El colgante cayó de la mano de Laila y este emitió un sonido metálico. Se le pasaron demasiadas cosas por la cabeza, pero fue el *sonido* lo que le llamó la atención. Se rumoreaba que las fiestas del Cónclave de invierno se alargaban durante horas. No debería de haber tanto silencio.

—Tendrías que haberte quedado en la cama —dijo Eva desde el final de las escaleras.

La chica se había cambiado el vestido de gala verde por un uniforme de soldado: pantalones negros y finos y una chaqueta ceñida.

—¿Te ha gustado el regalo del doctor? —añadió, avanzando hacia ella—. Dada su compasión, quería daros una última noche de placer. Supuse que serías demasiado terca como para acercarte a Séverin y no tendría más remedio que ser yo la que le diese una última noche contigo. Si no, te habría incitado yo a que te acercases a él tú misma.

Eva la miró de arriba abajo.

—Parece ser que lo he conseguido. Bien hecho, *Eva*.

Eva sacó una daga y Laila miró hacia atrás. Estaba demasiado lejos de la puerta. Levantó las manos a la vez que los pensamientos se arremolinaban en su mente. *¿El doctor?* ¿Estaba allí?

—Escucha, Eva. Puede que la Casa Caída te haya prometido la libertad, pero nosotros podemos ayudarte...

Eva abrió mucho los ojos.

—¿Cómo...?

Se le apagó la voz y entonces reparó en el colgante que se le había caído. Al verlo, desvió la mirada por encima del hombro de Laila.

—Tenías razón —dijo.

Pero no se estaba dirigiendo a Laila.

Detrás de ella, alguien empezó a aplaudir. Antes de que Laila pudiera volverse, la persona la agarró y la atrajo hacia su pecho. Eva se lanzó hacia delante y la sujetó del cuello. El anillo en forma de garra se le clavó allí.

—Estate quieta.

A Laila se le entumecieron os músculos. Ni siquiera podía hablar. Lo único que sentía eran náuseas.

—Te preguntarás qué quiere la Casa Caída de ti —empezó a decir Eva.

—Lo mismo que anhela tu querido Séverin, mi querida musa, mi instrumento divino —respondió una voz familiar.

Laila sintió que le estiraban los brazos hacia adelante hasta llevárselos a la cara.

—Tus *manos*.

31

SÉVERIN

Séverin se despertó en una cama fría y con un miedo que sentía cual tormenta que hubiese estallado en su cráneo. Laila no estaba. Por supuesto que no. Si pudiera, habría maldecido la bebida de forjado de sangre por haberlo desatado tantísimo. Debió de haberla aterrorizado. Palpó el espacio vacío a su lado. Cada exquisito detalle de la noche anterior ardía en su interior. Incluido todo lo que le había dicho. La vergüenza le arreboló las mejillas… pero, entonces, ¿por qué recordaba a Laila sonriéndole? ¿Su risa contra su piel? Laila era muchas cosas, pero no cruel. La pena no la habría conducido hasta su cama. Y, entonces, ¿por qué se había marchado tan pronto?

Séverin se apartó las sábanas y tanteó la mesilla junto a él en busca de la daga de Tristan oculta bajo uno de sus cuadernos. El peso de la empuñadura de madera lo tranquilizó. La desenfundó y se quedó contemplando la hoja y la vena fina y translúcida sobre el metal donde abundaba el veneno paralizador de Goliat. Quizá, más que el fracaso por no haber protegido a Tristan, era más cómo no había conseguido conocerlo por completo. ¿Cómo podía Tristan infligir dolor y dar amor en un mismo aliento? ¿Cómo se suponía que iba a vivir sabiendo que todo aquello había sido para nada? *Las letras divinas* nunca había estado allí. Le había fallado a Tristan. Les había fallado a todos; los había dejado desprotegidos… y a él mismo, también. Lo que le había hecho a Laila… Se sintió como una criatura a la que arrancaban de su concha; todo carne expuesta y nervios a flor de piel.

El silencio se imponía a su alrededor y… un momento... ¿Silencio?

El temor le atenazó los pensamientos. Séverin se puso la ropa corriendo, se guardó en los bolsillos un par de las armas ocultas de Zofia y la daga de Tristan, y luego abrió la puerta. Un olor dulce y enfermizo le llegó inmediatamente a la nariz. Como a sangre y vino especiado. Cruzó el rellano. En uno de los escalones, divisó un collar que le resultó familiar… el colgante de bailarina de Eva.

Pensar en ella le dejó un regusto amargo en la garganta. Lo había engañado y aquel trago forjado lo había desatado y lo había vuelto imprudente, tanto que no había notado las diferencias y solo había visto a quien quería tener entre sus brazos. No quien estaba realmente entre ellos.

De más abajo provenía un chirrido, como el de las hojas secas sobre la carretera. Se le puso la carne de gallina. El silencio no presagiaba nada bueno. No era el silencio de una multitud que se había quedado dormida tras emborracharse la noche anterior, sino de algo más siniestro. Más ausente.

Séverin se mantuvo a un lado de las escaleras. Al instante, sus ojos se toparon con una forma redondeada. Se acercó a ella y el alma se le cayó a los pies.

Había alguien tumbado en los escalones.

Tras una ceremonia normal de la Orden, habría presupuesto que solo había perdido el conocimiento debido al alcohol… pero los ojos de aquel hombre no dejaban de moverse de un lado al otro con violencia, y tenía la boca congelada en un rictus de horror. Estaba paralizado.

Séverin se agachó y giró la barbilla del hombre muy levemente. Una pequeña herida marcaba su piel. Tenía que tratarse de algún acto de forjado de sangre. La persona paralizada —un hombre blanco de cincuenta y tantos años— miraba fijamente a Séverin y le pedía ayuda en silencio, pero este no tenía habilidad para la forja de sangre. Y, francamente, este hombre no era de su incumbencia. Le preocupaba dónde estaba Laila, si Zofia y Enrique estaban a salvo… e Hypnos.

Mientras bajaba las escaleras y se adentraba en el atrio, vio a docenas de miembros de la Orden desplomados en el suelo, alineados junto a las paredes heladas en filas perfectas. Esparcidos a su alrededor, los animados cofres del tesoro de la Orden con aspecto de animales parecían estar tan inmóviles como la roca, congelados al igual que sus respectivos matriarcas y patriarcas. Hypnos no estaba entre ellos.

Cuanto más miraba Séverin a los paralizados miembros de la Orden, más detalles advertía. Por ejemplo, estaban demasiado organizados. Todas las personas estaban colocadas de manera que no estuviesen boca abajo. Podría haber parecido un acto de misericordia, una postura que les permitiera respirar… pero tenía mucha experiencia leyendo salas llenas de tesoros. Esto era algo personal. Quienquiera que les hubiese hecho aquello, los había colocado para que pudieran verse los unos a los otros, para que sus expresiones de terror se reflejaran entre ellos de forma infinita.

Alguien quería asegurarse de que todos supiesen quién los había puesto en su lugar. Tenía que averiguar exactamente de quién se trataba, qué les había hecho a los demás... y por qué habían elegido perdonarlo a él. La ubicación de su *suite* no era un secreto para nadie. Era evidente que querían que viese todo aquello. Lo que no sabía era por qué.

El atrio albergaba ahora una belleza horripilante. El confeti plateado seguía brillando en el aire. Las lámparas de araña del techo de color champán se balanceaban sin rumbo y la escarcha cubría sus brazos. Por el pasillo que llevaba a la gruta helada, Séverin atisbó una red de calor compuesta de unos patrones finos y entrecruzados, que llegaba del suelo al techo, y de un brillante color rojo. Bloqueaba el paso a los objetos forjados, pero no a los humanos. Si se habían llevado a los demás, podrían haber traspasado la red sin problemas.

A su derecha, oyó el crujir de una puerta. Séverin evaluó rápidamente su posición en aquel atrio tan amplio. El sonido provenía de la biblioteca, el lugar donde había visto a Enrique por última vez.

Oyó un gruñido grave; venía del podio. Séverin giró la cabeza de golpe hacia el escenario donde la subasta de medianoche supuestamente iba a tener lugar, pero a juzgar por el confeti y el champán intacto, no habían llegado a tanto antes de sufrir el ataque.

De entre las filas de los miembros de la Orden paralizados salieron reptando unas serpientes cristalinas. Un jaguar transparente acechaba desde detrás de un piano de cola. Varias aves de presa salieron volando de la lámpara de araña hecha con piedra lunar y sus alas de cristal repicaban a todo volumen. Todo a su alrededor, incluidas las agazapadas siluetas de los animales, comenzó a moverse. Animales helados, los mismos que habían sacado de la colección de fieras de hielo y a los que les habían modificado los mecanismos para volverlos más dóciles y conscientes.

El jaguar de hielo meneó la cola y abrió las fauces.

Ya no eran dóciles.

Otro golpe provino de la puerta de la biblioteca. Como si alguien estuviese intentando salir. Séverin sopesó las probabilidades que tenía de morir a manos de los animales de hielo o de quienquiera que se ocultase en la biblioteca... y entonces salió corriendo por el pasillo.

A su espalda, las pesadas garras de los animales de hielo hacían crujir el suelo de cristal. Séverin derrapó para poder detenerse cerca de la entrada a la biblioteca. Había sillas que bloqueaban las puertas y una mesa con unos jarrones de lirios helados le cortaba el paso. Séverin apartó ambos y luego levantó la cadena que mantenía las puertas cerradas. Cuando forzó el picaporte se dio cuenta de que estaba atrancado... pero desde el otro lado.

—¿Quién está ahí? —inquirió una voz desde el interior.

Enrique. Séverin casi se dejó caer del alivio.

—Soy yo, Séverin —respondió—. Tienes que abrir, hay...

—Séverin —espetó Enrique—. ¿Dónde están los demás? ¿Qué has hecho con ellos?

—¿Por qué iba a hacer yo nada con ellos?

—Está claro que tienes intención de destruir todo lo que te rodea, así que... ¿dónde están?

Detrás de Séverin se oyó un gruñido grave y el chirriante contacto del hielo contra hielo. Se atrevió a echar un vistazo por encima de su hombro y vio a un oso de hielo husmeando el suelo. Séverin se quedó quieto. Los animales se sentían atraídos por el calor y el movimiento... y aquel oso no se movería a menos que él lo hiciera.

—Enrique... —lo llamó Séverin.

—¿Pensabas que no me enteraría de las cartas que enviaste a los Ilustrados? —le reprochó Enrique—. ¿De que cancelaste la reunión e hiciste pedazos mis sueños?

Séverin se quedó petrificado, pero solo durante un instante. Sí, había mandado una carta a cada miembro de los Ilustrados. Sí, había adjuntado un cheque en cada carta para que no asistieran. Le daba igual si desde fuera parecía un plan de sabotaje. Ni siquiera le importaba que Enrique lo odiase por ello. Todo lo que había hecho había sido para tratar de protegerlo.

Enrique abrió la puerta de golpe y salió.

—Así que, a menos que puedas explicarme por qué debería confiar...

El movimiento de la puerta al abrirse atrajo la atención del oso. Este rugió y golpeteó el suelo a la vez que cargaba contra ellos. Séverin se hizo con el jarrón de lirios y lo estampó contra la cabeza del animal. Un cuarto de su rostro se resquebrajó y cayó, destrozado, al suelo. Enrique gritó y Séverin lo apartó de la pared justo cuando el animal volvía a cargar contra ellos.

—Yo lo distraeré. Tú corre adentro y luego los dos cerramos la puerta —indicó Séverin—. ¿Entendido?

Antes de que Enrique tuviese oportunidad de responder, Séverin recogió los lirios blancos del suelo y los bamboleó a un lado. La criatura miró de forma intermitente entre Enrique y las flores. La mano de Séverin le había otorgado al ramo un espejismo de calor. El oso saltó y se lanzó a por las flores...

Séverin se las arrojó a la cara, luego agarró a Enrique y se adentraron rápidamente en la biblioteca. La criatura se percató del engaño demasiado tarde. Cargó contra la biblioteca, pero Séverin llegó primero a la puerta y la cerró con tanta fuerza que algunas de las tablillas de hielo de la pared cayeron al suelo de mármol. El oso gruñó y resopló, y arañó la puerta de la biblioteca.

—¿Qué demonios acaba de pasar? —jadeó Enrique—. No deberían comportarse así.

—Alguien debe de haberlos devuelto a su configuración original —supuso Séverin.

Miró a espaldas de Enrique. Las mesas llenas de tesoros estaban tal y como las habían dejado.

—Sigo enfadado contigo —dijo Enrique sin aliento.

—No eres el único hoy.

—¿Enviaste una nota a todos los miembros de los Ilustrados para asegurarte de que no vinieran a mi reunión? ¿Lo niegas?

—No —respondió Séverin—. Tenemos que encontrar a los demás. Ya podrás regañarme luego.

—Puede que te *mate* luego, así que olvídate de...

—Shhh —dijo Séverin. Pegó la oreja contra la puerta y echó un vistazo a través del ojo de la cerradura—. Bien. La criatura de hielo se ha ido. Cuéntame qué ha pasado. ¿Dónde están los demás?

Enrique se lo quedó mirando —aún le costaba respirar— con una expresión entre furiosa y preocupada. Al final, Enrique suspiró y Séverin percibió que, por ahora, dejaría su dolor a un lado.

—Me dejaron inconsciente —explicó Enrique a la vez que se masajeaba las sienes—. Lo último que recuerdo es a Ruslan diciéndome que le entregaría la lira a la matriarca. Nos echaron algo en la bebida para dejarnos inconscientes, pero Ruslan no bebió de su cáliz. Podría estar *muerto*. Y Zofia... —Tragó saliva—. Zofia se fue a inspeccionar una parte de la gruta helada, pero no ha vuelto. Y no tengo ni idea de dónde estaba Laila anoche.

Séverin abrió la boca, la cerró, y luego repensó las palabras.

—Estaba ocupada hasta hace unas cuantas horas.

—¿Dónde estaba?

—En la cama —replicó Séverin con brusquedad.

—¿Cómo lo sabes? —preguntó Enrique.

—Porque yo estaba con ella —dijo él y enseguida añadió—: ¿E Hypnos?

—No he visto a Hypnos desde anoche y... espera un segundo, ¿qué acabas de decir?

—No lo he visto fuera con los otros —prosiguió Séverin.

—¿Estabas con Laila «en la cama»? —inquirió Enrique—. Te refieres a... a su lado o... espera, ¿qué quieres decir con eso de «fuera con los otros»? ¿Qué otros?

—Los miembros de la Orden están todos paralizados y alineados por todo el atrio. Parece obra de un artista de la forja de sangre —dedujo Séverin. Luego frunció el ceño y se acordó de lo que Enrique acababa de decirle—. ¿Por qué iba a entregar Ruslan una lira a la matriarca?

Enrique lo miró con cautela.

Entonces se dio cuenta: Enrique no confiaba en él. Enrique, que una vez ya lo había acompañado por propia voluntad al interior de un volcán y había salido por el otro lado con antojo de nubes y chocolate. Aquel era el precio de lo que había hecho, y verlo tan de golpe frente a sus narices y no tener nada que ofrecerle a cambio: ni divinidad, ni protección, ni recompensa...

Era una forma distinta de morir.

—Más tarde —respondió Enrique con brusquedad.

Séverin se obligó a asentir y luego se giró hacia la puerta de la biblioteca.

—Las criaturas de hielo se sienten atraídas por el calor y el movimiento. Hay una red de calor que bloquea la entrada a la gruta y no pueden cruzarla. Tenemos que llegar hasta allí antes que ellos.

—¿Y cómo, exactamente, vamos a evitar que nos aniquilen?

Le daba completamente igual lo que le pasase a él siempre y cuando los demás estuviesen a salvo, pero no les resultaría de utilidad si terminaba con demasiadas lesiones como para echarles una mano. Séverin miró alrededor de la biblioteca y luego se dirigió a una de las mesas llenas de tesoros. Había bustos, tapices entretejidos que brillaban y cantaban con el más ligero contacto… pero aquello no era lo que estaba buscando. Posó la mirada en un espejito del tamaño de su mano.

Enrique se movió detrás de él.

—Es una réplica del espejo de Amaterasu del siglo IV. Es una reliquia japonesa, así que ten mucho…

Séverin lo estrelló contra el suelo, lo cual hizo que Enrique profiriera un ruidito estrangulado desde lo más hondo de su garganta.

—… cuidado —terminó Enrique en un tono más suave.

Séverin rebuscó entre las esquirlas y recogió un par para sí y luego otro par para Enrique.

—Sígueme.

Séverin abrió la puerta de la biblioteca muy despacio y luego recorrieron el pasillo hasta el atrio. A su lado, Enrique murmuró algo sobre la «tiranía de la indiferencia». La luz de la mañana cambió en la estancia y tiñó de plata el interior del Palacio Durmiente. Las criaturas de hielo no eran animales de verdad; no podían ver. Aun así, su función forjada era idéntica a la de los mnemoinsectos. Podían registrar y grabar los movimientos como cualquier otro par de ojos… y actuar en consecuencia.

Séverin sopesó las esquirlas del espejo en la mano.

—¿Te acuerdas de la isla de Nísiros?

Enrique gimió. Séverin sabía que él, en particular, le guardaba un rencor especial a aquella isla.

—¿Recuerdas los tiburones mecánicos?

—¿Los que dijiste que no nos atacarían? —le espetó Enrique.

En el pasado, Enrique había mencionado aquello mismo en clave de broma, pero ya no estaba de humor. Ahora, los ojos de Enrique eran apagados, como si cualquier dicha que hubiese hallado en el pasado se hubiese disuelto bajo el peso del presente. Séverin quiso sacudirlo por los hombros, decirle que todo lo había hecho *por su bien*, no contra él. Pero el desuso había entorpecido su lengua a la hora de decir la verdad, y la ventana de las verdades se cerró de golpe con el gruñido distante de un animal de hielo.

—Aquellos tiburones seguían patrones de luz —explicó Séverin.

—Que transmitirían una levísima rúbrica de calor a los animales de hielo —terminó Enrique, asintiendo.

—Exactamente —convino Séverin—. Ahora, a la cuenta de tres, voy a hacer brillar los fragmentos del espejo sobre la pared a nuestra espalda. Cuando lo haga, tienes que correr.

Hasta sin girarse, Séverin notó que Enrique se irritaba ante aquella idea.

—Uno…

Séverin se desplazó hacia adelante. Las siluetas de los animales se agolpaban en el escenario, alertas ante cualquier indicio de intrusos.

—Dos…

Enrique se movió a su lado y Séverin recordó todas las veces que habían estado en aquella misma posición. Como amigos.

—*Tres.*

Séverin lanzó los fragmentos del espejo. Unos haces de luz rebotaron en el suelo.

—¡Vete! —gritó.

Enrique echó a correr. La luz se esparcía como diamantes en el suelo translúcido. Las criaturas saltaron y rugieron a los parches de luz. Pero no todas las criaturas se distrajeron igual. Para ellos, cualquier combinación de calor y movimiento merecía una buena persecución. De refilón, Séverin vio a un enorme glotón de hielo que se separaba del resto del grupo. Giró la cabeza bruscamente en su dirección antes de gruñir y saltar hacia ellos. El suelo descendía bajo el peso de sus grandes patas.

Por delante de ellos, la red de calor forjada y roja se veía más cerca. Enrique trató de alcanzar a Séverin zancada a zancada, pero no era lo bastante rápido. El glotón recortó distancias con él; solo necesitaría un único zarpazo…

Séverin se giró, raudo, y se lanzó contra el glotón de hielo. El animal derrapó hacia la derecha y escarbó en el hielo del suelo para volver a seguir su camino.

—¡No pares de correr! —gritó Séverin.

Séverin se desenganchó con fuerza un artefacto incendiario del cinturón y lo arrojó contra las fauces abiertas del glotón. Segundos después, una luz naranja explotó frente a sus ojos. Levantó un brazo para cubrirse de los fragmentos de cristal que salieron disparados en todas direcciones. El sonido de bufidos y gruñidos se agolpó en sus oídos. Lo único que detectaron las otras criaturas fue la luz y el calor, y los siguieron cual rastro de sangre de una presa herida. Séverin no podía correr. Las criaturas se le venían encima desde todas direcciones. Se obligó a mantenerse inmóvil, y los brazos también. Delante de él, un buitre arremetió hacia adelante y se resquebrajó el pico.

Séverin, despacio, removió las esquirlas del espejo por debajo de su manga hasta agarrarlas con las manos. Ya casi tenía el fragmento en la mano cuando oyó el chirrido del vidrio contra el hielo. De soslayo, vio un leopardo arrellanarse sobre sus cuartos traseros. El corazón le latía a mil por hora. Se giró en el mismo instante en que la criatura pegaba un salto en el aire. Una luz destelló frente a sus ojos y sintió los pies derrapar sobre el suelo. Séverin levantó las manos, pero solo sintió aire frío contra el rostro. Los animales se habían dispersado. Unos patrones de luz afilados seccionaban el suelo y lo cegaron.

—¡Corre! —gritó Enrique.

Séverin se retorció en el suelo. Enrique se encontraba en la entrada de la red de calor forjada y, por un instante, el tiempo se paralizó junto con su sorpresa: Enrique no lo había abandonado. Séverin se puso de pie con dificultad y puso pies en polvorosa. A su espalda pudo oír a los animales de hielo retomando la persecución. Una zarpa atrapó el borde de su chaqueta y se la rasgó. La red forjada ya estaba mucho más cerca; no desvió la mirada de la luz roja que esta desprendía. Un paso, luego tres...

Séverin y Enrique atravesaron la red de calor forjada a la vez. Séverin se estampó contra el suelo. Un dolor lacerante le atravesó la muñeca, pero no quiso pensar en ello.

—¡Detrás de ti! —aulló Enrique.

Un enorme león de hielo se lanzó tras de ellos. Séverin trepó hacia atrás sobre los codos y giró la cabeza de golpe. Segundos después, un aluvión de agua cayó al suelo. Levantó la vista y vio como el agua le empapaba una de las perneras del pantalón.

La red de calor había convertido a la criatura en un charco de agua.

A su lado, Enrique luchaba por recuperar el aliento con los brazos en torno a las rodillas.

—Gracias —dijo Séverin.

A Enrique se le empañó la mirada. Cuando lo miró fijamente, vio unos ojos fríos y apagados. No dijo nada durante un buen rato. Apartó la vista de Séverin y agachó la cabeza.

—¿Cómo pudiste hacerme eso? —le preguntó con voz queda.

Ante el sonido de su voz, algo en el interior de Séverin amenazó con quebrarse. Lo único que le quedaba por ofrecer era la verdad. Cerró los ojos y pensó que, una vez más, su mente estaría a rebosar de recuerdos del pegajoso y dorado icor sobre la boca de Roux-Joubert y el efímero peso de las alas.

Pero, en cambio, pensó en el último brindis de Hypnos. «Que nuestros fines justifiquen nuestros medios». Eso era lo único que había deseado. Y había fracasado.

—Te necesitaba para este último trabajo —comenzó Séverin, irguiéndose—. Necesitaba vuestra total atención y concentración, pero no solo por mí. Sino por todos nosotros. *Las letras divinas* puede otorgar la divinidad. Eso es lo que quería para nosotros... ¿Lo entiendes? Si lo obtenía, nadie podría hacernos daño nunca. Podrías tener cualquier cosa que quisieses. Podrías volver a los Ilustrados y que ellos se arrodillaran frente a ti para que formases parte de ellos. Tristan incluso podría...

—¿Te has vuelto loco? —lo interrumpió Enrique—. ¿Querías ser un *dios*? ¿Esa es la solución a tus problemas?

—No tienes ni idea de lo que vi ni sentí cuando estuve en aquellas catacumbas. Tenía *alas*, Enrique. Tenía sangre dorada en las venas y lo que sentí... era como oír el maldito pulso del universo —explicó Séverin—. Ya oíste a Ruslan en el comedor. La Casa Caída tenía los medios para hacerlo, con su puñal de Midas o como se llame. Imagina que hubiese más. Imagina lo que podría habernos concedido si tuviésemos el libro...

Se calló cuando Enrique rompió a reír. No de dicha, sino de histeria.

—Ni siquiera es un libro —dijo Enrique.

Séverin se detuvo un segundo. Todo en su mente se paralizó.

—¿Qué?

—Es una lira.

—Una lira —repitió Séverin.

Una vez más, algo cobró vida en su interior. Algo que se parecía peligrosamente a la esperanza.

—Pero no creo que pueda darte lo que quieres, Séverin —añadió Enrique con voz triste—. La inscripción de la pared mencionaba que el instrumento provocaría la destrucción. Podría significar que todos los objetos forjados que existen podrían dejar de funcionar.

—Se supone que otorga el poder de Dios...

—Y Dios crea y destruye en igual medida.

—Entonces debemos asegurarnos de que solo nosotros...

Enrique extendió una mano.

—¡No me estás *escuchando*! ¿Y qué pasa con Laila? La Casa Caída ha estado buscando a alguien perteneciente al linaje de las Musas Perdidas: una chica con la capacidad de leer lo que otros no pueden. Es Laila. Si la Casa Caída se la ha llevado, ¿y si es porque saben lo que puede hacer? Puede que incluso la hayan relacionado con el linaje de las Musas Perdidas.

A Séverin le daba vueltas la cabeza. La sangre se le amontonó en los oídos. Tenía que ir hasta ella. Tenía que cerciorarse de que estaba a salvo.

—Entonces la haremos sonar nosotros, guiados por Laila, que podría ser la única persona viva que pueda usarlo...

—No —insistió Enrique—. ¿No ves cómo esto podría afectarle si hacemos sonar el instrumento? Está *forjada*, Séverin. Eso podría significar que...

Séverin giró la cabeza de repente hacia él.

—¿Cómo sabes eso?

Séverin cayó en la cuenta de dos cosas a la vez. Una, que nunca se había detenido a considerar la naturaleza del... nacimiento de Laila. Para él, algo forjado era inanimado. Un objeto. Laila era pura vida. Y lo segundo fue que Laila le había hablado a otra persona sobre sus orígenes. Antes, él era el único que lo sabía. El único a quien ella le había confiado aquel secreto.

A Enrique le brillaban los ojos de culpabilidad. Estaba ocultándole algo. Séverin estaba convencido.

—¿Qué es lo que no me estás contando?

Enrique se santiguó, miró al techo y murmuró:

—Lo siento, Laila, pero tiene que saberlo.

—¿Saber *qué*? —preguntó Séverin.

Enrique apartó la mirada de él.

—Laila se está muriendo.

Pasó un segundo. Y luego dos. Aquellas palabras envenenaron el aire y Séverin no se permitió respirar por miedo a que un solo aliento convirtiera aquellas palabras en realidad. Y, entonces, antes de poder hablar, un silbido desvió su atención hasta la red forjada. La luz flaqueaba; brillaba a toda intensidad en un momento y, al siguiente, se apagaba. Y más allá, los animales se habían alineado... Movían la cola y con las pezuñas arañaban el grueso suelo de hielo.

La red había empezado a romperse.

32

ZOFIA

Zofia parpadeó un par de veces mientras tomaba nota del lugar desconocido: el suelo era transparente y el agua del lago Baikal fluía bajo la superficie. El hielo frío y resbaladizo le quemaba las palmas de las manos. Al alzar la vista percibió que la luz rebotaba desde una esquina que no le resultaba familiar. Por el rabillo del ojo advirtió la coronilla de la gente, cuyo cuero cabelludo se encontraba pegado a la pared y a la altura de sus ojos. Zofia se volvió bruscamente y extendió los brazos, que chocaron con la pared que la encerraba. Estaba atrapada. La palabra caló en su mente e hizo que se inclinase hacia adelante por culpa de las náuseas que le sobrevinieron.

«Otra vez, no».

Al pestañear, vio el fuego del laboratorio… los estudiantes gritando… cuando su cuerpo y su mente le fallaron al intentar abrir la puerta.

«No. No. No».

Zofia se hizo un ovillo y el borde puntiagudo del sobre de Hela se le adhirió a la piel como un recuerdo punzante de que había gente que dependía de ella. Se obligó a sentarse erguida y acordarse de lo sucedido. Los recuerdos acudieron a su mente débilmente. Rememoró el leviatán y las velas rojas; la inscripción en la pared… ESTAMOS LISTOS PARA LA DESTRUCCIÓN. A partir de ahí, nada. Zofia apretó los dientes y apoyó las palmas en el suelo de hielo, permitiendo así que el frío la sobresaltase. Contó las respiraciones. «Una. Dos. Tres». Fijó su atención en el suelo y enumeró las huellas que había en el hielo… «quince, diecinueve, cuarenta y siete».

Entonces, pudo levantar la cabeza.

¿Dónde estaba? La sala era larga y rectangular, pero tan estrecha que no era capaz de extender los brazos. Podía levantarse y voltearse con facilidad, y así lo hizo, aunque no pudo caminar mucho, ya que no se encontraba sola. Habían empujado el cuerpo de un ciervo de hielo contra la pared izquierda y lo habían colocado en un ángulo cerrado. Recordaba haberlo visto con Eva hacía menos de dos días. Eva había notado su incomodidad y le había pedido a la Casa Dazbog que no lo destruyera. Habían arrancado el pecho del ciervo y los ventrículos de hielo que una vez habían funcionado ahora estaban muertos, dejando a su paso unos meros cables rotos. Ya sabía dónde se encontraba.

En la prisión del Palacio Durmiente.

Sin contar con la pared orientada al norte, lo único que veía alrededor era nieve compacta. En dirección norte, las paredes de cristal revelaban el atrio del Palacio Durmiente. Los miembros de la Orden de Babel se encontraban tumbados en torno al perímetro del patio como si de muñecos extraños se tratasen. Un par de ellos incluso estaban apoyados contra una de las paredes de su celda.

—¡Dejadme salir! —gritó Zofia.

Pero ni se inmutaron cuando golpeó el cristal contra sus cabezas. Ni respondieron mientras contemplaba a los que estaban frente a ella en el patio y volvía a gritar.

No hubo respuesta.

Ni pestañearon siquiera.

Se percató de algo más. Dos personas entraron al atrio desde la zona oeste de su celda: Enrique y Séverin. Una luz intermitente se extendía ante ellos. Por detrás del piano y las mesas, el escenario vacío y las filas de gente, las criaturas de hielo se preparaban para atacar. Un destello plateado captó su atención. Vio demasiado tarde a un leopardo de hielo lanzarse contra el flanco derecho desprotegido de Séverin.

—¡Séverin! —chilló.

Pero él no la oyó.

Zofia golpeó el cristal con el puño. No sucedió nada. Desesperada, se llevó la mano a la garganta y encontró solo piel.

Ya no tenía el collar con sus colgantes y armas retráctiles. Le subió bilis por la garganta. Palmeó la parte delantera de la chaqueta y los bolsillos. No llevaba nada excepto la carta de Hela y…

Zofia se detuvo en cuanto sus dedos se cerraron en torno a los bordes de algo que le resultó familiar. Su caja de cerillas. La sacó y abrió la cubierta plateada: tres cerillas. Eso era lo único que tenía. Miró a Séverin y a Enrique: ahora intentaban dirigirse a la gruta helada, que estaba franqueada por una red forjada con un protector de calor. Respiraba de forma agitada. Su afinidad para la forja siempre había sido la metalurgia. No la habían entrenado para detectar y manipular los minerales del hielo. La probabilidad de éxito era baja. Pero la de morir era mucho mayor.

Zofia encendió una de las tres cerillas con los dientes y la pegó a la pared de hielo. Si pudiera detectar los minerales y prenderles fuego, podría hacer un agujero en la pared. Pegó la mano al hielo e intentó sentir el ritmo de su afinidad para la forja... la vibración del mineral en un objeto que respondiera a su tacto. Usó todas las fuerzas que le quedaban, pero entonces la llama se apagó. Zofia se apresuró a atraparla, pero resbaló y cayó al suelo. Se golpeó la barbilla con el suelo de hielo y saboreó sangre. Cansada, se obligó a levantarse.

Solo le quedaban dos cerillas.

Se limpió la sangre del labio con los dedos temblorosos y buscó otra cerilla. El sonido del fuego vibró en el aire, pero la cerilla se le resbaló de los dedos húmedos y ensangrentados. Se le atascó un sollozo en la garganta a la vez que la llama chisporroteaba y se apagaba sobre el hielo.

A Zofia la embargó la sensación de mil derrotas. Vio la expresión vacía de Laila; la pena en los ojos de Enrique; la preocupación de Hela con un mohín. Mil expresiones que había descifrado. Todo aquello hizo surgir algo en su interior. Sentía como si le ardiese la piel. Percibió un zumbido sordo en la cabeza. No se trataba de irritación. Ni de molestia.

Era ira.

Zofia se acordó de una de las últimas tardes en las cocinas de L'Éden, cuando Tristan estaba vivo. Él estaba tratando de hacer una cadena de margaritas y dejó que creciesen hasta convertirse en unas enredaderas extrañas que le quitaron a Enrique el libro de las manos. Laila los riñó por causar desorden y los amenazó:

—Como me ensuciéis la cocina, desataré la furia de Zofia, que aún no se ha comido la galleta de azúcar del día.

Al oír sus palabras, Zofia había fruncido el ceño, ya que no se creía capaz de sentir furia. La ira la mostraban aquellos con un carácter temperamental, pero cuanto más tiempo pasaba allí, más creía estar descubriendo un aspecto nuevo de sí misma.

Miró a través del cristal orientado al norte y vio a Enrique tropezar… y a un glotón de hielo acercarse peligrosamente a él, y entonces se acordó de lo último que él le había dicho: «Eres mucho más valiente que la mayoría de la gente ahí fuera. Ninguno podría construir una bomba con los ojos cerrados e internarse en un monstruo de metal y querer llamarlo "David". Confía en ti misma, fénix».

No lo haría quedar de mentiroso.

Zofia se volvió hacia el ciervo de hielo, brillante e inerte. Bajo los cascos vio una grieta con ramificaciones que se extendía por todo el hielo. No sería capaz de derretir el hielo, pero el ciervo era un instrumento forjado lo suficientemente poderoso como para que sus cascos, de moverse, quebraran la barrera.

Con la última cerilla en la mano, se arrodilló junto al ciervo. Hacía unos días, la Casa Dazbog había desechado la máquina porque tenía defectuosos los mecanismos metálicos internos y daba fallos a la hora de responder. Ella no era capaz de manipular el hielo, pero sí podía trabajar el metal. Y el fuego.

Zofia pasó las manos por la delicada figura. En el hueco del pecho palpó los delgados cables rotos, enredados. Encontró por qué había dejado de funcionar. Encendió la última cerilla y, al tocarlo, el metal, antes dormido, empezó a *cantar*. Se trataba de una canción ligera y débil. Poco a poco los engranajes comenzaron a rechinar a la vez que el fuego se abría paso entre la herrumbre inflamable.

El ciervo de hielo cobró vida y sacudió los cascos en el aire. Zofia programó a la criatura con su voluntad, al igual que haría con cualquier otro de sus inventos. El ciervo pateó y rompió la pared del hielo. Arañó el suelo hasta enderezarse y arqueó la línea helada de su cuello. Al sacudir las astas, cayeron unos pequeños carámbanos que se hicieron añicos en el suelo. Inclinó la cabeza hacia Zofia y le mostró unas astas enormes y tan afiladas como armas. En el centro del pecho ahora le ardía una pequeña hoguera. Un corazón de fuego.

Zofia se maravilló durante un momento. Los objetos y las herramientas que había forjado hasta entonces no habían sido así. *Este* era el arte de la forja con el que sentía que otorgaba vida. Este era el tipo de arte que la gente decía ser un ápice del poder divino.

La colmaba de una sensación de capacidad... como si pudiera ir a algún lado y no contar los árboles o pudiera hablar con alguien sin que le entrara el pánico. Advirtió que se trataba de *poder* y le gustó mucho.

Zofia estiró la mano hacia una de las astas y se subió al lomo helado.

—Vamos —le ordenó.

El ciervo se levantó sobre las patas traseras e hizo añicos la pared de cristal. Efectuó un elegante salto sobre las cabezas de los miembros congelados de la Orden de Babel. Delante, pudo ver que la fila de animales se había unido hasta formar un corrillo en la entrada que conducía a la gruta helada. La red de calor forjada titiló débilmente. Pronto desaparecería. En la boca del pasillo observó como Séverin extendía la mano y con la otra colocaba a Enrique detrás de él.

Los animales se colocaron en posición de ataque.

Zofia instó al ciervo a acelerar y se llevó la mano al cuello una vez más. En su interior bullía la frustración. Necesitaba un arma, algo que hiciese retroceder a las criaturas. Buscó a su alrededor y encontró una espada decorativa en el regazo de uno de los miembros congelados de la facción italiana. El ciervo se detuvo delante de él y ella se agachó para quitarle la espada.

—Gracias —exclamó.

Al sujetar la hoja, encontró el pulso del metal que apelaba a su afinidad forjada y la pegó contra el corazón de fuego del ciervo de hielo. El fuego se propagó por la espada.

—Más deprisa —susurró.

El ciervo galopó hacia la fila de criaturas de hielo antes de frenar frente a la red forjada. La propia red estaba hecha de metal, pero al extender la mano hacia ella para rozarla... sintió el material frío al tacto. Necesitaba fuego. Miró a su espalda para asegurarse de que Séverin y Enrique se encontraban a salvo. Séverin portaba un fragmento de un espejo en la mano y la estaba mirando. Enrique profirió un chillido y se cubrió la cara con el brazo. Levantó la cabeza y dejó caer los brazos a los costados. Se quedó con la boca abierta y desvió la mirada de su cara a la espada llameante.

—¿Zofia?

Indignación. Asombro. Confusión. Podía tratarse de cualquiera de esas emociones, pensó Zofia, así que se decantó por la única respuesta que tenía sentido para ella:

—Hola.

A continuación, se dio la vuelta hacia la fila de criaturas de hielo blandiendo la espada en llamas. Un puñado de criaturas retrocedieron.

—Séverin y Enrique, colocaos detrás de la red —les ordenó.

Los oyó retroceder y, entonces, tocó la red con la punta de la espada. El calor volvió a surgir de ella y las criaturas se replegaron, gruñendo y siseando. Zofia dejó caer la espada antes de desmontar del ciervo. Este volvió la cabeza hacia ella. Zofia le dio una palmada en los cuartos traseros y el ciervo se marchó cruzando el atrio, lejos de la red de fuego.

Al girarse, vio que Séverin y Enrique se la habían quedado mirando.

—Nos has rescatado —exhaló Enrique entre jadeos. Sonrió débilmente—. Esto parece un cuento de hadas y yo, la damisela en apuros.

—No eres ninguna damisela.

—Y, sin embargo, sí estoy en apuros.

—Pero...

—Déjame tener la razón en esto, Zofia —respondió Enrique, cansado.

—Zofia... —empezó a decir Séverin, pero entonces se quedó callado.

Si alguien parecía en estar apuros, ese era Séverin. Permaneció en silencio con el ceño fruncido y señaló la gruta helada.

—Me alegro de que estés bien, pero seguimos sin encontrar a Laila y a Hypnos —le dijo, mirándola—. Enrique me ha dicho que te habías ido al leviatán. ¿Qué ha pasado?

Zofia fijó la mirada en el pasillo y empezó a sentir intranquilidad.

—Me atacaron ahí dentro.

—¿Viste la cara de quien te atacó?

Ella negó con la cabeza.

—¿De qué armas disponemos?

Zofia se rozó la garganta desnuda. «Nada». Séverin se percató del movimiento y asintió. Miró a Enrique antes de bajar los ojos a su cinturón desprovisto de arsenal.

—Quedaos detrás de mí e iremos juntos —espetó.

Zofia apenas había dado un paso cuando oyó un leve suspiro proveniente de la parte más alejada de la gruta helada. Era un suspiro cargado de reticencia; el sonido que solía usar ella cuando Laila le decía que se lavase las manos antes de cenar o que la ayudase a ordenar la cocina. Pero aquel suspiro no casaba con la persona que apareció de entre las sombras. Un hombre con una máscara de una abeja dorada, que tamborileaba las manos en gesto pensativo; una pálida y la otra... la otra *de oro*.

Reconoció la máscara de insecto al instante. Pertenecía al hombre de las catacumbas, a quien la Casa Caída había llamado «el doctor».

—Sé que lo entenderéis —dijo el doctor—. Puede que al principio no resulte fácil… pero lo haréis. Os lo enseñaré antes de que acabe el día.

—¿Qué…? —empezó a decir Zofia al tiempo que tres personas enmascaradas salían de detrás del doctor.

Séverin se lanzó hacia ellos con un trozo de espejo en la mano, pero el hombre era demasiado rápido. Lo contuvo y lo obligó a tumbarse en el suelo. Séverin forcejeó para girar el rostro hacia ellos.

—Zofia, Enrique, corred…

La persona le dio a Séverin una patada en la cabeza que lo dejó inconsciente. Un segundo hombre enmascarado agarró a Enrique de la garganta y acercó un cuchillo contra su cuello. Zofia levantó los puños mientras la ira se le arremolinaba en la parte trasera del cráneo. El doctor levantó la mano.

—Si te resistes —amenazó el doctor, torciendo el rostro enmascarado hacia ella—, le cortaré el cuello. Y no quiero hacerlo. Primero porque es muy antihigiénico. Y, segundo, porque desperdiciaría la vida de una persona.

Zofia se miró las manos. Sus venas todavía vibraban con el recuerdo del poder y detestaba no poder hacer uso de él ahora. Bajó los puños despacio.

—Muy bien —dijo el doctor—. Gracias por hacerlo, Zofia. Nunca he creído que la violencia sea la respuesta a nada.

Su voz…

Había algo de ella que le resultaba familiar. ¿Y cómo podía ser que conociera su nombre?

—Y ahora —empezó a decir el doctor mientras un tercer hombre caminaba hacia ella—. Necesito tu ayuda, querida. Verás, mi musa necesita inspiración para trabajar. Creo que tú, Enrique y Séverin nos ayudaréis en esta empresa. Espero que estés de acuerdo.

Cuando dio un paso al frente, Zofia advirtió que llevaba algo bajo el brazo… algo pálido y blanco, doblado en un ángulo extraño. Era una mano. En un dedo llevaba un anillo enorme. Y entonces el doctor se levantó la máscara y le vio un par de ojos amables a los que ya se había acostumbrado; una sonrisa torcida a la que había correspondido a menudo. A Zofia le parecieron dos imágenes que no correspondían la una con la otra y, sin embargo, su percepción no mentía.

El doctor de la Casa Caída era Ruslan.

Este sonrió e hizo un gesto con la mano que nunca había sido suya.

—Repugnante, ¿verdad? —opinó Ruslan—. En fin, espero que podáis ser de ayuda. Al fin y al cabo, los amigos hacen sacrificios increíbles los unos por los otros. Y os he acabado considerando justo eso mismo —dijo sonriendo de oreja a oreja—: *Amigos.*

33

SÉVERIN

Séverin se despertó con un dolor muy fuerte en la cabeza y las manos atadas. Estaba apoyado contra una silla de metal en una habitación plateada y oscura que parecía *latir*. El olor le resultaba familiar: el aroma a sal y a óxido de la sangre. La luz fluctuaba sobre las paredes metálicas y estriadas. Un podio que ya conocía se elevaba en mitad de la estancia. Parpadeó varias veces. Estaba dentro del leviatán de metal, solo que ahora tenía un aspecto distinto sin todos los tesoros en su interior.

Séverin trató de desplazarse hacia adelante sin hacer ruido, pero el ligero movimiento hizo que le estallara el cráneo de dolor. Le martilleaba la cabeza. Lo último que recordaba era haberse lanzado contra un guardia, que este lo inmovilizara contra el suelo y luego perder el conocimiento al recibir una fuerte patada. La empuñadura de la daga de Tristan se le hincaba en las costillas y la afilada punta de la mnemopolilla prendida de su solapa le pinchaba la piel.

Un silencio casi total inundaba la estancia, roto solamente por el espeluznante y acuoso latir del lago Baikal al chocar contra el leviatán de metal. Un leve movimiento a su izquierda le llamó la atención. *Hypnos*. Séverin siguió desplazándose hacia adelante. El otro chico yacía tumbado completamente inmóvil y, por un instante, Séverin rezó por que el tiempo se hubiese detenido, porque Hypnos yacía demasiado inmóvil. Quiso ser como el hielo, pero había demasiadas grietas en su armadura. Cuanto más se acercaba a Hypnos, más se filtraban los recuerdos antiguos entre las fisuras, que lo abrasaban en el proceso. Séverin recordó que habían sido como hermanos, moldeados por las sombras y resignados a ellas; la voz cantarina de Hypnos; la luz del sol que inundaba el falso teatro en el que habían fingido ser los hijos deseados de unos pálidos patriarcas. Con las manos atadas, impulsó el cuerpo de Hypnos hasta poder darle la vuelta. El otro chico soltó un grave gruñido y se enroscó una mano bajo la barbilla como si se estuviese... ¿chupando el dedo pulgar?

Hypnos estaba dormido.

—Levanta —ordenó Séverin.

El Hypnos durmiente se limitó a fruncir más el ceño, pero no se despertó.

—Se pondrá bien —dijo otra voz proveniente de la zona más oscura del leviatán—. Llegué a él antes de la segunda ola del ataque con forjado de sangre. El vino de hielo adormeció a los miembros de la Orden y el forjado de sangre los despertó... solo que no los dejará moverse hasta dentro de otras doce horas.

La matriarca se aproximó a ellos. Llevaba el abrigo de piel abrochado a la altura del cuello, como una capa. Pero el resto de su atuendo eran unos pantalones y unas botas. *Ella* había sido quien lo había dejado inconsciente. Se señaló la ropa y le dio un ligero puntapié a la máscara que había tirada en el suelo.

—Camuflaje. Os tengo que agradecer la idea a ti y a tu séquito.

—A ti no... no...

—¿... me afectan las bebidas forjadas de sangre? Me he inmunizado a conciencia contra ellas.

«Claro», pensó Séverin, aquellos viales que le servían en las cenas. La matriarca le tendió una lata de galletas y un tarro con la mermelada de frambuesa y cereza que tanto le había gustado una vez.

—Has tenido una caída fea... te pido disculpas. La comida te ayudará. Además, tienes que comer antes del viaje.

«¿Viaje?».

—¿De... de qué estás...?

—De rescatarte —espetó la matriarca de forma abrupta—. No tienes ni idea de lo que está pasando ahí arriba, ¿verdad? Permíteme que te describa la situación.

—Suéltame —le ordenó Séverin, levantando las manos amarradas.

—Después de que veas esto —respondió la matriarca.

Hizo un gesto para señalar a la especie de mnemopantalla sobre el podio y hundió su anillo de Babel en el enredo de espinas de piedra. El techo plateado parpadeó y se encendió.

Séverin se puso de pie, pero el leviatán de metal dio un bandazo, se inclinó mucho hacia la derecha y perdió el equilibrio. Se tambaleó hacia la mnemopantalla, que mostraba la gruta helada de arriba. Enrique y Zofia estaban atados y con un trozo de tela en la boca para evitar que gritasen. Dos pares de esfinges de la Casa Caída se hallaban apostadas a ambos lados. Pero la que eclipsó todos los detalles fue Laila. Cuando la vio, sintió como si alguien le hubiese apretado el corazón en un puño.

Ruslan la agarró del brazo y le entregó un instrumento a la fuerza.

Se lo veía igual e irreconocible a la vez. Con aquella curva excéntrica de los labios. Las líneas de expresión alrededor de los ojos. Y, sin embargo, su mano era de *oro* puro. Dorada como el icor. Dorada como la divinidad.

A su lado, Eva parecía impertérrita. No dejaba de levantar los ojos del suelo para observar a los otros con la expresión inescrutable.

—*Léelo,* querida —exigió Ruslan. Su sonrisa flaqueó un poco—. Encuentra las cuerdas que hay que tocar y todos podríamos fingir ser dioses.

Los ojos de Laila viajaban de forma intermitente entre Enrique y Zofia.

—No... sé... cómo... —le espetó.

La sonrisa de Ruslan vaciló en sus labios un instante... y luego la empujó contra el hielo. Séverin oyó como su cráneo golpeaba la pared con un ruido sordo. Quería ponerse de pie, pero no podía con las manos atadas.

—¡No me *mientas*! —rugió Ruslan—. No lo soporto. ¿Me tomas por idiota? —Se calló un momento, respiró hondo y estiró el cuello de lado a lado—. Mi padre lo creía... Estoy seguro de que el verdadero patriarca de la Casa Dazbog también, pero lo maté, así que no puedo preguntarle. *Yo* creo que soy listo, sí. ¡Mira lo que he hecho! Me he convertido en el patriarca. Despedí a toda su gente y traje a la mía. Me aseguré de que vuestra *troika* explotara en Moscú y casi terminé el trabajo antes de caer en la cuenta de que, quizá, me fuerais de más utilidad de la que pensaba... y, vaya, tal y como me había imaginado. —Ruslan se giró hacia Laila y sonrió muy despacio—. Roux-Joubert hablaba de ti, querida mía. Hablaba de una chica que parecía *saber* cosas con solo tocarlas. Y tenía razón.

Ruslan se frotó la cabeza con la mano de oro, luego la bajó y la giró varias veces.

—Así que, ya ves, no soy ningún idiota. Al menos, no todavía —siguió diciendo en voz baja—. Este es el precio de la divinidad, ¿ves? Tu Séverin fue rápido en reconocer el icor en el suelo del comedor… lo que no le conté fue que todo conlleva un precio. Por entonces yo no conocía el precio que me costaría empuñar un objeto como es el puñal de Midas, cambiar la materia humana por completo… hacernos *diferentes*.

Se rio.

—¡Lo primero que se va es el pelo! —exclamó—. Un molesto efecto secundario. Pero luego le sigue rápidamente la cordura y eso sí que es menos fácil de soportar. A menos, claro, que se tenga una solución permanente.

Ruslan giró la lira en su mano y, en el espacio de un segundo, volvía a ser el apacible patriarca de la Casa Dazbog que había fingido ser.

—Escucha… shh, shh, me disculpo por ese arrebato —dijo a la vez que ayudaba a Laila a ponerse de pie. Le acarició la mejilla con el dorso de su mano de oro—. Es importante, ¿entiendes? Yo solo quiero que el mundo sea un lugar mejor. Y podría hacerlo si tuviese tan solo un ápice del poder de Dios. Rehacer el mundo rehaciéndonos a *nosotros*. ¿No deseas que el mundo sea diferente? ¿No anhelas que haya un día en el que puedas caminar libremente por el mundo? Zofia, ¿no deseas vivir sin persecuciones? Y tú, Enrique, mi querido historiador revolucionario… sé que sueñas con lo mismo que yo… con un mundo donde la gente como nosotros no esté por debajo de nadie, sino en una posición de igualdad. —Giró la barbilla de Laila hacia Enrique y Zofia—. Así que, por favor. No me obligues a hacerles daño. Detestaría tener que hacerlo. Por un lado, la sangre lo ensuciaría todo, lo cual sería de lo más repugnante y ordinario —esbozó una sonrisa encantadora— y por otro, me caen bien. *Tú* me caes bien.

Las lágrimas resbalaban por el rostro de Laila cuando echó la cabeza hacia atrás para mirarlo.

—¿Te crees que no quiero leerlo? —le soltó. Apartó la mirada hasta la brillante arpa en el suelo—. ¿No crees que, si supiese qué cuerdas tocar, lo haría? —Sacudió una mano hacia el instrumento—. Eso es lo único que podría mantenerme *viva* y me es inútil. No puedo mover ni una simple cuerda.

Ruslan le soltó el rostro con un chasquido de disgusto.

—Ya estamos otra vez con esa historia de haber sido... —sacudió las manos como si estuviese espantando a un enjambre de moscas— ...*fabricada*. Mientes. Mientes para proteger a tu linaje y yo no aguanto a los mentirosos.

Séverin sintió náuseas mientras Ruslan paseaba dándose suaves golpecitos con el cuchillo en la palma de la mano.

—Los instrumentos divinos... tienen personalidad. ¡Como cualquiera de nosotros! —explicó Ruslan—. Y la personalidad de este disfruta de la compañía de antiguos linajes de forma un tanto exclusiva. Venga. Esto puede ser muy sencillo. Haz sonar el instrumento y dime el *lugar* que ves.

—¿Lugar? —repitió Laila, agotada.

Ruslan se rascó la nariz con la mano de oro.

—¡Por supuesto que hay un lugar, querida! Uno no se convierte en dios meramente tocando un arpa. No, no. Hay que tocarla en un lugar especial... en un templo. Si se toca en el templo correcto, o teatro, si lo prefieres, esa lira liberará el poder divino de Dios. De hacerlo en cualquier otro lugar... la lira es muy vengativa y destructiva. Es un objeto un tanto grosero.

Los hombros de Laila se hundieron, pero ella alzó la mirada; no hacia Ruslan, sino hacia Eva.

—No sé qué está pasando —le dijo—. No *sé* de lo que estáis hablando y no *veo* nada...

A Eva le temblaba el labio inferior, pero giró la cabeza.

La mirada de Séverin se desplazó a la lira. El tiempo parecía moverse más despacio y se preguntó lo fuerte que se habría golpeado la cabeza. Veía las cuerdas brillar. Sus delicados filamentos parecían estar tintados de un color suave y un arcoíris se vislumbraba a través del lubricado panel de cristal.

Ruslan suspiró.

—No me dejas elección.

La esfinge avanzó hacia Enrique y Zofia.

—¡No! —trató de gritar Séverin, pero la matriarca le cubrió la boca con la mano.

—Habla y harás que nos maten a todos —le susurró con brusquedad.

—¿Qué hace falta para motivarte a usar tus poderes? —inquirió Ruslan—. Sé que los tienes. Sé lo que tus *manos* pueden hacer, *mademoiselle* Laila.

Laila comenzó a suplicar y Ruslan suspiró.

—Está bien, empezaré primero con tu amante —declaró. Se giró hacia una de las esfinges—. ¿Serías tan amable de traerme a *monsieur* Montagnet-Alarie?

La esfinge se fue.

—Imagino que eso será una desafortunada sorpresa —dijo Delphine alzando la mirada hacia la mnemopantalla—. Me dijeron que te encerrara en una celda de la prisión y que esperara contigo, pero, como ves, hemos tomado una ruta un tanto distinta.

—Eva, por favor —susurró Laila.

Pero la otra chica no se dio la vuelta.

Cuando la otra esfinge regresó a la habitación con las manos vacías, la sonrisa de Ruslan desapareció.

—¿No está?

La esfinge negó con la cabeza.

—Bueno, ¡pues ve a buscarlo! ¡Y asegúrate de que todos estén al tanto! Cada matriarca y patriarca, cada estúpido con un anillo en la mano. Ve a buscarlos y asegúrate de que lo saben —le indicó—. Asegúrate de que saben quién les hizo eso. Ah, y, espera...

Se calló y se giró para recoger algo que yacía en el hielo. A Séverin se le revolvió el estómago. Era la mano de Ruslan. O, mejor dicho, la mano del verdadero patriarca de la Casa Dazbog.

—Abofetéalos con esto —dijo Ruslan. Se empezó a reír y luego se giró hacia Laila y Eva—. ¿De verdad? ¿No os reís?

Eva parecía afectada.

—Quizá no tenga mucha *mano* para los chistes —comentó Ruslan, enfatizando la palabra a la vez que sacudía la mano amputada—. Pero óyeme bien, porque lo digo muy en serio, querida. Incluso haré una demostración con nuestro buen amigo que tanto quiere que lo escuchen. Estoy seguro de que él sabrá apreciar el sentimiento más que la mayoría.

Se acercó a Enrique. Séverin vio el destello de un metal en el aire demasiado tarde. Enrique gritó y la sangre comenzó a deslizarse por su cuello...

Ruslan le había cortado una oreja.

Laila chilló y se retorció contra sus ataduras, pero Ruslan hizo caso omiso de ella. Enrique cayó al suelo retorciéndose de dolor.

—¿No dice el dicho: «ojo por ojo y oreja por oreja»? —reflexionó Ruslan dándole un puntapié a la oreja cercenada de Enrique en el hielo—. ¿No? Vaya, qué pena. En fin... —Se giró hacia Laila—. Tienes diez minutos para tomar una decisión. El tiempo comienza... ¡*ya*!

Séverin se desasió de la sujeción de la matriarca y recuperó el aliento.

—Tenemos que ir —aseveró Séverin—. Tenemos que salvarlos.

La matriarca lo contempló con tristeza.

—No hay nada que puedas hacer por ellos. No puedes levantar al leviatán y liberarlos. El leviatán apenas se mantiene de una pieza con esas ataduras rotas. ¿No ves que os estoy salvando la vida? Nos vamos ya, en esa cápsula... —le dijo señalando el artefacto con forma de cápsula en el nártex—. Desde ahí podemos llegar a Irkutsk y puedo pedir ayuda. Nos deja tiempo suficiente mientras él se entretiene pensando que esa chica es la descendiente del linaje de las Musas Perdidas.

Pero no podrían hacer todo eso en menos de diez minutos. Lo cual significaba que tanto Enrique, como Zofia, como Laila... morirían.

—¿Quieres que la deje morir? —inquirió Séverin—. Pero si te... te cae bien.

La expresión en el rostro de la matriarca estaba rebosante de edad y de pena.

—Pero te *quiero* a ti —respondió Delphine—. Siempre te he querido y mira lo que he tenido que hacer de todas formas.

¿Que le quería? Séverin no la había escuchado decir aquello desde hacía... años. Ni siquiera podía articular la palabra; parecía tener los labios pegados.

La matriarca extrajo el anillo de Babel del pilar y la mnemopantalla que mostraba a Laila, a Enrique y a Zofia se apagó. Y, aun así, Séverin no podía dejar de ver el intenso brillo de las cuerdas de aquella lira, ni de oír cómo había dicho Delphine que el doctor pensaba «que esa chica era la descendiente del linaje de las Musas Perdidas».

Como si no solo supiera que Laila no procedía de ese linaje, sino como si supiera quién sí.

—Hace mucho tiempo hice una promesa para protegerte —le dijo—. Para cuidar de ti.

Séverin quiso escupirle en la cara.

—¿Cuidar de mí?

—A veces la protección... y el amor... exigen que tomemos decisiones duras. Como la que te estoy pidiendo ahora. Te lo he mostrado para que lo supieses y para que pudieses tomar tu propia decisión… un lujo que yo no tuve —razonó Delphine—. El linaje de las Musas Perdidas corre por tus venas, Séverin.

Séverin abrió la boca y luego la cerró. Era incapaz de articular palabra; lo único que podía hacer era mirarla, aturdido.

—Todos estos años te he mantenido a salvo de la gente que querría usar esa información contra ti. Que querría usarla en su propio beneficio. Por eso tenía que alejarte de la Orden tanto como pudiera. Cuando llevamos a cabo la prueba de herencia, tu sangre podría haber hecho que esos objetos forjados se partiesen por la mitad. Tuve que esconderte de ti mismo. —Delphine tragó saliva con esfuerzo y jugueteó con el anillo de Babel. Cuando habló, su voz estaba cargada de dolor—. Pero traté de ayudarte tanto como pude.

»Cuando vi cómo te trataba tu primera cuidadora, fui yo la que le dio a Tristan aquellas flores, los acónitos. Creí que Clothilde te cuidaría como lo haría una madre, pero era codiciosa y, en cuanto me enteré, los aparté de tu lado. Yo fui tu primera inversora en L'Éden. Luché por ti entre bambalinas. Lamenté cada día que tuve que vivir sin ti.

Pequeños detalles cobraron sentido en la mente de Séverin, pero era como un junco atrapado en el flujo de un río: no había suficiente tracción para erguirse y reflexionar sobre ello. *Él* procedía del linaje. No tenía hueco en la cabeza para procesar lo que aquello significaba o, mejor dicho, lo que *no* implicaba. Heredar su Casa era un sueño que se había consumido en su alma y se había visto reemplazado por un deseo que abarcaba la eternidad: el sueño de la divinidad, del recuerdo de invencibilidad que solo había sentido gracias a la Casa Caída. Todo este tiempo creyó haber fallado a los demás al no haber encontrado *Las letras divinas*, pero el secreto de su poder yacía en sus propias venas. Aquello le hizo sentir… absolución.

A su alrededor, el leviatán volvió a inclinarse de lado a lado. El ruido del metal rompiéndose y revolviéndose chirrió a través del silencio. El leviatán estaba desatándose. Pronto, volvería a sumergirse por completo en el lago y su interior se llenaría de agua.

—Tienes que tomar una decisión, Séverin —lo instó Delphine con rapidez—. Escapar o morir. —Durante un momento fue incapaz de decir nada, pero entonces Delphine volvió a hablar y fue como si hubiese podido leerle la mente—. Toma la decisión con la que seas capaz de vivir. No tiene por qué gustarte.

Levantó el cuchillo y le cortó las ataduras. Ahora Séverin tenía las manos libres y la elección era suya.

Séverin se aferró a las palabras de Delphine como no lo había hecho desde que era un niño. Miró a su lado, al durmiente Hypnos, y luego al techo plateado donde Laila se hallaba con la cabeza gacha, Enrique yacía sin fuerzas de costado, y Zofia miraba, confusa, el hielo mientras las lágrimas resbalaban por sus mejillas. Quería protegerlos. Quería enmendar las cosas de forma imposible. Quería ser un dios.

Lo que no se había parado a pensar era cómo actuaba un dios. Esta era su primera prueba; el amargo cálculo de las diversas elecciones. Los dioses tomaban decisiones. Los dioses quemaban ciudades y, también, salvaban a un niño en particular. Los dioses entregaban oro a los malvados y dejaba la triste moneda de la esperanza en los corazones de los buenos. Podría salvar a tres y sacrificar a uno, y quizá —solo por el número— ya tenía su propia lógica cruel. Laila moriría si tocaba la lira. Y también moriría si no lo hacía.

Cerró los ojos.

Cuando respiró, no percibió el olor de los huesos de metal del leviatán ni el olor fuerte de la mermelada de frambuesa y cereza. Sus pulmones se llenaron de *ella*. Rosas y azúcar, su piel de seda lustrada, la fuerza de su sonrisa... lo bastante potente como para alterar el curso de sus sueños más intrínsecos.

Abrió los ojos, se metió la mano en el bolsillo y sacó la daga de Tristan. La hoja centelleó con el débil brillo del veneno de Goliat. Mientras la giraba, la cicatriz de su mano resplandeció. Hasta en la oscuridad, podía discernir el leve entramado de sus venas y el contorno de la sangre que corría por ellas.

«Eres humano, Séverin».

Ahí estaba la ironía.

No tenía por qué serlo.

Para ser un dios, Séverin tendría que alejarse de todo lo que lo hacía humano. Sus remordimientos e, incluso, su amor. A veces el amor solo provocaba dolor. Y él sería un dios cariñoso. Séverin alzó la mirada hasta la matriarca y sintió que el hielo paralizador, una vez más, envolvía su corazón.

—Ya he tomado una decisión.

34

ENRIQUE

A Enrique le palpitaba la oreja —o lo que quedaba de ella— de dolor. Respiraba por la nariz intentando ignorar la sangre, húmeda y resbaladiza, que le goteaba por el cuello, y trataba de centrarse en la delgada luna de la gruta helada. Con cada segundo que pasaba se volvía más fina. Habían pasado casi diez minutos y Ruslan continuaba girando el cuchillo. Debajo de ellos el suelo de hielo de la gruta empezó a resquebrajarse. De las fisuras comenzó a salir agua que humedeció el suelo. Enrique trató de hablar, aunque la mordaza en su boca lo evitó. Cada célula de su cuerpo clamaba que aquello era el fin. Moriría allí, en aquel sitio frío con olor a sal y a metal, tan diferente a la tierra bañada por el sol de Filipinas.

Y todo era culpa suya.

Qué apropiado, pensó entre nubes de dolor, que Ruslan le hubiera cercenado la oreja. Habían sido sus ansias de ser escuchado lo que había conseguido que compartiera la información que los había condenado a todos. Ruslan había percibido su debilidad y la había afilado hasta convertirla en un arma. Rememoraba una y otra vez las palabras de Ruslan mientras los arrastraba hasta la gruta. Les había afianzado la mordaza a la vez que tarareaba en voz baja. Y después le había sujetado la cara a Enrique hasta pegar su frente a la de él.

—Gracias, amigo mío, por confiar en mí —le había dicho Ruslan—. ¿Sabes? Siempre he pensado que estaba destinado a encontrar *Las letras divinas*... pero ahora creo que te necesitaba. Y, de corazón, soy consciente de que lo que hago parece una crueldad... pero creo que lo entiendes. Es en servicio a la sabiduría, ¿no es cierto?

Sus ojos reflejaban un arrepentimiento sincero.

—Desearía que en la guerra no hubiese víctimas —prosiguió—. Y, sin embargo, nadie está completamente a salvo. Cuando el diablo libró su guerra contra el cielo, incluso los ángeles tuvieron que morir.

De vuelta en el presente, el suelo de la gruta helada volvió a temblar. El leviatán se estaba liberando poco a poco. Una de las ataduras se había soltado, y la otra —enganchada por una red mecánica— temblaba. La cola azotó el suelo y tiró a Enrique de costado. Se le nubló la vista durante un momento, pero fue capaz de escucharlo todo.

—Primo —lo llamó Eva—. Deberíamos mantener esta conversación en otro lado.

Ruslan se dio golpecitos con la parte plana de la hoja del cuchillo en la boca antes de cerrar los ojos.

—No —respondió—. Seguiré esperando. Te quedan dos minutos, Laila.

—Podríamos *morir* —insistió Eva.

—Si morimos en pos de la divinidad, me llevaré conmigo la lira divina al fondo del lago. Puedo vivir con ello —contestó Ruslan—. ¿Dónde está Séverin? ¿Por qué tardan tanto en encontrarlo?

Enrique estiró el cuello. Notaba a Zofia a su lado, callada y firme. Estaba erguida y su pelo, del color de la luz de las velas, brillaba cual corona. Tenía los ojos desenfocados y vacíos. Verla así —tan derrotada— lo sacó de su dolor.

A pesar de que los minutos cada vez se acercaban más a la nada; a pesar de sentir el terror subiéndole por la garganta, lo único que quería era un momento para hablar con ella. No habían podido salvar el mundo. No habían podido salvar a sus amigos. No habían podido salvarse ellos mismos. Pero sí que podía decirle que estaba orgulloso de haberla conocido, orgulloso de haberla visto blandir una espada en llamas y saltar del lomo de un ciervo de hielo. Y si pudiese decirle lo mucho que lo habían intentado... con eso habría sido suficiente.

—Ha llegado el último minuto —suspiró Ruslan.

Enrique se tensó, a la espera de que Ruslan le sesgara la otra oreja o, peor, su vida. A su lado, Zofia cerró los ojos. Enrique quiso decirle que no se preocupara, que todo iría bien, que mantuviese los ojos cerrados. Ruslan dio otro paso. Enrique se preparó. El dolor de su oreja se había reducido a una opresión leve. Podía soportarlo.

Pero entonces, Ruslan avanzó hacia Zofia. El mundo se ralentizó. «No. No. Ella no». Enrique se revolvió intentando liberarse de sus ataduras. Las manos atadas le hacían perder el equilibrio. Cada vez que trataba de enderezarse, fracasaba y caía al suelo. Miró a Zofia y rogó por que hubiera mantenido los ojos cerrados... pero los tenía abiertos. Abiertos y fijos en él; esa mirada tan azul como el interior de una vela lo abrasaba como lo haría una llama.

—Por favor, ¡tienes que creerme! —gritó Laila.

—¿Creer? Mis creencias son firmes, querida —repuso Ruslan—. Por eso no vacilo cuando hago algo.

Acarició el costado de la lira antigua y trató de hacer sonar las cuerdas rígidas por enésima vez.

Enrique quería ponerse a gritar. Tenía tantas ganas que, cuando oyó un estallido, creyó por un momento que el ruido provenía del fondo de su alma. Alzó la vista y vio que algo se movía en el interior del leviatán. De allí apareció una persona. Séverin.

Muy a su pesar... y a pesar de que algo dentro de él se había hecho pedazos al enterarse de que Séverin impidió que tuviese alguna posibilidad con los Ilustrados... sintió alivio. Cuando las cosas se desmoronaban, Séverin siempre las recomponía. Cuando desconocían cómo ver lo que estaba frente a sus narices, Séverin los centraba. Conseguiría arreglar esta situación. *Tenía* que hacerlo, porque por mucho que hubiera cambiado... era su Séverin.

Séverin salió de la boca del leviatán con expresión seria; la mnemopolilla en la solapa de su chaqueta agitaba las alas de cristal. En cuanto sus pies pisaron el hielo, el leviatán se liberó de la última atadura y se hundió en el agua. Lo último que vio Enrique fue el agua azul ondear en torno a su ojo de cristal saltón.

—Tienes a la persona equivocada —afirmó Séverin con la mirada fija en Ruslan.

—Creía que estabas inconsciente en algún lado —respondió Ruslan, curioso—. ¿Dónde estabas?

—En el vientre del diablo —contestó Séverin.

Ruslan se alejó de Zofia con un paso y los latidos de Enrique se regularon.

—Suena espacioso —comentó Ruslan— e intrigante, pero me genera más curiosidad saber por qué crees que tengo a la persona equivocada. Laila posee unas manos únicas. Estoy seguro de que estarás de acuerdo.

A Séverin se le ensombreció el rostro.

—Es descendiente de las Musas Perdidas...

—No lo es —lo interrumpió Séverin—. Soy *yo*.

Enrique se tensó. ¿Qué?

Ruslan se lo quedó mirando antes de echarse a reír.

—¿*Tú*?

—¿Qué ves cuando miras la lira en tu mano, Ruslan? —inquirió Séverin—. ¿Ves unas cuerdas insulsas de metal? Porque yo no. Veo una canción a la espera de que mis manos la entonen. Veo el camino hasta el templo donde se debe tocar la lira para obtener su verdadero poder. Si no, te será inservible.

El rostro de Ruslan mostró fugazmente una expresión hambrienta.

—Demuéstralo.

Séverin agarró el mnemoinsecto de la solapa y se cortó la palma de la mano con la zona puntiaguda. Por el rabillo del ojo, Enrique vio que Laila forcejeaba hacia delante con los ojos rebosantes de esperanza. Ruslan le tendió la lira y Séverin pasó la mano por las cuerdas. Enrique contuvo la respiración. Durante un momento, no pasó nada. Y, a continuación, se oyó un ruido grave. No supo discernir de dónde provenía… si de su alma o de su mente. Pero si alguna vez había habido una música de las esferas, un himno capaz de mover a los cuerpos celestiales, sería *aquella*. Un sonido semejante al del viento invernal al revolver los carámbanos de las ramas; la canción triste de los cisnes al anochecer; el ruido de la tierra al rotar. La sintió atravesar sus huesos, expandirse en su corazón… una canción tejida con un hilo que se internó en todo su cuerpo.

Pero solo durante un momento.

Cerca de la pared, Laila profirió un grito y cayó hacia delante. Al levantar la cabeza, Enrique vio que le manaba sangre de la nariz. A su alrededor, trozos de la pared se quebraron y se desplomaron sobre el hielo. Las esculturas de hielo que antes se movían se detuvieron en seco. Los podios arrojadizos pasaron de brillar a estar apagados, opacos.

Cualquier cosa forjada estaba fallando.

Enrique se obligó a mirar la lira… las cuerdas de metal, antes apagadas, brillaban tornasoladas. O, al menos, Enrique creía que brillaban así. Era un brillo que jamás había visto antes. Como una mezcla de aceite derramado en la superficie de un estanque y el océano iluminado por el sol.

—Increíble —exclamó Ruslan. Ladeó la cabeza a la vez que miraba a Séverin—. ¿Cómo es posible?

Y, a continuación, se quedó callado.

—Tu madre —prosiguió con suavidad—. La mujer de Argelia… recuerdo las historias sobre ella. Y su nombre… *Kahina*. Me pregunto si el antiguo patriarca de la Casa Vanth era consciente del tesoro que sacó de contrabando de aquel país. —Sonrió y contempló la lira, entusiasmado—. Bueno, ¡no nos mantengas más en vilo! No tires solo de una cuerda, ¡toca el instrumento!

Enrique volvió a forcejear en el hielo para intentar atraer la atención de Séverin. «¡No! ¡No lo hagas!».

Laila habló con la voz rota.

—Por favor, Séverin… por favor. Tienes que tocar. Estoy… me estoy muriendo…

—Lo sé —la interrumpió Séverin.

Su fría respuesta bien podría haber congelado de golpe la estancia.

Al no añadir nada más, Laila se encogió en el sitio. Abrió la boca y la cerró. Enrique percibió el miedo asentarse en su mirada y quiso decirle… no. Eso no. Quería que Séverin le contara que la lira destruiría todo lo forjado. Que su dolor estaba justificado.

—Por favor —rogó ella.

—Sí, *por favor*, Séverin —le suplicó Ruslan como si fuera un niño—. Tócala.

Séverin miró a Laila de forma inexpresiva antes de volverse hacia Ruslan.

—No.

Laila dejó caer la cabeza y el pelo le ocultó la cara. A Enrique, a pesar de sentir alivio, se le partió el corazón.

—No voy a tocarla aquí y arriesgarme a perder la oportunidad de convertirme en un dios —espetó Séverin con una sonrisa cruel—. Me necesitas, así que te sugiero que cumplas mis reglas.

—Tócala —insistió Ruslan—. O... —Su mirada se desvió hacia Enrique y Zofia—. O los mataré.

El pulso de Enrique se descontroló. Si tocaba la lira, Laila moriría. Si no, los tres morirían. Pero, a pesar de estar él batallando con sus pensamientos, Séverin parecía sereno.

—Te ahorraré la molestia.

Séverin se movió veloz. Su expresión estaba vacía y fría, y Enrique pensó que jamás había visto unos ojos tan carentes de determinación. Enrique forcejeó contra sus ataduras al tiempo que Séverin salvaba la distancia y se colocaba frente a Zofia. Ella se encogió cuando él la agarró de la nuca. Algo rojo le brilló en la mano. Y entonces, de forma inesperada, Séverin movió la daga a su corazón.

El corazón de *Zofia*.

El mismo corazón que tanto había ofrecido sin vacilar. Un corazón lleno de valentía. De fuego.

Enrique parpadeó. *Tenía* que estar equivocado. Quizá hubiese perdido tanta sangre que no veía bien... pero no. Séverin estaba tan cerca de Zofia que bien podría haberle estado susurrando algo al oído. Aunque Zofia no podía verlo. Ella abrió los ojos como platos y su cuerpo se desplomó hacia delante y se quedó inmóvil. Séverin tenía las manos manchadas de rojo. Laila soltó un chillido al tiempo que Séverin se volvía hacia él empuñando la misma daga. Sus ojos no mostraban humanidad alguna, sino algo más antiguo. Algo salvaje.

Séverin se acercó a él. Los latidos del corazón de Enrique le palpitaban tanto en los oídos que casi no se percató de que Séverin estaba hablando. Cuando lo oyó por fin, no le encontró sentido.

—Ojalá mi amor fuera más bonito.

«No lo entiendo», quiso decir Enrique.

Pero Séverin lo privó de la oportunidad.

35

LAILA

Laila no confiaba en su cuerpo.

Le había fallado por no durar lo suficiente. Le había fallado colmando su alma de rayos de falsa esperanza. Le había fallado ahora mostrándole algo que no podía ser real. Cada parpadeo, cada latido de su corazón reproducía lo que había visto con tanta claridad que le resultó imposible ignorar sus propios sentidos.

Séverin había matado a Zofia.

Séverin se había acercado a ella con paso firme y decidido. Miró a Zofia y Laila *deseó* no haber visto el rostro de su amiga. Deseó no haber visto sus ojos azules abrirse como platos, ni la esperanza empañar su mirada.

¿Cuántas veces lo habían hecho? ¿Cuántas veces había hecho Séverin una entrada triunfal en el último momento… y los había liberado?

La esperanza se coló por entre las fisuras de la lógica. Hubo un momento —brillante y suspendido en el tiempo— en el que Séverin se agachó como para susurrarle algo a Zofia al oído y Laila creyó que todavía era posible que todo saliera bien. Era incapaz de ver su esperanza como lo que realmente era: nada más que una serpiente de plata.

—¡*No*! —gritó.

Pero no cambió nada. Zofia se desplomó sobre el suelo, junto a Enrique, que se retorció y pataleó contra el hielo en cuanto Séverin se giró hacia él. Entonces él también se quedó inmóvil.

Se había ido.

Ambos se habían ido.

Y, por alguna razón, ella aún seguía aquí. La injusticia le atravesó el corazón. Se suponía que ellos iban a sobrevivirle. Pensó en su madre el día que murió. Durante los dos días antes de su muerte, Laila se había aferrado a la mano de su madre con tanto ahínco que estaba convencida de que su alma no sería capaz de salir de su cuerpo. Por aquel entonces, el dolor de su padre se convirtió en una tierra de exilio. Una que, quizá, nunca abandonaría. Quizá por eso se arrodillara junto a la cama de su esposa cuando creyó que su hija se había ido a dormir. Quizá por eso dijo: «Sigo rezando para que se la lleven a ella y no a ti».

Su madre lo había mandado a callar por decir tales cosas: «Nunca desearía sentir el dolor de sobrevivir a las personas que amo. Incluso en eso encuentro la bendición de Dios».

Sobrevivir a las personas que amaba.

Hasta entonces Laila no había considerado tal cosa como una maldición. Aunque no fuese capaz de decir cuánto duraría su existencia.

Laila siempre había querido que la última imagen que viese fuese bonita y él lo era. Era la oscuridad en movimiento y, en aquel momento, lo único que veía. Séverin caminó hacia ella a la vez que se acariciaba la boca con el dedo pulgar. Laila se fijó en aquella boca, la misma que había pronunciado tantas verdades y había susurrado su nombre como una invocación cuyo objetivo solo fuese salvarlo. La misma que acababa de condenarla a morir.

«Me estoy muriendo...».

«Lo sé».

Tales palabras albergaban la misma finalidad que la de una puñalada. Lo sabía. Lo sabía y no le importaba. Laila quería creer que había soñado la ternura de las últimas horas: sus besos, su sonrisa, su cuerpo acurrucado contra el de ella mientras dormían. Pero, entonces, sobresaliendo por encima del cuello de su camisa, Laila atisbó la evidencia de la noche anterior: una mancha de su pintalabios. «Mal, mal, mal». ¿Cómo se había podido equivocar tanto?

—Laila... —comenzó Eva con expresión afligida—. Yo nunca... creía que...

Laila dejó de escucharla.

—Presupongo que matarla a ella tampoco hará que toques la lira, ¿verdad? —dedujo Ruslan.

—No —respondió Séverin—. Morirá pronto, igualmente, y mi daga está demasiado resbaladiza. Me gustaría ponerme en marcha antes del anochecer. Estoy seguro de que tendremos algún medio para viajar.

Ruslan asintió. Extendió el brazo para recoger la lira del suelo. Las cuerdas todavía brillaban gracias a la sangre de Séverin, pero la luz en ellas se había atenuado. Laila la contempló. Su cuerpo le había vuelto a fallar, pues por mucho que pareciera formar parte de las Musas Perdidas... eso también había sido mentira.

—Adiós, Laila —dijo Ruslan a la vez que se despedía, tristemente, con la mano—. Puede que no seas una musa de verdad, pero vivirás para siempre como mi fuente de inspiración.

Le sopló un beso y luego miró a Eva.

—Déjala inconsciente.

HORAS DESPUÉS, Laila se despertó despatarrada en el hielo.

A su lado, atisbó el movimiento más leve de unas alas de colores. Parpadeó y volvió a recuperar la funcionalidad de sus sentidos al ver lo que yacía junto a su cabeza: un mnemoinsecto y un colgante de diamante del collar que Séverin le había regalado.

Laila se llevó la mano a la garganta. El resto del collar había desaparecido. Quizá se lo hubiese llevado Eva tras arrancárselo como alguna especie de premio. Ojalá no sintiera el cuello tan desnudo. Deseaba no reconocer el mnemoinsecto que yacía tirado en el hielo. Antes había estado en la solapa de la chaqueta de Séverin. Laila se quedó mirando aquella cosa; la mano le hormigueó con la necesidad de cogerlo, pero se negó. Ese siempre había sido el riesgo. Ofrecer su corazón solo para oír que no era tan preciado como ella creía. Lo último que quería era ver el momento en que Séverin había llegado a aquella misma conclusión.

Frente a ella, Laila vio los cuerpos maltrechos de Enrique y Zofia. Casi parecía que estuviesen durmiendo de no ser por la mancha roja que había incrustada en el hielo debajo de ellos. E Hypnos… ¿dónde estaba? ¿Qué le había hecho Séverin? Laila se pellizcó la nariz a la vez que la sobrevenían las náuseas. Cuando los miraba, le recordaban a cada momento que habían pasado en L'Éden. Cada momento que habían estado sentados a su lado en la cocina. Cuando cerraba los ojos, casi podía oler aquellos recuerdos, el pan recién hecho y —inconfundible a sus sentidos— el fuerte olor a mermelada de frambuesa.

Fue ese aroma, tan penetrante y dulce, el que la hizo extender el brazo para coger la mnemopolilla. Sus coloridas alas ardían con los recuerdos de Séverin. Sostuvo aquella fuente de conocimiento en la mano durante unos cuantos segundos. Y, entonces, en un veloz movimiento, Laila lo estrelló contra el suelo. Las imágenes en sus alas ascendieron en forma de humo. Fueran cuales fuesen los recuerdos que la polilla guardara se empaparon en el hielo y desaparecieron; Laila se quedó sola en aquel frígido Palacio Durmiente. A su alrededor, los carámbanos repicaban y el techo temblaba de manera que una ligera capa de nieve caía al suelo, y Laila pensó en Snegurochka. Ojalá fuese como ella, una chica cuyo corazón podía derretirla y deshacerla en el acto. Quizá si hubiese sido una chica hecha de nieve, ahora no hubiese sido más que un charco de agua. Pero no lo era. Tenía huesos y piel y, a pesar de sentir que nada en su cuerpo funcionaba bien, se envolvió las rodillas con los brazos como si aquello pudiera evitar que se desmoronase.

36

SÉVERIN

Séverin Montagnet-Alarie sabía que los monstruos y los dioses solo se diferenciaban en una cosa. Ambos inspiraban temor. Solo uno inspiraba adoración.

Séverin comprendía a los monstruos. Mientras caminaba por el hielo endurecido del lago Baikal, el corazón le zumbaba y sentía el cuerpo entumecido... Entendió que quizá los monstruos fueran dioses incomprendidos; deidades con planes demasiado ambiciosos; un fantasma maligno que se alimentaba de las raíces del bien.

Él sí que lo sabía.

Al fin y al cabo, era un monstruo.

Ruslan y Eva lo flanqueaban a ambos lados. El crujir lento de las pisadas detrás de él recordó a Séverin que no estaban solos. La esfinge de la Casa Dazbog —«no, la Casa Caída», se corrigió a sí mismo— los seguía arrojando sombras reptilianas sobre el hielo. Y eso sin contar con los miembros dispersos y ocultos por toda Europa.

—Séverin, no deseo meterte prisa teniendo en cuenta lo que acaba de suceder... —comenzó a decir Ruslan. Se dio unos golpecitos en la barbilla con la mano amputada del antiguo patriarca de la Casa Dazbog—. Pero... ¿cuándo pretendes tocar la lira divina?

—En cuanto estemos en el sitio correcto —respondió Séverin.

Se percató de que la estancia había empezado a derrumbarse... solo de mezclar su sangre con las cuerdas. Recordó a Laila levantando la cabeza ensangrentada y encogiéndose de dolor. Séverin estaba tan absorto en sus pensamientos que casi no oyó hablar a Eva.

—Pensaba que los querías —dijo en voz baja, tanto que Ruslan, que se encontraba consultando a su esfinge, no la oyó.

—¿Y? —respondió él.

—Yo... —repuso Eva antes de que se le apagara la voz.

Séverin sabía lo que le iba a decir.

Que sus actos no parecían ser de amor.

Pero, por otro lado, el amor no siempre mostraba un rostro bello.

Una hora antes...

—He tomado una decisión —dijo Séverin.

—¿Y? —preguntó la matriarca.

—Y ninguna de las opciones me gusta —contestó Séverin al tiempo que se volvía hacia la entrada del leviatán que daba a la gruta helada—. Así que crearé una tercera.

—¿Y cómo va a ir la cosa? —quiso saber la matriarca—. Te entregarás a ellos ¿y después qué? ¿Dejarás que se conviertan en dioses y destruyan el mundo?

—Lo solucionaré —prometió Séverin.

Delphine lo agarró de la manga y él se zafó de ella.

—Si sales ahí fuera, ¡puede que el leviatán no aguante! —exclamó ella—. Puede que se desmorone a tus pies, ¿y entonces qué?

«Entonces la recompensa seguirá siendo mayor que el riesgo», pensó Séverin, aunque no lo repitió en voz alta. Ruslan solo le había dado diez minutos a Laila. Su tiempo se reducía.

—Espera —le pidió la matriarca.

Algo en su voz lo instó a detenerse.

—Sé a dónde te conducirá la lira —dijo—. Te llevará a un templo lejos de aquí... Puede que aún haya caminos Tezcat que conduzcan a él, pero desconozco dónde se encuentran. Lo único que sé es que la ubicación del templo activa la lira. En cuanto su verdadero poder esté listo, habrá riesgo de que extraigan y unan todos los fragmentos de Babel en el mundo. Era lo que la Casa Caída siempre había querido... la posible reconstrucción de la Torre de Babel, subir por ella y adjudicarse el poder de Dios.

Séverin no se dio la vuelta.

—¿Cómo lo sabes? —le preguntó.

Delphine se quedó en silencio un momento y luego exhaló. Fue un sonido lleno de alivio, como si por fin se hubiese quitado de encima el peso de aquel secreto.

—Me lo dijo tu madre —confesó—. Quería asegurarse de que fuera capaz de protegerte y de que, de ser necesario, conocerías el secreto con el que ella cargaba.

«Tu madre». Todo aquel tiempo, Kahina y Delphine habían sabido que el coste por protegerlo era hacerle daño. Y por primera vez sintió que era capaz de entender las decisiones que había tomado Tristan.

Durante mucho tiempo, Séverin se había preguntado si los... hábitos de Tristan se volverían en su contra. Pero ¿y si aquellas costumbres eran su consuelo? Todos aquellos demonios en la garganta de Tristan, que obligaban a su mano a moverse y le nublaban la mente. ¿Y si aquello significaba que lo único que podía hacer era dirigir su miedo hacia otra cosa en lugar de hacia ellos?

El amor de Tristan había tenido el rostro del miedo.

El amor de Delphine había tenido el rostro del odio.

El amor de Kahina había tenido el rostro del silencio.

En cuanto pensó lo último, sintió la presión de la daga de su hermano contra el pecho. Era lo único que le quedaba de Tristan. Desde su muerte, Séverin había guardado la daga consigo como un fantasma al que no podía soltar, pero ahora la veía como otra cosa distinta. Un regalo. Una última ventaja. Lo que estaba a punto de hacer era igual o más horroroso que las acciones de Tristan y, sin embargo, reflejaba su propio tipo de amor. Séverin tocó su mnemoinsecto y respiró profundamente. Por primera vez en mucho tiempo, no percibió el aroma a rosas muertas. Olió el frescor de la nieve, el olor de un nuevo comienzo.

—Da igual lo que mi ma… —Séverin se detuvo en mitad de la palabra. Tragó saliva—. Necesito que le cuentes a Hypnos lo que Kahina te contó sobre las coordenadas del templo, para poder llegar antes que Ruslan. Pero, de momento, tengo que salir a la gruta.

—El leviatán no aguantará —repitió Delphine—. Dentro de poco romperá sus ataduras y ¡tengo que sacarnos de esta máquina en los próximos minutos! Puede que no llegues a la superficie y, si caes con la máquina, te ahogarás.

—Entonces debo darme prisa —dijo él acercándose a Hypnos.

Sacó la daga de Tristan del bolsillo de la chaqueta. Le dio la vuelta en la mano y tocó la vena transparente en la hoja donde el veneno de Goliat brillaba a media luz. Un corte con aquel filo de la hoja produciría la misma parálisis obtenida a través del forjado de sangre que había asolado a la Orden de Babel. Durante un par de horas, haría parecer muertos a los vivos. En la otra mano sopesó la mermelada de frambuesa y cereza que tanto se parecía a la sangre. Su plan había tomado forma. Sentía la hoja de la daga de Tristan cálida y reconfortante en la palma de la mano y Séverin se preguntó si su hermano había tratado de mostrarle que tenían mucho más en común de lo que había pensado en un principio.

Séverin se arrodilló junto a Hypnos y lo sacudió hasta que se despertó. Hypnos bostezó, se lo quedó mirando y empezó a asimilar dónde estaba. Pegó un bote, se echó hacia atrás y se apoyó sobre los codos.

—¿Qué... qué pasa?

—¿Confías en mí? —le preguntó Séverin.

Hypnos hizo una mueca.

—Ya odio esta conversación.

—Entonces no hace falta que participes en ella —repuso Séverin—. Solo presta atención...

CINCO MINUTOS MÁS TARDE, subió las escaleras. Oyó la voz de Ruslan, el quebrar del hielo mientras el leviatán se revolvía de lado a lado y azotaba la parte sumergida de la gruta helada. Se aferró a la barandilla para mantener el equilibrio. A cada bocanada de aire que respiraba, inhalaba el horrible metal del interior del leviatán y se repetía el plan mentalmente.

Esperaba que a estas alturas Delphine y Hypnos se encontrasen a salvo dentro de la cápsula, esperando bajo el agua. Casi en lo alto de las escaleras, respiró hondo...

Estaba a punto de salir cuando oyó que una voz lo llamaba.

Séverin se volvió y se sorprendió al ver a Delphine a varios pasos detrás de él. Le faltaba el aire. Llevaba su largo abrigo negro en la mano. Bajo el brazo tenía una cuerda enrollada y un único casco de soplos Shu.

—Te olvidas de esto —murmuró ella poniéndole el abrigo en la mano—. Y hace mucho frío.

Él se lo quedó mirando, aturdido, pero se recompuso enseguida.

—¿Qué haces? Si no escapas pronto, te...

Delphine hizo un gesto de despreocupación con la mano y le puso el soplo Shu en la mano.

—Lo sé. No me podía arriesgar a que te pasase algo. Prometí mantenerte a salvo y pienso cumplirlo. Si entraba en la cápsula, sé que el leviatán no se iba a quedar encallado.

Séverin la observó. Sin el soplo Shu... moriría. Iba a morir. Por *ellos*.

—¿Por qué? —le preguntó—. ¿Por qué no vuelves arriba, a la gruta?

«Conmigo», pero no pudo decírselo en alto.

Delphine esbozó una sonrisa cálida, cansada y de completa exasperación. Una expresión que le removió algo en el pecho. Era la cara que recordaba que siempre ponía cuando él había hecho alguna travesura y lo había pillado. Una expresión que decía que lo querría a pesar de lo que hiciera.

—¿Y poner en riesgo a Hypnos? ¿Arriesgar que averigüen todo lo que sé y que te podría haber dicho? No, Séverin. No pude darte más tiempo en el pasado... pero ahora sí que puedo —afirmó—. Y ahora, vete.

—No me dejes —dijo él, aunque sintió que la frase estaba incompleta.

«No me dejes otra vez».

Delphine lo besó en las mejillas con fiereza. Sus ojos estaban anegados en lágrimas y se le quebró la voz.

—El amor no siempre muestra el rostro que queremos —murmuró—. Ojalá mi amor hubiese sido más bonito. Ojalá... ojalá hubiéramos tenido más tiempo.

Ella había tomado las manos de él en las suyas y, por un momento, Séverin volvió a sentirse un niño, a confiar en ella lo suficiente como para cerrar los ojos mientras ella le sujetaba las manos... porque sabía que siempre lo mantendría a salvo.

—*Tante*... —graznó Séverin.

—Lo sé, pequeño —lo calmó—. Lo sé.

Entonces, lo empujó hacia el exterior de la boca del leviatán y bajó las escaleras corriendo sin mirar atrás. Séverin la vio desaparecer a la vez que se retorcía de pena por dentro. Se obligó a salir de la entrada de la boca del leviatán. A pesar de que la luz que rebotaba en el hielo era cegadora y molesta, las figuras de Laila, Zofia y Enrique eran inconfundibles. El mundo giraba a una velocidad incesante y lo único que pudo oír fueron las últimas palabras de Delphine. Reflexionó sobre ellas una y otra vez desde el corazón.

Delphine tenía razón.

El amor no siempre mostraba el rostro que nos gustaría a todos.

A veces podía parecer algo verdaderamente horrible.

Algo en el interior de Séverin se desplomó de alivio. Palpó la mnemopolilla en la solapa de su chaqueta y sintió el leve batir de las alas, con el verdadero secreto de su plan guardado en ellas. A su alrededor, el leviatán empezó a revolverse. Séverin agachó la cabeza y apretó los puños pensando en lo que sabía que tenía que hacer.

SÉVERIN APENAS RECORDABA lo que le había dicho a Ruslan; estaba demasiado nervioso por que el otro hombre detectase sus mentiras y descubriese la verdad de lo que estaba haciendo, la mermelada de frambuesa y cereza que llevaba en el bolsillo, y la daga paralizante de Tristan. Puede que a Enrique y a Zofia no les gustase el plan. Pero cuando despertasen, lo entenderían.

Sin embargo, ayudar a Laila iba a ser más complicado.

Ella no comprendería que solo intentaba salvarla de la mejor forma posible. Si eran capaces de encontrar el templo... si podían adjudicarse el poder de Dios, entonces no importaría que la lira divina pudiera matarla. *Él* podría salvarla.

«Recuerda lo mucho que me importas», pensó Séverin mientras ignoraba los ruegos de Laila y se alejaba de ella con el arma de su destrucción bajo el brazo. «Recuerda que soy tu Majnun».

Observó como el roce forjado de sangre de Eva hacía que Laila se desplomara en el suelo. Vio como el pelo negro se le desparramaba y balbuceó la excusa de recuperar algo que ella tenía... pero aquello no fue lo que hizo de realidad. Él se agachó a su lado. Por última vez, memorizó las curvas de su cara, la longitud de sus pestañas, el fuego abrasador de su presencia en el mundo. Le dejó su mnemopolilla con la verdad en la manga. Y, por último, le quitó el collar de diamantes y dejó solo un colgante de diamante para que, cuando llegase la hora, ella tuviera la posibilidad de invocarlo desde la oscuridad.

Mientras Séverin salía de la gruta, se acordó de Delphine. Tenía razón. El amor podía parecer un horror. Pero si los demás fueran capaces de encontrar la fuerza para creer en él una sola vez más... verían más allá de su rostro. Entenderían que todavía podría cumplir su promesa. Que aún podía protegerlos.

Que no era un monstruo, sino un dios sin formar; uno cuyo plan se descubriría muy pronto.

EPÍLOGO

Hypnos condujo la pequeña cápsula y aguardó bajo las aguas del lago Baikal antes de actuar. No halló las fuerzas para mirar al fondo del lago donde yacía la forma doblada y arrugada del leviatán. Y donde ahora también yacía la matriarca.

Se le llenaron los ojos de lágrimas, pero mantuvo la mano firme sobre el volante.

—Mi sobrino es el siguiente, ¿sabes? Y no voy a dejar que tus estupideces lo afecten —le había dicho Delphine, condescendiente y regañándolo hasta su último aliento.

Por «siguiente» había querido decir *heredero*. Hypnos se obligó a sí mismo a bromear y sonreír.

—¿Y?

—Y es un santo —dijo Delphine—. Así que sé amable con él.

Hypnos había hecho acopio de toda su fuerza para no llorar. Por lo menos, podría hacerla reír…

—Ah, bien, me gustan los santos —repuso él, aunque le temblaba la voz—. Están más que acostumbrados a arrodillarse.

Delphine lo había golpeado en el brazo y él lo había interpretado como un abrazo, porque ella solamente se inclinaba hacia adelante cuando él la besaba en ambas mejillas.

—Eres horrible —le dijo desde el cariño.

—*Je t'aime aussi.*

Hypnos pensó en aquello en ese momento y el alma se le cayó a los pies. Quería estar ahí cuando Enrique y Zofia se despertaran. Quería estar ahí para Laila, que probablemente lo estuviese esperando ahora que había leído la mnemopolilla y entendía lo que Séverin había hecho. Pero tendría que esperar al momento perfecto para actuar y alcanzar aquel circulito de agua de la gruta helada. Cerró los ojos y pensó en sus últimos momentos con Séverin.

—Sigo queriendo ir contigo —le había dicho.

Séverin se había negado.

—Pero por qué... —había empezado a decir Hypnos, pero Séverin le sujetó las manos con la firmeza del hierro.

—Porque *te protejo* —le dijo—. ¿Lo entiendes?

Hypnos sintió que aquellas palabras se revolvían en su interior como una plegaria respondida. «Sí», pensó. Sí, lo entendía. Se llevó la mano al bolsillo de la chaqueta. Allí estaban las coordenadas del templo... el lugar que podría levantar los fragmentos de Babel de la tierra y cambiar el mundo tal y como lo conocían. Creyó poder sentir el peso de aquella información como algo que poco a poco se despertaba en su interior; la mera consecuencia de saberlo ya habría repercutido en el universo.

Pronto estaría con ellos. Pronto viajarían raudos por el mundo.

Pero durante los siguientes dos minutos, a Hypnos no le quedó más remedio que esperar.

AGRADECIMIENTOS

2019 ha sido uno de los años más alegres, exigentes y mejores de mi vida. ¡Una boda de ensueño! ¡Dos libros en cuatro meses! ¡Una gira! ¡Viajar! ¡HACER LAS MALETAS Y UNA MUDANZA! ¡Intentos de chantajear a un gato cabreado por todos los cambios, además de por no haber podido asistir a la boda!

Han pasado muchas cosas y no lo cambiaría por nada del mundo. Agradezco muchísimo a la gente que ha sacado este libro del barro y me ha infundido la seguridad para continuar, que me ha dado una colleja metafórica cuando lo he necesitado y que ha leído borrador tras borrador tras borrador.

En primer lugar, a mi marido (¡¡!!), Aman. Muchísimas gracias por casarte conmigo. Tienes la mejor cara y la mejor alma, y estoy tremendamente orgullosa de ser tu mujer y la madre de nuestro gato.

Gracias a Lyra Selene, compañera de reseñas ideal; a Renée Ahdieh, la *nuna* que nunca pedí pero que siempre he necesitado; a Sarah Lemon, hechicera de palabras y dueña de una empatía infinita; al oráculo de levantarme el ánimo, J.J. Jones; a Ryan Graudin, otro parlanchín como yo y brujo de las palabras. Gracias también a las amigas que siempre han sido generosas con su tiempo, sabiduría y experiencia: Shannon Messenger, Stephanie Garber y Jen Cervantes. Me gustaría agradecer también a Holly Black. Si pudiera decirle a mi yo de doce años que su escritora favorita estaría dispuesta un día a hablar con ella por teléfono y ayudarla proponiendo ideas, además de animarla con un libro donde hay más palabras que acción, me hubiese comido el sombrero. Gracias a Dios, ni puedo viajar en el tiempo ni tengo sombreros (¿será por este motivo? No creo). Quiero dar un enorme abrazo y las gracias a Noa Wheeler, que me ha ayudado a escribir mejor con cada crítica y siempre me saca de los amenazadores laberintos argumentales.

A mi familia en Sandra Dijkstra Literary Agency, gracias por luchar por mi trabajo y cubrirme las espaldas. A Thao, una agente excepcional; cada año que pasa más agradezco ser del #TeamThao. A Andrea, ¡gracias por los pasaportes literarios y los mensajes que me alegran el día! A Jennifer Kim, gracias por tu paciencia y tu atención.

Estoy en deuda con los de ventas, editorial, audio, producción, LITERALMENTE TODO EL MUNDO en Wednesday Books. Eileen, por su perspectiva aguda, su apoyo incondicional y por sujetarme la mano mientras nadaba por las oscuras profundidades de los borradores; a DJ, por las conversaciones sobre escritura, las aventuras de publicar y los aeropuertos de Portland en los que sonaba *A Thousand Years* y nos motivábamos mucho; a Jess, no solo tienes un gusto musical exquisito (TE QUEREMOS, J. COLE), sino que también eres una publicista increíble y ver esta historia por todos lados es un sueño hecho realidad. A Tiffany, Natale, Dana y todos los que han formado parte de este libro de cualquier forma, gracias, gracias,

gracias. Gracias a Christa Desir por corregir este libro con tanta amabilidad y rapidez. Muchísimas gracias a mi asistente sobrehumana, Sarah Simpson-Weiss, que respalda mi cerebro y es capaz de conseguirlo todo. Gracias a Kristin Dwyer por ser una increíble colaboradora, por su humor y sus consejos.

Gracias a mis maravillosos amigos, que hacen que la realidad sea más fantástica que la fantasía. No podría hacer esto sin vosotros. Un millar de abrazos a Niv, mi artista favorita, que ha escuchado todas mis historias desde que era una novata; a Cara-Joy, que probablemente sería capaz de decirle al sol que no es puntual y este volvería hacia atrás ante su reclamo; a Marta, la personificación de una manta calentita y mullida; y a Bismah, que ni confirma ni desmiente su estatus de espía, pero que de todas formas siempre me cubre las espaldas. Os quiero.

Para mis familias: os quiero mucho a todos. Gracias por estar siempre ahí, animándome y olvidándoos oportunamente de los giros de trama de los que os hablo para poder sentirme inteligente cuando os cuento la historia por enésima vez. A Pog: la cobaya más inteligente de toda la zona y propietaria de unas maravillosas anécdotas de historias de todo tipo. A Cookie: que se come mi comida y me roba la ropa, y a cambio me ofrece unos consejos excepcionales, risas y calor. A Rat: que también se come mi comida y me roba la ropa y a cambio me ofrece amor y seguro dental gratuito (¡*valegraciasadiós*!). A mamá y papá, gracias por fardar de mí en Facebook y hablarles sin más a desconocidos sobre su hija, que trabaja en pijama y sentada. No podría hacerlo sin vosotros ¡y tampoco querría! A Mocha y Pug, habéis sido como mi familia mucho tiempo, pero me alegro de que ya sea oficial. A Ba, Dadda y Lalani, los abuelos más cariñosos y alentadores. Pero sobre todo a mi Ba, no sería escritora sin ti.

Muchísimas gracias a los lectores que llevan en este viaje conmigo desde 2016. Sois increíbles y no os hacéis una idea de lo mucho que me inspiráis todos los días. Gracias siempre por querer a estos personajes tanto como yo.

Y, por último, a Panda y Teddy, que no pueden ni leer ni escribir, pero cuya presencia peluda consigue de alguna forma que todo sea más fácil.